# 이청준 소설의 영화되기

김창윤

국학자료원

# ▪ 머리말

　학자들은 저마다 생각이 다르고, 그들의 지향점 또한 다르다. 따라서 그들은 서로 보완의 관계 속에서 경쟁하며 발전한다. 마치 소설과 영화처럼. 본 저서의 출판목적은 그러한 지향점이 다르고 생각이 다른 분들에 의해 처음 쓰고자 했던 방향과 조금 다른 방향으로 씌인 박사논문을 초심에서 다시 한 번 검토 한 후, 처음 쓰고자 했던 의도대로 다시 한 번 세상에 내 놓기 위함이다.

　논문은 논문이란 체계가 있고, 그 체계에서 벗어난 나의 글쓰기 욕심은 논문의 본분을 잃게 만들었다. 하지만 졸작이었던 박사논문이 심사를 거친 후 심사위원들의 노고에 의해 제대로 된 논문으로 거듭 나게 되었다. 그렇지만 마음 한편에는 논문이 처음 쓰고자 했던 의도에서 조금씩 벗어나는 것이 안타까웠다. 하여 논문 체계와 상관없이 내가 하고자 하는 말을 하고 싶었다. 또한 심사위원들의 촌철살인의 조언을 논문에 모두 담지 못한 안타까움도 있었다. 그 중 '영화화映畵化'에 대한 용어의 문제가 있었다.

　'영화화'란 용어의 문제를 제기했을 때, 그것에 대한 대답을 제대로 하지 못 했다. '영화화'란 용어 대한 정의를 쓴 논문을 보지 못 했을 뿐만 아니라, '영화화'란 용어를 관습적으로 써 왔기 때문이다. 그리고 소설과 영화의 특별한 유비관계를 설명하기에는 부족한 용어란 생각이 들었다. 따라서 '영화화'란 용어를 '영화로 제작된'이란 용어로 바꾸긴 했지만 마음 한편의 찜찜함은 항상 스크린 잔상처럼 남아 있었다. 하여 '영화화'란 용어를 대체할만한 용어를 찾았고, 그것이 서장의 논문이다.

서장의 논문은 들뢰즈의 '~되기'란 용어를 인용해 '영화화'란 용어를 '영화되기'란 용어로 대체하고자 하는 이론적 근거를 제시하는 논문이다. 들뢰즈의 '~되기'는 차이보다 생성에 초점을 맞추는 철학적 담론을 담고 있어 소설과 영화의 연구에 어울리는 이론이다. 소설과 영화의 차이보다는 생성에 초점을 맞추어 소설과 영화가 서로 상생할 수 있는 연구에 어울리는 용어라고 생각했기 때문이다. 텍스트는 박사논문에서 다루지 못한 이청준 소설『조만득 씨』와 영화 <나는 행복합니다>이다. 그렇게 되면 많은 연구가 이루어진 '남도연작'의 <서편제>영화되기와 기독교 소설의 영화되기를 제외한 영화로 제작된 대부분의 이청준 소설을 본서에서 만나볼 수 있게 된다.

　서장의 논문은 '~되기'란 용어의 이론적 근거를 뒷받침하기 위한 논문이어서 작품 분석보다는 이론적 근거가 주를 이룬다는 단점이 있는 것이 사실이지만, 그 이론을 뒷받침하기 위한 작품 분석으로서는 충실했다고 할 수 있는 논문이다. 소설의 영화되기는 소설이 영화와 만나 이전의 소설 자신과 달라지는 지점 그리고 동시에 그 만남에서 영화 또한 이전의 영화와 달라지는 지점을 표시한다. 소설『조만득 씨』의 영화 <나는 행복합니다>되기는 상호 텍스트성과 매체 차이로 인해 드러나는 서사 차이에 집중해 논문을 기술하는 기존 연구의 틀을 벗어나 차이보다는 생성에 초점을 맞추어 그 의미의 확장성에 주목했다. 소설『조만득 씨』는 영화 <나는 행복합니다>가 새로운 의미 구조를 생산해냄으로써 떠돌던 기표들의 연쇄들을 새로 꿰맬 수 있었으며 그것은 의미의 확장으로 이어졌다. 또한 영화 <나는 행복합니다>는 소설『조만득 씨』에서 집중된 의미 구조인 첫 번째 질문을 통해 두 번째 질문에 대한 답을 구함으로써 열린 결말의 기표의 연쇄를 관객에게 붙잡게 할 수 있었다.

본장은 졸작인 박사논문을 다시금 가다듬고 재배치한 것이다.

문학과 영화의 상관관계를 연구하는 대부분의 연구자들은 영화가 생긴 이래로 문학과 영화가 꾸준한 관계를 맺어옴에도 불구하고 그 상관관계에 대한 연구가 미흡하다고 지적하고, 두 장르가 어느 하나로 일방적으로 흡수되지 않고, 양자가 생산적으로 발전할 수 있는 방향을 모색하고자 했다. 하지만 이것은 예술적·미학적 근거는 무엇인가라는 문제의식에서부터 시작해야 한다고 본다. 따라서 본고는 이러한 예술적·미학적 근거를 바탕으로 하여 문학과 영화의 상관관계를 연구하였으며, 양자가 생산적으로 발전할 수 있는 방향을 모색하는 텍스트로 영화되기가 된 이청준 소설을 선택했다.

본고에서 주제적 측면을 연구하기 위해 선택한 관념적 소재는 '죽음'이다. 그리고 '죽음'이라는 관념적 소재로 인해 파생되는 '애도', 마지막으로 '죽음'과 '애도'로 인해 구축되는 이데올로기 문제를 중심으로 작품 분석이 이루어진다.

영화되기가 된 이청준 소설에 대한 총체적인 연구는 아직 미흡한 실정이다. 영화되기가 된 이청준 소설에 대한 개별적 연구는 상당한 성과를 축적하고 있지만, 그것을 한데 모을 수 있는 종합적인 연구는 이제 시작 단계나 마찬가지이다. 따라서 본고는 영화되기가 된 이청준 소설 중 죽음이라는 관념적 소재를 관통할 수 있는 작품들을 선별해 이청준 소설이 왜 영화작가들인 감독들에게 선택되어 영화로 번역되었는지, 그리고 그 번역된 영화 작품들이 어떻게 훌륭한 예술성을 획득했는지 또는 예술성 획득에 실패하게 됐는지를 주제적 측면을 통해 살펴보고자 했다.

영화되기가 된 이청준 소설 중 죽음을 소재로 한 소설은 『병신과 머저리』, 『석화촌』, 『이어도』, 『서편제』, 『축제』, 『벌레 이야기』이다. 하지만 소설 『서편제』에서 등장하는 죽음은 다른 소설에서처럼 중심축으로 등장하지 않으며, 소설 『서편제』와 이것을 영화로 제작한 임권택 감독의 <서편제>는 지금까지 가장 많이 연구된 소설과 영화이다. 따라서 『서편제』는 본 연구에서 제외하고, 나머지 다섯 편을 중심으로 살펴보았다.

첫 번째 작품이 소설 『석화촌』과 영화 <석화촌>이다. 소설 『석화촌』은 '섬'이라는 특정한 공간을 중심으로 죽음의 두려움과 그것을 극복하기 위해 인간이 만들어낸 민간신앙 또는 전설을 중심으로 구성되었다. 그리고 정진우 감독은 문예영화라는 정부정책에 의해 이청준 소설 『석화촌』을 영화로 만든다. 영화 <석화촌>은 소설 『석화촌』에서 획득한 문학적 예술성을 현실에서 취할 수 있는 예술적 방법으로 번역한다. 그리고 영화는 소설의 예술성을 획득하면서 상업성 또한 확보한 중도적 라세믹체 영화로 한 발 다가서게 된다. 그것은 다분히 현실적 예술성을 획득하기 위한 전략이다.

두 번째 작품이 소설 『이어도』와 영화 <이어도>이다. 소설 『이어도』는 『바닷가 사람들』과 『석화촌』을 메타텍스트로 두고 쓰였다. 그리고 영화 <이어도>에 대한 연구는 많이 이루어지지 않았으며, 김기영 감독에 대한 연구가 주로 이루어졌다. 오히려 소설 『이어도』와 영화 <이어도>의 상관관계에 대한 연구가 더 많이 이루어졌다. 영화 <이어도>는 현실 반영이라는 영화 구조와 관념적 주제의식이라는 소설 구조를 모두 반영하려는 감독의 예술적 욕심 때문에 소설처럼 매끄럽지 않은 거친 서사를 안고 가게 된다. 그것은 전근대와 근대성 모두를 아우르고 싶기 때문인데, 영상의 제작과 현실의 반영이라는 것을 두고 볼 때 이것은 영화가 선택할 수 있는 최선의 예술적 선택이다. 하지만 다분히 문학적 속성과 현실적 욕구의 혼돈을 통해 예술성을 획득하려 한 영화 <이어도>는 결국은 문학적 속성을 통해 그 예술적 성취를 완성하게 된다.

　세 번째 작품이 소설『벌레 이야기』와 영화 <밀양>이다. 소설『벌레 이야기』는 다분히 사회 역사적이고 정치적이다. 소설의 기표인 기독교라는 영토와 광주민주화운동이라는 기표 속에 숨어 있는 탈영토화 된 기의는 서로 상충되는 관념적 코드이다. 이창동은 이러한 관념적 코드를 읽어 내 영화로 재해석해 냈다. 영화 <밀양>은 소설『벌레 이야기』에서 전하고자 하는 절대자와 미물스러운 인간의 관계보다 인간에 대한 믿음에 강조점을 둠으로써 예술적 경계를 확장한다. 그리고 리얼리즘적 묘사를 통해 예술성을 획득한다.

　네 번째 작품이 소설『병신과 머저리』와 영화 <시발점>이다. 소설『병신과 머저리』는 초기 소설로서 이청준의 소설적 특징을 고스란히 간직한 작품이다. 중층구조의 액자소설(삼중 격자소설), 추리 소설의 형식적 특징과 장인 또는 예술가를 주인공으로 한 소설로서 다분히 관념적 표현이 주를 이루는 것이 그것이다. 영화 <시발점>에 대한 연구는 거의 이루어지지 않았으며, 더구나 소설『병신과 머저리』와 영화 <시발점>의 비교 연구 또한 전무한 상태다. 영화 <시발점>은 자기 검열이라는 현실적 이유로 소설『병신과 머저리』의 주제의식과 서사의 변용을 거치게 되는데, 그것으로 다분히 열려 있던 소설의 주제의식이 감독의 생각으로 단순화 되거나 닫히게 되고 관객은 그것을 그대로 받아들이게 된다. 그리고 소설에서 추구하고자 하는 예술적 방식의 서사를 다분히 현실적 서사로 변주하게 되는데, 그것은 당시 현실 상황과 관객의 요구로 인한 어쩔 수 없는 선택으로 영화는 그것을 상쇄하기 위한 예술적 선택으로 영상미를 선택하게 된다. 따라서 영화 <시발점>은 중도적 라세믹체 영화로도 볼 수 있겠다.

다섯 번째 작품이 소설『축제』와 영화 <축제>이다. 소설『축제』와 영화 <축제>의 연구는 역사적으로 이루어져 온 문자언어를 영상언어로 번역하는 영화와 소설의 전통적 유비관계가 아닌, 영상언어와 문자언어 동시 창작이라는 새로운 유비관계에 대한 연구이다. 영화 <축제>에서 영상 예술로서 전해지는 장례 절차와 준섭의 눈물이 관객에게 죽음의 의미를 더 잘 전달하는 것은 영화의 장르적 특징을 잘 살렸기 때문이다. 소설이나 영화는 자신만의 특화된 방법으로 독자나 관객과 소통할 때 각자 장르적 예술성을 더 잘 드러낼 수 있다. 그리고 무엇인가 부족한 것 같은 소설의 결말과 꽉 찬 것 같은 영화의 결말은 소설과 영화의 예술적 지향점이 어떻게 다른가를 극명하게 보여준다. 하지만 소설과 영화의 동시 창작은 서로에 대한 배려보다는 각 장르의 치열한 자존감 싸움을 통해 더 높은 예술적 성과를 이루어 낼 수 있다.

이청준 소설 중 1960~1970년대 영화되기는 문학적 예술성을 획득하려

하지만, 검열이나 그 당시 관객의 의식, 그리고 열악한 제작 환경 등의 이유로 현실에 맞는 방법을 찾아 그 예술적 성취를 이루려 한다. 그럼으로써 다분히 중도적 라세믹체 영화의 속성을 갖기도 하지만, 힘든 현실 속에서도 자기만의 예술적 색깔을 발산하려고 노력했다. 1990~2000년대 영화되기는 소설과 다른 자기만의 예술적 지향점을 찾으려 노력하고, 그것은 어느 정도 성과를 이루게 된다. 그것은 소설과 다른 영화의 예술적 경계를 확장하려는 치열한 노력에서 비롯된 것이다.

결장은 소설과 영화의 동시창작으로 진행된 새로운 시도의 결과물에 대한 연구이다. 이청준과 임권택의 '축제'와 김형경과 허진호의 '외출'이 이에 해당하는데, '축제'는 이청준이 먼저 소설을 집필하고 임권택이 그 소설을 바탕으로 영화를 만들었다면, '외출'은 허진호의 시나리오를 바탕으로 김형경이 허진호 감독의 촬영된 필름을 중간 중간 참조하면서 소설을 완성했다. 그러니까 '축제'는 소설을 영화로 번역하는 전통적인 방법에 가까운 반면, '외출'은 영화를 소설로 번역하는 방법에 가깝다. 본장에서는 앞에서 연구된 '축제'를 제외하고 '외출'에 대한 연구만 살펴보겠다.

결장은 영화 <외출>의 소설되기를 이미지의 배열을 통한 여백과 인물과 서사의 확장을 통해 살펴보는 것이다. 영화 <외출>과 소설『외출』은 영화작가와 소설가만의 자존감을 통해 각자 장르에서만 가질 수 있는 미학적·예술적 가치를 구현했다. 영화 <외출>은 극단적인 클로즈업과 몽타주를 통한 구성 그리고 창과 거울 이미지를 통해 영화의 미장센을 구성하고 있으며, 대화의 절제와 이미지의 연쇄를 통해 영화적 서사를 이끌어간다. 소설『외출』은 영화 <외출>을 두 가지 방법으로 번역하는데, 첫째가 영화의 이미지 배열에서 그 이미지 사이의 공백을 메우는 방법인데, 소설은 그 관객의 몫을 가로채듯 충실히 영화의 이미지 사이의 공백을 메우면서 소설을 이끌어나간다. 둘째가 새로운 소재를 통해 서사를 확장하는 방법인데, 소설에서 새로운 소재의 사용은 문자언어만의 매체적 특징을 강조하기 위한 것이기도 하지만, 소설의 서사밀도를 높이는 역할도 하게 된다.

회사를 다니면서 공부한다는 것은 쉬운 일은 아니다. 나이를 한 살 한 살 먹어가면서 느끼는 것은 게으름과 핑계뿐이다. 하지만 학교에 가서 공부하는 선·후배 학우들을 보면 다시 한 번 마음을 다잡는 계기가 된다. 항상 큰 산으로 계시는 이대범 선생님과 지도 제자 학우들, 그리고 김유정 문학촌에서 아직도 노익장을 과시하시는 전상국 선생님께 감사의 마음을 전한다. 그리고 가족들과 아내에게 사랑의 마음을 전한다.

# 목차

# ▪ 결장. 영화 <외출>의 소설 『외출』되기

# ■ 서장

## 소설 『조만득 씨』의
## 영화 <나는 행복합니다>되기

# Ⅰ. 서론

지금까지 소설의 영화되기에 대한 연구는 1940년에 박기영이 『문장』 지에 「소설의 영화화 문제」를 처음 제기한 이후로 꾸준히 이어져오고 있으며, 그 연구 성과도 상당히 축적되어 있다. 하지만 그 연구는 영화보다는 문학, 특히 소설을 전공하는 연구자들에 의해서 주로 이루어지고 있으며, 2000년대 이후로 그 연구가 집중되어 있다. 그 이유는 영화 이론을 연구하는 연구자들보다 문학 이론을 연구하는 연구자들이 많다는 이유도 있겠지만, 근본적으로 문학 전공자들이 작금의 시대를 문학을 위기로 간주하고 그 위기를 돌파하는 하나의 돌파구로서 소설과 영화의 관계를 연구하려는 경향이 강한 것이 사실이다.[1] 따라서 소설의 영화되기를 문학의 산업화로 보는 시각과 함께 문화 콘텐츠 공급자 역할의 시각으로 보는 경향이 있는 것도 사실이다.

본고는 이러한 경향에 동의할 수 없으며 영화와 소설이 함께 공생하며

---

1) 이것은 문학계에서 영화를 문자언어와 함께 영상언어로 인정하고, 또한 문학과 같이 영상언어를 통한 영화의 서사를 인정함으로써 영화를 문학의 연구 텍스트로 받아들일 수 있으므로 가능한 일이다.
   김창윤, 「영화로 제작된 이청준 소설 연구—죽음 · 애도 · 이데올로기를 중심으로—」, 강원대 박사논문, 2013, 8쪽.

성장하는 유비장르로 보고, 두 장르가 같이 예술적으로 훌륭한 성과를 획득할 수 있는 길을 모색해 보고자 한다. 따라서 소설과 영화가 서로 가치 있는 예술적 성과를 획득할 수 있는 길을 모색하기 위한 하나의 밑거름으로서 새로운 이론의 확립이 필요하다고 느끼며, 그 이론적 토대를 들뢰즈의 '~되기'의 개념에서 가져올 것이다. 들뢰즈의 철학적 사유가 집약되는 개념인 '~되기'는 차이의 개념이 아니라, 접속과 종합 그리고 그것으로 인해 새로운 것을 생성하는 철학이기 때문이다. 따라서 소설의 영화화를 '~되기'의 개념으로 분석하여 소설과 영화 두 장르 모두 새로운 의미를 생성하며, 각각의 장르로 있을 때 보다 그 의미가 확장될 수 있음을 이청준 소설『조만득 씨』와 그것을 영화되기 한 윤종찬 감독의 <나는 행복합니다>를 통해 살펴볼 것이다.

1996년 서편제가 개봉하여 큰 성공을 거둔 이후로, 다른 소설가보다 이청준 소설의 영화되기에 연구자들의 관심이 많이 몰린 이유는 이청준 소설을 번역한 영화작가들의 무게감 때문일 것이다. 1969년『병신과 머저리』를 <시발점>으로 번역한 김수용 감독을 시작으로 정진우(<석화촌>), 김기영(<이어도>), 이장호(<낮은 데로 임 하소서>), 임권택(<서편제>, <축제>, 『선학동 나그네』-<천년학>), 그리고 이창동(『벌레 이야기』-<밀양>)까지 영화작가들의 면면을 보면 그 시대의 거장들이 이청준 소설을 선택하여 영화로 번역했으며, 영화의 예술적 완성도 또한 높았다. 본고가 소설의 영화화를 '~되기'의 개념으로 분석하여 소설과 영화 두 장르 모두 새로운 의미를 생성하며 각각의 장르로 있을 때 보다 그 의미가 확장될 수 있음을 보여줄 수 있는 텍스트로 이청준 소설『조만득 씨』와 그것을 영화되기 한 윤종찬 감독의 <나는 행복합니다>를 선택한 이유도 이 때문이다.

수작임에도 불구하고 영화 <나는 행복합니다>는 관객의 선택을 받지 못 했으며, 소설『조만득 씨』또한 이청준 소설의 연구에서 변방에 밀려 있던 것이 사실이다. 1996년 설연희의 석사논문인 「소설과 영화의 표현 양식 비교 연구: 이청준 作 "서편제"를 중심으로」[2] 이후로 많은 논문이 쓰였고, 이청준 소설의 영화되기에 대한 집중적인 연구 또한 이루어지기 시작했지만[3] 그 중 소설 『조만득 씨』의 영화 <나는 행복합니다>되기에 대한 연구가 석사논문 1편[4]과 학술지 논문 2편[5]밖에 발표되지 못 한 것을 보면 이러한 사실을 잘 알 수 있다.

본고는 조만득 씨처럼 소외되어 있던 소설 『조만득 씨』와 영화 <나는 행복합니다>가 『남도 연작』을 영화되기 한 <서편제>와 『벌레 이야기』를 영화되기 한 <밀양>처럼 그 시대에 맞는 새로운 관점으로 다시 태어나길 바라며, 소설 『조만득 씨』의 영화 <나는 행복합니다>되기를 상호텍스트성과 매체 차이로 인해 드러나는 서사 차이에 집중해 논문을 기술하는 기존 연구의 틀을 벗어나 차이보다는 생성에 초점에 맞추어 그 의미의 확장성에 주목하고자 한다.

2) 설연희, 「소설과 영화의 표현 양식 비교 연구 · 이청준 作 "서편제"를 중심으로」, 한양대 교육대학원 석사논문, 1996.
3) 전지은, 「이청준 소설의 매체 변용양상 연구-『서편제』, 『축제』, 『벌레 이야기』를 중심으로」, 한양대 석사논문, 2008; 이성준, 「소설과 영화의 서술기법 비교 연구-이청준 원작소설과 각색영상물을 중심으로」, 단국대 박사논문, 2009; 윤영돈, 「이청준 소설의 영화화 연구-원작소설과 영화의 스토리텔링 중심으로-」, 단국대 박사논문, 2010; 김창윤, 앞의 논문, 2013.
4) 안현경, 「소설과 영화의 서사성 비교 연구-이청준 단편소설 『조만득 씨』와 윤종찬의 영화 <나는 행복합니다>를 중심으로-」, 대구가톨릭대 석사논문, 2011.
5) 박상익, 「소설, 연극, 그리고 영화의 매체 간 서사 재현 양상 연구: 이청준의 『조만득 씨』 · 연극 <배꼽춤을 추는 허수아비> · 영화 <나는 행복합니다>를 중심으로」, 국제어문, 2012; 노영윤, 「<나는 행복합니다>에 나타난 조만수의 인간관계와 과대망상 치료과정-원작 소설 『조만득씨』와의 비교를 중심으로-」, 영화와 문학치료, 2010.

## II. '~되기' 용어 문제

이진경은 『노마디즘 2』에서 불어인 'devenir'를 '~되기'라고 번역한 이유를 밝힌다.

> 불어로는 'devenir', 영어로는 'become(becoming)', 독일어로는 'werden'로 표시되는 단어는 그들의 언어에서 모두 '~되다'라는 동사고, 그것의 부정법(不定法)을 써서 '~되기'라는 용법으로 사용한다. 통상 독일어 Werden을 '생성'이라고 번역하므로, 그런 점에서 devenir나 becoming도 그렇게 번역할 수 있을 것이다. 그런데 난점은 그것을 단순히 이런 명사화된 용법으로만 사용하지 않으며, 단독으로 사용하지 않는 경우가 훨씬 더 많다는 사실이다. devenir-animal(동물-되기, 동물화)처럼 명사와 결합되어 동사적인 의미에서 '~이 되다'라는 의미의 개념어로 사용될 뿐만 아니라, devenir-mineur(소수-되기, 소수화)처럼 형용사와 결합되어 사용되기도 한다. 이 모든 경우에 devenir는 '~되기'라고 번역하거나, 한자말을 이용해 '~화'라고 번역하면 적절하다.
> 그런데 문제는 devenir란 단어가 뒤에 붙은 단어 없이 단독으로 사용되어 이 모든 것을 포괄하는 일반적인 개념으로 이용되기도 한다는 점이다. 이것이 '화'라는 말로 번역하기 곤란하게 만드는 이유이고, 반대로 '생성'이란 말로 번역하고 싶은 유혹을 느끼게 하는 이유이다. 그런데 만약 devenir를 '생성'으로 번역하는 일반적인 철학적 어법에 따라 번역하면, 위와 같이 다른 단어와 결합되어 있는 경우, '여성-생성', '동물-생성' 등으로 번역해야 한다. 이는 일단 어법 자체가 우스울 뿐만 아니라, 개념적인 내용 또한 거의 표현하지 못하는 단어가 되고 만다. 그리고 단독으로 사용하는 경우에도 이와 같이 무언가 다른 것이 '되는 것'을 뜻하는 개념으로 사용하기 때문에, '생성'이라고 번역하는 것보다는 '되기'라고 번역하는 것이 더 적절하다.[6]

---

6) 이진경, 『노마디즘 2』, 휴머니스트, 2002, 24~25쪽.

본고에서 '되기/생성devenir'의 개념을 가지고 소설의 '영화화'를 '영화되기'로 용어를 바꾸려는 이유는 들뢰즈의 '~되기'라는 개념이 단순히 소설을 영화로 번역하는 작업에 대해서만 그 의미가 한정되는 것이 아니라, 그 작업이 내포하는 강밀한 의미를 잘 표현하는 단어이기 때문이다. 물론 '~화'라는 말이 '~되기'라는 말과 같은 의미를 내포하지만, 소설의 영화되기는 그 단어 자체가 들뢰즈의 '되기/생성devenir' 개념을 내포하고 있기 때문이다.

철학자로서 들뢰즈가 주목하는 저 '거인들'은 '존재'가 아니라 '생성'을 사유하려 했던 사람들이었고, 초월성의 철학을 비판하며 내재성의 철학을 하고자 했던 사람들이었으며, 고체적인 안정성을 추구하던 사람들과 반대로 액체적인 유동성을 잡아타고자 했던 사람들이었다. '되기/생성(devenir)'이 들뢰즈의 철학적 사유에서 중요한 것은 바로 이러한 사유가 집약되는 개념이라는 점 때문이다. 존재가 아니라 존재 사이에서 벌어지는, 하나의 존재에서 다른 존재로 '되는' 변화를 주목하고, 그러한 변화의 내재성을 주목하며, 그것을 통해 끊임없이 탈영토화 되고 변이하는 삶을 촉발하는 것, 이 모두가 바로 '되기'라는 개념을 둘러싸고 진행되기 때문이다.
이런 의미에서 되기는 자기─동일적인 어떤 상태에서 벗어나 다른 것이 되는 것이고, 어떤 확고한 것에 뿌리박거나 확실한 뿌리를 찾는 것이 아니라 거기서 벗어나는 것이다. 즉, 근거(Grund)를 찾는 게 아니라 차라리 있던, 아니 있다고 생각하던 근거에서 벗어나 탈영토화 되는 것이다. 뿌리가 아니라 리좀을 선호하고, 정착이 아니라 유목을 강조하며, 관성이나 중력에서 벗어나는 편위(클리나멘)를 강조하는 것은 이러한 입장과 밀접하게 결부되어 있다. 따라서 '되기'의 구도(plan)에서 사유하고 산다는 것은 영속성과 항속성, 불변성, 기초, 근본 등과 같은 서양 철학의 중심적 단어들과 처음부터 이별하는 것이고, 반대로 변이와 창조, 새로운 것의 탐색과 실험을 끊임없이 추구하는 것이다.[7]

7) 이진경, 위의 책, 33~34쪽.

들뢰즈의 철학적 사유가 집약되는 개념인 '~되기'는 차이의 개념이 아니라, 접속과 종합, 그리고 그것으로 인해 새로운 것을 생성하는 철학이다. 따라서 소설의 영화되기를 연구하는 작업은 소설과 영화의 차이를 밝히는 작업이 아니라, 소설과 영화가 어떠한 새로운 것을 생성하는 것에 대한 연구 작업이다. 이것에 대해 좀 더 자세히 들여다보면,

> 들뢰즈가 '차이'의 개념을 말하면서 그것이 '접속'과 '종합'임을 강조할 때, 그리하여 '와(et)'라는 접속사를 강조할 때, 그가 말하려는 것이 바로 이런 것이었다. A와 B의 차이를 B에겐 없는 A만의 것이라고 정의한다면, 그것은 합산이 아니라 A−B라는 감산減算이 되며, 서로의 차이를 강조한다는 것은 "너의 개성을 인정한다. 그러니 나의 개성도 인정하라"거나, "너의 차이를 인정한다. 그러니 나의 차이도 인정하라"는 식의 차이 개념으로 빠져들게 된다. 이런 식의 차이의 개념을 동원해서, 멋들어지게 '차이의 정치학'이란 말을 만들어봐야, 그것이 평범한 '자유주의(!)' 정치학에서 한 발짝도 더 나아가지 못한다는 것은 두말할 것도 없다. 그리고 이는 곧 바로 그 차이들과 대비되는 공통성을 통해 서로를 묶는 분류학적 차이 개념으로, '종차' 개념으로 빠져들게 된다.[8]

소설과 영화를 연구하는 과정에서 소설과 영화 각각의 장르에만 있는 것을 강조하게 되면 그것은 감산이 되며, 소설과 영화가 각각의 차이를 강조하게 되면 서로의 '개성과 차이를 인정하라'는 식의 차이의 개념으로 빠져들게 된다.

> 감산이 아닌 합산으로서, 새로운 무언가를 창조하고 생성하는 것으로서 차이란 A와 B가 접속하여 만들어지는 것이고, A와 B의 종합의 결과 만들어지는 것이며, 따라서 A+B라고 써야 할 그런 차이다. (……) 이는 우리가 통념적으로 갖고 있는 감산으로서 차이와 분명히 다른 것이다. 이를 차差라는 통념에 따라 굳이 감산으로 표시한다면, A−B 보다는 차라리 A−A′라고 써야 하며, 이것의 실질적 의미는 원래의 A에 B와의

8) 이진경, 위의 책, 176~177쪽.

접속을 통해 얻은 $\frac{a}{b}$ 를 더하는 것이기에 $A + \frac{a}{b}$ 라고 해야 할 것이다.[9]

소설과 영화의 차이란 문자언어와 영상언어의 차이처럼 각자가 소유한 무언가가 어떻게 다른가, 영상언어에는 있지만 문자언어에는 없는 게 무언가 하는 그런 것이 아니라, 소설과 영화가 만나서 만들어지는 차이고, 만남에 의해, 접속에 의해, 종합에 의해 만들어지는 차이다. 그것은 소설이 영화와 만나 이전의 소설 자신과 달라지는 지점, 그리고 동시에 그 만남에서 영화 또한 이전의 영화와 달라지는 지점을 표시한다.

> 여기서 나올 수 있는 '차이의 정치학'이 있다면, 그것은 B는 B와 다른 A의 고유성(property!)을 인정하고, A는 A와 다른 B의 고유성을 인정하는 '인정'과 '보존'의 정치학이 아니라, A가 B와 접속하거나 B−되기를 통해서 스스로 이전과 다른 것으로 변환시키는 '변이'와 '변환', 혹은 '변혁'의 정치학이다. 들뢰즈가 ≪차이와 반복≫에서 강조했던 '차이의 철학', 혹은 생성의 철학은 이처럼 변환과 변혁의 철학이고, 스스로 다른 것이 되는 '되기의 정치학'이며, (……) 타자와의 만남과 접속을 통해 A 스스로 만들어내는 A 자신과의 차이란 점에서 '내재적(immanent)' 개념이며 '내재적 차이'라고 하겠다.[10]

소설의 영화되기는 소설이 영화와 접속하거나 영화 스스로 이전과 다른 것으로 변환시키는 '변이'와 '변혁'의 철학이고, 스스로 다른 것이 되는 '되기의 정치학'이다. 따라서 본고에서 '소설의 영화화'란 용어 대신에 '소설의 영화되기'란 용어를 사용함으로써, 그저 소설을 번역한 영화라는 개념 대신에 영화 스스로 자신의 영화와 달라지는 지점을 찾게 되고, 소설도 스스로 번역 이전의 소설과 달라지는 지점을 찾게 될 것이다.

---

9) 이진경, 위의 책, 177쪽.
10) 이진경, 위의 책, 177~178쪽.

# Ⅲ. 화자와 내포작가의 서로 다른 두 가지 질문—소설 『조만득 씨』

소설 『조만득 씨』는 실화를 바탕으로 쓰인 소설이다. 이것은 소설 『벌레 이야기』가 실화를 바탕으로 '인간이 존엄성과 절대자에 의해 그것이 짓밟힐 때 한 갓 벌레처럼 무력하고 하찮은 존재로 전락할 수밖에 없는 인간의 문제'에 대한 주제의식을 독자에게 설득시키기 위해 서사의 얼개를 엮어 나가듯이, 소설 『조만득 씨』도 '우리 삶 앞의 벽이 너무도 두껍고 살아 내야 할 현실의 짐이 너무 무겁게 느껴질 때 미친 사람이 차라리 행복해 보일 때가 있는데, 그것은 진짜 행복일 수 없는 일이고 깨어 있는 정신과 현실 속의 깨어 있는 삶만이 진짜 삶이요, 진정한 삶의 값과 진실을 실을 수 있기 때문이지만, 미친 사람이 깨어 돌아간 현실이 그를 여전히 감내해 갈 수 없게 한다면, 그리고 그가 현실의 복수를 꿈꾸고 그것을 역으로 파괴하려 한다면, 현실의 일부를 이루고 있을 우리의 삶은 그 비극과 무관할 수 있는가, 그리고 그 모양새는 어떠해야 하며 그를 위해 지금 우리는 무엇을 어찌해야하는가……'11)라는 질문을 던지면서 소설의 주제의식을 독자에게 각인시키려 한다.

하나의 실화에서 모티브를 얻은 소설로서 소설 『조만득 씨』는 '현실의 거대한 벽 앞에 부딪힌 사람이 보기에 오히려 미친 사람이 행복할 수 있다는 하나의 모티브와 그러한 행복이 과연 참된 것인가, 라는 물음으로 다시 파생된 모티브를 중심으로, 그러한 진실치 못한 행복을 파괴하고 그를 다시 현실의 거대한 벽에 부딪게 만드는 것이 과연 옳은 일인가, 그리고 현실의 일부를 이루는 우리는 어찌해야하는가' 라고 귀결되는 의미구조를 따라서 서사를 엮어가고 있다. 따라서 소설은 다분히 그 부분에 초점을 맞추어 화자 또는 등장인물의 발화를 통해 서사를 구축해 나간다.

---

11) 이청준, 『배꼽춤을 추는 허수아비—극단 아리랑 10주년 희곡집 3 (작가의 말)』, 공간미디어, 1996, 322쪽.

소설은 초반부터 조만득 씨가 '단연코 과대망상증 환자의 진료에 절대적이고 치유도 정확하고 신속한' 민 박사의 치료를 받게 되는 것이, 그것도 무수가 진료를 받게 되는 것이 진짜 행운이 될지 어떨지에 대한 의문을 화자 또는 내포작가[12]의 발화를 통해 던진다.

하지만 솔직히 말해 그 민 박사를 진료담당으로 맞아 증세의 치유를 보장받게 된 것이 조만득 씨 자신을 위하여 진짜 행운이 될지 어떨지는 미스 윤으로서도 아직 확언할 수 없는 데가 있었다. 그것은 조만득 씨 자신이 그것을 정말로 원하느냐 않느냐는 실상 다른 문제일 수 있기 때문이다. 민 박사를 담당으로 맞은 것을 진짜 행운으로 만들고 안 만들고는 조만득 씨 자신에게 달린 문제이기 때문이다.[13]

소설은 발단 부분에서 크게 두 가지 질문을 던지는데, '조만득 씨가 그것(과대망상증을 치료하는 것)을 정말로 원하느냐 않느냐'의 문제와 '민 박사를 담당으로 맞은 것을 진짜 행운으로 만들고 안 만들고는 조만득 씨 자신에게 달린 문제라는 것' 두 가지이다. 첫 번째 질문은 미스 윤의 발화를 통해 꾸준히 화자가 제기하는 문제이다. '과연 조만득 씨가 이러한 치료를 원하고 있느냐, 그리고 이러한 치료를 통해 그의 행복을 빼앗는 것이 과연 옳은 일인가' 하는 문제이다. 두 번째 질문은 화자와는 확연히 다른 질문이다. 그것은 다분히 내포작가의 발화처럼 보이는데, '민 박사를 담당으로 맞은 것, 그러니까 치료 후 그 현실의 문제를 헤쳐 나가는 것은 조만득 씨 자신에게 달린 문제'라는 것이다. 발단 부분에서 던지는 이 두 가지 질문은 화자와 내포작가의 가치관이 현저히 일치하지 않는 것으로서 서로 모순되는 질문이다.

---

12) 화자를 신뢰할 수 없게 만드는 것은 그의 가치관이 내포작가의 가치관과 현저히 일치하지 않는 경우이다. 다시 말하면 서사물의 여타 부분이 – '작품의 규범'이 – 화자의 설명과 상호 모순될 때이다.
S. 채트먼, 한용환 옮김, 『이야기와 담론 – 영화와 소설이 서사구조』, 푸른사상, 2003, 165쪽.
13) 이청준, 『조만득 씨』, 『소문의 벽』, 열림원, 1998, 341~342쪽. 앞으로는 쪽수만 표시.

## 1. 첫 번째 질문―조만득 씨는 치료를 원하는가에 대한 대답

첫 번째 질문은 소설 속에서 지속적으로 제기되는 문제이다.

> 조만득 씨는 참으로 행복한 백만장자였다. (……)
> 조만득 씨 자신으로 말하면 병을 나아야 할 일도 없었고, 낫기를 바랄 이유도 없었다. 민 박사를 만난 것이 그로선 결코 행운이 될 이유가 없었다. (……) 조만득 씨가 민 박사의 도움으로 병을 고쳐 병원을 나가게 된다는 것은 조만득 씨 자신에게 무엇이어야 하는가. 그리고 그 민 박사의 도움과 치유의 능력은 무엇이 되어야 하는가…….
> 그것은 물론 대답이 그리 간단할 수 없는 문제였다. 아니, 미스 윤 개인의 경험과 감정으로 말하면 그건 아무래도 부정적인 의문이 남는 문제였다.
>
> ―『조만득 씨』 346~347쪽

> 백만장자에게서 재력을 빼앗아 원래의 가난뱅이로 돌아가게 하는 것, 제왕에게서 왕관을 빼앗아 초라한 백성으로 돌아가게 하는 것 그게 이를테면 환자의 치유였다.
> (……) 궁핍이란 놈에게 쫓기고 쫓기다가 마침내는 백만장자가 될 수밖에 없었던 사람들을, 남의 힘을 견디고 권능을 빼앗긴 채 원래의 현실로 돌아가게 해주는 것으로 병원이나 의사가 할 일을 다 해 줄 수 있겠는가 말이다.
> 이들에겐 차라리 행복한 망상이 축복일 수 있었다. 망상을 깨게 하는 게 오히려 죄악일 수 있었다. 그런 점에선 병원이라는 곳이 잔인하고 무책임한 처형장일 수 있었다. 망상에서 깨어났을 때의 무기력하고 불안스런 치유자들의 퇴원. 깨어나서 다시 어깨에 걸머질 그 냉혹스럽고 압도적인 현실의 무게를 생각할 때, 그리고 그들이 과연 그것을 견디어 버텨 나갈 힘이 있을까를 생각할 때, 미스 윤은 자주 그런 생각이 들곤 하였다.
>
> ―『조만득 씨』 347~348쪽

미스 윤의 발화로 제기되는 이러한 의문은 조만득 씨의 현실을 소설 전 개부분에 배치함으로써 그 질문의 힘을 더 한다.

> 미스 윤은 차라리 조만득 씨의 그런 처지가 부러워질 지경이었다. 그 게 아무리 비정상이라곤 하지만 그에게서 굳이 그런 충족감을 빼앗을 필요가 있는지 시일이 갈수록 의심스러워지고 있었다. 조만득 씨가 그 백만장자의 옷을 벗어 놓고 말짱한 정신으로 되돌아가야할 그의 황량 스런 현실을 알고부터 그런 느낌이 더욱 짙어졌다.
> 　조만득 씨를 기다리고 있는 현실 그것이야말로 바로 그를 그런 엉터 리 백만장자로 만들어 버린 주범이기 때문이었다.
> 　　　　　　　　　　　　　　　　　　　　　　－『조만득 씨』 352쪽


> 다시 돌아가고 싶어질 리가 없었다. 조만득 씨가 그것을 원할 리 없 었다. 미스 윤은 스스로 그렇게 믿었다. 그가 가령 지금 광인이 아닌 정 상인이라 하더라도 그런 선택이 달가울 리 없었다. 정상을 되찾게 되는 걸 오히려 원망스럽게 생각할 수도 있었다. (……) 누구라서 감히 그 비 정스런 현실로 그를 내몰 수가 있다는 말인가. 조만득 씨에게 그 미쳐 버릴 권리조차 없다는 말인가…….
> 　　　　　　　　　　　　　　　　　　　　　　－『조만득 씨』 355쪽

조만득 씨의 현실은 '20년을 한 결 같이 앓아누워 지내는 노모와 단 칸 셋방과 가출한 아우의 끊임없는 협박과 초라한 골목 이발소'이다. 거 대한 벽 같은 삶의 질곡으로 돌아가는 것은 그의 선택의 문제가 아니다. 한계상황[14]에 직면한 조만득 씨는 미쳐 버릴 권리조차 없다. 조만득 씨의

---

14) 그(야스퍼스)는 한계상황이라는 중요한 개념을 도입한다. 한계상황은 유한한 인간 실존에 결부되어 있고 이 상황 속에서는 확정된 것도 절대적인 것도 없고 모든 것 은 지속적인 변화와 대립 속에서 분열되기 때문에 성립한다. 전체, 의심의 여지없 는 하나의 절대자 및 온갖 경험과 온갖 사고를 고수하는 하나의 기반은 한계상황 속에서는 마주치지 않는다. 그 대신에 우리는 우리를 현존재의 한계로 이끌어가고 우리의 실존 전부를 동요하게 하는 상황을 체험한다. 그것은 절대적 우연, 투쟁, 고

삶에는 희망이 없다. 그 이유는 조만득 씨는 소외되었기 때문이다. 개인적 무의식unconscioness에 의한 '소외'가 아닌 사회적 소통에 의한 '소외alienation' 말이다. 따라서 소설은 지속적으로 미스 윤의 발화를 빌려 이야기 한다. 조만득 씨가 미쳐 버린 것은 한계상황에 직면한 현실 때문이고, 희망이 없는 조만득 씨는 현실로 돌아가고 싶어 하지 않을 것이다.

이러한 상황을 실존주의 철학자들은 본래성authenticity과 비본래성inauthenticity 사이의 선택으로 기술한다. 실존주의자들은 본래성을 '개인이 인간 조건의 참된 본질을 알고 있는 상태'로 정의한다. 반대로 비본래성은 개인이 현실의 참된 본질에 대해 알지 못하거나 그것에 대해서 부인하는 상태이다.[15)]

실존주의자들이 본래성을 묘사하기 위해 사용하는 용어들은 모두 긍정적인 의미를 가지고 있음에도 불구하고, 그들의 문학 작품 속에서 본래성에 접근하거나 그것을 성취하는 인물들의 초상은 노골적으로 암울한 것까지는 아니더라도 상당히 낙담한 모습으로 그려진다는 점이다. 비본래적인 인물들은 아무 것도 모르는 상태에서 순탄한 삶을 살아가는 것으로 묘사되는 반면, 본래성에 접근하는 인물들은 하나같이 불안하고 소외되고 광기의 경계에 선 모습으로 그려진다. 그러한 묘사들이 대부분을 차기하기 때문에 실존주의 문학은 독자에게 본래성을 향한 움직임은 고뇌, 사회적 이탈 그리고 때때로 광증을 수반하게 마련이라고 암시하는 듯 보인다.[16)]

---

뇌, 죄책, 죽음의 상황이다. 이 상황은 우리를 절망시키고 압도하거나 또는 우리들로 하여금 본래적인 자기(selbst)와 우리의 운명의 선택에 눈뜨게 한다. 동시에 이러한 상황은 우리들의 유한한 세계를 넘어선 것이 존재해야 함을 상기시킨다.
프리츠 하이네만, 황문수 옮김, 『실존철학―살았는가 죽었는가』, 문예출판사, 2009, 75~76쪽.
15) 슬라보예 지젝 외, 이운경 옮김, 『매트릭스로 철학하기』, 한문화, 2003, 9쪽; 제니퍼 L. 맥마흔, 「예기치 않게 삼켜 버린 쓴 약 : <매트릭스>와 사르트의 <구토>가 보여주는 실존적 본래성」.
16) 슬라보예 지젝 외, 이운경 옮김, 위의 책, 99쪽.

실존의 문제에서 본래성의 접근에 따른 갈등은 소설을 이끌어가는 서사기법이다. 그리고 본래성의 접근에 따른 갈등은 소설의 긴장감을 설정하기 위해서 당연히 현실의 불안과 소외에 따른 광기의 모습이 그려져야 한다. 하지만 소설 조만득 씨는 조금 다른 전략을 선택하는데, 비본래적인 모습으로 살아가는 조만득 씨를 다시 본래성에 접근하는 인물로 바꾸려 한다. 현재 아무것도 모르는 상태에서 순탄하게 살아가고 있지만, 본래성의 모습으로 돌아가게 되면 다시 한계상황에 직면하게 되고, 그를 기다리고 있는 것은 불안과 소외의 현실뿐이다.

조만득 씨는 현재 비본래성 상태에 놓여 있고, 민 박사는 그를 다시 본래성의 상태로 돌려놓으려 한다. 조만득 씨가 현실을 벗어나기 위해 탈주선을 그리고 자신만의 시뮬라크르[17]를 만들어 탈영토화하려 하지만 민 박사는 그의 이러한 욕망하는 생산을 길들이고 제약시킴으로써 욕망의 흐름을 억압하고 통제하여 다시 영토화 시키려 한다.

조만득 씨가 현재 사는 현실 세계의 이성과 비이성[18]의 기준에 따라

---

17) 여기서의 시뮬라크르는 들뢰즈의 시뮬라크르(사건을 의미, 즉 물질적 차원에서 문화적 차원으로 옮겨가는 그 순간)와 다른 장 보드리야르의 시뮬라크르이다.
    시뮬라크르는 실제로 존재하지 않는 대상을 존재하는 것처럼 만들어놓은 인공물을 지칭한다. (……) 시뮬라크르는 실제보다 더 실제적인 것이다. 이 시뮬라크르는 아울러 어떤 기왕의 실제 존재하고 있는 것하고도 아무런 관계도 없다. 독자적인 하나의 현실이라 할 것이다. 오히려 우리가 지금까지 실제라고 생각하였던 것들이 바로 이 비현실이라고 하였던 시뮬라크르로부터 나오게 된다. 상황이 완전히 전도되었다. 흉내 내거나 모방할 때는 이미지란 실제 대상을 복사하는 것이었지만, 지금은 오히려 실제 대상이 가장된 이미지를 따라야 한다.
    장 보드리야르, 하태환 옮김, 『시뮬라시옹』, 민음사, 2001, 9~10쪽.
18) 그런데 푸코는 <게으름>의 집단 가운데 포함된 狂氣에 대해서만은 왜 <非理性 déraison>이라는 용어를 사용했나? 비이성이란 도대체 무엇인가? 비이성은 올바른 판단과 행동을 하게 하는 기술인 이성에 대한 반대일 뿐이다. 따라서 그것은 공허한 범주이다. 왜냐하면 그것은 이성을 구성하는 특징들의 不在를 통해 묘사되기 때문이다.
    이광래, 『미셸 푸코-'狂氣의 역사'에서 '性의 역사'까지』, 민음사, 1989, 112쪽.
    Michel Foucault, Histoire de la folie, p.192. 재인용.

민 박사가 조만득 씨를 재영토화 하려고 할 때, 그것에 저항하기 위해 조만득 씨가 선택한 것은 반−기억 또는 대항−기억[19]이다.

> 조만득 씨는 우선 그의 아우를 만나는 것을 무엇보다 싫어했다. 아우와의 면회가 시작되면 그는 어느 때보다도 불안해하면서 그의 아우를 회피하려 하였다. 불안해하다 못해 어떤 때는 아우를 전혀 모른 척하거나 그를 숫제 미친놈 취급으로 상대조차 하려 들지 않을 적도 있었다. 그의 아우가 앓아누운 노모나 옛날이야기 같은 것으로 자신의 처지를 상기시키려 할 때면 그런 저항이 특히나 심했다.
>
> −『조만득 씨』 367쪽

조만득 씨는 자신이 적극적으로 조작한 기억의 망각능력[20]으로 세운 백만장자 되기의 시뮬라크르 세계를 잃지 않기 위해 과거의 기억에 대해 저항한다. 하지만 민 박사로 대표되는 현실 세계는 이성의 기준 틀을 벗어나려는 그의 기억을 되돌려 놓는다. 고통스런 상처로 얼룩진 미움과 증오, 원한의 세계로 다시 그를 되돌린 것이다. 그리고 그 결과 소설은 조만득 씨가 '다시 미쳐버린 대신 그의 앓아누운 어머니와 말썽쟁이 아우를 어느 날 밤 차례로 목을 눌러 죽인 것'으로 비극적 결말을 맺는다.

전에 없이 조만득 씨가 병원을 나간 바로 다음날부터 그의 뒤 소식을 필요 이상으로 궁금해 하던 민 박사는 "동반자살을 기도했던 흔적이 남아 있는 걸로 보아서 위인이 아주 미쳐 버린 건 아니었어. 하긴 미치지 않은 쪽이 더욱 비극이었지만"이라는 말을 남긴다. 소설은 이러한 결말을 통해 '과연 조만득 씨가 이러한 치료를 원하고 있느냐, 그리고 이러한 치료를

---

19) 반−기억 내지 대항−기억이란 이처럼 현재를 과거에 사로잡는 기억에 대항하여 기억을 지우며 다른 것이 '되고' 새로운 삶을 구성하는 그런 능력으로서 망각능력을 뜻한다.
이진경, 앞의 책, 47쪽.

20) 망각능력이란 가령 상처와도 같은 과거를, 혹은 영광스럽고 행복했던 과거조차 지우며 넘어서는 적극적 능력이지, 건망증처럼 기억해야 할 것을 잊는 '무능력'이 아니란 점이다.
이진경, 위의 책, 47~48쪽.

통해 그의 행복을 빼앗는 것이 과연 옳은 일인가' 라는 첫 번째 질문에 어느 정도 대답을 했다고 본다.

## 2. 두 번째 질문─조만득 씨 치료 후 현실 문제에 대한 대답

문제는 두 번째 질문인 '민 박사를 담당으로 맞은 것, 그러니까 치료 후 그 현실의 문제를 헤쳐 나가는 것은 조만득 씨 자신에게 달린 문제' 라는 것이다.

소설 속에서 화자와 내포작가의 충돌은 첫 번째 질문과 두 번째 질문의 모순 속에서 발생한다. 전혀 해결의 기미가 보이지 않은 현실 상황에서 조만득 씨에게 선택의 기회도 없이 그 결과는 이미 결정되어 있는데, 그 현실을 맞는 것은 조만득 씨 자신에게 달린 문제라는 것은 모순된 상황이다. 미쳐 버릴 권리조차 없는 조만득 씨는 치료 후 다시 현실의 한계상황에 직면해야 하기 때문이다.

민 박사는 기존 질서의 사회 속에서 이성의 기준으로 판단한다. 조만득 씨의 욕망생산─자신만의 시뮬라크르를 세우려는─이 분열증적 극한으로 치닫지 않도록 억압하기 위해 그를 치료하려 한다.

> "미친 것은 가짜의 삶이고 가짜의 행복이니까. 현실의 그것이 아무리 무겁고 고통스러운 것이더라도 거기서밖에는 삶의 진실이 찾아질 수 없거든"
>
> ─『조만득 씨』 372쪽

> "(……) 내겐 그게 권리보다 어쩔 수 없이 짊어지고 살아내야 할 어떤 숙명적인 부채 같은 것으로 느껴져 오는 수가 많거든. 그게 만약 우리가 짊어지고 살아 내야 할 숙명의 부채 같은 것이라면, 우리는 어차피 누구나 자신의 현실과 정직하게 맞서는 도리밖에 다른 길이 없는 거지. 우리가 짊어지고 살아 내야 할 진짜의 짐이란 우리의 현실 바로 그거니까……"
>
> ─『조만득 씨』 372~373쪽

'민 박사는 결국 미침 속에서의 삶은 삶이 아니며, 제정신 속에서의 깨어 있는 삶만이 진짜 삶이라고 말하고' 있다. 하지만 존재의 본질은 그를 구역질나게 만들고, 또 '두렵게도' 만드는 고통의 근원이다. 실존주의자들은 대부분의 사람들이 존재의 힘든 진실들을 알고 싶어 하지 않기 때문에 비본래적으로 살아간다고 단언한다. 사람들은 삶에 대한 일련의 거대한 거짓말로 자신에게 위안을 주고 싶어 한다.[21]

민 박사가 조만득 씨에게 본래성을 성취하게 하려는 이유는 '세계에 대한 어떤 본질적인 질서나 목적이 존재하지 않는다는 사실을 받아들이게 하고 또 그것은 우리가 스스로 만들어 낸 의미들에 대한 완전한 책임을 지고 있는 약하고 유약한 존재라는 사실을 인정하게'하고 싶은 것이다. 그리고 본래성의 성취로 인한 '인식의 중압감과 그것이 초래할 수 있는 소외감과 광기의 느낌'[22]은 스스로 극복해야 할 문제라고 이야기 하고 싶은 것이다. 이것은 '민 박사를 담당으로 맞은 것, 그러니까 치료 후 그 현실의 문제를 헤쳐 나가는 것은 조만득 씨 자신에게 달린 문제' 라는 질문에 어느 정도 해답이 될 수 있으리라 본다. 그리고 제니퍼 L. 맥마흔은 여전히 비본래성보다는 본래성이 더 선호할 만하게 느껴진다고 했는데, 그 첫 번째 이유가 비본래적으로 사는 것이 불안을 경감시키는 것은 사실이지만 그것을 근절시키지 못하기 때문이라고 말한다.[23]

하지만 조만득 씨는 현실의 한계상황에서 불안보다 한 걸음 더 나아가 절망해 버린다. 절망에는 여러 종류가 있다. 스스로 자기를 의식하지

---

21) 슬라보예 지젝 외, 이운경 옮김, 앞의 책, 107~108쪽.

22) 슬라보예 지젝 외, 이운경 옮김, 위의 책, 110쪽.

23) 사르트르, 카뮈 그리고 하이데거 등의 실존주의자들은 불안이 우리 존재의 본질에서 유래한다고 본다. 그러므로 불안을 근절시킬 수 있는 유일한 방법은 우리 스스로를 완전히 제거하는 것이다. 물론 이것은 결코 바람직한 선택이 아닐 것이다. 결국 불안을 끝내는 길이 죽음뿐이라면 우리는 그것으로 인한 불안 해소를 달가워하지 않을 것이다. 사르트르, 카뮈 그리고 하이데거에 의하면 불안은 우리 존재의 불가피한 측면이다. 즉 그것은 우리 존재의 일부분이다.
슬라보예 지젝 외, 이운경 옮김, 위의 책, 110~111쪽.

못한다면 그 절망은 비본래적이고 절망하고 있다는 사실조차도 의식하지 못한다. 반대로 절망하고 있는 자가 자신의 상태를 명백히 알고 있다면 그는 절망 가운데서 자기 자신이 아니기를 바라거나 또는 절망 가운데서도 자기 자신이고자 한다면, 용기가 생긴다. 하지만 키에르케고르는 『죽음에 이르는 병』에서 절망은 죽음에 이르는 병이라고 했다.[24)]

조만득 씨는 자신의 상태를 명백히 알고 절망 가운데서 자기 자신이 아니기를 바랐지만, 민 박사에 의해 본래성을 다시 돌려받은 상태이기 때문에 자기 자신을 거부할 수 없었다. 민 박사는 조만득 씨가 절망 가운데서도 자기 자신이고자 하여 용기를 얻기 바랐지만, 그는 현실의 한계상황을 극복하지 못하고 불안의 원인이라고 생각되는 앓아누운 어머니와 말썽쟁이 아우를 목 눌러 죽이고, 동반자살을 시도한다.


## IV. 두 번째 질문에 대한 대답 — 영화 〈나는 행복합니다〉

### 1. 인물의 확장

당연한 이야기겠지만 단편소설을 장편영화로 번역하려면 서사의 확장과 변주가 필요하게 되는데, 서사의 확장과 변주는 인물과 동시에 시공간의 확장과 변주가 필연적으로 뒤 따르게 된다. 영화 〈나는 행복합니다〉에서 소설 『조만득 씨』의 서사를 확장하기 위해 가장 중요하게 생각한 것이 인물의 확장이다. 그중에서도 미스 윤이 변주된 이수경(이보영 역)의 인물 확장이 서사에서 중요한 위치를 차지하게 된다.

---

24) 절망은 자기와 자기 자신의 관계에 있어서의 불균형, 일종의 자기 소모이고, 자신을 창조한 힘으로부터 벗어나려는 시도로부터, 또한 인간이 영원한 것을 소홀히 하고 그의 정신적 본질을 망각하고 있다는 사실로부터 생기는, 정신적 존재로서 인간의 특별한 병이라고 키에르케고르는 말한다.
프리츠 하이네만, 황문수 옮김, 앞의 책, 42쪽.

[그림 1] 〈나는 행복합니다〉 영화포스터

소설 『조만득 씨』에서 간호원인 미스 윤의 위치는 관찰자의 입장에서 소설의 서사를 이끌어가는 부차적인 인물인데 반해, 영화 〈나는 행복합니다〉에서 간호사인 수경은 조만수와 함께 영화를 이끌어가는 큰 축으로서 주인공 역할을 하게 된다. 그럼으로써 영화는 소설과 또 다른 서사의 얼개를 엮어나가게 되고, 영화 자체로서의 의미보다 확장된 의미구조를 생산해내게 된다.

만수는 '열서너 살 되었을 무렵부터 모래내 변두리의 한 신 개발지 부근에서 20년 가까이나 골목 이발소에서 일을 해 오면서 반신불수로 누워 지내는 노모를 단칸살이 셋방에서 작은 수입과 어려운 처지에도 어느 때 어느 곳에서 듣기 민망한 원망의 소리 한마디 없이, 한결같은 정성으로 아픈 노모를 모셔온 효자'인 소설의 조만득과 비슷한 인물 설정을 가지고 간다. 만수는 작은 시골마을에서 치매를 앓고 있는 노모를 모시고 카센터를 하고 있다. 그리고 소설에서 '고등학교 다니다 말고 집안 처지에 대한 불평

끝에 끝내는 집을 뛰쳐나가 엉뚱한 사고를 저지르거나 장사 밑천을 요구해 푼돈 모음을 쓸어가는 성미 괄괄한 아우'를 가지고 있는 것과 비슷한 설정으로 영화에서는 노름에 미쳐 동생 만수를 괴롭히는 형 만철을 설정한다. 하지만 수경은 소설의 미스 윤과는 다르게 새롭게 창조된 인물이다.

수경은 만수가 입원한 '기독교 복음병원'의 정신병동에서 수간호사로 일하고 있다. 그녀는 직장암 말기 아버지를 모시게 되면서 차를 팔고 동료 간호사의 차를 얻어 타고 다니고, 사채업자에게 빚 독촉 전화에 시달리는 등 경제적으로 힘들어지게 된다. 그리고 같은 병동에서 일하는, 만수를 치료하는 정신과 의사 장형철에게 버림을 받는다.

애인에게 배신당하고 말기 암 환자인 아버지를 간호하며 병원 일을 동시에 하는 그녀는 정신적·육체적으로 피폐해진 상태다. 언제나 피곤에 절은 얼굴 표정에 부르튼 입술과 헝클어진 머리카락은 그녀의 현재 모습을 잘 보여주고 있다.

수경과 만수는 서로 마주침을 통해 나와 다른 타자를 만나게 된다. 하지만 그들은 곧 서로에게서 자신이 보지 못하는 자신을 발견하게 된다. 왜냐하면 타자성은 외부의 대상이 아닌 나 자신에게서 발견되기도 하기 때문이다.[25]

그들은 서로에게 조각난 세계를 메워주는 존재가 된다.[26] 수경은 한계상황에 부딪힌 상태인데, 그 모든 한계상황을 버리고 자신만의 시뮬라크르를 만들어 행복하게 사는 만수의 모습이 자신이 정말 원하는 모습일 수 있다. 만수는 극한의 상황에 몰린 상황에서도 어떻게 해서든 아버지를 버리지 않고 지키려는 수경의 모습이 자신이 지금 있어야 할 상황이라고 생

---

25) 강신주, 「나의 조각난 세계를 메워주는 존재, 타자(他者)」, 아트앤스터디 (www.artnstudy.com).
26) 강신주에 따르면, 들뢰즈에게 타자는 '나'의 조각난 세계를 보충해주는 존재로 출발한다. 즉, 타자는 파편화된 나의 모습을 보지 못하는 자신의 모습을 보는 존재이다. 그리고 타자를 통해 자신을 보게 된다.

각할 수 있다. 한계상황을 버리고 도망친 자신의 모습이 한없이 작아 보이고 초라해 보일 수 있기 때문이다. 그들은 서로 파편화 된 모습을 메워주는 타자이다. 그들이 병실에서 처음 만났을 때, 각자 부르튼 입술에서 발화되는 서로의 건조한 음성은 그들의 동질성을 찾아가는 첫걸음이다.

만수와 수경은 그렇게 서로의 파편화된 모습을 메워주는 타자에게서 연민의 감정을 느낀다. 그리고 그것은 서로에게 동질감으로 다가온다.

만수가 정신과 의사인 형철과의 면담시간에 동석한 수경이 코피 흘리는 것을 보고 수경에게 괜찮으냐고 물어보는 신과 수경이 형철에게 혼나고 있을 때 '여자에게 너무 막 하는 거 아냐!'라고 수경을 두둔하는 신 그리고 자신의 병실에서 환각으로 나타난 형철을 쫓아줬다고 생각하는 만수가 수경에게 자신만의 수표를 써 주는 신 등은 이것을 잘 나타내 준다.27)

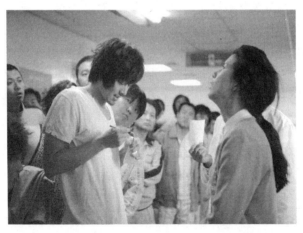

[그림 2] 영화 〈나는 행복합니다〉속 한 장면

---

27) 이러한 만수와 수경의 관계에서 동질감을 더 끌어올려주는 인물이 형철이다. 형철은 만수와 수경 둘 다 갈등관계를 형성함으로써, 만수와 수경이 같이 싸워야 하는 인물로 설정되어 둘의 동질감을 더 높여주는 역할을 한다.

수경 또한 만수에게 연민의 정을 느끼고 살갑게 대해준다. 대표적으로 만수가 자신만의 수표를 건네며 수경에게 치킨을 시켜달라고 할 때, 수경이 자신의 돈을 내며 치킨을 시켜주는 시퀀스이다.

S#. 간호사 데스크
수경은 후배들을 보낸 후 멍하니 앉아 있다가, 병실 모니터에 비친 만수를 본다.

S#. 병실 안
만수는 침대에 사지와 몸이 끈으로 묶여 누워 있고, 병실 밖 문에는 수경이 다가와 문에 달린 창으로 만수를 쳐다보고 있다.

수경 : 잘 지내셨어요?
만수 : 잘 지내긴, 이거 안 보여? 내가 사례는 얼마든지 할 테니까, 나 좀 여기서 꺼내줘요. 제발! 응! 전기로 지지고 매일 이상한 약에 똑 같은 말 묻고 또 묻고, 미치겠어. 진짜. 왜 그래요? 열쇠 없어?
수경 : 조금만 참으세요.
만수 : 무슨 소리야? 뭘 참어.
수경 : 치료 때문에 그러는 거니까, 조금만 참으세요.
만수 : 치료, 무슨 치료. 어떻게 그놈하고 똑 같은 소릴 해. 그 놈한테 넘어간 거야?
수경 : 곧 좋아질 거예요.
만수 : 뭐가? 뭐가 좋아진다는 거야, 뭐가? 빨리 문 열어! 빨리 문 열어! 내가 싫다는 데, 너까지 왜 이러는 거야? 니들이 뭔데, 내가 싫다는데 니들이 뭔데! 니들이 뭔데!

S#. 또 다른 병실 안(회상)
수경 부는 침대에서 큰 그릇을 입에다 대고 고통스러운 듯 토하고 있고, 수경은 울면서 아버지를 뒤에서 껴안으면서 진정시키고 있다. 수경 부는 그릇을 내 던지고 침대를 부여잡고 고통스러워하고 수경은 아버지라는 발음도 제대로 하지 못 하면서 흐느끼고 있다.

　　수경 부 : (무척 괴로워하며) 그 놈의 항암치료 죽겠다, 정말!

　　수경 : (울먹이는 목소리로) 아빠, 조금 만 참으세요. 아빠 괜찮아 질 거야.

　　수경 부 : (수경을 뿌리치면서, 무척 괴로워하며) 뭐가 괜찮아진다는
　　　　　　거야, 이놈아! 대체 뭐가, 뭐가 괜찮아 진다는 거야!

수경 부는 계속 괴로워하고 수경은 옆에서 울고 있다.

　　S#. 간호사 데스크
　　수경은 멍하니 앉아 있다.

　　연속적으로 이어지는 이 시퀀스는 결정적으로 수경이 만수에게서 파편화된 자신의 모습을 발견하는 시퀀스이다. 연민과 동질감을 넘어서 수경은 만수에게서 자신의 모습을 발견하게 되는 것이다.

　　수경은 만수에게 치료 때문에 조금만 참으라고 말하고, 만수는 내가 싫다는데, 니들이 뭔데 치료를 강요하느냐고 말한다. 그 말은 들은 수경은 아버지에게 조금만 참으라고, 조금만 참으면 괜찮아질 거라고 이야기한 것을 떠올린다. 그 때 수경의 아버지도 만수와 똑같은 말을 한다. 현실의 한계상황에 부딪힌 사람에게 좋아질 거라는 위로는 가식과 위선일 뿐이다.

　　수경은 만수에게 조금만 참으면 좋아질 거라고 이야기 한 것에 대한 만수의 반응을 보고 문득 아버지에게 조금만 참으면 괜찮아질 거라고 이야기한 것을 떠올리게 된다. 한계상황에 부딪힌 수경은 만수의 그런 모습에서 자신의 모습을 보게 되고, 결국 그것은 파편화된 자신의 모습을 확인하는 계기가 된다. 그리고 조금만 참으면 괜찮아질 거라는 말은 자기 자신에게 하는 말이 된다. 하지만 그 말은 결국 가식과 위선으로 점철된 부질없는 말이라는 것을 그녀는 안다.

　　따라서 영화는 소설에서 두 번째 질문인 '민 박사를 담당으로 맞은 것, 그러니까 치료 후 그 현실의 문제를 헤쳐 나가는 것은 조만득 씨 자신에게 달

린 문제'라는 것에 대한 대답을 위한 영화라는 것을 알 수 있다. 연극 <배꼽춤을 추는 허수아비>보다는 그 사회 구조적 문제에 대한 접근성이 적다고 해도 영화 <나는 행복합니다>는 소설에서 두 번째 질문에 대한 대답을 시도함으로써 영화 내부에 사회 구조적 문제를 함의하려 한다. 그것은 문자언어에 비해 영상언어로 현실의 세계를 직접 보여줘야 하는 영화의 어쩔 수 없는 선택일 수 있다. 영상언어는 문자언어에 비해 한계상황에 처하게 된 인물의 모습을 적나라하게 보여주는 힘이 있는 것이 사실이기 때문이다.[28] 이것은 영화의 결말을 소설과 다르게 보여주는 것과 연결된다.

## 2. 열린 결말로서 영화

대부분의 연구자들은 영화 <나는 행복합니다>가 행복한 결말 또는 긍정적 결말이라고 결론 내리고 있다. 하지만 영화가 해피엔딩이라는 것은 유보되어야 할 것 같다. 영화가 결말을 열어 놓아 여러 가지 해석이 가능하겠지만, 치료 후 현실을 헤쳐 나가야 하는 만수에게 아직 현실은 버겁다. 또한 결정적으로 수경과 만수는 자신들이 보지 못하는 것을 메워주는 파편화 된 인물로서 동질감을 느끼는 인물이지만 서로 타인이고 같은 인물이 될 수 없다.

수경과 만수는 거울상 이성질체 같은 인물로서 현실적 한계상황에 부딪는 동일한 인물 같지만 서로 겹칠 수 없는 상이한 인물이다. 서로는 데칼코마니처럼 겹쳐지는 부분은 같지만 또 서로 같지 않은 인물이다.

영화 마지막 시퀀스에서 수경은 형철의 뺨을 때리고 병원을 나선다. 그리고 햇빛 비치는 하늘을 한 번 올려다보고 버스정류장에서 버스를 기다린

---

28) 영화는 만철이 도박에 미쳐 만수에게 부리는 만행을 직접 보여주고, 그것으로 인해 괴로워하는 만수의 모습을 관객은 직접 목도하게 된다. 그리고 암환자인 수경부의 처절한 모습과 그것으로 인해 애인에게 배신당하고 빚 독촉을 당하는 찌든 현실을 마지못해 버텨나가는 수경의 모습을 사실적으로 묘사한다.

다. 병원에서 나와 마을 이장과 만수를 태우고 가던 택시는 멈추라는 이장의 고함에 멈추고 후진해 수경 앞에 선다. 이장은 만수에게 택시에서 내려 수경에게 인사하라고 한다. 병원에 있을 때 도와주시던 간호사 선생님이라고 만수에게 설명하면서, 수경이 은인이니 고맙다고 인사하라고 한다. 하지만 수경에게 인사하는 만수는 수경을 알아보지 못한다. 다정하게 웃으면서 만수를 바라보는 수경과는 다르게 만수의 표정은 무표정하다.

[그림 3] 영화 〈나는 행복합니다〉의 한 장면

만수는 택시를 타고 떠나면서 뒤 자석에서 무표정한 얼굴로 뒤돌아 수경을 본다. 멍한 표정을 하고 있던 수경은 현실에서의 짐을 벗어 던졌을 때의, 이젠 힘든 모든 것이 끝났다고 생각했을 때의 애잔함을 머금은 희미한 미소를 지으면서 만수가 타고 떠나는 택시를 바라본다. 하지만 만수는 택시에서 아직도 무표정한 얼굴로 수경을 바라본다. 그리고 만수는 밤에 희미한 헤드라이트가 비치는 작은 오토바이를 타고 칠흑 같은 어두운 국도를 달리면서 영화는 끝난다.

안현경은 마지막 신이 자신의 힘으로 앞을 밝혀 나아가는 모습을 상징함으로써 긍정적인 결말이라고 이야기 한다.[29] 하지만 마지막 신은 만수

---

29) 안현경, 앞의 논문, 40쪽.

가 영화를 보러 갈 때 오토바이로 달리던 환한 터널의 국도와는 다른 이미지로 다가온다. 마지막 신에서 만수의 오토바이에서 비치는 헤드라이트는 칠흑 같은 어둠을 헤치고 나가기에는 역부족처럼 보인다. 치료 후 현실을 헤쳐 나가야 하는 만수에게 그 어둠의 무게감은 너무 무겁게 다가온다. 물론 소설에서 조만득을 현실의 한계상황까지 가게 만들었던 아우는 살아 있었고, 영화에서 만수를 현실의 한계상황까지 몰았던 형은 도박 빚 때문에 자살했다. 하지만 형이 남긴 도박 빚 때문에 만수는 카센터를 잃고 형의 빚까지 떠안게 되었다. 치매 걸린 노모를 모시고 살 생계수단을 잃은 것이다.

수경은 만수와는 다르게 자신을 버린 형철의 뺨을 때리고 병원을 박차고 나왔다. 물론 그녀에게 아버지 병원비 때문에 남은 빚이 있을 테지만, 만수의 그것과는 비교가 되지 않는다. 그녀는 암으로 죽은 아버지에 대한 애도의 슬픔에서 잘 벗어나면 되는 것이다. 따라서 수경이 만수를 보내면서 보이는 애잔함을 머금은 알 수 없는 미소는 치료를 잘 마친 만수에게 동질감을 느끼면서, 현실의 한계상황을 잘 버텨 준 자신에게 보내는 애잔하면서도 약간은 울먹이는 미소이다. 수경은 치료를 잘 마친 만수가 현실로 돌아와 다행이라고 생각했을 것이고, 만수는 어두운 미래의 현실로 돌아와 불안할 것이다.


## V. 결론

소설이 영화로 번역되면 그 소설이 다시 한 번 조명을 받는 경우가 있다. 대표적으로 이청준 소설 『벌레 이야기』인데, 영화 <밀양>이 개봉됨에 따라 언론에 소설 이름이 많이 노출되고, 단편 소설이 ≪밀양, 이청준 소설, 최규석 그림, 원제 『벌레 이야기』≫란 제목의 단행본으로 열림원에서 재출간된다. 하지만 그것보다 중요한 것은 소설이 영화로 번역되면서 의미의 확장성을 가지게 된다는 것이다. 소설 속에서 떠돌던 기표의 연쇄를 꿰매는 지점(누빔점)이 바로 영화가 의미를 획득하는 지점이라는 것이다. 영화 <밀양>에 대해 이창동 감독이 설명하고 연구자들에 의해 영화에 의미가 부여되면서 소설 『벌레 이야기』에 숨어 있던 정치적 담론들이 고개를 내밀었다. 그리고 영화 <밀양> 자체로만 봤을 때보다 소설 『벌레 이야기』의 기표들의 연쇄 속에서 영화를 봤을 때 영화 또한 의미의 확장성을 기대할 수 있다.

따라서 소설의 영화되기는 단순히 각 장르의 차이를 강조하면서 서로의 '개성과 차이를 인정하라'는 식의 차이의 개념으로 빠져드는 것이 아니라, 소설이 영화와 만나 이전의 소설 자신과 달라지는 지점 그리고 동시에 그 만남에서 영화 또한 이전의 영화와 달라지는 지점을 표시한다. 소설의 영화되기는 소설이 영화와 접속하거나 영화 스스로 이전과 다른 것으로 변환시키는 '변이'와 '변혁'의 철학이고, 스스로 다른 것이 되는 '되기의 정치학'이다.

영화 <나는 행복합니다>는 수작임에도 불구하고 관객의 선택을 많이 받지 못했으며, 소설 또한 다시 조명 받는 일은 일어나지 않았다. 차라리 연극 <배꼽춤을 추는 허수아비>가 공연 되었을 때 소설이 좀 더 조명 받았다.[30] 하지만 그렇다고 소설이 영화로 번역됨으로써 이전 자신과 달라지는 지점이 사라진 것은 아니며, 영화 또한 스스로 이전 자신의 영화와 달라지는 지점이 사라진 것은 아니다.

소설은 연극 <배꼽춤을 추는 허수아비>처럼 현실의 구조적인 문제에 대해서는 이야기하지 않는다. 그것은 '이 이야기는 애초에 민 박사가 그의 병태를 치료해 낸 과정이나 결과를 말하려는 게 아니었'던 것처럼 조만득 씨를 미치게 만든 사회 구조적 원인을 밝히려는 게 아니기 때문이

---

30) 연극은 사회 구조적 문제(혼란스런 자본주의)에 적극적으로 의미를 부여했으며, 그 것은 일정 정도 독자들에게 소설의 새로운 의미 구조를 부여했다고 할 수 있겠다.

다. 하지만 영화는 두 번째 질문인 '치료 후 그 현실의 문제를 헤쳐 나가는 것은 조만득 씨 자신에게 달린 문제'라는 것에 대한 대답을 통해 영화의 주제의식을 끌어내려 한다. 영상언어는 문자언어에 비해 한계상황에 처하게 된 인물의 모습을 적나라하게 보여주는 힘이 있는 것이 사실이기 때문이다. 영화는 이러한 대답을 이끌어내기 위해 인물의 확장에 주력한다. 간호사인 수경은 조만수와 함께 영화를 이끌어가는 큰 축으로서 주인공 역할을 하게 된다. 그럼으로써 영화는 소설과 또 다른 서사의 얼개를 엮어나가게 되고, 영화 자체로서의 의미보다 확장된 의미구조를 생산해 내게 된다.

이러한 인물의 확장은 수경과 만수의 또 다른 결말을 이끌어내게 된다. 수경과 만수가 두 번째 질문에 대한, 치료 후(수경의 경우 한계상황을 벗어난 후) 그 현실의 문제를 헤쳐 나가는 것에 대한 해답을 찾아야 할 때, 그 현실을 마주한 크기가 수경과 만수가 달라지게 됨으로써 영화는 소설과 다르게 결말을 열어 놓고, 관객에게 그 기표의 연쇄를 붙잡게 만든다.

영화의 이러한 인물의 확장과 열린 결말은 소설의 '과연 조만득 씨가 이러한 치료를 원하고 있느냐, 그리고 이러한 치료를 통해 그의 행복을 빼앗는 것이 과연 옳은 일인가'라는 첫 번째 질문에 집중 된 의미 구조에서 두 번째 질문인 '민 박사를 담당으로 맞은 것, 그러니까 치료 후 그 현실의 문제를 헤쳐 나가는 것은 조만득 씨 자신에게 달린 문제'라는 의미 구조도 주목을 받을 수 있는 의미 구조를 생산해 냈다. 따라서 소설 『조만득 씨』는 영화 <나는 행복합니다>가 새로운 의미 구조를 생산해냄으로써 떠돌던 기표들의 연쇄들을 새로 꿰맬 수 있었으며 그것은 의미의 확장으로 이어졌다. 또한 영화 <나는 행복합니다>는 소설 『조만득 씨』에서 집중된 의미 구조인 첫 번째 질문을 통해 두 번째 질문에 대한 답을 구함으로써 열린 결말의 기표의 연쇄를 관객에게 붙잡게 할 수 있었다.

# 참고문헌

## 1. 기본서

이청준, 『조만득 씨』, 『소문의 벽』, 열림원, 1998.
윤종찬, <나는 행복합니다>, 블루스톰(주), 2009.
극단 아리랑, 『배꼽춤을 추는 허수아비-극단 아리랑 10주년 희곡집 3』,
　　　　공간미디어, 1996.

## 2. 단행본 및 논문

강신주, 「나의 조각난 세계를 메워주는 존재, 타자(他者)」, 아트앤스터디
　　　　(www.artnstudy.com).
김창윤, 「영화로 제작된 이청준 소설 연구-죽음 · 애도 · 이데올로기를
　　　　중심으로-」, 강원대 박사논문, 2013.
노영윤, 「<나는 행복합니다>에 나타난 조만수의 인간관계와 과대망상
　　　　치료과정>-원작 소설 <조만득씨>와의 비교를 중심으로-」,
　　　　영화와 문학치료, 2010.
박상익, 「소설, 연극, 그리고 영화의 매체 간 서사 재현 양상 연구 : 이청
　　　　준의 「조만득씨」 · 연극 <배꼽춤을 추는 허수아비> · 영화
　　　　<나는 행복합니다>를 중심으로」, 국제어문, 2012.
변광배, 『장 폴 사르트르, 시선과 타자』, 살림, 2004.
설연희, 「소설과 영화의 표현 양식 비교 연구 : 이청준 作 "서편제"를 중
　　　　심으로」, 한양대 교육대학원 석사논문, 1996.
안현경, 「소설과 영화의 서사성 비교 연구-이청준 단편소설 「조만득 씨」
　　　　와 윤종찬의 영화 <나는 행복합니다>를 중심으로 -」, 대구가
　　　　톨릭대 석사논문, 2011.

육소영·변상현, 「거울상 이성질체 관련 발명의 특허보호」, 『산업재산권』 17호, 한국재산권법학회, 2005.

윤영돈, 「이청준 소설의 영화화 연구-원작소설과 영화의 스토리텔링 중심으로-」, 단국대 박사논문, 2010.

이광래, 『미셸 푸코-'狂氣의 역사'에서 '性의 역사'까지』, 민음사, 1989.

이성준, 「소설과 영화의 서술기법 비교 연구-이청준 원작소설과 각색영상물을 중심으로」, 단국대 박사논문, 2009.

이진경, 『노마디즘 2』, 휴머니스트, 2002.

이청준, 『배꼽춤을 추는 허수아비-극단 아리랑 10주년 희곡집 3 (작가의 말)』, 공간미디어, 1996.

전지은, 「이청준 소설의 매체 변용양상 연구-『서편제』, 『축제』, 『벌레이야기』를 중심으로」, 한양대 석사논문, 2008.

슬라보예 지젝 외, 이운경 옮김, 『매트릭스로 철학하기』, 한문화, 2003.

슬라보예 지젝, 이수련 옮김, 『이데올로기라는 숭고한 대상』, 인간사랑, 2002.

자크-알랭 밀레 편, 맹정현·이수련 옮김, 『자크 라캉 세미나, 정신분석의 네 가지 근본 개념』, 새물결, 2008.

장 보드리야르, 하태환 옮김, 『시뮬라시옹』, 민음사, 2001.

제임스 윌리엄스, 신지영 옮김, 『들뢰즈의 차이와 반복, 해설과 비판』, 라움, 2010.

질 들뢰즈, 김상환 옮김, 『차이와 반복』, 민음사, 2004.

질 들뢰즈, 이정우 옮김, 『의미의 논리』, 1999.

프리츠 하이네만, 황문수 옮김, 『실존철학-살았는가 죽었는가』, 문예출판사, 2009.

F. 짐머만, 이기상 옮김, 『실존철학』, 서광사, 1987.

S. 채트먼, 한용환 옮김, 『이야기와 담론-영화와 소설이 서사구조』, 푸른사상, 2003.

# 이청준 소설의 영화되기

# Ⅰ. 들어가며

## 1. 문화의 산업화와 대중화[1]

1895년 뤼미에르 형제에 의해 최초로 활동사진이 상영된 이후, 영화라는 장르는 현대에 이르기까지 막강한 영향력을 행사하는 장르로 성장했다. 적극적으로 문학적 요소를 받아들이기 전까지 영화는 말 그대로 활동사진에 머물렀으나, 그리피스와 에이젠슈테인에 의해 적극적으로 문학적 요소를 받아들임으로써 영화는 예술이라는 이름을 얻을 수 있었다. 한 예술이 우세한 인접 예술의 영향을 받는다고 하는 것은 아마도 불변의 법칙일 것이다. 그러나 예술의 역사가 독자성과 특수성의 방향으로 진화해왔다는 것 또한 주지의 사실이다. 영화는 문자언어와는 다른 영상언어만의 문법과 구문[2]을 만들어 가면서 독자적 예술을 지향하기 시작한다. 그리고 영화는

---

1) 본장은 (졸고, 「예술로서의 문자언어와 영상언어」, 『어문논집』 43집, 2010, 337~344쪽)을 보완하여 첨삭한 것이다.
2) 영화의 문법과 구문은 쇼트를 배열하는 편집·커팅 혹은 몽타주 과정이다. 하나의 쇼트는 하나의 단어처럼 의미를 지니고 있지만, 세심하게 배열된 일련의 쇼트는 문장처럼 의미를 전달한다.
   로버트 리처드슨, 이형식 옮김, 『영화와 문학』, 동문선, 2000, 96쪽.

제7예술[3]을 부르짖으면서 서사의 중요성이 부각되는 시대를 맞이하게 된다.[4]

영화가 이렇게 영상언어만의 독자적이고 특수한 문법과 구문을 계속적으로 발전시키면서 시나리오라는 서사적 장르까지 함께 아우르게 됨에 따라, 문자언어로 된 문학, 특히 소설의 영역을 잠식하게 된다. 영화가 문학에 빚을 지고 있건, 문학이 영화에 빚을 지고 있건 간에 문학은 상당한 위기감을 갖게 된다. 이러한 위기감은 아날로그 시대로부터 디지털 시대로의 문명적 전환을 맞이하는 현대사회에 와서 더 커지게 된다. 그 이유는 후기 산업사회에 들어서면서 문화산업은 산업의 중요한 한 부분으로 형성되어 왔지만, 21세기형 문화산업은 기존의 문화 형태에 근본적인 변화를 가할 것이기 때문이다. 그리고 이러한 문화산업의 변화는 자본−과학의 복합체가 생성할 것이다. 자본−과학의 복합체가 생성할 21세기형 문화산업[5]에서 문자언어인 소설보다 영상언어인 영화가 그 힘을 더 많이 발휘하게 될 것은 자명한 사실이다.

---

3) 제7예술이라는 말은 1911년에 리치오도 까뉴도라는 이탈리아 평론가가 [제7예술 선언]을 발표하면서 쓰였다. 까뉴도는 예술의 갈래를 크게는 리듬예술과 조형예술로 나누었고, 각각의 구성은 리듬예술(움직임)−시, 음악, 무용, 조형예술(안 움직임)−건축, 회화, 조각으로 정리하고 있는데, 이러한 상황에서 영화라는 새로운 예술형태가 나왔고 까뉴도는 이런 영화를 기존에 있던 예술장르와 더불어 새로운 장르로 인정한 것이다. 하지만 제7예술이 7번째로 탄생한 예술이라는 의미도 있지만, 기존예술과 다르다는 의미도 있다. 해석자에 따라서는 기존예술을 모두 총화 하는 마지막 예술이라는 의미로 이해하기도 한다.
4) 영화의 주제 체계가 기술에게서 기대할 수 있는 모든 것을 다 써버리고만 것처럼 그렇게 만사가 행해지고 있는 것이다. 사람들을 감동시키기 위해서 급속한 몽타주를 발명한다거나 또는 사진의 양식을 바꾸어본다거나 하는 것만으로는 더 이상 충분하지가 않았다. 영화는 알지 못하는 사이에 시나리오 시대로 돌입하고 만 것이다. 그러나 그것은 형식이야 아무래도 좋은 것이 되고 말았다는 게 아니라 전혀 반대이다. − 확실히 형식이 지금보다도 더 내용에 엄밀히 결정되고 지금보다도 더 필연적으로 더 미묘한 것으로 된 적은 일찍이 없었다.
앙드레 바쟁, 박상규 옮김, 『영화란 무엇인가?』, 시각과 언어사, 1998, 116~143쪽.
5) 21세기형 문화산업의 실제는 문화와 예술에 대한 기존의 관념과 방법, 주제와 인식의 변화를 초래한다. 그것은 벌써부터 인간 중심주의의 정통적 관념을 밀쳐내기 시작하여 예술 창조의 소재와 주제와 방법, 아니 예술이란 무엇인가의 개념 자체까지 바꾸어놓고 있는 중이다.
김병익, 『김병익 비평집 21세기를 받아들이기 위하여』, 문학과 지성사, 2001, 78쪽.

김병익은 문학의 위기를 이렇게 기술한다. 1) 문학적 주제가 역사 · 현실 · 변혁 등 '큰 이야기'로부터 개인 · 욕망 · 꿈과 같은 미시권력의 '작은 이야기'로 옮겨 간다; 2) 이 경향은 PC 문학의 새로운 개발과 보조를 같이 하면서 근대 문학의 기초인 리얼리즘으로부터 탈피를 유도 한다; 3) 풍요 한 소비 사회 속에서 문학은 대중의 읽을거리로 자리 잡으며 에로소설 · 추리소설 · SF 등 엔터테인먼트로서의 장르가 왕성해 질 것이다; 4) 이럴 때 문학은 창작과 수용에서 생산과 소비의 시장 경제적 메커니즘에 종속 되고 광고와 유통에 크게 영향 받는다; 5) 이래서 문학은 문화 산업의 한 부문으로 내려앉고 작가는 영상 문화를 비롯한 그 문화 산업의 한 창의적 기능인으로 자리매김 될 것이다; 6) 이것은 작가가 위대한 정신이라는 전래의 위엄과 영광으로부터의 퇴위를 의미할 것이고 그래서 문학은 문화의 중심지로부터 변두리로 밀려날 것이다 등.[6]

약간은 과장된 것 같은 김병익의 이러한 주장은 디지털시대 이전의, 산업화와 대중화로 대표되는 아날로그 시대에도 있어 왔다. 1930년대 후반 부터 세리 누아르Série noire형(프랑스 갈리마르 출판사 발행의 추리소설 시리즈)의 많은 미국 소설은 분명히 이중적인 목적으로, 즉 할리우드에서 영화화 될지도 모른다는 것을 고려하고 쓰였다.[7] 한국에서도 1929년도에 첫선을 보여 일군의 하위 장르를 형성하기도 했던 '영화소설'이 존재했다. 심훈의 『탈춤』이 '영화소설'이라는 이름으로 동아일보에 연재되기 시작하면서 처음 쓰이기 시작한 '영화소설'이란 형식은 일차적으로 그것이 훗날 영화화 되는 것을 전제로 하고 쓰인 형식이었으며, 본격소설과 시나리오의 한 중간적 형태의 작품에 불과하였다. 작품성에 있어서는 동시대의 본격소설들보다 훨씬 처졌다. 이러한 영화소설은 일종의 과도기적 형식으로, 이른바 『탈춤』을 위시해서 영화소설이라는 꼬리표를 달고 발표된 작품은

---

6) 김병익, 위의 책, 78~81쪽.
7) 앙드레 바쟁, 앞의 책, 112쪽. 현대에는 이를 "스튜디오 소설"이라고 부른다.

10여 편에 불과하며, 그나마도 1930년대 후반에 접어들면서 자연스럽게 자취를 감추었다.[8]

이러한 소설들은 예술을 지향하는 소설가와 영화인들로부터 비판의 대상이 된 것은 당연한 일이다.[9] 문화의 산업화와 대중화는 예술을 지향하는, 그래서 소설과 영화 각자의 길에서 자신만의 독자영역을 확보하고 싶어 하는 작가들에게는 그리 달가운 일은 아닐 것이다. 디지털 시대에는 온라인으로 인한 정보 교류의 가속화와 글로벌화로 인해 이러한 문화의 산업화와 대중화가 가속화 되리라는 것은 확연해 보인다.[10]

이러한 문화의 산업화와 대중화는 문자언어만의 문제가 아니라 영상언어에도 상당한 문제점을 제기한다. 자본의 투자라는 문제를 안고 있는 영상언어, 특히 영화는 그 심각성이 더 하다. 자본에서 독립하지 못한

---

8) 김경수, 「한국 근대소설과 영화의 교섭양상 연구」, 『서강어문』 15집, 서강어문학회, 1999, 162~176쪽.
   영화소설이 자취를 감춘 이유는 아마도 예술성 획득의 실패가 가장 큰 요인으로 생각되어 진다.
9) 영화가 출현한 초창기부터 소설가들은 영화가 소설의 지위를 위협함에 따라 소설 자체의 특징을 탐구하려는 노력을 기울였다. 이러한 노력은 소설의 잠재성을 실험하고 혁신적인 글쓰기를 지향하는 엘리트 문학의 출현에 기여함으로써 소설은 서서히 엘리트 소설과 대중소설로 양분된다.
   엘리트 문학에서는 문학을 영화와 차별화시키기 위해서 소설이 영화와 겹치는 부분인 회화적 묘사, 나열적인 사건 전개를 멀리하였다. 아울러 언어의 사용에 관한 실험과 연구를 시도했는데, 왜냐하면 언어야말로 소설이 영화와 차별성을 이룰 수 있는 중요한 요소이기 때문이다.
   이영식 · 정연재 · 김명희, 『문학텍스트에서 영화텍스트로』, 동인, 2004, 97~98쪽.
10) 21세기 글로벌 시대에는 지식과 정보의 생산과 유통 · 축적이 폭주할 것이지만 그 대부분은 무의미한 쓰레기일 것이며 즐겁고 유익한 정보들은 상대적으로 더욱 희소해지리라는 것, 문화 산업과 대중문화가 압도하며 가상 세계라는 새로운 체험으로 우리의 실제 체험을 크게 혼란시키리라는 것, 대중 사회의 부정적 속성이 강화되며 예술의 키치화가 가속되리라는 것, 속도와 능률 중심의 경쟁력 강화로 내면적 · 사회적 스트레스가 강화되리라는 것, 그래서 인간형과 인격형 자체에 중대한 변화가 이루어지고 인문주의 정신이 약화되리라는 것 등으로 어둡게 채색된 세계이다.
   김병익, 앞의 책, 93쪽.

영화는 어느 정도 대중성11)을 확보해야 하고, 더 나아가서는 통속적으로 흐르기도 한다. 따라서 작가주의 영화는 관객과의 소통에 많은 어려움을 겪는 것이 사실이다. 특정 자본이 제작과 배급 그리고 극장까지 장악한 현재의 영화산업 하에서 예술영화와 독립영화를 위해 힘쓰는, 작가의 진성성과 예술성을 추구하는 작가들의 자본과의 힘겨운 싸움은 보기 안쓰러울 정도다. 문자언어도 마찬가지다. 대중음악 작사가로 진출한 원태연을 비롯한 대중시인들과 귀여니를 대표로 하는 일군의 인터넷 소설가들, 그리고 「퇴마록」의 성공을 기점으로 급성정한 판타지 소설 등은 문학계에서 어느 시점에서는 껴안아야 할 부분도 있지만, 아직까지는 연구대상의 문학 텍스트로는 부족한 면이 많다.

---

11) 흔히 대중성은 통속성과 혼용되면서 부정적 의미로 해석되는 경향이 있다. 즉 대중은 감각적이거나 오락적인 가치만을 추구하고 세련됨이나 고상함을 갖추고 있지 못하며 그저 도피나 허위의식에 젖어 있는, 요컨대 통속적인 존재에 불과하다는 것이다. 이를테면 대중은 인간과 사회에 대한 깊은 성찰이나 분석을 행할 수도 없으며 행할 의지도 갖고 있지 않은 무능력하고 비천한 존재라는 것이다. 이러한 관점의 기저에는 대중을 비교육적 · 비교양적인 다수의 중하류 계층이라고 단정 짓는 편향적이며 결정론적인 인식이 깔려 있다. 그러나 설령 대중성의 개념에서 통속성의 요소를 완전히 제거할 수는 없다고 하더라도 통속성 하나만으로 대중성을 규정지을 수는 없는 것이며, 더욱이 그로 인해 대중성이 부정적 의미의 개념으로 고착되어서는 안 될 것이다. 대중은 대량생산 및 소비사회의 확립과 대중전달매체의 발달과 확산에 따른 전면적인 사회 변화의 과정 속에서 등장한 불특정 다수를 가리킨다. 이 말은 현대사회에서의 대중은 전통사회에서 지배 계층의 억압과 강요에 침묵하던 다수와는 다른 위치에 있음을 시사한다. 현대사회의 대중은 소수의 지배논리에 의해 통제되고 조정되는 피동적인 객체가 아니라 거기에 저항하고 반발하면서 스스로 사회의 변동을 끌고 가는 능동적 주체로서 위치한다.
김중철, 『소설과 영화』, 푸른 사상, 2000, 97~98쪽.

## 2. 예술적 · 미학적 근거에 바탕을 둔 영화와 문학[12]

영화는 태생 자체가 과학과 산업을 기반으로 해서 발생한 장르이다. 자본이라는 것에 얽매인—독립영화를 제외하고는—영화작가는 상업적인 면에서 자유롭지 못한 것이 사실이다.[13] 그러다보니 영화를 제작하는 작가나 그것을 수용하는 관객들은 다른 예술 장르에 비해 상업성에 대해 다분히 관대하다. 예술적 관점으로 볼 때 전혀 텍스트로서 가치가 없는 영화라도, 흥행이 잘 되었거나 새로운 기술의 CG가 개발되어 쓰였거나 하는 등등의 예술적 가치 이외의 다른 가치로 인해 텍스트로서 가치를 인정받는 부분이 있는 것도 사실이다. 이것에 비해 문학은 아직도 상업성에 대해 관대하지 못한 면이 있다. 하지만 문학이 살아남기 위해서는 이러한 경향에서 탈피해야 한다는 목소리가 있는 것도 사실이다.

최근에 소설—특히 서사성이 강한 소설들이 영화 원작으로 각광받으면서[14] 문학의 산업화를 긍정적으로 보는 경향이 많아졌다. 특히 민병기는 문학적 성격과 영화적 성격을 동시에 지닌 '영상문학'이란 용어를 내세운다. 영상문학은 영화의 문학적 성격을 추구하는 학문이며 문학이 영상매체시대에 살아남기 위한 전략적 학문이라고 한다. 따라서 앞으로 문학이 계속 살아남아 그 영역과 기능을 확대하기 위한 유일한 길은 영상문학 속에 있고, 문학 창작은 영상화를 전제로 하지 않으면 살아남을 수 없다고 주장한다.[15]

---

12) 본장은 (졸고, 위의 논문, 2010, 337~344쪽)을 보완하여 첨삭한 것이다.
13) 박찬욱 감독이 영화 <박쥐>를 개봉하면서 자신이 박쥐라는 이야기를 많이 들었다고 한다. 평론가들에게는 상업영화라는 소리를 듣고, 관객들에게는 예술영화라는 소리를 들었기 때문이다. 이것은 예술영화를 추구하면서도 어쩔 수 없이 상업적 요소를 영화에 반영해야 하는 영화작가의 고충이기도 하다.
14) 박유희, 「영화 원작으로서의 한국소설」, 『대중서사연구』 16호, 대중서사학회, 2006, 105쪽.
15) 민병기, 「영상문학의 개념과 특성」, 『한국의 영상문학』, 문예마당, 1998. 박민영 ·

하지만 이것은 동의할 수 없는 주장이다. 문학 특히 소설이 영화에 소재를 제공하는 장르로 변질된다면, 문학은 앞에서 김병익이 주장한 것처럼 영상문화를 비롯한 문화 산업의 한 부문으로 내려앉고, 작가 정신은 퇴위되고 그래서 문학은 문화의 중심지로부터 변두리로 밀려 날 것이다. 그것은 예술성 획득에 실패한 '영화소설'의 예를 보더라도 알 수 있다. 이것은 문학의 독자적 생존이 힘들어질 것이라는 위기감 때문에 어쩔 수 없는 선택이라는 주장이 있을 수 있지만, 앞에서 언급 했듯이 작가주의 영화는 거의 관객의 선택을 받지 못하고 있다. 따라서 문학의 생존을 위해 영상되기를 전제로 한 문학 창작은 예술성을 포기한 채 상업성만을 추구한다는 뜻이 된다. 물론 문학과 영화가 서로 긍정적인 영향을 주면서 발전하는 것은 장려할 만하지만 문학의 독자성과 예술성을 포기한 채 문화콘텐츠 제공의 일환으로 문학이 쓰였다면 그것이야말로 진정한 문학의 위기가 될 가능성이 크다.

예술을 지향하는 영화작가들은 다른 콘텐츠에서 소재나 주제를 가져온다 하더라도 그것을 그대로 사용하는 경우는 많지 않다. 영화작가 스스로 소설이나 연극, 만화 등에서 차용한 서사나 소재 또는 주제를 모티브로만 활용하고, 작가 자신의 철학이나 예술관에 따라 그것들을 재가공하는 경우가 더 많다. 그것은 예술을 지향하는 영화작가들의 자존적 존재감에 대한 반영일 수도 있다. 따라서 문학 특히 소설이 영화되기를 전제로 '내면서술의 지양, 장면별 분절, 속도감 있는 이야기 진행으로 이루어진 표피적 서술을'16) 통한 서사를 강화하거나, 카메라의 눈처럼 영화적 묘사를 강화하는 것은 영화작가들의 선택에 그리 도움이 되지 않는다. 왜냐하면 소설을 영화로 번역하는데 있어서 소설이 시나리오로 한 번 번역되고, 시나리오는 영화 촬영으로 두 번 번역되고, 촬영한 영상은 편집으로 세 번 번역된다. 이러한 번역 과정을 거치면서 소설의 표피적 서술이나

---

정윤수,『인성과 문학』, 백산출판사, 2004, 재수록.
16) 박유희, 앞의 논문, 106쪽.

영화적 묘사는 영화의 제작과정에 그리 큰 영향을 미치지는 못한다. 따라서 소설을 영화제작을 염두 해 두고 쓰기 보다는 문자언어의 강점을 살려서 쓰는 것이 더 효율적일 것이다.

우리가 걱정하는 문학의 위기는 독자들의 선택을 받지 못하는 상업적 위기가 아니라, 예술의 진정성에 대한 또한 인문주의의 진정성에 대한 위기라고 보는 것이 마땅하다. 이것은 예술을 지향하는 문학과 영화작가들 모두의 문제라고 할 수 있다. 따라서 문학과 영화는 대립이 아니라 예술성 획득을 위한 공동의 노력이 필요할 것이다.

문학과 영화의 상관관계를 연구하는 대부분의 연구자들은 영화가 생긴 이래로 문학과 영화가 꾸준한 관계를 맺어옴에도 불구하고 그 상관관계에 대한 연구가 미흡하다고 지적하고, 두 장르가 어느 하나로 일방적으로 흡수되지 않고, 양자가 생산적으로 발전할 수 있는 방향을 모색하고자 한다. 하지만 이것은 예술적·미학적 근거는 무엇인가라는 문제의식에서부터 시작해야 한다고 본다.

본고는 이러한 예술적·미학적 근거를 바탕으로 하여 문학과 영화의 상관관계를 연구하여 양자가 생산적으로 발전할 수 있는 방향을 모색하기 위한 텍스트로 영화되기가 된 이청준 소설을 선택했다. 지금까지 연구자들은 소설과 영화의 상관관계에 대해 소설과 영화의 서술기법 또는 매체 전이 양상, 매체 변용 양상, 상호텍스트성(재매개) 등 장르적 특성을 중심으로 연구하여 왔다. 하지만 본고에서는 이청준 소설에 나타난 중요한 관념적 주제를 바탕으로 주제의식이 어떻게 영화작가들에 의해 발전적으로 계승되는지 아니면 좀 더 좁은 의미로 축소되는지 또는 영화작가들만의 주제의식으로 다시 변용되는지를 살필 것이고, 그런 과정을 통해서 이청준 소설과 영화작가들의 예술적·미학적 근거를 찾을 수 있을 것이다. 본고의 이런 연구는 소설과 영화 각각의 장르적 특성을 인정하는 범위 내에서 이루어질 것이며, 그것은 선행 연구자들이 행한 연구에 기대어 행해질 것이다.

## 3. 문학의 범주로서 영화언어[17]

장구한 예술의 역사 안에서 영화는 매우 짧고 분명한 이력을 지니고 있다. 서사 예술 중에서 유일하게 그 출생 일자를 알 수 있는 장르가 영화이다.[18] 그리고 태어나면서 붙은 이름은 예술이 아니라 발명품이었다. 그 발명품을 예술의 반열에 올려놓은 것이 문학이라고 하는 것은 어느 누구도 부인하지 못할 것이다.

디킨스와 그리스 시대, 셰익스피어까지 거슬러 올라가는 예술의 조상들을 살펴보면 그리피스와 오늘날의 영화의 근원이 에디슨과 다른 발명가뿐 아니라 거대한 문화적 전통에 근거하고 있음을 알 수 있다. 과거의 모든 문학이 세계사에 위치한 각자의 순간에서 위대한 영화 예술을 낳는 데 공헌했던 것이다. 문학에 대해 오만한 태도를 보였던 생각이 모자란 사람들은 이런 과거의 전통을 보고 뉘우쳐야 한다. 영화는 겉으로 보기에는 전례가 없는 예술처럼 보이지만, 사실 문학은 영화에 너무나 많은 것을 기여했으며, 문학이야말로 가장 중요하고 으뜸가는 시각 예술이다.[19]

이렇게 영화가 예술의 반열에 오를 수 있는 것은 영상언어 문법과 구문 역할을 하는 쇼트의 배열인 편집과 커팅 그리고 특히 몽타주라는 기술적 요건과 더불어 가장 큰 요소는 서사의 획득이다. 영화의 서사 획득은 쾌락적·심미적 또는 교훈적 기능 등 문학적 기능을 수행 할 수 있다는 것을 의미한다. 문학을 독자의 마음에 이미지와 소리를 창조하는 데 집중하는 서사 예술로 본다면, 영화도 명백히 문학성을 띠는 것으로 볼 수 있을 것이다. 영화는 문학이 작용하는 것과 비슷한 방식으로 순전히 시각적 양상에서

---

17) 본 장은 (졸고, 앞의 논문, 2010, 346~348쪽)을 첨삭하여 보완한 것이다.
18) 방현석,『소설의 길, 영화의 길』, 실천문학사, 2003, 109쪽.
19) Sergei Eisenstein(1957), Film Form, Cleveland and New York, World(Meridian), pp.232~233.

작용을 하며, 또한 서사적 형태로서도 영화와 문학은 분명히 유사성을 가지고 있다.[20]

로버트 리처드슨은 『문학과 영화』에서 영화가 창조하고 확대하는 것은 시각적 문학성이라고 주장하고, 이것은 그리스 시대 이래로 문학과 연관되었던 언어적 문학성의 확장, 혹은 그것의 또 다른, 매우 밀접하게 관련된 버전이라고 주장한다. 따라서 영화가 문학의 분파라고 주장한다.[21] 그러므로 문자언어뿐만 아니라 영상언어도 문학의 범주 범위 내에서 연구해 볼 가치가 있다. 소설이 영화로 옮겨지는 것은 번역[22]이라는 개념으로 접근해 볼 수 있는 것이고, 소설이 영화로서 재창작되는 것은 영상언어와 문자언어가 그 매체의 특성에 맞게 시각적 문학성으로 또는 언어적 문학성으로 어떻게 변주되는지를 알 수 있을 것이다. 따라서 본고는 영화도 영상언어로서 문학의 범주 내에서 연구해 볼 것이고, 그것은 영화되기가 된 이청준 소설을 텍스트로 할 것이다.

---

20) 로버트 리처드슨, 앞의 책, 20쪽.
21) 문학 연구의 범위, 특히 현대 문학 연구의 범위가 급격히 축소된 것은 매우 이상하면서 설명하기 힘든 현상이다. 르네상스 문학 연구는 종전에는 시 · 희곡 · 소설뿐만 아니라 신학 · 철학 · 교육 · 과학 · 역사 · 전기 · 저널리즘 · 관습 · 도덕 · 항해에 대한 저작들도 포함했고, 지금도 어느 정도 그러하다. 이런 현상은 현대 이전 거의 모든 시기의 문학 연구에 어느 정도 적용된다. 그러나 20세기 문학 연구만은 시 · 희곡 · 소설에 한정되어 있었고, 대학에서 연극학과가 많이 개설되면서 문학하는 사람들은 점점 더 시와 소설에만 한정시켰다.
    로버트 리처드슨, 위의 책, 22쪽.
22) 번역이라는 것은 드라이든이나 로버트 로웰이 말한 '모방'에 반대되는 개념으로서 그 과정 속에서 필연적으로 무언가 상실하게 된다.
    로버트 리처드슨, 위의 책, 23쪽.
    소설을 영화로 번역할 수 있지만, 그렇다고 소설과 영화가 근본적으로 같지 않다.

# 4. 주제적 측면을 통한 이청준 소설의 영화되기 연구

이청준 소설의 특징은 중층구조의 액자 소설과 추리 소설이라는 형식적 특징과 더불어 작품 간의 관계를 보면 메타텍스트로 이어지거나 연작 소설의 형태가 많다. 그리고 장인匠人 또는 예술가를 주인공으로 한 소설이 많으며, 다분히 관념적 소재와 표현이 주를 이루고 있다. 이러한 주인공의 관념적 소재와 표현은 주로 언어를 통해 표현되는데, 이청준의 언어 인식은 다분히 미학적·철학적인 문제의식을 함축하고 있으며23) 주제 역시 이러한 미학적·철학적 문제의식에서 벗어날 수 없다.

영화작가들에게 이청준 소설의 중층의 액자구조와 추리 소설이라는 형식적 특징은 작품의 재미를 담보할 수 있는 중요한 형식적 특징이며, 관념적 표현과 소재는 영화의 재미와 동시에 예술성을 획득할 수 있는 미학적·철학적 주제 의식을 제공한다. 하지만 지금까지 연구는 소설과 영화의 장르적 차별성과 상호텍스트성을 중심으로 연구되어 형식적 측면에 치우친 것이 사실이다.

따라서 본고는 지금까지 많이 연구된 소설과 영화의 장르적 차별성과 상호텍스트성을 중심으로 연구되는 것이 아니라, 영화를 문학의 한 연구 범주로 간주해 소설과 영화를 동일한 문학 텍스트로서 인정해 소설과 영화의 주제적 측면을 중심으로 연구해 볼 것이다. 물론 이것은 소설과 영화의 장르적 특성을 간과한다는 것이 아니라, 지금까지 많은 연구가 이루어진 소설과 영화의 장르적 특성을 중심으로 하기보다는 다른 방법을 택한다는 의미다. 따라서 지금까지 많이 연구된 소설과 영화의 장르적 특성을 인정한 상태에서 소설과 영화의 텍스트를 문학적 범주 안에서 연구한다는 것이다.

본고에서 주제적 측면을 연구하기 위해 선택한 관념적 소재는 '죽음'이다.

---

23) 한순미, 「이청준 소설의 언어 인식 연구」, 전남대학교 박사학위논문, 2006.

그리고 '죽음'이라는 관념적 소재로 인해 파생되는 '애도'에 대해 살펴볼 것이다. 마지막으로 '죽음'과 '애도'로 인해 구축되는 이데올로기 문제를 심층적으로 고찰해 볼 것이다.

영화되기가 된 이청준 소설에 대한 총체적인 연구는 아직 미흡한 실정이다. 영화되기가 된 이청준 소설에 대한 개별적 연구는 상당한 성과를 축적하고 있지만, 그것을 한데 모을 수 있는 종합적인 연구는 이제 시작 단계나 마찬가지이다. 따라서 본고에서는 영화되기가 된 이청준 소설 중 죽음이라는 관념적 소재를 관통할 수 있는 작품들을 선별해 이청준 소설이 왜 영화작가들인 감독들에게 선택되어 영화로 번역되는지, 그리고 그 번역된 영화 작품들이 어떻게 훌륭한 예술성을 획득하는지 또는 예술성 획득에 실패하게 되는지를 주제적 측면을 통해 살펴보도록 하겠다.

지금까지 영화되기가 된 이청준 소설은 아홉 편이다. 이것을 표로 만들면 다음과 같다.

[표 1] 영화되기 된 이청준 소설

| 년도 | 이청준 소설 | 년도 | 감독 | 이청준 원작 영화 |
|------|------------|------|------|----------------|
| 1966 | **병신과 머저리** | 1969 | **김수용** | **시발점** |
| 1968 | **석화촌** | 1971 | **정진우** | **석화촌** |
| 1974 | **이어도** | 1977 | **김기영** | **이어도** |
| 1981 | 낮은 데로 임하소서 | 1981 | 이장호 | 낮은 데로 임하소서 |
| 1976 | 서편제, 소리의 빛 (남도사람연작) | 1993 | 임권택 | 서편제 |
| 1996 | **축제** | 1996 | **임권택** | **축제** |
| 1979 | 선학동 나그네 (남도사람연작) | 2006 | 임권택 | 천년학 |
| 1985 | **벌레 이야기** | 2007 | **이창동** | **밀양** |
| 1971 | 조만득씨 | 2009 | 윤종찬 | 나는 행복합니다 |

영화되기가 된 이청준 소설 중 죽음을 소재로 한 소설은『병신과 머저리』, 『석화촌』,『이어도』,『서편제』,『축제』,『벌레 이야기』이다. 하지만 소설 『서편제』에서 등장하는 죽음은 다른 소설에서처럼 중심축으로 등장하지 않으며, 소설『서편제』와 이것을 영화로 제작한 임권택 감독의 <서편제> 는 지금까지 가장 많이 연구된 소설과 영화이다. 따라서『서편제』는 본 연구에서 제외하기로 한다.

## II. 죽음 · 애도 · 이데올로기

### 1. 죽음

바다와 섬이라는 한정된 공간으로 이루어진 서사에서 바다는 상징적 으로 죽음과 재생이라는 반복적 구조를 가지고 있는 공간이지만[24] 현실 적으로는 삶을 지탱해주는 공간인 동시에 항상 죽음을 준비해야 하는 공 간이다.

이러한 죽음에 대한 물음들은 당시의 정치·사회적 조건, 인지의 발달 정도, 지배적인 세계관 등에 따라 구체화 되는 방식이나 그 물음들 간의 상대적 비중은 서로 다르게 되는데, 가령 고대에 문제시되었을 '순장제도 의 정당성'에 대한 논의는 다른 시대에는 제기되지 않았으며, 중세 시대 죽음과 관련된 논의에서는 '사후 지옥에 떨어지는 것을 어떻게 방지할 수 있는가'라는 문제가 매우 비중 있었지만 지금은 그렇지 않다. 종교에 의탁 하지 않고 이성적이고 합리적으로 추론하는 많은 현대인들은 '죽음 이후

---

24) 물은 자궁의 양수라는 이미지를 갖게 되면서 여성성과 모성, 그리고 탄생이라는 원 형까지 갖게 된다.
전영의, 「이청준의『석화촌』에 나타난 원형성과 속신의 코드」,『한국어문교육』 21집, 2010, 236쪽.

나는 영원히 사라진다'라고 생각한다.25) 현대인들이 사후세계에 대한 전통적인 개념을 내던져 버린 이후로, 대부분의 사람들은 더 이상 지옥과 낙원을 믿지 않게 되었다.26) 그럼으로써 현대인들은 죽음을 직시하고 진지하게 탐구하려 하지 않은 채 처음부터 무조건 죽음에 대한 두려움과 허무함에서 회피하려고만 한다.27) 데리다는 '우리가 죽음도 불멸도 결코 믿지 않는다는 것'에 관한 생각에 관심이 있다고 했다. 즉 우리는 언젠가는 죽을 것을 알면서도 우리 자신이 죽는다는 것은 믿지 않는다는 것이다. 이러한 데리다도 사후세계는 믿지 않았다.28) 따라서 죽음은 문학이나 신학의 주제로는 적당할 수 있지만 철학의 주제로는 적당하지 않다는 견해도 있다.29) 그러므로 문학의 주제로서 영화되기가 된 이청준 소설에 나타난 죽음의 의미에 대해 살펴보는 것은 현실에 나타난 죽음의 의미를 되새겨 볼 수 있는 좋은 기회가 될 것이다. 그리고 이청준 소설과 번역된 영화에 나타난 죽음의 의미는 다음 장에서 고찰될 애도의 의미와 연결될 것이며, 애도에 대한 연구의 중요한 밑바탕이 될 것이다.

## 2. 애도哀悼

소설 『석화촌』에서 별녜의 죽음에 대한 선택은 어머니를 구하기 위해 자신을 희생하는 윤리적 자살이다. 별녜의 생물학적 죽음도 『안티고네』에서 안티고네의 상징적 죽음—안티고네도 자살을 하지만—과 마찬가지로 별녜를 윤리적 존재로 만든다. 이것은 다분히 애도의 문제이다. 이러한

---

25) 유종호,『떠남 혹은 없어짐—죽음의 철학적 의미』, 책세상, 2001, 7~8쪽.
26) 베르나르 포르, 김주경 옮김,『동양종교와 죽음』, 영림카디널, 1997, 7쪽.
27) 유종호, 앞의 책, 24쪽.
28) '나는 오로지 죽음만을 생각한다. 그것을 종일토록 생각한다. 죽음이 거기에 있다는 긴박감이 없었던 시간은 단 10초도 되지 않는다.' (……) '나는 사후에도 삶을 유지한다는 것을 믿지 않는다.'
　니콜러스 로일, 오문석 옮김,『자크 데리다의 유령들』, 앨피, 2007년, 46쪽.
29) 유종호, 앞의 책, 24쪽.

애도의 문제는 앞에서 연구한 죽음을 바탕으로 이루어 질 것이다. 애도는 죽음이 있어야 가능한 것이고, 죽음의 의미에 대한 깊은 천착은 애도를 연구하기 위한 밑바탕이 될 것이다. 본고의 애도에 대한 연구는 왕은철의 『애도 예찬』을 중심으로 이루어질 것이고, 『애도 예찬』은 프로이트와 데리다의 상반된 애도의 견해에 대해 분석한다.

왕은철에 의하면 프로이드가 1971년 발표한 논문 「애도와 우울증 Mourning and Melancholia」에서 그 중요성을 언급했듯이, 성공적인 애도 작업이 인간의 삶에 중요하다는 데는 이론理論의 여지가 없는 것처럼 보인다. 프로이트에 따르면, 애도는 우리가 떠나보낸 자에 대한 감정적 애착을 단절하고 자유로운 리비도를 새로운 대상에 재투자하는 것이다. 그래서 애도작업이 성공적이지 못하여 감정적 애착이 단절되지 못할 경우, 치료를 필요로 하는 병리학적 우울증으로 이어진다는 것이다. 이는 애도 작업의 성공은 정상이요, 실패는 비정상이라는 말에 다름 아니다.30)

하지만 데리다가 보기에, 정상적인 것이 불가능한 자가 아닌 이상 정상적인 애도 같은 것은 없다. 애도의 개념에는 이중 구속 논리가, 즉 '성공이 실패하고' '실패가 성공하는' 아포리아의 논리가 수반된다. 우리는 사랑하는 사람에 대한 기억을 보존해야만 하며, 그 기억이 사랑하는 사람에 대한 기억이라는 믿음을 지속해야만 한다. 그와 동시에, 타자는 타자로 남아 있어야 한다는 것, 다시 말해서 타자는 동화되는 것도 아니고, 실질적으로 소멸되지도 않는다는 확신을 가져야만 한다. 애도의 부인refusal(판에 박힌 정신분석학적 서술에서는 '비정상적' 애도에 속하는)은 데리다가 보기에 애도에서 분리될 수 없는 그 일부분이다. 애도는 반드시 분열되고, 축소되고, 반감되어, 이중의 애도가 되어버린다.31)

따라서 『콜로노이의 오이디푸스』에서의 안티고네는 죽은 아버지를 떠나보내야 함에도, '정상적인 애도'를 하지 못해 우울증에 시달리는 '비정상적인' 사람들의 대열에 속하게 된다. 죽음의 세계로 아버지를 떠나보낼

---

30) 왕은철, 『애도예찬』, 현대문학, 2012, 17쪽.
31) 니콜러스로일, 오문석 옮김, 앞의 책, 302~303쪽.

바에야 자신도 그곳으로 따라가겠다고 말하고 있으니 비정상적인 것이다. 비정상적일 뿐만 아니라 비현실적이고 비실제적이기까지 하다.

그런데 안티고네의 비정상적이고 비현실적이고 비실제적인 반응이 그녀를 누구보다도 윤리적인 존재로 만든다. 사랑하는 사람을 따라 죽을 수 없지만, 그리고 죽은 사람을 살려낼 수도 없지만, 따라 죽으려 하고 살려내려고 하는 것이 사랑하는 사람에게 충실한 애도의 정신이라는 점에서 그렇다.[32)

## 3. 이데올로기

이데올로기란 특정한 계급 이익을 표현하며 또 그에 상응하는 행동규범, 입장, 가치평가를 포괄하는 사회적, 정치적, 경제적, 법적, 교육적, 예술적, 도덕적, 철학적 견해의 체계를 일컫는 용어이다. 일정한 관념의 덩어리이기보다는, 한 사회의 구성원들로 하여금 역사적으로 특정한 사회 내에서의 그들의 삶을 필연적이고 당연하며 보편적인 현실로 받아들이게 하는 표현들과 인식들, 혹은 이미지들의 체계이다. 이런 의미에서 비이데올로기적인 사회적 담론이란 존재하지 않는다. 주어진 어떤 담론 혹은 어떤 텍스트가 모든 형태의 일관된 정치적 견해를 거부하기 때문에 비이데올로기적이라는 말은 인간이 세포 형성에 관한 일관된 견해를 가지고 있지 않기 때문에 비생물학적이라는 말만큼이나 어리석은 것이다. 이데올로기는 모든 사회 구성원들 속에서 작용하는 하나의 사회적 과정이며, 그

---

32) 사회는 우리에게 죽은 자를 죽은 자의 세계로 보내는 애도작업을 성공리에 끝내고 다른 사람과 또 다른 관계를 맺으며 앞으로 나아가라고 요구한다. 그리고 그 '작업'을 제대로 끝내지 못하는 사람들에게는 우울증이라는 딱지를 붙여버린다. 그러나 그러한 요구에 저항하며 우리가 사랑하는 사람과 떨어지지 않으려 하고 그를 잊지 않으려 하는 것이 진정한 애도의 윤리일 것이다. 역설적으로 말해, 어느 정도 우울증은 필요한 건지도 모른다.
왕은철, 앞의 책, 59~60쪽.

들은 모두, 그들이 그것을 의식하든 않든 '그 안에' 있는 것이다. 따라서 비이데올로기적이라는 주장은 이데올로기로부터의 자유로움을 드러내는 것이기 보다 그 주장 자체가 매우 협소한 특정 이데올로기와 연루되어 있음을 드러내는 것이며, 그것은 인간의 정치사회적 입장의 특수성과 제한성을 모호하게 하고, 인간의 사회적 삶을 구축하고 있는 실질적인 과정을 은폐하려는 의도와 연결되어 있는 경우가 많다.[33]

본고에서 사용하는 '이데올로기'라는 용어는 협소한 특정 이데올로기와 연루되어 있지 않은 모든 사회 구성원 속에 작용하는 하나의 사회적 과정으로서의 이데올로기이다. 이러한 이데올로기는 앞에서 연구한 죽음과 애도의 연결선에서 고찰될 것이며, 죽음과 애도와 이데올로기는 서로 뫼비우스의 띠처럼 연결되어 있어, 그것들은 본고에서 배치한 순서에 상관없이 서로 영향을 주고받는 관계에 있다.

지젝에 따르면 이데올로기적인 것은 그 본질에 대한 참여자들의 무지를 통해서만 존재할 수 있는 사회적인 현실이다. 즉 이데올로기의 사회적인 효과와 재생산 자체는 개인들이 '자기들이 무엇을 하고 있는지 알지 못하는 것'을 함축하고 있다. "이데올로기적인 것은 (사회적) 존재의 '허위의식'이 아니라 존재가 '허위의식'에 의해 유지되는 한에서의 그 존재 자체이다." 만일 우리가 사회적 현실이 진짜로 어떻게 작동하는지에 대해 '너무 많이 알게 된다면' 그 현실은 와해되어 버릴 것이다.[34]

이러한 것은 소크라테스까지 올라가는데, 헤겔은 소크라테스를 세계사적 인물로 간주하였다. 그 이유는 바로 그가 모든 것에 의문을 제기하는 정신을 도입한 사람이기 때문이다. 소크라테스는 이리저리 돌아다니면서 사람들에게 "정의란 무엇인가?", "훌륭함이란 무엇인가?"라는 물음들을 던졌다. 사람들은 답변하고자 애쓰는 가운데 자신들이 그 문제에 대하여

---

33) 한용환, 『소설학 사전』, 문예출판사, 1999.
34) 슬라보예 지젝, 이수련 옮김, 『이데올로기라는 숭고한 대상』, 인간사랑, 2002, 48쪽.

관습적인 가정을 받아들이고 있었다는 것을 깨닫게 되었다. 소크라테스는 어렵지 않게 그와 같은 가정들이 유지될 수 없음을 보여주었던 것이다. 그 결과 고대 그리스 사회의 단순한 조화는 금이 가게 되었던 것이다. 덧붙여 말하자면 헤겔은 아테네 사람들이 소크라테스에게 사형을 선고한 것은 아주 옳은 일이었다고 본다. 소크라테스는 사실 아테네 사회를 불순하게 만들며 파괴시키고 있었다.[35]

이러한 이데올로기 사회를 유지시키는 힘은 믿음이다. 믿음은 순수하고 정신적이고 '내밀한' 상태가 아니라, 항상 우리의 실제 사회활동 속에 구체화되어 있다는 점이다. 믿음은 사회 현실을 규제하는 환상을 지탱한다. 믿음(믿음은 절대로 '심리적인' 수준에서 이해될 수 없다는 점을 다시 한번 상기하자, 그것은 사회적인 장의 실제 작용 속에서 구현되고 물질화된다)이 상실되는 순간 사회적 장의 조직 자체는 와해된다.

키에르케고르는 그리스도가 현명하고 훌륭한 사람이라는 이유로 그를 믿는다면 이는 그에 대한 끔찍한 모독이라고 했다. 이와 반대로 오직 그를 믿어야 만이 그의 선함과 지혜로움을 통찰할 수 있다는 것이다. 지젝에 의하면 우리는 분명 종교적인 명령에 대한 우리의 복종과 우리의 믿음이 실체화시켜주는 합리적인 이유들을 찾아야 한다. 하지만 이러한 이유들이 이미 믿음을 지니고 있는 자들에게만 계시된다는 것은 중요한 종교적 체험이다. 우리는 우리 자신이 이미 믿고 있기 때문에 우리의 믿음을 입증해 줄 이유들을 발견하는 것이다. 우리는 믿어야 할 충분한 이유를 발견했기 때문에 믿는 것이 아니다.[36]

---

35) 브라이언 매기, 수선철학회 옮김, 『위대한 철학자들』, 동녘, 1994, 226쪽.
36) 슬라보예 지젝, 이수련 옮김, 앞의 책, 73~75쪽.

## III. 소설『석화촌』과 영화〈석화촌〉, 소설『이어도』와 영화〈이어도〉

### 1.『이어도』의 메타 텍스트로서『석화촌』

소설가는 자기가 쓰고자 하는 하나의 중요한 주제가 있다. 박상륭은 죽음(에 대한 두려움)을 중심으로 소설을 써 왔고, 그것은『칠조어론』이란 하나의 거대한 사상적 기둥을 만들어 냈다. 이청준 또한 "작가의 깊이 들어 있는 말 한마디"가 있다.[37] 그것은 이청준 소설이 연작 소설로 이어진 경우가 많고 또한 메타텍스트로 이루어진 경우도 많다. 대표적인 것이 '남도연작'과 '언어 사회학 서설' 연작'이고,『축제』는『빗새 이야기』와『눈길』을 메타텍스트로 두고 있다. 소설『이어도』역시 '섬'이라는 특정한 공간을 중심으로 죽음의 두려움과 그것을 극복하기 위해 인간이 만들어 낸 민간신앙 또는 전설을 중심으로 구성되었는데, 그것은『바닷가 사람들』과『석화촌』을 메타텍스트로 두고 쓰였다. 따라서 연구자들의 연구는 주로『이어도』를 중심으로 이루어지고 있다.[38]

이청준 소설을 문예영화라는 정부정책에 의해 정진우 감독과 김기영 감독이 각각 같은 이름으로『석화촌』과『이어도』를 영화로 만든다. 72년도에 제작된 영화 〈석화촌〉은 베를린 영화제에 출품 되었으며, 국내 영화제에서 많은 상을 휩쓴다.[39] 77년도에 제작된 영화 〈이어도〉도 베를린

---

37) 이윤옥,『비상학, 부활하는 새 다시 태어나는 말―이청준 소설 읽기』, 문이당, 2005, 7쪽.
38) 학술연구정보서비스 RISS의 검색에 의하면 소설『석화촌』은 학술논문 1건이 검색되고, 소설『이어도』의 경우는 학위논문(주로 석사논문) 23건에 학술논문 14건이 검색된다.
39) 제11회 대종상 영화제 (1972)―음악상: 한상기, 녹음상: 김병수, 백상예술대상 (1973)―영화부문 연기상: 윤정희, 영화부문 기술상: 박승배(촬영), 제16회 부일영화상 (1973)―최우수작품상: 정진우, 감독상: 정진우, 남우주연상: 김희라, 여우주연상: 윤정희, 제9회 청룡영화상 (1972)―작품상(극영화): 우진필름, 여우주연상:

영화제, 인도 국제영화제에 출품 되었다.[40] 하지만 영화 <석화촌>과 영화 <이어도>에 대한 연구는 많지 않았으며[41], 김기영 감독에 대한 연구가 주로 이루어졌다. 오히려 소설 『이어도』와 영화 <이어도>의 상관관계에 대한 연구가 더 많았다.[42]

이채원[43]은 소설 『이어도』와 영화 <이어도>를 소설과 영화의 장르 간, 매체 간 상호텍스트성의 한 단면을 연구했다. 특히 매체미학의 문제에 집중했는데, 인간의 사유를 메타적으로 설명할 수 있는 문자언어를 유일한 기호로 사용하여 서술자가 서사를 지배하는 소설과 다양한 기호가 협력하고 충돌하는 영화에서 구축하는 미학과 의미의 차이를 드러내려 했다. 또한 두 텍스트의 상호텍스트성이 수용자의 텍스트 이해에 어떤 영향을 줄 수 있는지 고찰했다. 영화와 소설의 장르 간 상호텍스트성에 대한 연구는 영화와 소설 장르 간 연구를 하려면 어쩌면 당연한 연구이기 때문에 수용자의 텍스트 이해에 대해 중심으로 연구되었으면 하는 아쉬움이 있지만, 매체 간 상호텍스트성의 미학적이고 담론적인 의의를 잘 설명한 논문이다. 구현경[44]은 이청준의 소설 『이어도』와 영화 <이어도>를 서사구조 비교를 통해 연구하면서 많은 것을 보여주려고 노력하고 또한 소기의 성과를 보이지만 산만함을 지울 수는 없다. 승현주[45]는 이청준의

---

윤정희, 남우조연상: 윤일봉 등등.

40) 국내 영화제에서는 제20회 국제영화예술상 신인여우상(이화시)이 있다.
41) 학술연구정보서비스 RISS의 검색에 의하면 영화 <석화촌>의 연구는 전무했으며, 영화 <이어도>에 대한 연구는 학술 논문 1건만이 검색되었다.
42) 학술연구정보서비스 RISS의 검색에 의하면 소설 『이어도』와 영화 <이어도>의 상관관계에 대한 연구 학위논문(석사) 2건에 학술지 논문 1건이다.
43) 이채원, 「소설과 영화의 매체 간 상호텍스트성 연구-이청준의 『이어도』와 김기영 감독의 영화 <이어도>를 중심으로-」, 『시와 언어학』 제16호, 2009.
44) 구현경, 「소설에서 영화로 매체전환 연구-이청준의 <이어도>와 김기영의 <이어도>를 중심으로」, 건국대학교 석사학위논문, 2010.
45) 승현주, 「이청준의 원작 소설과 각색된 영화의 거리 연구-'실재'로서의 『이어도』의 의미를 중심으로」, 한향대학교 석사학위논문, 2012.

68 이청준 소설의 영화되기

『이어도』와 영화 <이어도>를 라캉의 정신분석적 이론으로 연구하지만, 소설과 영화를 각각 개별적으로만 연구하고 그것을 통합적 성과로 이루어내지 못한 아쉬움이 있다.

소설 『석화촌』과 영화 <석화촌>, 소설 『이어도』와 영화 <이어도>는 지젝의 이데올로기 분석과 라캉의 "실재의 윤리"를 바탕으로 연구가 이루질 것이다.

## 2. 지젝의 라캉에 대한 윤리−정치적 재해석46)

지젝이 시도하는 판타지와 유령을 가로지르는 이데올로기 분석행위와 라캉의 "실재의 윤리"는 구체적인 행위, 특히 "비극적인 행위"tragic action를 매개로 연결된다. 『안티고네』를 둘러싼 해석에서 라캉과 지젝의 관심은 약간의 편차를 보인다. 라캉은 비극적 행위를 감행하는 안티고네에게 상징질서를 넘어 전혀 다른 차원으로 들어가는 사건을 본다. 라캉에게 이 사건은 욕망에서 충동으로 이동하는 과정이고, 상징질서를 떠나 실재 차원에서 벌어지는 윤리적 사건이다. 반면에 지젝의 관심은 판타지와 유령을 가로질러 실재와 대면하는 사건이 윤리적일 뿐만 아니라 상징질서를 반복하고 재생산하는 현실 이데올로기와 초자아의 명령에 정면으로 맞서는, 즉 불가능한 실재의 차원을 스쳐 지나가는 행위이며 대타자의 불완전성을 드러내는 정치적 사건이다. 이런 차이에도 불구하고 라캉과 지젝에게 공통의 논의를 가능하게 하는 것은 구체적인 행위이다.

우선 라캉에게 안티고네의 행위는 "두 죽음 사이의 영역을 넘어서려는 행위"이다. 여기서 첫 번째 죽음은 상징적 죽음이다. 안티고네의 경우 도시공동체와 가족으로부터 추방되고 동굴에 갇히게 되는 사건이 첫 번째

---

46) 이번 장은 이윤성의 (이윤성, 「지젝의 포스트모던 이데올로기론 혹은 판타지와 유령을 가로지르기」, 『안과 밖』 17호, 영미문학연구회, 2004) 논문을 중심으로 필자가 첨삭한 것이다.

죽음이다. 이 첫 번째 죽음을 통해 안티고네를 둘러싼 사회적 연결 관계들은 소실된다. 두 번째 죽음이란 단순히 숨이 끊어진다는 자연적인 죽음과는 달리 죽음과 재탄생이라는 자연의 순환이 완전히 끝나버리는 사건이다. 그리고 이 두 번째 죽음이 관장하는 영역은 상징질서의 규칙이 효과를 미칠 수 없는 영역이다. 안티고네는 바로 이 두 죽음 사이에 들어온 인물이다. 이러한 인물들은 세상과의 거래를 완전히 청산했기 때문에 상징질서에 더 이상 채무관계가 없다.

지젝 역시 안티고네가 상징질서로부터 완전히 철수를 시도한 인물이라는 점을 인정한다. 따라서 대타자의 입장에서 보자면 이런 인물은 상징질서를 무시할 뿐만 아니라 오히려 상징질서 자체를 파괴할 가능성이 높은 인물이다. 안티고네에게 오빠 폴리니케스의 매장과 장례는 상징질서에서 작동하는 욕망의 대상이 아니다. 안티고네는 순수한 충동의 화신이며, 그녀의 요구는 욕망 없는 무조건적인 요구이다. 다시 말해 안티고네의 행위는 오빠 폴리니케스의 매장과 장례라는 무조건적인 요구를 실행에 옮기려는 시도이다. 안티고네에게는 오로지 이 행위만 윤리적이다. 여기서 말하는 윤리적 행위란 상징질서의 법을 참고해 옳고 그름의 정당성을 따질 수 있는 활동이 아니다. 즉 안티고네의 이 행위를 판별해 줄 외부의 참조체계가 없다는 말이다. 정신분석에서 말하는 윤리란 행위 내재적 사건이라는 측면에서 정확히 이런 의미다. 즉, 안티고네의 행위 앞에서 크레온의 국법은 모든 활동의 참조 틀로서의 권위를 상실한다. 그러나 지젝이 강조하는 것은 안티고네의 이런 행위가 없다면 크레온이 대표하는 초자아 역시 사라진다는 역설이다. 크레온은 자신의 권위를 세우기 위해 안티고네의 행위를 기다렸다는 말이 된다. 다시 말해 안티고네의 행위가 크레온의 법을 앞지른 사건이란 뜻이다. 그런 『안티고네』의 첫 대목을 보면 크레온의 법은 이미 발효된 상태이다. 그렇다면 안티고네의 행위 이전에 이미 법이 존재한다고 주장할 수도 있지 않을까. 그러나 크레온의 법은 안티고네의 행위를 미리 예견하고 나온 대책이다. 법은 행위보다 앞서 등장할 수 없고, 오히려 법은 창조적 행위 앞에서 무너질 수밖에 없다. 따라서 '창조적 행위'는 법의 무능 혹은 불완전성을 드러내는 법의 뼈아픈 외상trauma이다. 법이 먼저가 아니라 행위가 먼저일 경우, 특히 도덕법은 자신의 논거를 상실한다. 따라서 지젝은 다음과 같이 말한다. 예들 들어 다음과 같은 명령 "너의 의무를 다하라!"Do you duty!는 일종의 도덕적 의무로 받아들여진다. 그러나 문제는 구체적으로 의무의 내용을 한정해서 적시摘示할 수 없다는 점이다. 도덕법에 내가 감행할 행동의 모든 목록이 나와 있지 않기 때문이다. 즉 지젝이 보기에 도덕법이란 내가 올바르게 그 임무를 수행했다는 어떤 보장도 제공하지 않는다. 도덕적 행위를 관장하는 곳이 상징질서가 아니라는 뜻이다. 도덕적 행위를 관장하는 곳은 정신분석학이 말하는 실재의 영역이다.

안티고네의 행위는 기꺼이 두 번째 죽음을 향해 떠나는 여행이다. 그런데 라캉에 따르면 그리스 비극의 경우 이 여행은 장벽을 만난다. 이 장벽의 이름이 아테Até이다. 안티고네가 가고자 했던 곳은 바로 이 아테 너머의 영역이다. 아테 너머의 영역으로 떠나는 여정, 곧 '행위의 여정'은 대타자에 의해 조작되거나 구조화된 상징질서로부터 완전한 철수를 의미한다. 그리고 이 여정은 돌아올 수 없는 여행이다. 라캉이 말하는 윤리적 행위란 두 번째 죽음을 향한 안티고네처럼 기꺼이 돌아올 수 없는 여정의 장도에 오르는 행위이다. 안티고네는 자신을 아테의 경계선 너머로 몰고 간다. 지젝 역시 "완전히 혁명적인 행위의 여정"을 언급한다. 지젝은 이런 행위를 거짓행위와 대비시킨다. 지젝이 보기에 행위는 사회의 구체적인 현실, 즉 대타자가 개입해 만들어놓은 "상징적 영역"을 흔드는 일과 연관이 있을 때에만 진정한 행위가 된다. 즉 이 "상징적 영역"을 완벽하게 만들어주기 위해 등장하는 판타지나 유령을 정면으로 대면하고 그것을 가로지르는 행위는 윤리적인 행위일 뿐만 아니라, "상징적 영역"에서 작동하고 있는 이데올로기를 드러내고 현실에서 보이지 않는 적대관계(적대감)를 잡아내는 일이기도 하다. 다시 말해 죽음(두 번째 죽음)을 불사하고 아테를 넘어서려는 무조건인 요구를 동반하는 안티고네의 행위가 정신분석이 말하는 윤리적 행위의 구체적 사례라는 점을 라캉이 지적했다면, 지젝은 안티고네의 행위가 윤리적 차원을 넘어 상징질서의 틈새를 메우기 위해 출몰하는 판타지와 유령을 횡단하는 이데올로기 분석행위라고 말하고 있는 셈이다. 즉 지젝은 안티고네의 행위를 현실과의 대면이 아니라 현실의 배후에서 그 현실을 조작하고 결정하는 현실 너머와의 대면이라는 윤리-정치적 행위로 읽어낸다. 지젝은 라캉의『안티고네』분석에 관한 윤리-정치적 재해석을 통해 정신분석학에 이데올로기의 분석 가능성을 부여하고 있다.

그러나 라캉에게는 지젝의 기획, 즉 정신분석학을 이데올로기 비판에 동원하는 것과는 층위가 다른, 더욱 치밀한 정치적 목적이 있는지 모른다. 그리고『안티고네』해석을 통해 라캉이 노리는 야심만만한 정치적 기획의 한복판에는 서양예술론의 핵심인 아리스토텔레스의 비극이 자리하고 있다. 만약 비극의 주인공이 보여주는 행위를 중심으로 전개되는 아리스토텔레스 비극론의 문제점을 지적할 수 있다면, 라캉은 아리스토텔레스를 상대로 비극론의 헤게모니를 다룰 수 있을 뿐만 아니라 자신의 기획을 단순한 정신분석학의 이데올로기 분석 이상의 정치적 사건으로 평가받을 수도 있을 것이다.

# Ⅲ-Ⅰ. 소설『석화촌』과 영화〈석화촌〉

## 1. 소설『석화촌』

### 1) 이데올로기에 의한 타살

소설『석화촌』에 나타난 물귀신에 대한 믿음은 우리가 근대성[47]에 함몰되기 이전의 모습이며, 문학적 상상력으로 그려진 것이다.

> 다른 사람을 주저앉혀 대신 물귀신을 만들어놓지 않고는 영영 저승으로 가지 못하고 물 속에서 다른 사람들을 기다려야 한다는 물귀신을 별녜는 생각만 해도 무섭고 진저리가 쳐졌다. 그러나 마을에서는 그 물귀신을 끔찍이도 믿었다. 원래 물귀신은 앉은뱅이 귀신이어서 바다를 마음대로 돌아다니지 못한다고 했지만, 언제부턴가 사람들은 그 말엔 아랑곳없이 다른 귀신을 찾아 온통 바다 밑을 헤매고 다니는 것으로 생각하기 시작했다. 사람이 바다에 빠져 죽는 일이 한 곳에서만 아니라 여기저기서 생겨났기 때문인지 모른다. 괴상한 일은 진짜로 마을에서는 거의 매년 한 사람씩 바다귀신이 되어가는 변고였다. 그러면 전부터 기다리고 있던 물귀신은 비로소 물에서 나와 저승길을 떠나가게 된다고들 했다. 그래서 흉변을 당한 집은 마을에서 따돌림을 당했다. 남은 식구들은 사람들에게 공포를 주었고, 그래서 마을의 흉가가 되었다. 자기 집 물귀신이 저승길을 가게 하려고 하루 빨리 새 물귀신이 되어가도록 마을 사람을 저주하는 때문이랬다.[48]

---

47) 근대시대와 연관된 이념, 양식 등을 말한다. 일반적으로, 역사적 시기에 있어서 모더니티는 중세와 르네상스 이후의 시기를 말하는데, 근대적인 사회형태에 의한 전통적인 사회의 대체와 연관되어 있다. 보다 현실적으로는, 단순히 최근의 것, 현존하는 행위의 양식을 말한다.
고영복 편,『사회학사전』, 사회문화연구소, 2010.
따라서 여기서 말하는 근대성은 현대를 포함하는 개념이다.
48) 이청준,『석화촌』,『이어도』, 열림원, 1998, 34쪽. 앞으로는 제목과 쪽수만 표시.

이러한 믿음은 근본적으로 알 수 없는 것 앞에서 느끼게 되는 불안에서 벗어나기 위해 만들어 낸 신앙과 신화체계 중의 하나일 것이다.[49] 이러한 근대성 이전의 토속신앙을 잘 나타내기 위한 공간으로서의 '섬'은 가장 최적화된 공간이다.

그러나 별녜는 그 물귀신에 대해 믿고 싶지 않았다. 조금밖에 다녀 보지 않았지만, 학교 선생님도 그런 것은 바보짓이라고 했다. 그래서 별녜는 더욱 그것을 믿으려 하지 않았다. 그러나 그런 그녀가 결국 물귀신을 믿도록 만들어 버린 것은 그녀 어머니 정씨였다.

> 깊고 먼 바다를 다녀와서도 끄떡없던 아버지 안 노인이 어느 날 놀이 삼아 거무와 건너편 유자섬으로 해삼을 건지러 간 것이 비운의 시초였다. 안 노인은 그 깊지도 않은 물엘 한 번 들어갔다간 웬일인지 영영 다시 솟아오르지 않았다. 너무나 어이없는 일을 당하고 난 정씨가 노인의 몸을 건져다 묻고 난 이틀 후에 이번에는 그녀가 다시 자취를 감춰버렸다. (……) 유자섬의 변두리 한 바위 위에서 정씨가 나란히 벗어놓은 고무신이 발견된 것이다. 바위 아래는 안 노인이 물 속으로 잠겨 들어간 바로 그곳이었다. 정씨가 안 노인의 혼령이 물귀신을 면하게 하려고 대신 물귀신이 되어간 거라고 했다. (……) 그때부터 별녜는 차가운 바닷물, 바닷바람, 파도소리, 바다의 모든 것에서 물 속을 헤매고 있는 어머니를 느끼기 시작했다. 그래서 별녜는 정말로 그 어머니 정씨의 혼령을 구해내고자 소원했다.
>
> ─『석화촌』 35쪽

그로부터 별녜는 동네 사람들로부터의 수모를 직접 견뎌야 했다. 도시의 상징적인 공동체로부터 퇴출당한 『안티고네』에서의 안티고네 경우처럼 상징적 죽음을 당한 것이다.

---

49) 베르나르 포르, 김주경 옮김, 앞의 책, 8쪽.

상징계는 항상성을 지닌 균형을 추구한다. 하지만 바로 그 중심에는 상징화될 수 없고 상징계로 통합될 수 없는 어떤 기이한 외상적인 요소가 숨어 있다. 그것이 바로 프로이트적인 사물이다. 라캉은 그것을 위해 '외밀함(L'enitmité)'—외적인 내밀함—이라는 신조어를 고안해 냈다. 그렇다면 이러한 맥락에서 죽음 충동이란 무엇인가? 그것은 정확히 상징계의 정반대이다. 이른바 현실을 구축하는 상징계적 조직을 근본적으로 무화시키는 두 번째 죽음의 가능성이다. 상징계의 존재 그 자체는 근본적인 소멸, '상징적인 죽음'의 가능성을 함축한다. 이는 상징 속에서 소위 '실제 대상'이 죽음을 맞이한다는 것이 아니라 기표의 네트워크 자체가 무화될 수 있다는 의미이다.[50]

라캉은 두 죽음 사이의 차이를 실제(생물학적인) 죽음과 그 죽음을 상징화하는 것, 즉 장부정리, 상징적 운명의 완수(예를 들면 카톨릭에서의 임종시 고해) 간의 차이로 간주했다. 이러한 간격은 다양한 방식으로 채워질 수 있다. 그 간격 속에선 숭고미가 나타날 수도 있고, 공포스런 괴물이 나타날 수도 있다.[51]

안티고네의 상징적 죽음의 경우는 그녀의 캐릭터를 숭고한 미로 물들인다. 반면, 별네의 상징적 죽음은 그렇지 못하다. 안티고네의 경우, 벗어날 수 있지만 그녀의 윤리적 의지에 의한 자발적 상징적 죽음인 반면 별네의 경우는 알 수 없는 미래의 불안감에서 벗어나기 위해 만들어 낸 '물귀신에 대한 믿음'이라는 이데올로기에 의한 '상징적 타살'이라고 할 수 있다. 따라서 별네는 마을사람들에 의해 상징적 타살을 당했고, 마을 사람들의 네트워크 속에서 무화되어 버렸다.

그러나 그것은 다른 여느 사람들의 경우와 같은 저주는 아니었다. 이상한 말이지만 그것은 거무에 대한 사랑이었다.

─『석화촌』 35쪽

---

50) 슬라보예 지젝, 이수련 옮김, 앞의 책, 229쪽.
51) 슬라보예 지젝, 이수련 옮김, 위의 책, 233~234쪽.

물귀신에 대한 믿음이라는 이데올로기로 인해 별녜는 어머니의 혼령을 구하기 위해 자살하기로 마음을 먹는데, 그것은 거무에 대한 사랑이다. 그리고 별녜의 거무에 대한 사랑은 별녜와 거무의 동반자살이다. 별녜는 어머니의 혼령을 구하기 위해 바다에서 죽어야 하는데, 사랑하는 거무와 함께 죽고 싶은 것이다.

에릭 로렌트Eric Laurent가 말하기를, 사랑이라는 이름으로 "모든 것을 주고 모든 것이 되려고"하는—그리하여 실존하지 않는 여자 환상을 체현하려 하는—많은 여자들이 있는데, 이러한 여자의 경우 정신증적 자세를 내포하는 경우가 많다. 별녜는 자신의 모든 것이라고 할 수 있는 정조를 거무에게 주었기 때문에 거무도 자신의 모든 것을 별녜에게 주어야 하는 것이다. 이것이 별녜가 생각하는 사랑이다. 이것은 다분히 히스테리적 증상을 내포하고 있다.

이러한 히스테리적 사랑에 대한 별녜의 물음은 '내가 거무를 사랑하는가?'가 아니라 '거무가 나를 사랑하는가?'이다.

> 거무는 내 남자니까. 어젯밤 그는 내 남자가 됐으니까. 아아, 나는 얼마나 그렇게 되기를 바랐길래.
> 그렇게 됐으면 그녀는 비로소 어머니를 위해 바다로 뛰어들 수 있었다. 그리고 사랑하는 사람들은 그가 사랑하는 사람을 위해 어머니가 하듯이 그렇게 하리라고 믿었다. 그러나 그녀는 애초부터 거무를 자기 대신 물 속에 남아 있게 하려는 건 아니었다. 그녀는 무서웠다. 살아 있는 것과 또 그 다음의 모든 것이 무서웠다. 거무가 언제나 그와 함께하기를 바랐다.
> —『석화촌』 47쪽

별녜는 거무가 어젯밤 내 남자가 되었으니, 나를 사랑하는 거무는 자기를 따라 바다로 뛰어들어야 한다고 생각한다. 이것은 히스테리에서 발견되는 주체의 나르시시즘이다. 따라서 그녀가 찾고 있는 것은 그녀에게 동일성[정체성]을 수여할 타자이다.

"결핍 없는 타자를 찾는 히스테리증자는 그를 완전하게 만들기 위해서, 그를 결함 없는 타자로서 앉혀놓기 위해서, 그녀 자신을 남근화된 대상으로서 그에게 제공한다." 이러한 필사적인 시도와 더불어 히스테리 증자는, 그녀에게 그녀의 존재에 관한 확실성을 제공해 줄 타자의 욕망의 유일한 대상이 되기를 희망한다.[52)]

별녜는 거무의 유일한 대상이기를 희망한다. 따라서 별녜에게 거무는 자신을 사랑하는 유일한 결함 없는 사내이다. 따라서 별녜는 자기가 죽으면 거무가 당연히 따라서 죽어야 한다고 생각한다.

거무는 이러한 별녜의 죽음을 받아들인다. 이것은 물론 거무의 별녜에 대한 사랑이 먼저이지만, 또한 물귀신에 대한 믿음이라는 마을의 이데올로기가 바탕이 된 죽음이다. 달리 말하면 거무와 별녜의 죽음은 이데올로기에 의한 타살인 셈이다.

## 2) 비정상적 애도의 마침표

『콜로노이의 오이디푸스』와 『안티고네』 두 이야기 모두 안티고네가 아버지인 오이디푸스의 몸과 오빠인 폴리네이케스의 몸 때문에 "정상적인 애도"가 이루어지지 않았지만, 소설 『석화촌』의 별녜는 어머니의 혼령이 바다에 물귀신으로 있어 저승으로 가지 못하기 때문에 정상적인 애도가 이루어지지 않는다.

별녜 어머니 정씨는 바다에 빠져 죽은 남편 안 노인의 혼령을 저승으로 보내기 위해 자신의 몸을 바다에 던진다. 그럼으로써 자신의 애도를 마감하는데, 그것은 비정상적인 애도의 마감인 동시에 그 고통에서 벗어나는 것이다. 그러한 이유는 마을 사람들이 굳게 믿고 있는 물귀신에 대한 이데올로기가 비정상적이고 비현실적이고 비실제적인 것이기 때문이다. 따라서 정씨의 자살은 남편을 위해서 자신을 희생하는 다분히 윤리적인

---

52) 레나타 살레클, 이성민 옮김, 『사랑과 증오의 도착들』, 도서출판 b, 2003, 45~49쪽.

자살인 동시에 비정상적인 애도의 마감이다. 하지만 정씨의 그러한 비정
상적인 애도의 마감은 별녜에게 똑같은 애도의 고통을 줄 뿐이다. 별녜는
어머니 정씨를 저승으로 보내야 하지만 그렇지 못하고 물귀신으로 계속
만나고 있는 것이다.

별녜는 정상적인 사회에서 데리다의 말처럼 "정상적인 애도를 박탈당
해" 비정상적인 애도처럼 애도가 불가능한 것에 애도하는, 사랑하는 사람
을 마음속으로 끝내 보내지 못하는 "끝없는 유예"가 아니라 물귀신 전설
의 이데올로기가 비정상적이고 비현실적이고 비실제적이기 때문에 대타
자에 의해 구조적으로 애도를 할 수밖에 없다. 안티고네의 비정상적이고
비현실적이고 비실제적인 반응이 그녀를 누구보다도 윤리적인 존재로 만들
지만 별녜의 경우는 사회가 비정상적이고 비현실적이고 비실제적인 이데
올로기에 매몰되어 있어 비정상적인 애도가 윤리적일 수 없다. 따라서 별
녜의 자살만이 그녀를 윤리적인 존재로 만든다.

하지만 별녜를 윤리적 존재로 만들 수 있는 자살의 힘은 거무에게서 나
온다. 별녜는 "혼자는 무섭다. 그리고 거무는 어젯밤 내 남자가 된 거다."
(『석화촌』 47쪽) 별녜는 자신의 모든 것인 정조를 거무에게 주었고, '거무
는 나를 사랑하는가?'라는 질문에 대한 답을 얻었다. 어머니 정씨의 추운
혼령을 저승으로 보내기 위해 계획되었던 동반자살에서, 거무에 대한 배
려는 아무 것도 없이 희생만 강요되었다. 강씨 청년의 말처럼 별녜는 누
군가를 저주하고 있었는지도 모른다. 애초에 그녀가 거무를 저주하는 건
아니라고 믿고 싶어도 말이다. 그리고 배에 물이 차올랐을 때 별녜는 거
무가 자기를 좋아하지 않는다는 생각이 들었다.

> 그리고 그녀가 거무를 기다린 것은 어머니를 위해서뿐 아니라 자기
> 자신의 바람, 얼핏 설명조차 할 수 없는, 훨씬 더 큰 소망을 지니고 있었
> 던 때문인 것 같았다.
> ─살인이다⋯⋯살인이다⋯⋯.

별안간 별네는 거무에게로 덤벼들어 양철통을 빼앗아들고 물을 퍼내기 시작했다.

―『석화촌』 48쪽

위의 글처럼 별네의 큰 소망은 깨어난 것이다. 그 소망이 무엇인지 자세히 모르겠지만 그 소망을 지키고 싶은 것이다. 그리고 어머니의 소리는 사라지고 자신만의 소리가 들렸다. 거기서 별네는 거무의 소리를 찾으려 애썼지만 끝내 자신의 울부짖음만 들렸다. 그리고 바다를 향해 노를 저어가는 거무에게 치를 떨며 외쳤다. "아니야! 아니야!" 하지만 거무는 별네와 함께 죽음을 선택했다.

데리다에게 사랑은 죽음이 우리를 갈라놓을 때까지 존재하며, 혹은 사랑은 어떤 의미에서 우리가 언제나 이미 상대에게 그리고 우리 자신에게 갈라서 있음을 조건으로 한다. 우리는 죽을 수밖에 없는 존재를 사랑하며, 우리가 사랑하는 가사성家死成 · mortality은 우연한 것도 아니며 외적인 것도 아니다. 오히려 그것이 우리 사랑의 조건이다.[53]

자크 데리다에 따르면, 우리가 다른 사람과 맺는 관계는 처음부터 애도를 전제로 한 것이다. 우리가 누군가를 좋아하고 사랑할 때, 헤어짐은 이미 예정되어 있으며 그에 따른 애도는 이미 시작된 셈이다.

거무는 그 안 노인을 끝끝내 떠나보내지 못했다. 그리고 노인 내외가 그처럼 두려워하던 물귀신이 되어간 뒤로는 자신이 노인의 물길을 이어 받았다. 그는 이제 혼자서 안 노인의 배를 타고 바다로 나갔다.

―『석화촌』 37~38쪽

---

53) 니콜러스 로일, 오문석 옮김, 앞의 책, 302~303쪽.

거무는 안 노인이 죽은 걸 알면서도 안 노인을 보내지 못한다. 거무에게 안 노인의 존재는 '끝없는 유예'이다. 그리고 안 노인의 배를 타고 바다로 나가면서 안 노인을 느낀다. 이것은 비정상적인 애도이고, 그의 마음속에 항상 상처로 남아있다.

별녜가 먼저 죽으면 안 노인 내외의 죽음보다 더 큰 상처가 거무의 마음속을 후벼 팔 것이다. 그것은 삶을 포기할 정도로 견디기 힘들 것이다. 정상적인 애도를 통해 별녜를 잊기는커녕, 비정상적인 애도를 통해 별녜를 잊지 못해 폐인이 되거나 삶을 포기할 수도 있을 것이다. 거무가 별녜를 사랑할 때 이미 헤어짐은 예정되어 있고, 그에 따른 애도는 이미 시작되었지만, 거무는 그러한 상처를 받고 싶지 않을 것이다.

사랑하는 사람과 함께 죽는 것은 애도의 슬픔에서 벗어날 수 있는 기회이다. 거무의 이러한 선택은 별녜의 폭풍 같던 마음도 지극히 평온한 얼굴로 돌아오게 만들었다. 두 사람의 죽음에 대한 선택은 비정상적 애도의 마침표이기도 하다. 극단적으로 말하자면, 죽음이야말로 사랑하는 사람에 대한 최고의 애도가 될 수도 있다.

## 3) 증상의 인식

소설 『석화촌』에서 석화촌 사람들은 '그 물귀신을 끔찍이도 믿었다.' 마을 사람들은 근본적으로 알 수 없는 것 앞에서 느끼게 되는 불안에서 벗어나기 위해 또는 비정상적인 애도의 괴로움으로부터 벗어나기 위해 의식적으로 물귀신을 믿는 것이 아니다. 그냥 예로부터 내려오는 미신이기 때문에 믿는 것이다. 그들이 '그런 것은 바보짓'이라는 학교 선생님 말을 들었거나, '물귀신 따위는 있지도 않으며, 만약 있다고 해도 죽은 사람을 위해서 다른 산 사람이 죽을 수는 없는 것'이라는 강 주사 아들인 청년의 말을 들었다면, 그런 전근대적 무지에서 벗어나 물귀신에 대한 믿음은 그저 말 그대로 전설로만 남았을 것이다.

처음에 별녜는 선생님의 말처럼 물귀신을 믿고 싶지 않았다. 하지만 별녜가 물귀신을 믿도록 만든 것은 안 노인을 위한 어머니 정씨의 자살이다.

> '환영'은 지식의 측면에 있는 게 아니라 이미 현실 자체에, 사람들이 행하고 있는 것의 측면에 있다. 그들이 모르고 있는 것은 그들의 사회 현실 자체가 어떤 환영에 의해, 어떤 물신적인 전도에 의해 움직인다는 사실이다. 그들이 간과하고 오인한 것은 현실 자체가 아니라 그들의 현실을, 그들의 현실 사회활동을 구조화하는 환영이다.[54]

별녜가 물귀신을 믿게 한 것은 선생님이나 청년이 말로 가르쳐 준 지식이 아니라 현실에서의 어머니 죽음 그 자체이다. 별녜가 물귀신에 대한 믿음을 받아들임으로써, 반유대주의적 이데올로기가 판치는 유럽에서 유대인으로 사는 것과 마찬가지로, 그녀는 마을 사람들로부터 저주의 대상이 된다. 이것은 증상으로 나타난다.

> 따라서 우리는 최종적으로 증상의 차원에 도달했다. 왜냐하면 증상에 대해 가능한 정의 중 하나도 역시 '그것의 일관성 자체가 주체의 무지를 함축하고 있는 형성물'이라는 것이 될 테니까 말이다. 주체는 그 논리를 모르는 한에서만 '자신의 증상을 즐길 수 있다.' 증상의 해석이 성공했는지의 여부는 바로 그 증상이 와해되어 사라짐을 통해 알 수 있다.[55]

마을 사람들은 별녜가 마을 사람들 중 누군가 어머니 정씨 대신 죽기를 바라는 마음에 마을 사람들을 저주한다고 생각하고 그녀를 따돌렸다. 그들이 강씨의 착취에서 벗어나 새로운 석화밭을 만들기로 하고 마을 회의에서 개펄을 분배할 때에도 석화밭을 별녜에게 주기를 꺼렸다. "마을 사람들은 별녜가 석화밭을 끝내 만들 수 없게 되기를 바라고 있었다. 아니, 별녜가 마을에서 아주 싹 없어져 주기를 바라고 있었다. 마을 사람들은

---

54) 슬라보예 지젝, 이수련 옮김, 앞의 책, 68쪽.
55) 슬라보예 지젝, 이수련 옮김, 위의 책, 48쪽.

그녀를 미워하고 저주했다."(『석화촌』 30쪽) 이러한 별네에 대한 마을 사람들의 저주는 물귀신의 맹목적 믿음에 대한 증상으로 나타났다.

이러한 마을 사람들의 물귀신에 대한 맹목적 믿음 때문에 별네는 그것에 저항해 볼 생각조차 하지 못하고 물귀신 전설의 이데올로기에 함몰되어 결국 자살이라는 극단적 선택을 하는데, 이것은 마을 사람들과 그녀의 무지를 함축하고 있는 물귀신에 대한 믿음이라는 이데올로기적 증상이다. 이러한 물귀신에 대한 믿음으로 나타나는 증상은 선생님이나 강씨 청년으로 하여금 물귀신에 대한 믿음이 고쳐져야 할 집단적 히스테리라는 것을 인식하게 한다.

하지만 거무는 별네에 대한 사랑으로 이러한 집단적 히스테리로부터 한 발짝 떨어져 있게 된다. 물론 거무가 고아이고 별네의 아버지인 안 노인과의 관계가 그 물귀신에 대한 믿음에서 자유롭게 해 준다고 해도, 그러한 증상으로부터 거무를 자유롭게 하는 것은 별네에 대한 사랑이다.

지인의 죽음에 대해 애도하는 것은 사랑 때문이고, 그 애도가 비정상적이게 되는 것도 사랑 때문이고, 집단적 히스테리인 이데올로기의 증상으로부터 한 발 빗겨 서게 해 주는 것도 결국은 사랑이다. 하지만 사랑이 이데올로기의 증상을 치유하는 것은 아니다. 그것은 무지에 대해 인식하는 것이고, 주체 자체가 증상에 대해 자각하는 것이다. 마을 사람들이 돈에 밝고 철저한, 언제나 마을을 앞질렀던 수완 좋은 강씨의 개인 석화밭에서 품삯에만 만족하다 마을의 석화밭을 따로 갖자는 의견을 누군가 제시한 것이 그것이다.

마을 사람들은 열심히 일했지만, "자기 손으로 일군 석화밭을 그것도 수확권만을 사서 알을 까가지곤 그 알을 다시 강씨에게 팔아넘기지 않을 수 없게 된데다, 후년에도 되풀이 그 수확권을 다시 사야했다."(『석화촌』 29쪽) 마을 사람들이 열심히 일할수록 강씨의 재산만 불어난 것이다.

노동자는 자신의 노동을 '자유롭게' 판매함으로써 자유를 상실한다.
이러한 자유로운 판매행위는 노동자가 자본에 노예화되었다는 것을 의미한다. 물론 중요한 점은 '부르주아적인 자유'의 원圓을 완성하는 것이 바로 그것과 대립된 형태인 역설적인 자유라는 사실이다.56)

마을 사람들은 강씨 석화밭에서 일을 해도 되고 하지 않아도 되는 자유가 있지만, 먹고 살기 위해서 그의 석화밭에서 일을 해야만 한다. 이러한 구조적 모순은 열심히 일을 하면 할수록 마을 사람들은 가난에서 벗어나지 못하고 강씨만 재산이 늘어나는 증상으로 나타난다. 그런데 어이없게도 그러한 증상을 마을 사람들이 인식하게 된 것은 그들이 강씨에게 착취당하고 있다고 생각한 것이 아니라 강씨의 큰 아들 때문이었다.

> 어려서부터 도회지 근방에서만 지내던 강씨의 큰 아들이 몇 달 전 어떤 몹쓸 병을 얻어 가지고 여자도 없이 홀몸으로 고향집으로 돌아왔다. 그리고 강씨는 그때부터 산 좋고 물 좋은 이 마을 해변 한쪽에 조그만 움집을 세우고 그 아들을 요양시켜오고 있었다. 그러니 자연히 마을에선 그런 어려운 병통이를 하필 남의 동네 앞에다 끌어다 모실 게 뭐냐고 그 움집을 적잖이 꺼려온 터였다.
> 그래저래 마을에선 강씨를 곱게 보는 사람이 하나도 없었다.
> ─『석화촌』 29~30쪽

병든 강씨 아들이 동네 바로 앞에서 움집을 짓고 요양하는 것 때문에 마을 사람들은 강씨에 대해 안 좋은 시선을 갖게 되고, 그것은 강씨의 석화밭에 대한 마을 사람들의 착취를 인식하게 했다. 그러한 인식은 그들이 증상을 인식한 것이고, 그 증상을 치유하기 위해 자신들의 석화밭을 따로 갖자는 의견이 나오게 된 것이다. 이 치유가 성공해 증상이 없어질지, 아니면 자본주의의 구조적 모순으로 인해 증상이 증환으로 치환될지는 알 수 없지만, 마을 사람들의 그러한 인식은 주체 자체가 주체의 무지를 인식한 것이고, 이것은 이데올로기의 결렬 지점을 탐색하는데 결정적인

---

56) 슬라보예 지젝, 이수련 옮김, 위의 책, 49쪽.

사건이 된다. 하지만 마을 사람들은 물귀신 믿음에 대한 중상은 인식하지
못하고 말았다.

## 2. 영화 〈석화촌〉

[그림 4] 영화 〈석화촌〉 포스터

### 1) 비극적 죽음

영화 <석화촌>은 단편소설을 영화로 제작했기 때문에 당연히 서사와
인물 등이 확장된다. 서사나 인물 등에서 소설의 핵심을 건드리지 않고
큰 뼈대는 원작 그대로 가져왔고, 거기에 단편소설에서 표현하지 못한 부
분을 확장시켰다. 따라서 소설에서 비중을 많이 차지하지 않았던 인물의
비중이 크게 늘거나, 또는 새로운 인물이 추가되었다. 그럼으로써 또한
새로운 서사가 추가되었다.

영화 <석화촌>에서 추가된 주요 인물로는 고 첨지 가족과 거무 어미인 무당 당주, 북잡이 용삼이 등이다. 그리고 확대된 주요 인물로는 강주사 아들인 강 청년 등이 있다.

고 첨지 가족은 별녜가 강 청년의 씨받이로 들어가게 되는 중간다리 역할을 함과 동시에 거무가 무지함을 깨닫고 당주가 모시는 용신님의 이데올로기로부터 벗어나는 동인이 되는 인물들이다.

바다에서 죽은 고 첨지 아들의 제삿날, 별녜 아버지 안 노인이 배를 타고 바다로 나갔다가 죽게 됨으로써 고 첨지와 며느리는 마을의 상징적 죽음으로부터 벗어나게 된다. 소설과 마찬가지로 영화에서도 그럼으로 인해 별녜 어머니도 별녜 아버지를 따라 죽게 되고, 별녜는 고 첨지 가족의 상징적 죽음을 물려받게 된다. 그래서 고 첨지 가족은 마을 사람들의 저주로부터 벗어났지만 가난으로부터는 벗어나지 못했다. 그 가난을 벗어나기 위해 죽음을 감지한 고 첨지는 바다 밑에서 공포에 떨고 있는 별녜 어머니 혼령을 구할 제물로 자신을 바치고 당주로부터 돈을 받는다. 그것은 별녜가 강 청년에게 씨받이로 시집을 가고, 강주사로부터 받은 돈이다. 이 일은 강주사와 당주가 별녜를 강 청년에게 씨받이로 보내기 위해 꾸민 계략이다. 이에 고 첨지의 이익이 맞아 떨어진 것이다.

고 첨지의 죽음은 자살과 마찬가지다. 고 첨지는 자살할 힘도 없는, 죽음을 앞둔 노인이다. 자살을 하고 싶어도 할 수 없는 몸을 가진 노인이다. 그런데 스스로 자신의 가족을 위해 제물이 되려는 것은 자살이라고 할 수 있다.

셸리 케이건은 『죽음이란 무엇인가』[57]에서 자살에 관해 이야기 할 때 도덕성과 합리성의 개념을 구분해야 한다고 했다. 여기서 셸리 케이건은

---

57) 셸리 케이건은 『죽음이란 무엇인가』의 프롤로그에서 "이 책은 죽음에 관한 책이자 삶에 관한 책이며 동시에 철학에 관한 책"이라고 이야기 한다.
   셸리 케이건, 박세연 옮김, 『죽음이란 무엇인가』, 엘도라도, 2012, 6쪽.
   많은 철학자들이 죽음이란 철학적 주제로 적당하지 않다고 생각하지만, 셸리 케이건은 철학적 논의를 통해 죽음이란 것의 실체에 다가가고자 한 것이다.

합리성의 관점에서 자살을 바라보면서, 우리의 관심 범위를 자신의 이익에 관한 합리적인 선택, 자살을 통해 어떤 이익을 얻고 또 어떤 피해를 입을 것인가에 관한 문제로 제한하고자 한다고 했다.

> 자살의 '합리성'에 초점을 맞출 때 우리는 특정한 상황에서 자살을 정당화 할 수 있다. 보다 정확히 말해 개인의 이익이라고 하는 합리적 관점에서 판단한다면, 특정한 상황에서 자살을 합리적인 선택으로 받아들일 수 있다. 세상에는 비존재보다 더 나쁜 삶이 얼마든지 있다. 우리 모두는 자신의 상황을 차분하고 객관적으로 평가할 능력을 갖고 있다. 극심한 고통과 스트레스로 판단이 흐려지고 불안감이 높아지며 자신감이 떨어진다고 하더라도, 자살을 통한 이득이 분명히 존재한다면 자살에 대한 자신의 판단을 신뢰하는 게 올바른 선택이 될 수 있다. 이론적으로 말해 자살은 충분히 합리적인 선택이 될 수 있다.[58]

고 첨지는 자신의 삶이 얼마 남지 않다는 것을 알고 있기에, 그 죽음을 아주 조금 앞당긴다고 해서 문제될 것이 없다고 생각했을 것이다. 오히려 그 죽음을 조금 앞당긴 대가로 당주에게 돈을 받는 것이 고 첨지 가족에게는 더 이익이라고 생각했을 것이다. 고 첨지는 당주가 주는 돈을 받으며, 그것을 말리는 며느리 앞에서 "아가! 나는 내가 죽을 땔 알아, 내가 죽어야 별네 어엄 원귀가 승천하고, 동네도 편안해 질거여. 닌 암말 말고 아이들 댈고 타처로 떠나가 살거라이!"라고 말한다. 이것은 분명 합리적 선택이 될 수 있다. "이 돈 갖고 이 섬을 떠나서 아이들 배불리 먹이며 편히 살거라이!"라는 고 첨지가 며느리에게 당부하는 말에서 알 수 있듯이, 그 돈은 며느리와 손자, 손녀 세 식구가 섬을 떠나 타처에서 정착해 살 수 있는 큰 돈이다. 마을 사람들은 가난 때문에 가족 중 누군가가 생계를 위해 바다에서 죽게 되어 마을 사람들로부터 저주의 대상이 되어도 삶의 터전인

---

58) 셸리 케이건, 박세연 옮김, 위의 책, 480~481쪽.

바다를 떠날 수 없는 것이다. 하지만 고 첨지 가족은 고 첨지가 바다에서 수장을 당해도 돈을 받아 마을을 떠나면 되기 때문에 마을의 상징적 죽음으로부터 벗어날 수 있고, 마을도 저주의 대상이 사라졌기 때문에 편안해질 수 있다.

하지만 그럼에도 불구하고 자살은 '비도덕적'인 행동이다. 합리적으로는 받아들일 수 있지만, '도덕적'으로는 용납할 수 없는 그런 행동들이 있다. 자살 역시 그 중 하나다. 그것은 며느리가 고 첨지에게 하는 말을 통해서 알 수 있다.

> # 고 첨지 집안
> 며느리 : 아버님! 아버님 안 될 것이요 잉, 돈을 노시오 잉! 벼락 맞아
> 죽어라우! 그건 못 해라우, 못 해라우, 아버님!
> 며느리 : 아버님 자슥 팔아 부모 살린다는 얘긴 들었어도, 부모 팔아
> 자슥 살린다는 말은 못 들었어라우!

며느리는 고 첨지의 죽음을 도덕적으로는 전혀 받아들일 수 없는 것이다. 그녀는 며느리와 손자 손녀의 미래를 위해 고 첨지가 그런 죽음을 선택했다고 해도 그 마음의 부채를 평생 지고 살아가야 하는 것이다. 하지만 자살은 항상은 아니지만 '때로는' 도덕적으로 적절한 선택이 될 수 있다.

상대방이 자신을 죽여 달라고 해서 진짜로 그렇게 했다면 우리는 그런 행동을 도덕적으로 받아들일 수 없다. 그 사람이 제정신이 아닐 수도 있고, 그런 결정을 내릴 능력이 없는 상태일 수도 있으며, 타당한 근거를 갖고 있지 않을 수도 있다. 하지만 자살 당사자가 합리적으로 자신의 상황을 파악해 죽는 게 더 낫다는 사실을 분명하게 이해하고, 이에 대해 차분하고 신중하게 생각해 충분한 정보와 조언을 바탕으로 자발적 결정을 내려 타당한 근거를 갖는다면, 수정된 동의 이론을 충족시킨 것이다. 이런 사례에서 동의[59]는 무고한 사람에게 피해를 입혀서는

안 된다고 말하는 의무론적 금기를 압도하고 무력화 시킨다. 이런 차원에서 자살은 다시 한 번(모든 경우에서는 아니라고 하더라도) 특정한 경우 도덕적으로 받아들일 수 있는 선택이 될 수 있다.[60]

고 첨지의 경우 분명 충분히 타당한 근거를 가지고 자신의 의지로 죽음을 선택했기 때문에 도덕적으로 충분히 받아들일 수 있는 선택이 될 수 있다. 하지만 강 청년 자살의 경우는 좀 다르다.

강 청년은 폐병에 걸린 자신의 처지를 비관해 자살했다. 그 자살의 결정적 원인을 제공한 것이 별녜이다. 영화에서 구체적으로 표현되지는 않았지만, 강 청년은 별녜를 사랑했다. 처음에는 아버지 강주사의 강요에 의해 별녜를 받아들였지만, 점점 별녜에게 빠져들어 갔다. 하지만 강 청년은 그녀를 가질 수 없는 몸이다. 그는 그녀를 갖기 위한 하나의 방법으로 별녜를 화폭에 담는다. 그녀를 날것으로 담기 위해 별녜에게 옷을 벗고 모델이 되어줄 것을 부탁하고, 그녀는 옷을 벗고 그 앞에 선다. 그리고 그녀의 얼굴에서는 눈물이 흐른다.[61]

이러한 강 청년의 마음은 그의 움막으로 거무가 별녜를 찾으러 왔을 때, 강 청년이 거무에게 독백으로 이야기하는 장면에서 잘 표현된다.

> #강 청년 움막
> 강 청년 : (거무에게) 보다시피 난 산 송장이나 다름없는 몸이 아닌
> 가? 자네처럼 누구를 아낌없이 사랑하고 사랑을 받을 수
> 있는 그런, 허긴, 나도 그런 꿈을, 그렇지, 어쩌면 마지막 꿈

---

59) 셸리 케이건은 『죽음이란 무엇인가』에서 고 첨지와 같은 상황, 즉 프레드라는 사람이 장기 기증으로 5명을 살리는 상황, 또는 방공호 속으로 수류탄이 떨어졌을 때 한 군인이 자신의 몸을 던져 전우 5명을 구하는 상황 등에서 공리주의와 의무론적 관점에서 '동의'라는 이론으로 자살에 대해 도덕적으로 받아들일 수 있는지에 대해 서술한다.
60) 셸리 케이건, 박세연 옮김, 위의 책, 503쪽.
61) 클로즈업으로 표현된 이 컷은 이 영화의 백미이다.

이었지, 그런 줄 알면서도, 우웩!(구역질을 하며) 떠나가! 이 이상 날 괴롭히지 말고 제발 돌아가 줘! 어서 돌아가라 니까, 어서!

|그림 5| 영화 〈석화촌〉 속 한 장면

 강 청년에게 별네는 마지막 사랑의 꿈이었다. 하지만 그는 산송장이나 다름없는 몸으로 거무처럼 별네를 아낌없이 사랑하고 사랑받을 수 있는 몸이 아니다. 더구나 별네는 그를 사랑하지 않았다. 별네는 단지 바다에서 추위에 떨고 있는 어머니의 혼령을 구하기 위해 그의 움막에 들어온 것이고, 그녀의 마음은 거무를 향해 있다. 강 청년의 자살은 그것으로 인한 좌절이 가장 큰 요인이었다.

 이러한 강 청년의 자살이 합리적인 선택인가? 라는 물음에는 물음표를 던질 수밖에 없다. 가치 없는 삶을 살아가야 할 가능성이 압도적으로 높은 상황이라면, 자살은 합리적인 선택이라고 할 수 있다. 하지만 강 청년은 육체적 사랑에 대한 좌절로 인한 상처가 가장 크다. 그는 그림도 그릴 수 있고, 정신적 사랑도 할 수 있다. 얼마든지 살아갈 이유들이 많은 것이다. 이러한 그의 자살은 살아 있는 가족들을 힘들게 만든다. 강주사가 마을로부터 상징적 죽음을 당하는 것으로 내몰림으로써 심한 고초를 겪을 수도 있는 상황이 만들어지는 것이다. 이러한 것으로 볼 때 강 청년의 자살은 합리적 자살이라고 볼 수 없다. 하지만 강 청년의 자살은 영화 <석화촌>의 열린 결말을 위한 하나의 장치로 선택되었다.

거무는 용신님을 모신 사당을 태우고 별네와 뭍으로 떠나기 위해 살림살이를 가지고 배에 오른다. 별네는 어머니 혼령 때문에 거무 몰래 배에 구멍을 뚫어 놓고, 그 때문에 배에 물이 차오르게 된다. 하지만 거무는 용신과 물귀신 이데올로기 증상에 대해 설득하고, 별네는 거무의 사랑을 확인하며 서로를 꼭 안는다. 그리고 마을 사람들이 보는 앞에서 강주사가 물에 빠져 죽은 아들 강 청년을 확인하기 위해 시신을 덮어 놓은 가마니를 거두어내는 장면이 나온다. 죽은 강 청년의 얼굴이 클로즈업으로 잡히고, 그가 그린 별네의 그림으로 디졸브 된다. 그리고 해설의 내레이션으로 마무리 된다.

> 해설 : 석화촌 사람들이 말하기를 별네와 거무는 용신을 거역한 벌로
>        바다에서 죽어 물귀신이 됐다고 했다. 폐병쟁이 강 청년이 죽
>        었으므로 저승에 갔다고 말하는 사람들도 있었다. 또 어떤 사
>        람들은 이렇게도 말한다. 뭍에 가서 잘 살 거라고.

이 내레이션의 열린 결말 중 가장 가능성이 큰 것은 거무와 별네가 뭍에 가서 잘 살 거라는 추측이다.

거무와 별네가 한바탕 몸싸움이 있은 후, '사랑하지도 않는 날 위해 같이 죽게 됐으니까 억울할 것'이라는 별네의 말에 '등신'이라고 답하며 배의 물을 퍼내던 거무는 자신들의 배로 다가오는 불빛을 보고 뱃고동 소리를 듣는다. 그리고 별네에게 "저 것이, 저 불빛이 우릴 향해 오는 것도 용신님 뜻이여! 저 소리도 용신님 뜻이냔 말이야!"라고 말한다.

거무와 별네를 향해 다가오는 뱃고동 소리와 불빛은 서로의 사랑을 확신시키며 그들을 뭍으로 인도했을 것이다. 그럼으로써 강 청년의 죽음은 더욱 비극적인 죽음으로 마무리된다.

## 2) 사랑의 애도

영화 <석화촌>에서는 소설 『석화촌』에서와 마찬가지로 '몸'이라는 제재에 대해 그렇게 중요하게 그리고 있지 않다. 사실 애도의 문제에서 '몸'은 상당히 중요한 담론이다.

왕은철에 따르면, 이 세상과 저 세상을 가르는 것은 결국 몸이다. 애도는 사랑하는 사람의 몸을 편안하게 자연에 눕히는 것에서부터 출발한다. 결국 애도란 몸을 애도하는 것이다. 몸이 있음은 삶이고 몸이 없음은 죽음이기 때문에 그렇다.

영화 <석화촌>에서 소설 『석화촌』과 마찬가지로 '몸'이라는 담론이 중요하게 부각되지 않는 것은 귀신이라는 영혼에 대한 믿음 때문이다. 바다에서 죽은 사람은 그 영혼이 원귀가 되어 바다를 떠돈다는 바로 그 믿음 때문이다. 그 영혼이 몸의 역할을 대신하는 것이다.

> 인간은 대단히 초월적 존재 같지만, 몸에 얽매인 존재다. 사랑하는 사람의 몸을 제대로 떠나보내지 않고서는 애도를 하지 못하고, 애도 자체를 시작하지도 않으려 하는 대단히 비초월적인 존재다. 그리고 사회가 요구하는 대로 애도를 한다고 해도, 그것은 늘 미완의 것으로 남을 수밖에 없다. 몸을 떠나보내는 것이 애도의 출발점인데, 몸이 존재하지 않으니 애도를 시작할 수 없는 탓이다.
> 안티고네는 아버지 오이디푸스를 애도할 수 있는 무덤도 없고 비석도 없다. 아버지 스스로가 아들들은 물론이고 심지어 자기를 보살펴준 딸들에게조차 죽음의 장소를 알리지 않고 죽었기 때문이다. 그런데 데리다에 의하면 "고정된 곳 없이는, 확정할 수 있는 장소 없이는, 애도는 허용되지 않는다"
> 오이디푸스가 죽은 후, 안티고네가 그토록 서럽게 우는 것은 일차적으로 아버지를 잃은 슬픔 때문이지만, 이차적으로는 아버지의 몸이 이승의 삶을 다하고 정착하게 된 "고정된 곳"이나 "확정적인 장소"가

없어서이기도 하다. 그녀는, 데리다의 말을 다시 옮기면 "정상적인 애도를 박탈당한 것 때문에 우는 것이다."[62]

영화 <석화촌>에서 소설 『석화촌』과 마찬가지로 별네 어머니 정씨의 혼령은 별네 앞에 나타나 바다 속에서의 괴로움을 호소한다. 바다에서 죽은 사람들은 바다를 떠나지 못하고 그곳을 떠돈다. 그 영혼은 사랑하는 사람들 앞에 나타나 괴로움을 호소한다. 그 영혼은 저승에 가서 편안하게 쉬어야 하지만, 추운 바다 속에서 괴로워하고 있다. 고정된 장소나 확정된 장소 없이 떠도는 원귀는 정상적 애도를 박탈당했다. 따라서 영화 <석화촌>이나 소설 『석화촌』에서 몸보다 그 귀신의 존재가 더 중요한 것이다.

영화 <석화촌>에서 마을 앞 바위에서 자살한 별네 어머니 정씨의 시신은 등장하지 않지만, 간밤 폭풍 속에서 죽은 별네 아버지 안 노인의 시신은 배에 실려 돌아온다. 상식적으로 정씨의 시신은 찾기 쉽고 안 노인의 시신은 찾기 힘든데, 반대로 정씨의 시신은 등장하지 않고 안 노인의 시신만 등장하는 것은 정씨와 안 노인의 죽음이 단지 그들의 죽음을 나타내는 영화적 장치로만 활용되고 있음을 나타낸다. 정씨는 바위의 고무신으로 자살을 암시하고, 안 노인은 배의 시신을 보여줌으로써 그들의 죽음을 나타낸다. 그들의 몸을 보여주는 것 보다는 죽음 그 자체, 즉 죽음으로 인해 바다를 떠도는 영혼이 되는 그 자체가 더 중요한 것이다.

영화 <석화촌>에서 확장된 인물들 중 고 첨지의 죽음은 영화에서 몸의 중요성을 인식하지 않는 또 하나의 예가 된다. 고 첨지는 가족의 동의하에 죽음을 선택했고, 그 죽음은 합리적인 선택인 동시에 도덕적 선택이었다. 고 첨지는 당주의 굿을 통해 수장을 당하고—비록 죽은 뒤이긴 하지만, 고 첨지 가족인 며느리와 손자·손녀는 마을을 떠난다. 며느리는 고 첨지의 죽음에 동의하는데, 이것은 고 첨지의 시신을 거두지 않고 그냥 떠난다는 것

62) 왕은철, 앞의 책, 56~57쪽.

이다. 물론 그것은 물귀신 믿음 때문에 마을을 떠나는 것이다. 여기서 중요한 것은 며느리가 경제적 삶을 위해 고 첨지의 죽음에 '동의'한다는 것이다.

별녜는 어머니의 죽음 때문에 자살을 결심할 정도로 비정상적인 애도의 모습을 보여주는 반면에, 며느리는 애도보다는 현실적 이익을 택한다. 며느리는 도덕적으로 시아버지인 고 첨지를 애도해야 하지만, 진정으로 그를 사랑한 것은 아니다. 자신의 목숨까지 던질 정도의 애도는 결국 그 정도의 사랑이 있어야 가능하다.

### 3) 작은 균열을 통한 이데올로기의 무너짐

소설 『석화촌』에서는 등장하지 않고 영화 <석화촌>에서 확장되어 새로 등장한 인물 중 가장 중요한 인물은 세 살 때 거무를 업둥이로 키운 무당 당주이다. 소설 『석화촌』에서는 물귀신 믿음에 대한 이데올로기만 배경으로 등장하지만, 영화 <석화촌>에서는 용신을 모시는 무당 당주를 전면에 내세움으로써 마을에서 전해오는 미신인 물귀신 믿음에 대한 허위의식과 물신주의의 허구를 전면에 부각시킨다.

당주는 용신님이란 대타자를 내세워 마을에서 제사장의 위치를 차지하고 있다. 이러한 위치를 이용해 마을의 경제권을 쥐고 있는 강주사와 결탁한다. 물귀신 전설에 대한 이데올로기를 이용해 별녜와 거무를 떼어놓고, 폐병에 걸린 강주사의 아들 강 청년에게 별녜를 씨받이로 들여보낸다. 당주는 별녜 대신 별녜 어머니 정씨의 혼령을 저승으로 보내기 위한 제물로 고 첨지를 바치기 위해 강주사에게 큰돈을 받는다. 그리고 그것을 고 첨지와 고 첨지 며느리에게 전달한다. 윤리적 이유로 반대하는 며느리에게 당주는 '용신님이 점지하신 뜻'이라고 말하자 며느리는 고개를 숙이며 받아들인다.

원래 무속은 일반 민중의 종교이다. 이종승에 따르면 무속은 상류층보다는 일반 대중의 민간종교이다. 양반들과 유생들은 무속을 미신으로 보고 배척했지만 오히려 민중들 사이에서는 결코 없어서는 안 될 필수불가결한 정신구조가 되었다. 왜냐하면 무속은 부계 중심의 사회제도로 인해 소외된 이들을 위로할 수 있는 포용성을 갖고 있기 때문이다. 또한 유교·불교·기독교가 모두 경전이라는 문자매체를 통해 유지되는 것에 반해, 무속이 주로 구전과 의례를 통하여 전승되었다는 것은 문맹, 무식, 대중의 것이라는 점을 뒷받침해 준다.[63]

하지만 당주는 그러한 민중들의 문맹과 무식을 이용해 자본인 강주사와 결탁해 자신의 이익을 챙겨왔다. 물신주의에 물든 당주는 자신의 이익을 위해 마을에서 내려오는 전설인 물귀신 믿음에 대한 이데올로기와 용신님이라는 절대자를 철저히 이용해 왔다. 자신의 아들인 거무와 별녜를 비롯해, 고 첨지 가족들에게 용신님이라는 절대자를 내세우거나 물귀신 전설의 이데올로기를 이용해 그들을 협박 또는 회유했다. 그리고 돈이라는 자본주의적 요소를 이용하기도 했다.

무속은 분명 한 사회에 내재해 있는 갈등과 모순을 사회적 또는 종교적으로 처리할 수 있는 메커니즘으로 기능한다.[64] 영화 <석화촌>에서 풍어굿 시퀀스가 나오는데, 이것은 안 노인과 정씨의 대화를 통해 거무의 됨됨이와 거무와 별녜의 사랑을 설명하는 장면으로 활용된다. 하지만 풍어굿 시퀀스를 통해 우리는 마을 사람들이 한바탕 춤으로 어울리고, 그것을 통해 풍어와 안녕을 기원하면서 마음의 안정을 찾는 것을 알 수 있다. 풍어굿은 마을 전체를 하나로 묶을 수 있는 잔치 또는 카니발이다. 영화 <석화촌>에서는 이러한 일정한 사회적 기능을 담당하는 무속의 기능보다는 근대의 물신주의에 물든 무속의 탐욕을 정면으로 내세운다. 이러한 것이 가장 단적으로 드러난 시퀀스가 고 첨지가 제물로 바쳐져 바다로 수장되는 시퀀스이다.

거무가 용신과 물귀신 전설에 대한 이데올로기로의 허위의식에서 벗어나는 계기가 되는 이 시퀀스에서 고 첨지는 배에서 바다에 수장되기 직

---

63) 이종승,『영화와 샤머니즘─한국적 환상과 리얼리티를 찾아서』, 살림, 2005, 27쪽.
64) 이종승, 위의 책, 27쪽.

전 죽는다. 살아 있는 고 첨지가 수장되어야 별네 어머니 정씨는 추운 바다에서 벗어나 저승으로 갈 수 있지만, 수장되기 직전에 고 첨지가 죽었기 때문에 마을에서 전해 내려오는 물귀신 전설에 대한 이데올로기에 의하면 고 첨지의 수장은 아무 소용없는 의식이 되어버렸다. 하지만 당주는 북잡이 용삼이의 입을 막고 아무 일 없는 것처럼 고 첨지를 수장해버린다. 당주에게는 용신이나 물귀신에 대한 전설보다는 돈이 더 중요한 것이다. 그녀에게 용신이나 물귀신에 대한 전설은 믿음이기보다는 자신의 이익을 극대화하기 위한 하나의 도구인 것이다.

[그림 6] 영화 〈석화촌〉 속 한 장면

결국 이러한 이데올로기의 허위의식은 곁에서 지켜보던 북잡이 용삼이에 의해 드러나게 되는데, 무당 당주의 집인 사당에서 굿을 하는 도중 북잡이 용삼이가 당주에게 대들고 사당을 뛰쳐나가는 신에서 잘 드러난다.

# 신당 안
굿을 하는 도중 북잡이 용삼이가 징을 제대로 치지 않자 당주는 용삼을 꾸짖고, 다시 시작된 굿에서 당주의 치마가 벗겨지자 용삼이는 당주 얼님의 치마가 벗겨졌다고 말한다. 이에 창피한 당주는 방울로 용삼의 머리를 내리쳐 용삼이의 머리에 피를 낸다.

당주 : 아, 신령님이 오시는데 속옷이 홀랑 벗겨진들 어쩐가, 그것도
　　　다 용신님의 뜻이란 말이여! 어허! (다시 춤추려고 하다 징을
　　　치지 않는 용삼이를 부채로 때리며) 아니 왜 안쳐! 아, 워째 이
　　　런 당가!
용삼이 : (벌떡 일어나 당주에게 대들며) 말짱 헛것이요!
당주 : 아니 이게 무슨 짓이여!
용삼이 : (징을 집어 던지며) 날 꾸짖지 말고 이, 당주얼님 정신 차리
　　　라고 잉!
당주 : 용한 박수가 되자면 시키는 대로 할 것이제.
용삼이 : 사람 그래서는 못 쓰는 겨 이, 아, 멀쩡한 생 처녀를 폐병쟁
　　　이한테 팔았으면 수장이라도 바로 지내줬어야 도리가 아닌
　　　게, 죽은 고 첨지를⋯⋯.
당주 : (용삼이의 입을 막으며) 아니 말이라고 다 하나 벼 웅, 아, 천지
　　　가 부서지는 일을 보고 싶은 가, 이 주둥아리가 무엇을 나불거
　　　릴 라고 이런 당가!
용삼이 : (입을 막은 당주의 손을 뿌리치며) 난 박수가 안 되어도 좋
　　　아요, 천지가 뒤집혀도 할 말은 해야겠당가요!
당주 : (용삼이의 머리채를 잡고 뺨을 때리며) 아니 우째 요놈이! 아
　　　이고, 우째 요놈아! 우째 요놈아!
용삼이 : (몸싸움을 하다 당주를 내팽개치며) 별네가 불쌍치도 않당
　　　가! 거무가 불쌍치도 않당가! (밖으로 나가면서) 동네방네
　　　당기면서 개나발을 불어야겠당게.
당주 : (밖으로 나가는 용삼이를 보며) 용삼아 잉, 아이고⋯⋯.

　용한 박수무당이 되기 위해 당주에게 무당 수업을 배우고 있는 용삼이
이렇게 당주에게 대들 수 있는 것은 용신과 당주에 대한 믿음이 사라졌기
때문이다. 그 가장 큰 이유는 죽은 고 첨지를 산 것처럼 꾸며 수장한 것을 안
것 때문이다. 당주는 그렇게 마을 사람들을 속였지만, 용신도 속인 것이다.
이러한 믿음이 깨짐으로써 용삼이는 당주가 어떻게 용신을 이용해 마을
사람들을 허위의식의 이데올로기 속에 가두어 놓고 있었는지 알게 된 것

이다. 우리가 사회적 현실이 어떻게 작동하는지에 대해 너무 많이 알게 된다면 그 현실은 와해되어 버리게 되듯이, 용삼이가 당주가 마을 사람들의 의식을 장악하는 방법이 편법과 거짓이라는 것을 알게 되자 당주에게 대들 수 있게 된 것이다.

용삼이가 이런 이데올로기의 허위의식을 깰 수 있는 것은 그의 윤리적 사회의식이 가장 컸다. 사랑하는 별녜와 거무를 떼어놓고 별녜를 폐병쟁이에게 보내버리는 것을 본 용삼이는 생 처녀인 별녜가 불쌍하고, 별녜를 잊지 못해 애태우는 거무가 불쌍한 것이다. 비록 업둥이라지만, 어미라는 자가 아들 거무에게 돈 때문에 큰 아픔을 주는 것이 못마땅한 것이다. 거무는 이런 용삼이의 말을 전해 듣고 용신과 물귀신 전설의 이데올로기가 허위의식이라는 것을 깨닫는다.

바다에서 돌아온 거무는 고기를 잡으러 간 사이 자신의 어미인 무당 당주가 별녜를 강 청년에게 씨받이로 보낸 것을 알게 된다. 거무는 당주를 찾아가 울면서 강 청년 움막이 있는 용머리 산으로 가 별녜를 찾아오겠다고 한다. 하지만 당주는 이 모든 것이 용신님의 뜻이라며, 용신님의 뜻을 어기면 "너도 나도 별녜도 왼 마을 사람들 모두 불사를 맞는다."고 겁을 준다. 거무는 나직이 "별녜도?"라고 말하고, 당주는 더 강력하게 "용신님이 노하신다, 마을 사람 모두 불사를 맞는다."라고 재차 거무를 다그친다. 결국 거무는 용신이라는 대타자의 무게를 이기지 못하고 쫓기듯 사당을 나온다. 용신을 거역하면 별녜 또한 불사를 맞기 때문이다. 거무에게 용신이라는 기표는 세 살 때부터 당주에게 지속적으로 주입되어온 '착시'로서 '이데올로기적인 왜상歪像'이다.

그런 거무에게 이러한 착시로부터 벗어나게 한 것이 바로 북잡이 용삼이다. 거무는 용삼이의 말을 듣고 용신과 물귀신 믿음이 모두 허위라는 것을 깨닫게 된다. 따라서 거무에게 이러한 이데올로기는 그저 말 그대로 전설이 되어버린 것이다. 용신과 물귀신이 없다는 것을 깨달은 거무는 이제 별녜를 찾아올 수 있다.

거무는 강 청년이 있는 용머리 산으로 가 강 청년에게 별네는 원래 자신의 여자이니 자신에게 돌려달라고 한다. 별네는 속임수에 넘어가서 이곳에 씨받이로 왔으니 자신이 데려가겠다고 한다. 강 청년은 자신의 처지를 비관하며 거무에게 마음대로 하라고 한다. 하지만 별네는 강 청년을 떠날 마음이 없다. 별네는 아직도 용신과 물귀신에 대한 믿음이 단단하다. 강 청년이 별네를 거무에게 보내려고 하지만, 별네는 물속 추위에 떨고 있는 어머니 혼령 때문에 이곳에 왔기 때문에 떠날 수 없다고 한다. 용신님께 약속을 하고 왔다며 떠나려 하지 않는다. 별네에게 용신님과 물귀신 전설에 대한 믿음은 곧 어머니에 대한 애도이고, 그것은 그녀에게 윤리적인 것이다.

강 청년에게 쫓겨난 별네는 바닷가에서 거무를 만나, 고 첨지가 살아서 수장된 것이 아니라 죽어서 수장되었다는 말을 듣는다. 거무는 별네가 속아왔다는 것을 알리고 싶은 것이다. 그리고 별네와 함께 뭍으로 떠나고 싶은 것이다. 별네도 거무의 말을 믿고 배에서 거무에게 자신의 모든 것인 정조를 준다. 거무는 물귀신 따위는 없는 뭍으로, 자식에게 재수 없으면 물귀신 만드는 이 섬을 떠나 뭍으로 가자고 한다. 그리고 마을로 올라가 이데올로기의 상징인 사당을 불태우고 사흘 치 식량을 가지고 내려온다. 하지만 별네는 물귀신 이데올로기로부터 벗어나지 못한다. 그 이유는 배에서 거무를 기다리다 어머니 정씨의 혼령이 말하는 소리를 들었기 때문이다.

#바닷가 배 안
정씨 혼령(E) : (에코로) 별네야! 별네야! 이곳은 춥고 어둡고 드럽다,
　　　　　　　　나를 빨리 저승으로 보내 주려마, 별네야! 별네야!

별네에게 이 소리는 환청이지만 현실이다. 어머니에 대한 비정상적인 애도는 그녀에게 집착으로 나타났다. 선에 대한 지나친 집착은 그 자체로

대단한 악이 될 수도 있다. 진정한 악은 종류를 막론한 모든 광신적 독단주의이며, 특히 그것이 최고선이란 이름으로 자행될 때는 말할 수 없이 그렇다. 별네에게는 어머니를 위해 자신을 희생하는 것이 최고의 선이다. 따라서 악에 대한 강박적이고 광신적인 집착이 그 자체로 윤리적인 위치의 위상을 획득하게 되는 것이다.[65]

별네는 뾰족한 돌을 주워와 배에 구멍을 뚫기 시작한다. 그녀의 용신에 대한, 물귀신에 대한 믿음의 무게만큼 힘을 실어 배에 구멍을 뚫는다. 별네와 거무는 구멍 뚫린 배에 살림살이와 사흘 치 식량을 싣고 뭍으로 떠난다. 하지만 배에는 곧 물이 차오르고, 거무는 별네가 배에 구멍을 뚫은 것을 알게 되며, 어머니 정씨 혼령 때문에 그런 것도 알게 된다.

거무는 정말 답답하다. 그래서 별네에게 폭력까지 가한다. 이데올로기 증상으로 나타난 그녀의 자살 시도는 거무가 보기에 자신의 어미인 당주와 강주사의 기만적인 속임수에 넘어 갔기 때문이다.

하지만 군건하고 견고할 것만 같은 이데올로기의 와해는 작은 균열 때문에 일어난다. 그 균열은 회진포로 가는 연락선이다. 회진포로 가는 연락선은 영화 초반에 등장하여, 거무와 별네의 희망적인 모습을 보여주는 시퀀스로 나타난다. 별네는 연락선을 한 번 타봤으면 하고, 거무는 한 밑천 잡으면 회진포로 가서 얼레빗과 명경 그리고 꽃신을 사다 준다고 말한다. 소설 『석화촌』에서 거무가 배를 타게 되는─어릴 적 연락선을 보고 그 배를 타고 오가는 공상 때문에, 그리고 안 노인 때문에─하나의 이유로 나오는 작은 소재지만, 영화 <석화촌>에서는 거무가 별네를 설득하는, 하여 별네가 용신과 물귀신 전설의 이데올로기가 허위의식이라는 것을 알게 되는 결정적인 도구로 작동하는 소재가 된다. 별네가 모든 것이 거짓이라고 인식하고, 그 무지로부터 벗어나게 되는 중요한 소재이다.

하지만 별네의 군건하던 그 믿음이 침몰하는 그들의 배를 구하러 다가

---

65) 슬라보예 지젝, 이수련 옮김, 앞의 책, 58쪽.

오는 연락선 때문에 아무렇지도 않게 돌아서는 것이 쉽게 이해가 되지 않을 수도 있다. 거무가 별녜에게

> #바다 위 떠 있는 배 안
> 거무 : 하지만 저것이 뉘의 뜻이건 이제 나와 상관없어. 용신, 물귀
> 신, 난 무섭지 않어. 난, 다만, 별녜만 내 곁에 있어주면 되는
> 거여, 그 뿐이여. 별녜! 너만 내 곁에 있어주면 난 더 바랄게 없
> 단 말이여!

라고 말하자, 별녜는 거무에게 안기고 거무는 '알았으면 되는 거여! 알았으면 되는 거여!'라고 서로 포옹한다. 별녜는 거무에 대한 사랑 때문에 굳건하던 그 이데올로기의 벽을 부술 수 있었다. 그러나 다시 말하지만 단단한 이데올로기의 무너짐은 작은 균열을 통해 일어난다.

영화 <석화촌>에서의 열린 결말[66]이나 강 청년의 자살은 이데올로기에 대한 하나의 환상이나 증환으로 나타난 것이다. 환상은 이데올로기가 자기 자신의 균열을 미리 고려해 넣는 방식이다. 그리고 우리는 '환상을 횡단'하면서 동시에 증상과의 동일시를 완수해야 한다.[67] 결국 거무와 별녜는 자신들이 당주와 강 주사의 거짓으로 인해 용신과 물귀신 믿음의 허위의식을 알았다고 해도, 그들은 마을을 떠나서 뭍으로 떠나가고 만 것이다.

---

66) 앞에서 밝혔듯이 아마도 그들은 연락선에 구해져서 뭍으로 가서 잘 살았을 것이다.
67) 슬라보예 지젝, 이수련 옮김, 위의 책, 221~223쪽.

[그림 기 영화 〈석화촌〉 속 한 장면

## 3. 현실적 예술성 획득

소설 『석화촌』에서 별네 어머니와 아버지의 죽음도 있지만, 거무와 별네의 죽음이 작품에서 중요한 위치를 차지한다. 별네 어머니를 비롯한 별네와 거무의 죽음은 마을의 전설인 이데올로기에 의한 타살인데, 별네는 먼저 이데올로기에 의해 마을 사람들로부터 상징적 죽임을 당한 후, 사랑하는 거무와 함께 자살을 선택한다. 거무 또한 이러한 별네의 선택을 받아들인다. 그들의 죽음은 이데올로기에 의한 타살로서 비극적이지만, 그 죽음을 받아들이는 거무의 희생은 사랑의 힘을 잘 보여주는 결말일 수 있다. 작가의 무게중심이 어느 쪽으로 기울어졌다고는 판단하기 힘들지만, 그들의 죽음이 비극적이면서도 아름다울 수 있는 이유이다.

소설 『석화촌』이 영화 〈석화촌〉으로 영화되기 되면서 죽음의 의미는 확장 변형된다. 고 첨지 자신이 수장을 결정한 것과 그것을 받아들이는 며느리는 다분히 현실적 선택을 한 것이다. 그리고 비극적인 죽음은 강 청년에게 밀쳐버리고, 열린 결말로 거무와 별네의 생사 여부를 보여주지는 않지만 내레이션으로 그들이 뭍에 가서 잘 살 거라며, 거무와 별네의 사랑을 해피엔딩으로 마무리 짓는다. 그럼으로써 거무와 별네의 사랑은 바닷새 한 쌍이 노니는 노을 지는 바다의 앤딩 화면과 함께 아름답게 채색된다.

소설에서 관념적 소재인 죽음을 확장한 영화는 다분히 현실적 죽음을 강조하고, 소설에 나타난 비극적 죽음은 강 청년을 통해 대리만족 시킨다. 또한 거무와 별네의 죽음에 대한 감독의 선택은 열린 결말이라는 예술적 선택과 해피엔딩이라는 상업적 선택 두 마리 토끼를 잡을 수 있는 선택이 되었다. 따라서 영화는 소설의 예술성을 획득하면서 상업성 또한 확보한 중도적 라세믹체 영화로 한 발 다가서게 된다.

소설 『석화촌』에서 사회가 비정상적이고 비현실적이고 비실제적인 이데올로기에 매몰되어 있어 별네의 비정상적인 애도가 윤리적일 수 없다. 따라서 별네의 자살만이 그녀를 윤리적인 존재로 만든다. 하지만 별네를 윤리적 존재로 만들 수 있는 자살의 힘은 거무에게서 나온다. 별네와의 동반 자살을 결심한 거무의 선택은 비정상적인 애도의 마침표이기도 하다. 극단적으로 말하자면, 죽음이야말로 사랑하는 사람에 대한 최고의 애도가 될 수도 있다.

영화 <석화촌>은 열린 결말로 별네와 거무를 소설의 죽음으로부터 건져 내지만, 강 청년과 고 첨지의 죽음으로 소설에서의 비극적 죽음을 갈무리한다. 그 속에서 고 첨지의 며느리는 애도 보다는 현실적 이익을 택한다. 며느리는 도덕적으로 시아버지인 고 첨지를 애도해야 하지만, 진정으로 그를 사랑한 것은 아니다. 자신의 목숨까지 던질 정도의 애도는 결국 그 정도의 사랑이 있어야 가능한 것이다.

죽음으로서 데리다가 이야기 한 비정상적인 애도의 마침표를 보여준 소설은 다분히 문학적 애도 형식을 택하지만, 영화는 현실적 이익을 위해 프로이트가 이야기한 정상적인 애도 방식을 택한다. 소설에서 획득한 문학적 예술성을 영화는 현실에서 취할 수 있는 예술적 방법으로 번역한 것이다.

소설 『석화촌』에서 마을 사람들의 물귀신에 대한 맹목적 믿음 때문에 별네는 그것에 저항해 볼 생각조차 하지 못하고 물귀신 전설의 이데올로기에 함몰되어 결국 자살이라는 극단적 선택을 한다. 그리고 병든 강씨 아들이 동네 바로 앞에서 움집을 짓고 요양하는 것 때문에 마을 사람들은 강씨의 석화밭에 대한 마을 사람들의 착취를 인식하게 했고, 마을 사람들의 그러한 인식은 주체 자체가 주체의 무지를 인식한 것이고, 이것은 이데올로기의 결렬 지점을 탐색하는데 결정적인 사건이 된다. 하지만 마을 사람들은 물귀신 믿음에 대한 증상은 인식하지 못했다.

영화 <석화촌>에서는 용신을 모시는 무당 당주를 전면에 내세움으로써 마을에서 전해오는 미신인 물귀신 믿음에 대한 허위의식과 물신주의의 허구를 전면에 부각시킨다. 그러한 단단한 이데올로기의 무너짐은 작은 균열을 통해 일어난다. 그 균열은 회진포로 가는 연락선인데, 그 연락선은 거무의 별네에 대한 사랑의 기표이다. 거무와 별네는 그 이데올로기의 허위의식을 인식한다고 해도, 그것을 바꾸려는 적극적 행동대신 그것을 회피해 뭍으로 떠난다.

소설에서 별네와 거무를 비롯한 마을 사람들은 강씨에 대한 착취는 인식하지만, 물귀신 믿음에 대한 증상은 인식하지 못한다. 영화는 무당 당주의 허위의식과 물신주의를 별네와 거무가 함께 인식하지만, 그것을 적극적으로 바꾸려하지 않고 좆기 듯 마을을 떠난다. 영화가 좀 더 현실적으로 이데올로기의 결렬지점을 탐색하지만, 소설과 영화 모두 이데올로기로서의 대타자를 전복하고자 하는 의지를 찾아볼 수 없다.

소설은 이데올로기에 의해 살해당한 별네를 따라 자살을 택한 거무의 사랑에 초점을 맞춤으로써 문학적 예술성을 획득하고, 영화는 갈등의 해소로서 이데올로기의 상징인 사당을 불태우고, 거무와 별네는 서로 사랑을 확인하면서 뭍으로 떠나는 다분히 현실적 예술성을 획득한다.

# Ⅲ-Ⅱ. 소설 『이어도』와 영화 〈이어도〉

## 1. 소설 『이어도』

### 1) 낭만적 죽음

소설 『이어도』는 소설 『석화촌』과 마찬가지로 근대성 이전의 토속신앙을 잘 나타내기 위해 최적화 된 공간인 '섬'을 중심으로 서사가 진행된다. 섬이라는 공간 안에서 이루어지는 섬사람들의 근본적으로 알 수 없는 것 앞에서 느끼게 되는 불안감에 대한 이야기다. 섬사람들의 불안감은 당연히 죽음에 대한 불안감인데, 소설 『이어도』는 소설 『석화촌』보다 섬사람들의 죽음에 대한 불안감에 대해 좀 더 밀도 있게 서사가 진행된다. 단편인 소설 『석화촌』보다 중편으로 확장된 소설 『이어도』가 당연히 서사적으로 더 밀도 있는 이야기가 진행되겠지만, 또한 소설가는 소설 『석화촌』에서 하지 못한 이야기를 다시 소설 『이어도』에서 좀 더 심층적으로 하고 싶었을 것이다.[68]

소설 『석화촌』에서 거무와 별네의 사랑, 경제적 독점을 가진 강주사와 그의 아들에 대한 이야기들로 인해 분산되었던 섬사람, 특히 뱃사람들만이 가질 수밖에 없는 죽음에 대한 불안감에 대해 소설 『이어도』는 좀 더 집중한다. 이 죽음에 대한 불안감은 좀 더 증폭되어 죽음에 대한 '공포'라는 단어가 어울릴 정도로 섬사람들, 특히 뱃사람들의 삶에 집중된다. 아니, 뱃사람들의 삶을 지배하는 '이어도'라는 전설에 집중된다는 말이 더 타당하겠다.[69]

---

68) 소설 『축제』가 메타텍스트로 단편 『눈길』의 에피소드를 많이 인용하면서, 『눈길』에서 하지 못했던 이야기들을 좀 더 심도 있게 진행했던 것과 같을 것이다.

69) 소설을 이끌어가는 실제 서사는 뱃사람들의 삶이 아니라 뱃사람들에 의해 만들어진 이어도 전설에 얽힌 이야기이며, 시간이 지나 이어도 전설은 뱃사람뿐만 아니라

소설 『이어도』의 서사에서 이러한 뱃사람들의 죽음에 대한 불안감, 특히 '공포'라는 단어가 어울릴 정도의 삶을 집약적으로 보여주는 것은 천남석 아버지와 어머니의 죽음을 그린 서사이다. 이 서사는 이어도 전설이 만들어질 수밖에 없는 이유를 근대성 이전의 생활을 중심으로 극적으로 보여준다. 물론 서사 속 인물들은 그 이어도 전설에 얽매여 있는 것처럼 보이지만, 천남석의 어린 시절 서사는 뱃사람들의 삶을 극적으로 보여주고 그 극적인 삶 속에서 이어도 전설이 생겨날 수밖에 없는 삶을 그린다. 그리고 천남석의 어린 시절 기억은 그의 삶 전체를 지배한다.

> 바다가 내려다보이는 언덕배기에 조그만 밭뙈기가 하나 있었다고 했다. (……)소년의 어머니는 무슨 까닭인지 조그만 밭뙈기에서 사시사철 쉬지 않고 돌을 추려내고 있었다. 언제나 축축한 습기가 묻어 오는 바닷바람이 언덕 쪽으로 불어 왔고, 소년의 어머니는 날만 새면 그 축축한 습기에 온몸을 적시며 여름이나 겨울이나 그 밭뙈기의 돌멩이를 추려내다 시름시름 한쪽으로 긴 돌더미를 쌓아 갔다. 그런데 그런 때 소년의 어머니한테선 언제나 또 빠짐없이 이어도의 노랫가락이 흘러 번졌다.[70]

소년(천남석)의 어머니는 바다가 내려다보이는 언덕배기 조그만 밭뙈기에서 끝날 것 같지 않은 돌 추려내기를 축축하고 음습하고 웅얼거리듯 이어도 가락을 읊으면서 하고 있다.

> 소년은 소리만 들으면 짜증이 났다. 그리고 늘 그 어머니의 소리를 떠나버리고 싶었다. 어머니의 소리를 참을 수가 없었다. 하지만 소년은 어머니의 소리를 맘대로 떠나버릴 수가 없었다. 어머니의 소리를 떠나려면 그는 아버지를 찾아낼 수 있어야 했다. 소년의 아버지는 한 달이면 보름도 더 넘은 날들을 항상 바다로 나가 지내고 있었다. 한번 수평선을 넘어가면 이틀이고 사흘이고 좀처럼 다시 그 수평선을 넘어오지 않았다.

___
섬사람 전체의 삶에 영향을 미치게 된다.
70) 이청준, 『이어도』, 열림원, 1998, 89쪽. 앞으로는 제목과 쪽수만 표시.

아버지가 수평선을 넘어오기만 하면 소년은 아버지 곁에서 어머니의 그 지긋지긋한 소리를 듣지 않아도 좋을 때가 하루 이틀쯤 마련되었다. 아버지가 수평선을 넘어오고 나면 어머니는 비로소 돌을 추리는 일을 그만두고 집안에서 집안일을 하고 지냈다. 그리고 그런 날은 소년의 어머니도 이상하게 그 이어도의 노래를 썻은 듯이 잊어버렸다.

—『이어도』90쪽

소년의 어머니는 소년의 아버지가 바다로 나가면 그가 죽어서 돌아올 것 같아 항상 걱정되고 불안하다. 그래서 소년의 아버지가 바다로부터 돌아오는 것이 잘 보이는 언덕배기 조그만 밭뙈기, 언제쯤 밭 역할을 할지도 모를 그 밭뙈기에서 돌을 추려내며 이어도 노래 가락을 읊는다. 이어도 노래 가락은 그 걱정과 불안함을 표출하는 기표이며, 그 기표에 기대어 소년의 어머니는 걱정과 불안함을 자신의 욕망 속으로 가라앉히려 노력한다.

바다에 안개가 짙어지거나 구름이 몹시 빠르게 움직이는 날이면 어머니는 돌을 추리다 말고 구름장이 사납게 얽혀드는 하늘을 쳐다보거나 짙은 회색 안개 속으로 바다가 하얗게 뒤집히는 모양을 하염없이 내려다보고 있을 때가 많았는데, 그런 때는 그 어머니의 소리가 더욱 극성스러워지는 것 같았다.

—『이어도』90쪽

소년의 어머니의 이러한 걱정과 불안은 '공포' 수준으로 증폭된다. 공포는 모든 상실에 대한 공포요 두려움이다. 현재 갖고 있는 것을 잃어버리거나 버려야 할지도 모른다는 두려움이 바로 그것이다. 그것과 짝을 이루는 대개념은 '안전sécurité'이다. 재산, 지위, 가정의 행복, 혹은 성적 정체성identité, 집단의 정체성 등등을 상실할 위험에서 멀어진 상태, 바로 그것이 안전이라는 개념으로 표시되는 것들이다. 소년의 어머니는 '안전'을 욕망한다.71) 이러한 욕망은 바다가 보이는 언덕배기 밭뙈기에서 돌을 추스르며 이어도를 웅얼거리는 것으로 표출된다.

---

71) 이진경, 『노마디즘 1』, 휴머니스트, 2002, 730쪽~731쪽.

하지만 소년의 아버지의 그 그물 손질은 기껏해야 하루나 이틀뿐 그물이 다시 깔끔히 손질되고 나면 아버지는 이내 다시 수평선을 훌쩍 넘어가 버리곤 했다.

천가여 천가여……

마음이 격해지면 어머니는 소년의 아버지를 천가여 천가여 하고 아이 이름이라도 부르듯 해댔는데, 어머니의 그런 안타까운 부름도 소년의 아버지는 들은체만체였다. 그리고 나면 소년의 어머니는 다시 언덕배기 밭뙈기로 나가 돌자갈을 추리면서 응응응 그 축축한 바닷바람 속에서 이어도의 노랫가락을 시작하는 것이었다. 지겹게도 많은 돌이었고, 지겹게도 극성스런 노랫가락이었다.

－『이어도』91~92쪽

소년의 어머니의 이러한 욕망은 삶이란 현실 앞에 철저히 무너진다. 소년의 아버지는 소년의 어머니의 부름도 들은체만체 하고 삶을 위해 바다로 나간다. 그런데 소년의 아버지는 이어도 전설을 믿기 때문에 위험한 바다로 나가는 것을 두려워하지 않는다.

"이런 때 우리 조상들은 이어도라는 섬을 생각했던 모양이지요. 아마 폭풍에 배가 깨지고 나면 이어도로 헤엄을 쳐 나갈 수 있을 거라고 말입니다."

(……)

"이어도라는 그 터무니없는 허구가 사람들을 무참하게 속인 거지요. 사람들은 이어도에 속아 죽음이 기다리는 바다를 두려워할 줄 몰랐습니다. 그리고 폭풍을 만나고도 속수무책으로 이어도만 찾다가 가엾은 물귀신이 되어가곤 했습니다. 선우 중위도 아시겠지만……"

－『이어도』69~70쪽

천남석 기자가 자살 직전 선우 중위와 나눈 대화에서도 알 수 있듯이, 소년의 아버지는 바다를 두려워하지 않고 삶을 위해 바다로 나갔다가 몹쓸

바람에 조난을 당하고 집으로 돌아온다. 하지만 조난 당시 소년의 아버지는 이어도를 보았다고 했다. 그리고 "섬을 한번 본 사람은 다시 이승으로 돌아올 수 없다는 말도 잊어버린 듯 소년의 아버지는 기력을 회복하고 헌 배를 구해다 그럭저럭 쓸 만한 물건을 만들어서 어느 바람이 잔잔한 늦가을 오후 마침내 그 숙명처럼 언제나 눈앞에 아득히 떠올라 있는 수평선을 훌쩍 넘어가 버리고 말았다."(『이어도』94쪽)

소년의 아버지의 죽음은 자살이나 마찬가지고, 그것은 자신을 위한 자살이다. 남아있는 가족의 슬픔은 전혀 생각지도 않은, 도덕적이지도 그렇다고 합리적이지도 않은 자신만의 영생을 위한 자살이다. "한 번 섬을 본 사람은 예외 없이 며칠 후엔 곧 세상살이를 그만두고 만다는, 섬을 한번 보기만 하면 누구나 곧 그 섬으로 가고 만다는"(『이어도』70쪽) 이어도의 전설에 속아 소년의 아버지는 소년의 어머니의 '천가여, 천가여……' 라는 슬픈 외침도 외면한 채 바다로 나가 영영 돌아오지 않은 것이다. 이러한 남편의 죽음 앞에 소년의 어머니는 바다가 바라다 보이는 언덕배기 밭 뙈기에서 진눈깨비가 날리는 날, 아침부터 돌을 추리다가 어둠이 바다 쪽에서부터 서서히 섬을 덮어오기 시작할 때 축축하게 젖은 몸으로 누워 영영 일어나지 못했다.

그 이어도 전설 때문에 소년의 아버지가 두려움 없이 바다에 나가 생계를 꾸렸지만, 또한 그 이어도 전설 때문에 소년의 어머니는 소년의 아버지를 잃었다. 이러한 이어도의 이중성은 제주도 여인들의 삶의 고단함이다.

> 여자의 입술에서 문득 희미한 웅얼거림소리 같은 것이 흘러나오고 있었다. 신음 같기도 하고 한숨소리 같기도 하고, 어떻게 들으면 마치 제주도의 바닷가 어디에서나 들을 수 있는 바다 울음소리나 파도소리 같은 그 웅얼거림은, 그러나 자세히 들어보니 <이어도>, 그 오랜 제주도 여인들의 슬픈 민요가락이었다. (……)
> 이어도하라 이어도하라
> 이어 이어……
> ─『이어도』106쪽

선우 중위가 천남석의 여인을 천남석의 집에서 환각에 이끌려 학대할 때 그녀가 웅얼거리는 이어도에 대한 선우 중위의 단상이다. 이어도라는 민요가락은 제주도 여인들이 남편의 죽음에 대해 항상 공포감을 가지고 살아야 하는, 그리고 그것을 이겨내려는 슬픈 웅얼거림이다.

이 소설의 서사는 이어도를 수색하는 해군함정을 선우 중위와 같이 타고 있던 천남석의 실종사고에 대해 선우 중위가 조사를 시작하면서 시작된다. 선우 중위는 남양일보사로 찾아가 양주호를 만나고 그로부터 천남석의 죽음은 자살이라는 말을 듣는다. 그리고 여느 이청준 소설에서 그랬던 것처럼 『이어도』 역시 추리소설 형식으로 천남석의 죽음에 대한 진실을 알아가는 서사구조를 택한다.

천남석의 죽음의 진실에 대해 알아가는 이 소설은 천남석이 자살했다는 가정 하에 그가 왜 자살을 했는가를 추적하는 것이고, 그 자살에 전설의 섬 이어도가 어떠한 역할을 했는지를 파헤치는 구조이다. 선우 중위는 양주호에게 천남석이 자살했을 것이라는 말을 듣고 자기도 천남석이 자살했을지도 모른다는 생각을 가지고 있었다고 말한다. 하지만 선우 중위는 천남석이 왜 자살했는지 알지 못한다. 따라서 『이어도』는 선우 중위가 양주호와의 관계를 통해, 그리고 그의 안내를 통해 천남석이 왜 자살했는지를 밝히면서 서사를 진행한다. 선우 중위 자신이 천남석이 자살했을지 모른다고 생각하게 했던, 그와 마지막 만남에서의 대화를 통해 자살 이유를 추론하며, 또한 양주호와의 대화를 통해, 주로 양주호의 추측성 발화를 통해 수수께끼 같은 천남석의 자살 동기를 추적한다.

> 자신의 유년 시절에 관한 이야기를 모두 끝내고 나서 천남석은 이어도야말로 가엾은 섬사람들을 터무니없이 절망적인 종말로 흘려가 버리는 저주의 섬일 뿐이라고 몇 번씩 단언을 했다. (……) 천남석은 이야기를 꺼낼 때의 태도도 그랬지만, 사연이 한참 계속되는 동안도 이어도에 관해서 내내 부정적인 어조로만 말을 하고 싶어했다. 이야기를 모두

끝내고 났을 때도 그는 그 이어도에 관해서는 추억을 되새기는 것초차 허황하고 짜증스런 일이라는 듯 냉담스런 결론을 내렸었다. 하지만 그 것은 모두가 그의 말에 한정된 노력일 뿐이었다. 냉담스러워지고 싶은 것은 그의 말뿐이었다. (……) 그리고 때로는 견딜 수 없는 고통 때문에 얼굴 표정이 갑자기 이상하게 일그러지기도 했다. 그는 자신을 견디기 위한 치열한 싸움을 끈질기게 계속하고 있는 것 같았다. 하지만 그 끈 질긴 싸움 끝에도, 그리고 입으로는 제법 냉담스럽게 이어도의 존재와 의미를 부인하고 싶어하면서도 그 싸움에는 끝끝내 이길 수가 없었던 것 같았다. 이야기를 끝내고 난 천남석의 표정은 두려움과 초조감이 극 도에 달해 있었다.

─『이어도』101~102쪽

선우 중위가 해군함정에서 마지막으로 천남석과 대화를 나눈 것에 대한 단상이다. 천남석은 이어도에 대해 부정하고 그것에 대해 '냉소적인 거리두기'[72]를 시도하지만 이어도 전설이라는 이데올로기에 포획되고 만다. 천남석은 자신의 유년시절의 아버지와 어머니의 죽음, 특히 어머니의 죽음 때문에 이어도 전설에 대한 상당한 반감을 가지고 있지만 자신 또한 제주도 섬사람이기에 그 이어도 전설에 대해 자유로울 수 없다. 뱃 사람들의 죽음에 대한 두려움을 없애기 위해 생겨난 이어도 전설은 '그 섬을 본 사람은 반드시 이어도로 가서 죽을 수밖에 없다'는 또 다른 이데올로기 생성으로 인해 섬사람들의 삶을 옥죄이고 있기 때문이다.

천남석은 이어도 전설이라는 이데올로기로부터 탈주하려고 하지만, 그 이데올로기의 '몰적 선분'[73]에 포획될 수밖에 없는 현실적 한계를 갖고 있다.

---

72) 슬라보예 지젝, 이수련 옮김, 앞의 책, 59쪽.
73) 들뢰즈의 『천개의 고원』에 나오는 핵심 용어로서 분자적 유연한 선분성과 대비되는 용어이다. 탈주나 유연한 분자적 선분성을 포획하는 기존 권력이나 사회적 제도 등이 이에 포함된다.

탈주선은 세상에서 도망가는 것이 아니라 새로운 것을 창조하고 생성하는 첨점이며, 그로써 세상을 탈주케 하는, 다른 삶으로 인도하는 선을 그린다(……). 탈주선이란 변이능력에 의해서 정의된다고 할 수 있다.(……)

반면 이러한 창조적 생성능력, 창조적 변이능력을 상실한 경우에도, 탈주를 꿈꾸었던 욕망은 선분적인 벽으로 가득 찬 세계에 대한 혐오의 정염을 상실하진 않는다. 새로운 세계에 대한 꿈, 새로운 세계를 창조할 능력이 사라진 뒤에도, 낡은 세계에 대한 혐오와 경멸은 사라지지 않으며, 차라리 더욱 강해지기도 한다.

아니, 정확하게 말하면 새로운 세계를 구성할 능력이 있는 경우, 혹은 새로운 세계로 사람들을 탈주케 할 능력이 있는 경우, 기존의 세계, 낡은 세계에 대한 특별한 혐오나 원한, 미움 같은 것은 별로 생겨나지 않는다. 생성적 능력이 강하다면, 기존의 것에 대한 비판이나 비난을 하지 않아도 그 생성적 능력이 창조한 것만으로도 새로운 세계를 찾는 탈주적인 욕망을 촉발하고 변용할 수 있기 때문이다. 반면 그 능력이 그저 그렇다면 기존의 세계에 대한 비판과 비난이 없이는 새로운 삶의 흐름을 창출하고 촉발할 수 없다. 그리고 그런 능력이 고갈되었거나 창조적 능력이 없을 경우, 탈주적 욕망은 기존의 세계, 낡은 세계에 대한 비난과 부정으로, 그것에 대한 혐오와 경멸로 끌려간다. 그것마저 없다면 '탈주'라는 개념을 사용할 수 없는 욕망일 것이다.

이처럼 창조적인 생성능력을 상실한 탈주선은 이제 기존의 것, 낡은 세계를 혐오하고 부정하는 파괴와 멸망의 선을 그리게 된다. 죽음의 선이 그려지는 것이다.[74]

천남석의 이어도 전설에 대한 탈주적 욕망은 그 이어도 전설에 대한 냉소적 거리두기를 통해 제주도 사람들의 삶에 깊숙이 박혀있는 이데올리기에 대해 비난과 부정으로, 그 몰적 선분성에 대해 혐오와 경멸로 끌려만 간다. 천남석은 이어도 전설에 대해 그저 비난과 부정만 할 뿐, 새로운

---

[74] 이진경, 앞의 책, 737~738쪽.

세계를 구성할 생각이나 새로운 세계로 사람들을 탈주케 할 생각조차 하지 못한다. 그저 기존의 낡은 세계인 이어도 전설에 대해 혐오나 원한, 미움을 마음속에 간직할 뿐이다. 그리고 창조적 생성능력을 상실한 그는 이어도 전설을 혐오하고 부정하는 파괴와 멸망의 선을 그리게 된다. 즉, 자살이라는 죽음의 선을 그린다.

하지만 양주호 국장의 천남석 자살에 대한 이유는 또 다르다. 작가의 대리화자인 양주호가 주장하는 것은 사실이라는 것을 단념하는 것이다.

> "(……) 사람들은 때로 사실에서보다는 허구 쪽에서 진실을 만나게 될 때가 있지요. 그런 때 사람들은 허구의 진실을 사기 위해 쉽사리 사실을 포기하는 수가 있습니다. 꿈이라고 해도 아마 상관없겠지요. 천남석이 이어도를 만난 것도 아마 그 사실이라는 것을 포기했을 때 비로소 가능했을 것입니다. 그가 주변의 가시적인 현실을 모두 포기해버렸을 때 그에게 섬이 보이기 시작했단 말입니다. 당신도 아마 그것을 포기하고 나면 보다 쉽게 천남석의 자살을 믿을 수가 있게 될 겁니다. 그리고 아마 어젯밤부터 내가 당신한테 뭔가 해드리고 싶은 일이 있었다면 당신에게 바로 그 사실에 대한 집착이나 욕망을 포기시키는 일이었을 겁니다."
>
> ─『이어도』121쪽

소설 『이어도』의 핵심인 양주호의 대화 부분은 다분히 철학적이지만 문학적인 발화이다. 허구의 진실, 또는 꿈을 위해 현실을 포기하라는 낭만적 발화이다. 하지만 그러한 허구적 진실, 낭만적 꿈을 좇기에 현실은 너무 참담하다. 이어도 전설이라는 이데올로기는 천남석의 아버지와 어머니를 앗아 갔으며, 그의 여자마저도 그의 어머니와 같이 이어도의 몰적 선분에 갇혀 지내고 있다. 하지만 천남석이 그토록 증오하고 미워하던 이어도를 그는 드디어 사랑하게 됐다. 그 이유는 "그는 자신이야 뭐라고 말하고 싶어 했든 어쩔 수 없는 이 제주도 사람이었기 때문이다."(『이어도』118쪽)

그는 결국 자신의 섬을 부인할 수가 없었습니다. 끝내는 이 섬을 떠나지 못하고 섬의 운명을 좇을 수밖에 없으리라는 걸 누구보다 잘 알고 있었습니다. 그래서 그는 자기 계집에게까지 예감 어린 당부를 남겨두지 않았습니까. 위인은 처음부터 자기 속에 숨어 있는 그 섬의 운명을 부인할 수가 없었단 말입니다. 두려워하고만 있었지요. 하지만 그 두려움이야말로 그가 그 자기의 섬을 사랑하는 또 하나의 방법이 아니었겠습니까. 그는 이어도가 없는 곳으로 섬을 떠나고 싶어하면 할수록 더욱더 자기의 섬을 떠날 수가 없었고, 그리고 그 자기의 이어도를 두려워하면 할수록 그만큼 그 이어도를 사랑하게 되고 만 것이었습니다.

—『이어도』 119쪽

그토록 증오하고 미워했던 이어도를 천남석이 사랑할 수밖에 없는 이유는 '운명', 또는 '숙명'이라는 굴레 때문이다. 그리고 이 숙명은 구원인 것이다.

"싫든 좋든, 그리고 알고 있든 모르고 있든 이 섬사람들은 언제 어디서나 그 이어도와 함께 살아가고 있습니다. 처음에는 물론 이어도를 그지없이 두려워들 하는 게 사실이지요. 하지만 사람들은 이내 그 이어도를 사랑하고 이어도를 노래하기 시작합니다. 이어도가 없이는 이 섬에선 삶을 계속할 수가 없다는 걸 배우게 되기 때문입니다. 그리고 그러다 마침내 어느 날은 그 이어도를 만나 이어도로 떠나갑니다. 그것이 이 섬사람들의 숙명이자 구원인 것입니다.

—『이어도』 118쪽

천남석은 "두려웠기 때문에 섬을 떠나고 싶어 했고, 일부러 그것을 외면하려고 애를 썼다."(『이어도』 118쪽) 하지만 그는 결국 자신의 섬을 부인할 수 없었고, 끝내는 이 섬을 떠나지 못하고 섬의 운명을 좇을 수밖에 없으리라는 걸 누구보다 잘 알고 있었다. 그리고 그는 이어도를 만나고 황홀한 절망을 했다. 그리고 "그의 자살이 불가피했던 이유는 천남석

자신도 그가 이어도를 얼마나 사랑하고 있었던가를 몰랐기 때문이었다." (『이어도』120쪽)

제주도민의 삶인 그래서 제주도민이 사랑하지 않을 수밖에 없는, 제주도민의 구원이자 숙명인 이어도는 뱃사람들이 죽음에 대한 두려움 없이 바다로 나가 생계를 유지하게 해 주지만 다시 제주도민의 삶에 침투한다. 다시 이어도가 삶을 거꾸로 간섭하는 것이다. 그런데 그러한 간섭이 부정적이다. 천남석의 아버지처럼 이어도를 본 사람은 무조건 다시 그 섬으로 돌아가야 한다는 것이다. 곧 스스로 죽음을 선택해야 하는 것이다. 남은 가족에게 닥친 현실은 참담함 그 자체이다. 이러한 이중성의 이어도를 부정하는 세상으로부터 그 이어도의 존재를 지키기 위해, 현실이 아니라 그들의 허구의 진실과 꿈을 위해 천남석은 자살을 선택한다. 따라서 다른 시선으로 보기에 천남석의 죽음은 낭만적 죽음이다.

## 2) 황홀한 절망

소설 『이어도』에서 천남석 어머니의 죽음은 소설 『석화촌』에서 별네 어머니 정씨의 죽음과 다르지만, 또한 닮았다.

별네 어머니 정씨는 바다에 빠져 죽은 안 노인의 혼령을 저승으로 보내기 위해 자신의 몸을 바다에 던지지만, 천남석 어머니는 별다른 설명 없이 진눈깨비가 날리는 날 바다가 바라다 보이는 언덕배기 밭뙈기에서 어둠이 내릴 때 축축하게 젖은 몸으로 누워 영영 일어나지 못했다. 별네 어머니 정씨의 자살은 남편을 위해서 자신을 희생하는 다분히 윤리적인 자살인 동시에 비정상적인 애도의 마감이지만, 천남석 어머니의 죽음은 이어도를 보고 난 후 그 이어도로 갈 수밖에 없는 운명을 받아들이고 바다로 가서 죽음을 택한 남편에 대한 기다림과 원망과 슬픔으로 인한 죽음이다. 따라서 천남석 어머니의 죽음은 데리다의 말처럼 "정상적인 애도를 박탈당해" 비정상적인 애도처럼 애도가 불가능한 것에 애도하는, 사랑하는 사람을 마음속으로 끝내 보내지 못하는 "끝없는 유예"의 전형이다. 물론 『석화촌』의 물귀신 전설처럼 『이어도』의 이어도 전설도 이데올로기로서 비정상적이고 비현실적이고 비실제적이긴 하다.

소설 『석화촌』에서는 정씨의 죽음으로 인해 그의 남편인 안 노인의 혼령이 저승으로 간다. 그러나 『이어도』에서는 천남석 어머니의 죽음으로 인해 천남석 아버지가 이어도로 가 저승의 복락을 누리는 것이 아니라, 천남석 아버지가 스스로 저승의 복락을 누리려고 가족을 버리고 이어도로 간 것이다. 천남석 어머니의 천남석 아버지에 대한 기다림과 원망과 슬픔은 제주도 여인으로서의 삶의 전형으로 나타난다. 이러한 삶은 전형은 이어도 전설이 비정상적이고 비현실적이고 비실제적인 것임에도 불구하고 천남석 어머니의 죽음은 『석화촌』에서 별네 어머니 정씨의 죽음과 다르게 정상적인 애도를 박탈당하고 만 것이다. 따라서 천남석 아버지가 비합리적이고 비도덕적인 죽음을 스스로 선택한 것에 대한 천남석 어머니의 한과 사랑이 애도의 마지막일 수 있는 죽음으로 표출된 것이다.

소설 『이어도』는 이데올로기로서의 이어도 전설 때문에 아버지를 잃고, 그러한 아버지의 죽음 때문에 정상적인 애도를 박탈당하고 사랑하는 사람을 마음속으로 끝내 보내지 못해 애도의 마지막일 수 있는 죽음으로 자신의 마음을 표현한 어머니, 그녀에 대한 애도 때문에 정상적인 삶을 살지 못 하는 천남석의 이야기이다.

여기서 가장 중요한 것은 천남석의 이어도에 대한 이중적 태도이다.

> 살아 있는 사람들 누구에게나 마찬가지로 그 섬사람들에게도 죽음이나 저승의 꿈은 결국 그들의 현세적 삶의 한 방식으로서 존재하고 있노라는 소리였다. 하지만 천남석은 바로 이어도의 그런 현세적 기여를 무엇보다도 못마땅해 하고 있는 것 같았다.
> "하지만 섬 사람들이 어차피 배를 타지 않으면 안 될 운명이었다면, 이어도의 존재야 말로 그 사람들에겐 커다란 위안이 아니었겠소. 배를

타지 않으면 안 될 운명이 분명하면 분명해질수록 이어도는 그 사람들의 구원이 아니었겠느냔 말입니다."

선우 중위가 모처럼 한마디 끼어드는 소리에 천남석은 느닷없이 발칵 화를 내기까지 했다.

"배를 타지 않으면 안 될 운명이라뇨? 처음부터 세상을 그렇게 타고난 운명이 어디 있단 말요. 운명은 타고나진게 아니라 바로 그 섬이 만들고 있었던 겁니다. 이어도의 환상이 그 허망한 마술로 사람들을 섬에서 떠나지 못하게 묶어놓고 끝끝내 배만 타게 만들어버린 거란 말입니다. 그러면서 사람들로 하여금 길고 짧은 생애들을 고스란히 이 섬 위에서 견디게 했다가 종내는 그 죽음의 섬으로 가엾은 생령들을 홀려가곤 한 거란 말이에요."

이어도에 대한 천남석의 저주는 끝이 없을 것 같았다.

―『이어도』71쪽

천남석은 이어도에 대해 저주한다. 그 이어도 전설이 삶의 한 방식으로 지속적으로 섬사람들의 삶에 현세적으로 기여하고 있기 때문이다. 가장 대표적인 예가 바로 그의 부모라고 그는 생각할 것이다. 이어도 환상의 그 허망한 마술 때문에 그의 부모, 특히 천남석의 어머니는 고단하고 한 맺힌 삶을 견디다 결국 죽음을 맞이한 것이라고 생각할 것이다. 그것 때문에 그는 이어도를 저주한다.

하지만 자신을 발칵 화내게 만든 선우 중위의 발화를 천남석은 거부할 수 없다. 바로 그 '운명'이라는 단어 때문이다. 천남석은 배를 타든 배를 타지 않든 간에 섬사람으로서 그 운명을 거부할 수 없기 때문이란 걸 잘 알고 있다. 아무리 이어도라는 섬을 부정하고 저주해도 그 섬으로부터 벗어날 수 없는 섬사람의 운명을 잘 알고 있기 때문이다. 따라서 천남석은 "제법 냉담스럽게 이어도의 존재와 의미를 부인하고 싶어 하면서도 그 싸움에서는 끝끝내 이길 수가 없었다."(『이어도』102쪽)

천남석의 자살 이유에 대한 양주호의 풀이는 다음과 같다.

"(……)그의 자살이 불가피했던 이유는 천남석 자신도 그가 이어도를 얼마나 사랑하고 있었던가를 몰랐기 때문이었습니다. 그는 일찍부터 다른 사람처럼 섬을 사랑하는 방법을 배우지 못했습니다.(……) 그는 갑자기 그 자기 섬을 만나고 나서 그 섬을 오래오래 사랑해온 사람들처럼 자기의 섬을 정직하게 사랑할 수가 없었습니다. 그는 그 섬의 운명이 원래 그런 것처럼 그렇게밖에 자신의 섬을 사랑할 수가 없었던 겁니다."

– 『이어도』 120쪽

천남석은 부모에 대한 애도 때문에 정상적으로 이어도를 사랑하는 법을 배우지 못 했고, 따라서 정직하게 이어도를 사랑할 수가 없었다. 하지만 두려워만 하고 있던 섬사람으로서의 운명을 받아들임으로써 그는 이어도를 받아들인다. 그것은 아이러니하게도 현실에서 이어도의 부재를 확인하는 바로 그 순간이며, 양주호의 말대로 "황홀한 절망"인 것이다.

천남석은 섬사람으로서의 운명을 받아들이고 이어도의 전설을 지킴으로써 아버지의 죽음도 받아들이고, 어머니의 죽음도 받아들이게 된다. 따라서 이어도라는 이데올로기를 부정했기 때문에 정상적인 애도가 불가능한 상태였던 천남석은 그 이어도 전설을 받아들임으로써 자신의 아버지와 어머니의 죽음을 이해하게 되고, 그 감정적 애착을 단절할 수 있게 된다. 따라서 그의 애도 작업은 이어도를 사랑하게 되고 황홀한 절망을 느낌으로써 비로소 성공하게 된다. 그것은 그의 자살로 완성된 것이다.

## 3) 미래로부터의 회귀

소설 『석화촌』에서 별녜가 물귀신에 대한 믿음을 받아들임으로써, 반유대주의적 이데올로기가 판치는 유럽에서 유대인으로 사는 것과 마찬가지로, 그녀는 마을 사람들로부터 저주의 대상이 되면서 이것은 중상으로 나타나게 된다. 물귀신 이데올로기 때문이다. 소설 『이어도』에서도 마찬가지로 이어도 전설이 현실에 간섭하기 시작하면서 천남석은 아버지와 어머니를 모두 잃는다. 이데올로기의 현실에 대한 간섭으로 인한 부모의 죽음은 증상으로 나타난다. 그것은 이어도에 대한 부정과 비난으로, 또한 혐오와 저주로 표출된다. 이러한 증상은 무의미한 흔적들이며, 그 의미는 과거의 숨겨진 깊이로부터 발굴되지 않는다. 그것은 소급적으로 구성된다.

'억압된 것이 어디로부터 회귀하느냐'라는 질문에 대한 라캉의 대답은 역설적이게도 '미래로부터'이다. 즉 억압된 내용이 증상 속에서 과거가 아닌 미래로부터 회귀한다는 것이다.[75] 지젝은 『이데올로기라는 숭고한 대상』에서 몇 가지 예를 드는데, 오이디푸스 신화에서도 이러한 구조를 발견하게 된다.

　　그 아들이 그를 죽이고 엄마와 결혼하게 될 것이라는 사실이 오이디푸스의 아버지에게 예언된다. 그런데 예언이 그 자체로 실현되며 '진리가 되는' 것은 바로 아버지가 그것을 피하려고 했기 때문이다. (그가 자기의 어린 아들을 숲속에 버려두었기 때문에 오이디푸스가 이십 년 후에 아버지를 알아보지 못하고 그를 죽이게 된 것이다……) 다시 말해서 예언은 그것이 영향을 미치는 사람에게 전달되어 그가 그것을 피하려고 함으로써만 진리가 된다. 우리는 자신의 운명을 미리 알게 되고 그것을 피하려고 한다. 그런데 예정된 운명이 실현되는 것은 바로 그러한 도망

---

75) 슬라보예 지젝, 이수런 옮김, 앞의 책, 104~105쪽.
　　첫 번째 세미나에서 라캉은 증상을 '억압된 것의 회귀'로서 설명하기 위해 시간의 전도된 방향이라는 노버트 위너(Norbert Wiener)의 은유를 사용한다.
　　위너는 각기 정반대의 방향으로 움직이는 시간적인 차원을 가지고 있는 두 명의 인물을 가정한 바 있다. 분명 그것은 아무 것도 의미하지 않는다. 그러나 그것은 어떻게 아무 것도 의미하지 않는 것들이 갑작스럽게 무엇인가를, 하지만 전혀 다른 영역에서 의미하게 되는 지를 보여준다. 만일 그들 중 한 명이 다른 한 명에게 메시지를, 예를 들어 정사각형을 하나 보낸다면, 시간이 반대방향으로 흘러가는 다른 한 명은 정사각형을 보기 전에 먼저 사라지고 있는 정사각형을 보게 될 것이다. 바로 이것이 우리가 또한 확인하는 바이다. 증상은 처음엔 하나의 흔적처럼 보인다. 분석이 충분히 진척되기 전까지는, 우리가 그 의미를 깨닫기 전까지는 이해되지 않기를 계속하는 흔적 말이다.
　　김수용, 앞의 책, 189쪽.

118　이청준 소설의 영화되기

침을 통해서다. 예언이 없었다면 어린 오이디푸스는 자기 부모와 행복한 가정을 이루고 잘 살았을 것이며, '오이디푸스 콤플렉스'란 것도 존재하지 않았을 것이다.76)

양주호는 천남석이 자신의 운명을 이미 알고 있었다고 이야기한다.

"(……) 섬을 떠나고 싶어하면 할수록 그는 더 섬을 떠날 수가 없었을 겁니다. 그게 바로 이 섬에서 태어나고 이 바닷바람에 씻기며 살아온 제주도 사람들입니다. 자신은 섬을 떠나지 못하면서 여자더러만 그러라고 한 것은 이미 그 자신은 자신의 운명을 알고 있었기 때문입니다. 여자도 결국 섬을 떠나지 못합니다."

　　　　　　　　　　　　　　　　　　　　－『이어도』114쪽

천남석은 이러한 자신의 운명을 두려워한다. 이것을 양주호는 그가 이어도를 두려워했기 때문이라고 표현한다. 이러한 두려움은 증상으로 나타나는데, 이어도 여인 또한 이러한 증상 중의 하나이다.

자기의 내력조차 알지 못하는, 어렸을 적 부모와 오라비가 수평선을 넘어가버린 희미한 기억을 갖고 있는 그녀는 1년 전쯤 술집 <이어도>에서 천남석을 만났다.

천남석은 한두 번 <이어도>를 드나들다가 재빨리 그녀의 남자가 되어버렸다고 했다. 그리고 여자를 그 돌지붕집 골방으로 끌어들여다 놓고 이상하게 그녀를 괴롭히기 시작했다는 것이다. 그는 여자더러 한사코 섬을 떠나라고 다그쳐대었댔다. 여자로 하여금 섬을 떠나게 하기 위해 그는 참으로 무참스런 모욕도 서슴지 않았던 거 같았다. 천남석은 여자에게 두 가지 해괴한 버릇을 숙명처럼 길들여 놓고 있었다. 여자가 섬을 떠나지 않는 한 잠자리에서 언제나 그 이어도의 노랫가락을

---

76) 슬라보예 지젝, 이수련 옮김, 앞의 책, 108~109쪽.

읊조리도록 한 것이 그 첫번째였다. 그리고 천남석이 여인에게 길들인 두번째 작업은 그녀의 미래의 운명에 관한 것이었다. 여자가 언젠가 자기 사내인 천남석이 다시 섬으로 돌아오지 못하게 되는 일이 생길 땐 반드시 그 소식을 가지고 오는 남자에게 옷을 벗도록 해놓고 있었다.

-『이어도』107~108쪽

천남석은 이어도 여인이 그의 어머니처럼 되지 않기를 바랐을 것이다. "한 사내에게 모든 운명을 걸어버린 여인이 마지막엔 자신의 임종마저 먼저 간 자기 사내에게 바치고 간 그 고집스런 섬 여인처럼 말이다."(『이어도』115쪽) 그래서 그는 그가 돌아오지 못하면 반드시 자신의 소식을 가지고 오는 남자에게 옷을 벗도록 해 놓은 것이다. 그녀가 섬 여인의 숙명에서 벗어나길 바랐기 때문이다. 하지만 이미 그 자신이 자신의 섬을 떠나지 못하는 운명을 알고 있듯이 이어도 여인도 역시 제주도 섬사람이다. 그녀도 결국 섬을 떠나지 못할 운명이다.

천남석은 어머니에 대한 애도의 누빔점으로 이어도 여인을 택했다. 제주도 섬 여인들을 대표하는 천남석 어머니의 숙명을 그대로 받아들일 수밖에 없는 이어도 여인을 천남석은 자신의 중상을 나타내는 누빔점으로 선택한 것이다. 여자가 섬을 떠나지 않는 한 잠자리에서 언제나 그 이어도의 노랫가락을 읊조리도록 한 것이나 여자가 언젠가 자기 사내인 천남석이 다시 섬으로 돌아오지 못하게 되는 일이 생길 땐 반드시 그 소식을 가지고 오는 남자에게 옷을 벗도록 해놓고 있던 것 모두 어머니의 애도로부터 벗어나기 위한 몸부림이다. 그리고 이것은 이어도의 저주와 사랑의 이중적 감정이 외부로 표출되는 기표로서 기능한다. 하지만 천남석 또한 이어도 여인을 떠날 수 없다. 그것은 섬의 남자들도 마찬가지이다.

중상은 일종의 기생충처럼 달라붙어 '게임을 망치는' 요소이지만, 만일 그것을 제거한다면 사태는 더 악화될 것이며, 우리가 가진 모든 걸 (중상에 의해 위협받았지만 아직 파괴되지 않은 나머지 까지도) 잃게 될 것이다. 중상 앞에서 우리는 항상 선택불가능한 상황에 처하게 된다.[77]

천남석이 그토록 이어도 여인에게 섬을 떠나라고 다그쳐 댔었거나, 섬을 떠나게 하기 위해 무참스런 모욕도 서슴지 않았던 것은 그녀가 섬을 떠나지 못할 운명을 알고 있었기 때문이다. 천남석은 여인을 보는 순간 선택불가능한 상황에 처하게 된다. 그녀를 자신의 여인으로 만들 수밖에 없는 운명인 것이다. 그리고 이어도 전설에 대한 이데올로기 중상은 오롯이 그녀를 통해서 드러난다. 그런 그녀가 섬을 떠나게 되면 천남석은 자신 존재 자체를 의심하게 될지도 모른다. 그렇게 되면 천남석의 황홀한 절망도 없었을지 모르며, 그의 자살로 지켜진 이어도 전설도 또한 어떻게 될지 모를 일이다. 따라서 중상으로서 이어도 여인은 이어도 전설이라는 이데올로기로부터 천남석을 힘겹게 지탱시키는 버팀목으로서의 역할을 한 것이다.

하지만 애초부터 추상적이고 신앙적인 이어도 전설을 현실의 잣대로 들이대고 이어도를 수색한 해군의 작전이 모순적이긴 하지만, 그러한 모순적 사건을 통해 이어도 전설을 지켜낸 천남석의 자살은 섬사람들의 운명도 그대로 지켜냈다. 이어도 여인의 운명도, 천남석 자신의 운명도 마찬가지다.

그런데 더욱더 신기하고 불가사의한 조화는 그 여러 날 동안의 표류에도 불구하고 천남석의 육신은 그 먼 바닷길을 눈에 띄는 상처 하나 없이 고스란히 다시 섬을 찾아온 것이었다. 그리고 아직도 무엇을 기다리고 있는 사람처럼 아침해가 돋아오를 때까지도 그 심술 궂은 썰물 물끝에 얹혀 용케도 다시 섬을 떠나가지 않고 있는 것이었다.

－『이어도』123쪽

77) 슬라보예 지젝, 이수련 옮김, 위의 책, 141쪽.

오이디푸스 아버지가 예언을 피하려 오이디푸스를 버림으로써 그 예정된 운명이 실현되듯이, 천남석은 허구의 이어도 부재를 확인하는 순간 자신의 섬을 만들게 된다. 억압된 내용이 중상 속에서 과거가 아닌 미래로부터 회귀하듯이 천남석이 이어도의 부재를 통해 자신의 섬을 만든 순간 그토록 저주하고 부정하던 이어도를 그대로 인정하고 사랑하게 된 것이다. 그리고 천남석은 제주도 섬사람들과 같이 그리고 자신의 아버지와 같이 바다에서 죽을 운명을 알고 있었지만, 결국 그를 자살하게 만든 것은 그러한 허구의 이어도의 부재를 확인한 순간 자신의 섬을 만들고 난 후이다.

## 2. 영화 〈이어도〉

[그림 8] 영화 〈이어도〉 포스터

## 1) 근대와 전근대의 상실

영화 <이어도>는 소설『이어도』의 본질적 주제의식을 그대로 가져온다. 즉, 이어도 전설을 중심으로 서사는 전개된다. 따라서 소설『이어도』는 근대성 이전의 토속신앙을 잘 나타내기 위해 최적화 된 공간인 '섬'을 중심으로 서사가 진행되는데, 영화 <이어도>는 한 발 더 나아가 현실의 섬인 제주도와 상상의 섬 이어도 사이를 이어주는 파랑도라는 미지의 섬을 중심으로 서사를 진행시킨다. 이러한 이유는 근대성 이전의 토속신앙을 잘 나타내기 위해서이며 그러기 위한, 소설보다 확장된 영화적 장치는 모계사회 중심의 성의식과 섬에서 절대 권력을 휘두르는 무당의 등장이다. 인습과 배타로 굳어버린[78] 이 섬은 여자가 한 달에 한 번 빨래를 거두어들이지 못할 만큼 고단한 날 남자들이 촛불을 갖고 몰려오면 여자는 그 중 한 남자를 방으로 들인다. 이 방법은 가장 원시적이고 가장 현대적인 결혼 방법이다.[79] 그리고 섬을 지배하는 절대적 인물인 무당은 섬의 역사와 신화를 증언하고 주민들을 관리한다.

하지만 김기영 감독은 이러한 전근대성에 근대적 문제의식을 접목시킨다. 70년대 한국 사회는 급격한 변화로 공업화, 도시화, 근대화를 겪게 된다. 이런 급격한 사회적 변화 안에서 한국사회는 전통적 사회의 붕괴를 가져오게 된다. 더욱이 환경오염이라는 괴질이 자연계를 파괴하는 현상을 목도하면서 영화의 근간을 바꾸게 된다.[80] 이러한 근대성은 영화 <이어도>에서 정충은행이나 양식 또는 관광개발이라는 장치를 배치함으로써 확장된다.

영화 <이어도>에서 근대성과 전근대성의 적절한 배치는 원작인 소설『이어도』의 주제의식을 살리면서도 자신만의 영화를 만들어가게 된다.

---

78) 영화 초반부에 선우 현의 내레이션으로 설명되는 파랑도의 단면이다.
79) 고춘길과 천남석의 대화에서 나타나는 모계사회에 대한 단상이다.
80) 유지형,『24년간의 대화, 김기영 감독 인터뷰集』, 선, 2006, 194~201쪽.

샤머니즘의 모티브가 더해지는 <이어도>는 더욱 극단적으로 중층적 시간성을 보여준다. 비도시적 공간인 섬을 배경으로 하는 이 영화는 제주도에 근접한 파랑도를 주 무대로 삼는다. 영화를 이끄는 인물 중 하나인 호텔의 홍보 매니저에 따르면 '역사의 손길이 닿지 않는' 곳이다. 따라서 실종과 출몰의 반복, 전설, 귀신 그리고 무당의 주술이 동원되는 영화는 전체적으로 신비주의 냄새를 풍긴다. 그러나 다른 한편으로 영화를 지탱하는 것은 근대적 담론이다. 예컨대 인간과 비인간의 생식에 관련된 생물학적 지식, 관광산업에 의한 자연의 상품화, 전복 양식업을 위협하는 생태계의 파괴 등이 그것이다. 여기서 근대와 전근대는 자본주의와 샤머니즘으로 명백한 대당을 이룬다. 하지만 영화가 진행되면서 그들은 분리 불가능한 것이 되고 동시적으로 작용한다. 바다에서 끌어낸 시체와 성교를 갖는 의식은 그 정점에 놓여 있다. 영화학자 김소영의 표현에 따르면 '전근대와 근대는 화간한 듯하다가 서로를 밀어내고 또다시 예상치 못한 방식으로 결합했다가 분리'되는 것이다. (『근대성의 유령들』, 김소영, 씨앗을 뿌리는 사람들, 2000) <하녀>와 <충녀>에서 공간에 따라 시간을 물리적으로 나누던 김기영은 <이어도>에서는 한 공간 속에 버무려진 동시성과 비동시성(과거의 전설, 현대의 개발, 미래의 불확실성)의 분리 불가능성을 보여준다.[81]

이러한 파랑도라는 한 공간에서 버무려진 동시성과 비동시성의 분리 불가능성은 근대성과 전근대성의 분리 불가능성으로 이어진다. 따라서 영화는 여러 가지 주제를 한 영화에서 보여줄 수밖에 없다.

이 영화는 한 남자의 실종사건을 찾아가는 두 남자의 이야기가 그 축을 이루고 있지만 결국 이들이 찾는 것은 이어도라는 환상의 섬과 그 섬을 둘러싼 인간의 생존의식과 성적 번식적 욕망의식 그리고 자연과 전설, 거기다가 생태계의 문제까지를 복합적으로 연결시키려다보니 미스테리적인 기억과 착각의 회상기법을 사용하는 것이 드라마의 특성을 살리는 길이라 생각했기 때문이야.[82]

---

81) 이연호, 『전설의 낙인, 영화감독 김기영』, 한국영상자료원, 2007, 68~69쪽.
82) 유지형, 앞의 책, 196쪽.

이처럼 여러 가지 문제를 복합적으로 연결시키려다보니 영화는 몇 가지 중요한 오류를 범하게 된다.[83] 하지만 이러한 부분적인 오류에도 불구하고 한국 컬트영화[84]의 대표적 작품으로 추앙받는 것은 근대와 전근대를

---

[83] 영화는 파랑도라는 공간을 여자들만 있는 가장 원시적이면서 현대적인 결혼방법을 가지고 있는 모계사회로 묘사하지만 민자는 천남석 어머니의 당부대로 천남석의 아이를 가지려고 한다. 이것은 유교적인 부계사회의 이데올로기를 따르고 있다. 또한 민자는 어린 시절 천남석에 의해 겁탈당하지만(확실히 표현되지는 않지만 정황상) 후에 천남석의 사업 실패 후 민자와 잠자리를 가진 천남석은 민자가 처녀성을 가지고 있다고 한다.

[84] 사전적으로 컬트(cult)란 말은 종교상의 예배(식), 제사, 유행, 숭배자(예찬자)의 무리, 이교, 사이비 종교, 종파, 기도 요법 등을 뜻한다. 이런 용어에서 기원한 컬트 영화는 제도권 영화에서 빛을 발하지 못하였으나 소수의 영화광들에 의해 다시 탄생한 영화를 의미한다. 그런 점에서 강렬한 판타지를 지니고 있으면서 관객들이 적극적으로 참여할 수 있는 여백이 많은 영화이다. 따라서 컬트 영화의 형식적인 규범이나 스타일이 그 자체로 존재하지는 않는다. 컬트 영화에서 중요한 것은 '어떤 영화가 컬트 영화인가'라기보다는 '왜 특정한 영화가 컬트 영화가 되었는가'라는 질문인데 컬트 영화는 관객들이 창조하는 영화이기 때문이다. 컬트 영화는 종종 토드 브라우닝(Tod Browning) 감독의 <프릭스>(Freaks, 1932), 에드워드 우드(Edward Wood Jr.) 감독의 <글렌 혹은 글렌다>(Glen or Glenda, 1953), 존 워터스(John Waters) 감독의 <핑크 플라밍고>(Pink Flamingos, 1972), 짐 샤먼(Jim Sharman) 감독의 <록키 호러 픽처 쇼>(The Rocky Horror Picture Show, 1975)와 같은 영화처럼 양성성, 복장 도착, 성 전환 등의 혼란스런 성을 대상으로 하거나 조지 A. 로메로(George A. Romero) 감독의 <살아 있는 시체들의 밤>(Night of the Living Dead, 1968), 토브 후퍼(Tobe Hooper)의 <텍사스 살인마>(The Texas Chain Saw Massacre, 1974)처럼 과다한 폭력을 다룬다. 주류 영화도 섹스와 폭력을 다루지만 컬트 영화에서의 폭력과 섹스는 좀 더 심하게 혹은 특이하게 그것을 취급한다는 데 차이가 있다. 컬트 영화에서 사용되는 과다한 폭력과 섹스의 남용은 사회적 금기에 대항하거나 제도적인 검열, 그리고 주류 상업 영화에 대항할 수 있는 전복적인 힘으로 사용되기도 한다.
컬트 영화가 주류 상업 영화로부터 벗어나 있음에도 불구하고 컬트 영화와 예술 영화는 다소 차이가 있다. <이레이저헤드>(Eraserhead, 1977), <트윈 픽스>(Twin Peaks: Fire Walk with Me, 1992)를 만든 데이비드 린치(David Lynch)와 같은 일군의 컬트 영화 작가들이 존재하기는 하지만 컬트 영화는 대체로 개인적인 예술 영화와는 달리 아방가르드 영화, 실험 영화, 착취 영화 등 다양한 영화들로부터 생겨난 영화이다. 그래서 기호학자 움베르토 에코(Umberto Eco)는 마이클 커티즈(Michael Curtiz)의 <카사블랑카>(Casablanca, 1942)가 '하나의 영화가 아니라 모든 영화들'이기 때문에 컬트 영화이며, 마찬가지로 미국의 컬트 영화 비평가인 짐 호버먼(Jim

이어주는 파격적인 주제의식과 연출기법 때문이다.

소설 『이어도』에서 천남석의 죽음은 그의 아버지와 마찬가지로—이어
도 전설이라는 이데올로기에 의한 것이지만—제주도민의 구원이자 숙명
인 이중성의 이어도를 부정하는 세상으로부터 그 이어도의 존재를 지키
기 위한, 현실이 아니라 그들의 허구의 진실과 꿈을 위한 자살이다. 하지
만 영화 <이어도>에서 천남석의 죽음은 그의 아버지와 마찬가지로 이
어도 전설이 실재인 것처럼 신비한 힘에 의해 끌려가서 죽는다. 이것은
영화가 무속의 힘이 현실적으로 존재한다는 전제하에 서사를 진행시킨다
는 의미다. 즉, 주술적 장치를 영화에 배치함으로써 이어도 전설과 함께
파랑도 섬을 지배하는 이데올로기로서 전근대성을 대표한다.

영화 <이어도>에서 천남석은 소설 『이어도』에서의 그의 어머니처럼
죽음의 공포를 느낀다. 소설 『이어도』에서 천남석이 그토록 저주하고 부
정하던 이어도 전설이 영화 <이어도>에서는 천남석에게 죽음의 공포로
다가오는 것이다. 주술적 힘에 의해 아버지가 사라지는 것을 본 천남석은
죽음의 공포에 시달려 왔을 것이다. 그래서 그것에서 벗어나기 위해 섬을
떠나야만 했다. 어린 천남석은 굿을 한다는 명목으로 무당에게 돈을 다 빼
앗긴다. 하지만 민자의 도움으로 섬을 떠날 수 있게 된다. 민자는 천남석
어머니와의 약속을 지키기 위해, 그리고 천남석과 도시로 떠나기 위해 자
신의 어머니 돈을 훔쳐 나온다. 하지만 천남석은 민자를 겁탈하고 그녀를
밧줄로 묶은 후 도시로 떠난다.

---

Hoberman)은 <록키 호러 픽처 쇼>가 1960년대의 성의식, 변태성의 다양한 과정
과 성적인 자기의식을 퍼포먼스처럼 표현하고 있기 때문에 컬트 영화가 될 수 있었
다고 말한다. 한국은 1990년대 이후 비디오의 등장과 더불어 일군의 컬트 관객층
이 형성되었다. 오우삼(吳宇森)식 홍콩 영화와 잔혹하면서 엽기적인 영화들에 대한
영화 숭배 현상이 생겨났고 성에 대한 기묘한 상상력을 발휘한 김기영 감독을 컬트
영화 작가로 숭배하는 기현상을 낳기도 했다. 상업적인 측면에서 컬트 영화임을 표
방하는 영화들이 등장한 것도 주목할 만한 현상이다.
김광철 · 장병원, 『영화사전』, 2004.

도시에서 고춘길과 구두닦이를 하던 천남석은 고춘길에게 사기를 치고 사라진다. 고춘길은 천남석의 섬에 가면 일생 해녀들이 남자들을 먹여살린다는 천남석의 말을 듣고 파랑도로 들어온다. 하지만 그 후 천남석은 뚜렷한 설명 없이 파랑도로 돌아온다. 그리고 고춘길에게 아이를 가질 수 없는 박여인을 소개받는다. 그 후 천남석은 큰 돈을 벌기 위해 전복사업에 뛰어든다. 그는 그 밑천을 마련하기 위해 고춘길에게서 해녀들을 빼앗고 천남석의 사랑을 갈구하는 박여인에게 돈을 빌리게 한다. 하지만 그가 이토록 전복사업에 매달리는 이유는 큰 돈을 벌어 이어도 귀신으로부터 벗어나기 위한 것이다. 천남석이 고춘길에게 이 섬을 꿈의 섬으로 꾸미려고 한다는 것은 파랑도 주민들을 위한 것이 아니라 천남석 자신을 위한 것이다.

# 바닷가 바위
파도 소리와 함께 이어도 귀신을 상징하는 기분 나쁜 소리(천남석의 아버지가 이어도 귀신에 끌려갈 때 나는 소리)가 들린다. 천남석은 해가 비치는 바위 위에서 바다에 솟아 있는 바위를 바라보고 있다. 그리고 민자가 다가온다.

박여인 : 이 섬 안엔 이 사업에 돈 대줄 사람은 한 사람도 없어요.
천남석 : 내 뒤에 뭐가 뵈나 좀 봐줘.
박여인 : 아무것도 안 봬요.
천남석 : 난 이어도가 저건가 해서. 저게 이어도라면 난 죽을 거야.
박여인 : 여보 좀 더 기다려 봐요. 돈은 내가 꼭 해 놓겠어요. 여보! 좀
　　　　 더 기다려 봐요.

박여인은 천남석을 안는다. 천남석은 무엇에 홀린 듯 바다를 바라보고 떠난다.

[그림 9] 영화 〈이어도〉 속 한 장면

#박여인의 집 안
박여인과 천남석은 대화를 나누고 있다. 천남석은 약간 흥분한 상태다

천남석 : 왜 돈을 못 구해! 역사 이래 이 섬으로서는 장래를 위한 큰
　　　　사업인데, 한 번 말해서 돈 꿔줄 사람이 어디 있어! 열 번 스
　　　　무 번 물고 늘어지란 말이야! 그래도 안 내 놓으면은 도둑질
　　　　을 하거나 강도질을 해서라도 돈을 뺏어야 돼!
박여인 : 사람이 아니군요.
천남석 : (박여인의 얼굴을 때리며) 그래, 난 사람이 아니야! 물귀신
　　　　한테 잡혀 먹힐 송장이란 말이야! 그냥은 안 죽어, 그냥은
　　　　손땔 수 없어!

　　천남석은 문을 박차고 나가고 박여인은 앉아서 흐느낀다.
　　그리고 흰 천을 둘러 싸 자신을 감춘 의문의 여인이 나타나 천남석의
몸을 담보로 박여인에게 돈을 꿔 주고 간다.

　　천남석은 항상 이어도 물귀신에게 끌려갈 것이라는 공포에 시달리면
서 살아왔다. 그리고 그것에서 벗어나기 위해 천남석이 선택한 것은 자신의

섬에서 전복 양식 사업을 해 5년 뒤 섬을 부자로 만들고 자신도 부자가 되는 것이다.

천남석은 섬이 근대화의 첨병인 과학적—특히 생물학적—결정체로서 전복 양식을 성공하면 전근대성의 상징인 이어도 물귀신으로부터 벗어날 수 있을 것이라고 생각했을지도 모른다. 아니면 섬이 부자가 되어 발전하고 근대화가 되면 또한 물귀신으로부터 벗어날 수 있을 것이라고 생각했을지도 모른다. 그것도 아니면 자신이 부자가 되어 이 섬을 떠나려고 생각했을지도 모른다. 그리고 이 모든 것은 천남석이 근대성의 상징인 자본주의적 이데올로기로서 전근대성의 상징인 이어도 전설이라는 이데올로기에 맞서 죽음의 공포로부터 벗어나기 위한 처절한 몸부림인 것이다.

영화 <이어도>에서 천남석의 부모와 천남석의 죽음 이외에 또 한 사람의 죽음이 그려지는데, 그것은 섬의 절대 권력자 무당의 죽음이다.

**폐쇄적 시공간에 절대적으로 등장하는 인물이 무당입니다. 고려장에도 무당이 등장하여 신탁을 빌미로 악역을 자처합니다. 무당은 절대적인 권력으로 등장하여 십형제와 공모하여 구룡을 괴롭힙니다. 이 영화에도 무당의 역할은 섬을 지배하는 절대적 인물로 등장합니다. 섬의 역사와 신화를 증언하고 주민을 관리합니다. 주술을 외워 천남석의 시체를 불러 오고 죽은 시체와의 섹스를 강요합니다. 그런 헤게모니로 인해 결국 소유욕에 불탄 민자의 칼에 찔려 죽고 맙니다. 무당의 죽음은 극적 크라이막스를 조성하는 작위적인 방법처럼 보입니다만?**

기독교가 이 땅에 들어오면서 우리의 토속종교는 말살되고 무당의 권위는 천민으로 하락하게 돼. 더욱이 박정희 정권은 새마을 운동을 빌미로 무당들을 말살했지. 당시의 정책으로는 무당은 비제도권에서 기생하는 혹세무민이나 하는 부류로밖에 취급될 수 없었어. 그런 상황에서도 난 무당의 카리스마를 그렸다고 생각해.

**그러나 무당은 신통력을 부려 바다 속을 떠돌던 천남석의 시체를 섬으로 불러 옵니다. 우리의 무속신앙에 무당들이 씻김굿을 통해 바다에서**

죽은 자의 혼백을 물 속에서 건져내 극락왕생을 비는 사례가 있습니다만 이건 바다를 떠도는 시체 그 자체를 수혜자에게 인도한다는 그 말입니다. 조수에 밀려온 자연적 현상이 아닌 분명 무당의 주술에 의한 것이었는데요. 이런 것은 신화나 전설로 고집하시는 건 아니신지요?

이어도 신화는 어부들이 폭풍우에도 위험한 바다 속으로 내몰기 위한 인습적 필연이었다고 생각한다. 평소 그 신화를 숭상했던 천남석은 자신의 실종으로 그 신화를 믿음의 경지로 몰고 가지. 내가 특히 이 영화를 통해 강조한 죽음에 대한 집착은 그런 절대 신앙을 주축으로 구성되었다고 본다.[85)]

김기영은 소설 『이어도』에서 쓰인 이어도 신화를 영화 <이어도>에서도 반영하는데, 그는 그것을 통해 죽음에 대해 강조한다. 그리고 그러한 죽음에 대한 집착은 절대 신앙을 주축으로 구성되었다고 했는데, 이러한 절대 신앙은 무당을 통해 발현된다. 이러한 전근대성의 상징으로서 무녀의 죽음은 비근대적 공간인 섬의 몰락을 말한다는 구현경의 지적은 적절하면서도 그렇지 못하다.[86)] 결말 부분에 마을 사람들은 모두 떠나고 민자 모녀와 술집 주인 여자만 남은 것은 이러한 것을 잘 말해주는 단면인 듯하다. 그리고 더 크게 보면 무당의 죽음은 전근대성의 상실을 보여주는 것처럼 보이기도 한다. 하지만 이러한 무당은 권력을 통해 자본주의적 요소인 돈에 집착한다. 전근대적 권력으로 근대적 상징—자본주의 요소—인 돈에 집착하는 것이다. 이러한 집착은 무당의 주술에 의해 끌려오게 된 천남석의 시신을 두고 민자와 박여인이 경매하듯 무당에게 돈을 부르는 장면에서 극명하게 드러난다. 이러한 무당의 죽음은 전근대적 권력의 몰락과 함께 그 권력으로 쌓아올린 자본주의적 요소의 몰락도 함께 이루어진다. 근대와 전근대가 혼용된 파랑도라는 섬의 최고 권력자의 죽음은 근대와 전근대의 상실을 같이 보여준다.

---

85) 유지형, 앞의 책, 201~202쪽.
86) 구현경, 앞의 책, 75쪽.

## 2) 연속성

영화 <석화촌>에서는 소설 『석화촌』에서와 마찬가지로 '몸'이라는 제재에 대해 그렇게 중요하게 그리고 있지 않다. 영화 <석화촌>에서 '몸'이라는 담론이 중요하게 부각되지 않는 것은 귀신이라는 영혼에 대한 믿음 때문이다. 바다에서 죽은 사람은 그 영혼이 원귀가 되어 바다를 떠돈다는 바로 그 믿음 때문이다. 그 영혼이 몸의 역할을 대신 하는 것이다. 하지만 앞에서도 밝혔듯이 애도의 문제에서 '몸'은 상당히 중요한 담론이다.

영화 <이어도>에서는 박여인과 민자가 무당이 주술로 끌어온 천남석의 시신에 집착하는 모습에 주목해야 한다. 이것은 영화 <이어도>가 '몸'이라는 담론의 중요성에 대해 어느 정도 인정하고 있는 것이다. 영화 자체가 근대와 전근대의 혼돈 속에서 영화의 서사를 이끌어 가듯이, 이어도 전설이라는 이데올로기 속의 귀신이라는 추상적 기표와 무당[87])이 이어도 귀신으로부터 빼앗아온 천남석의 시신이라는 구체적 기표의 대비로서 중요한 결말의 서사를 이끌어 나간다. 즉, 천남석 시신이라는 구체성은 '몸'의 중요성을 영화의 중요한 모티브로서 이어도 귀신이라는 추상성과 나란히 하게 한다.

이러한 천남석의 시신에 대한 집착은 박여인과 민자의 천남석에 대한 애도의 차이에서 오는 집착이다. 데리다의 말처럼, 사랑하는 순간에 애도는 이미 시작되었다. 두 여인이 천남석을 사랑하는 순간의 차이에서 오는 애도의 다른 모습이다. 즉, 두 여인이 천남석을 어떻게 처음으로 사랑하게 되었는가에 따라서 애도의 모습도 달라지는 것이다.

박여인은 아이를 가질 수 없다. 빨래를 널어놓아도 섬 남자들은 그녀를 찾지 않는다. 그런 그녀에게 천남석은 자신을 찾아주는 유일한 남자이다. 따라서 그녀에게 천남석은 자신의 모든 것을 줄 수 있는 남자이다.

---

87) 전근대와 근대의 모습을 모두 가지고 있는 무당이다.

미쳤다고 하는 사랑은 날카롭고 초자아적surmoïque이며 강렬하면
서도 맑은 정신과 잘 어울리지만, 또한 일시적으로나마 맑은 정신을 방
해할 수 있는 유일한 것이기도 하다. 내가 받은 것 전부를 타자에게 바
치는 찬가hymne, 이러한 사랑은 또한 내가 받은 것 전부를 희생시키고
나를 희생시킬 수 있는 나르시스적 힘에 대한 찬가이다.[88]

　박여인에게 천남석의 시체는 곧 나의 전부를 희생시켜서라도 가져야
하는 것이다. 왜냐하면 그것은 내가 받은 것 전부를 천남석에게 바치는
찬가, 즉 나르시스적 힘의 찬가인 사랑을 다시 시작할 수 있는 구체적 기
표이기 때문이다.

　　따라서 사랑이란 <나>가 예외적으로 굉장한 것이 될 수 있는 권리
를 지닐 수 있는 시간이며 장소이다. <나>라는 개체가 아니라 군주가
되는 것이다. 쪼갤 수 있는가 하면, 잃어버리고 분열된다. 그러나 또한
사랑하는 사람과의 상상적 융합을 통해서 초인간적인 정신현상의 지
대와 대등하게 되는 것이다. 편집병Paranoïaque? 나는 사랑 속에서 주
체성의 절정에 서게 된다.[89]

　박여인은 천남석의 시신을 통해 다시 주체성의 절정에 설 수 있게 되는
것이다. 그것은 천남석의 시신을 통한 애도를 통해 이루어지는 것이다.
진정한 애도는 결코 완성될 수 없는, 그래서 우리가 죽을 때까지 계속돼
야 하는 작업일지도 모른다. 박여인은 천남석을 죽을 때까지 사랑해야 하
고, 그것은 천남석의 시신이 있어야 가능한 것이다. 왜냐하면 결국 애도
란 몸을 애도하는 것이기 때문이다.[90]
　민자는 천남석과 결혼할 몸이었다. 민자는 대대로 그랬던 것처럼 천남
석 어머니가 그녀의 팔에 문신을 새겨줌으로써 여자와 여자로서 맹세를

88) 줄리아 크리스테바, 김영 옮김, 『사랑의 역사』, 민음사, 1995, 10~11쪽.
89) 줄리아 크리스테바, 김영 옮김, 위의 책, 16쪽.
90) 왕은철, 앞의 책, 17~54쪽.

한다. 이 집 며느리가 되어서 손주를 낳아달라는 맹세 말이다. 그래서 민자에게 중요한 것은 천남석의 대를 잇는 것이다.

영화 <이어도>에서 가장 충격적인 장면으로 기억 될 시간屍姦[91]은 민자가 박여인에게 천남석의 시신을 빼앗기지 않고 자신이 쟁취해야만 할 정당을 부여해 준다. "내가 애를 낳게 해 줄 테니 자식 값까지 내라"라는 무당의 말은 민자가 천남석의 대를 이을 수 있다는 발화이고,[92] 이것은 민자가 천남석 어머니와의 약속을 지킬 수 있는 기회인 것이다. 이것으로 민자는 천남석 어머니에 대한 약속을 지키고 정상적으로 애도 작업을 마칠 수 있는 것이다.

[그림 1이 영화 <이어도> 속 한 장면

하지만 민자에게 또 하나 중요한 것은 천남석에 대한 사랑이다. 천남석이 뭍으로 나가 돌아오지 않는 것, 즉 이어도 물귀신으로부터 벗어나는 것도 천남석 어머니와의 약속만큼이나 중요한 것이다. 그래서 그녀는 천남석이 공해 때문에 전복 사업에 실패하고 괴로워할 때 그를 품에 안는다.

---

91) 네크로필리아(necrophilia)
92) 이것은 박여인에게도 임신을 할 수 있다는 희망을 주는 발화여서, 박여인 또한 천남석의 시체를 쟁취해야만 하는 당위성을 부여해 준다.

그리고 체면 때문에 섬을 못 떠난다는 그를 공장 폐수를 버려 바다를 오염시키는 공장과 싸우라는 명목으로 뭍으로 가라고 한다.

천남석은 돈으로 산 자신을 도시로 가게 놔 준 민자가 고마워 그녀와 사랑을 나누려 하지만 민자는 거절한다. 천남석이 자신의 몸에 집착을 갖게 되면 이 섬을 못 떠나기 때문이다. 이러한 것으로 볼 때, 민자에게 좀 더 중요한 것은 천남석 어머니와의 약속을 지키는 것보다 천남석이 이어도 물귀신으로부터 벗어나는 것으로 볼 수 있다. 하지만 그녀는 이미 그가 전복사업에 실패해 괴로워 할 때 사랑을 나누었다. 그리고 천남석이 죽자 그의 당부대로 그가 보내 준 선우 현과 같이 잔다. 왜냐하면 이 섬 여자는 섬 안에서만 임신이 되기 때문이다. 따라서 그녀에게 천남석의 아이를 가져야 지킬 수 있는 천남석 어머니와의 약속도 또한 중요한 것이다. 전근대와 근대를 공유하는 파랑도처럼 그녀도 또한 천남석의 생존과 죽음, 그리고 그의 대를 잇는 것 또한 중요한 것이다.

민자에게 천남석에 대한 애도란 조르쥬 바따이유의 '연속성'을 연상시킨다. 하나의 죽음은 다른 하나의 출생을 예고하며, 전자는 후자의 조건이다.[93] 즉, 민자는 천남석의 죽음으로 인해 천남석 어머니와의 약속을 지킬 수 있었다. 그것은 천남석의 죽음이 보내 준 선우 현과의 하룻밤에 의해서 가능한 것이었다.

## 3) 전근대성과 근대성의 혼돈

김기영은 영화 <이어도>에서 근대성과 전근대성의 적절한 배치를 통해 자신만의 영화를 만든다.

> "홍행은 염두에 두지 않고 우수영화제도에만 뽑히면 되는 그런 시대의 영화이기 때문에 내가 하고 싶은 대로 맘껏 할 수 있다는 자유는 있었다. 그래서 이청준의 신화적인 원작과는 전혀 다르게 내가 바라보는 1970년대의

---

93) 조르쥬 바따이유, 조한경 옮김, 『에로티즘』, 1989, 60쪽.

한국 사회를 직접적으로 접목시켰다. 파랑도라는 섬이 전통과 신비가 살아 있는 유토피아가 아니라, 급격한 개발 속에서 진행된 공업화, 도시화, 근대화로 인한 환경오염이라는 괴질로부터 자유로운 곳이 아니라는 설정이다. 자연계가 파괴되면서 전통사회가 붕괴되는 것, 그 속에서는 사람들의 삶과 죽음에 대한 신앙도 혼미해질 수밖에 없다."94)

　　영화 <이어도>에서도 시신의 귀환이나 시신과의 성교는 주술적 사고의 우세를 보여주지만 태어난 아이는 시신 천남석의 아이가 아니라 선우 현의 아이였으므로 주술적 사고가 과학적 합리적 사고를 완전히 장악하지는 못한 것이다. 존재 자체보다는 존재한다는 신념을 우위에 둔 원작소설과 구별되는 지점이다.95)

첫 번째 인용문은 김기영 감독이 직접 뽑은 나의 영화 베스트 11(시대순)에서 그가 직접 영화 <이어도>에 대해 설명한 것이고, 두 번째 인용문은 이채원이 영화 <이어도>와 소설 『이어도』를 비교하면서 영화의 주술적 사고와 과학적 사고에 대해 설명한 것이다. 김기영은 전근대성이 근대성의 침투로 인해 파괴됨으로써 그 속에서 살아가는 사람들의 혼돈에 대해 이야기하고 있는데, 이채원은 사람들의 삶을 장악하고 있는 전근대성이 근대성의 침투에도 불구하고 여전히 강력한 힘을 발휘하고 있다는 것이다.96) 이것은 영화의 서사적 공간인 파랑도의 전근대성과 근대성의 분리불가능성에 대한 이야기이다. 영화와 등장인물 모두에게서 나타나는 혼돈의 양상이다. 영화의 중심인물인 천남석과 민자를 비롯해 무당 등에서 공통으로 나타나는 전근대성과 근대성의 혼돈 양상이다.

무당은 영화에서 자본주의적 속성을 가장 잘 나타내는 인물인 동시에 주술적 장치를 가장 잘 표현하는 인물이다. 따라서 근대성과 전근대성의 혼

---

94) 이연호, 앞의 책, 157쪽.
95) 이채원, 앞의 논문, 247쪽.
96) 물론 근대성의 침투로 인해 서서히 무너져가고 있는 전근대성을 나타내고 있다.

돈을 대표하는 인물이다. 무당은 천남석 부모가 죽은 후 그 영혼을 달래는 굿을 통해 천남석의 돈을 모두 가로채고, 또한 자신이 가진 순종 수퇘지를 섬에 있는 암퇘지 오백 마리와 붙여 종자 값을 받기 위해 마을에 있는 모든 잡종 수퇘지를 고춘길에게 죽여 달라고 하는 등 돈에 집착하는 모습을 보인다. 그리고 앞에서 서술했듯이, 이러한 집착은 무당의 주술에 의해 끌려오게 된 천남석의 시신을 두고 민자와 박여인이 경매하듯 무당에게 돈을 부르는 장면에서 절정에 오른다. 무당은 천남석이 죽었지만 씨는 살아있다는, 그래서 애를 낳게 해 줄 테니 자식 값까지 내 놓으라고 한다. 자신의 주술적 힘으로 끌어온 천남석의 시신을 통해 민자와 박여인에게 경매를 붙이듯 싸움을 붙이는 것이다. 물건을 사겠다는 사람이 두 명 이상일 때 값을 제일 많이 부르는 사람에게 파는 제도인 경매는 가장 자본주의적 요소이다.

[그림 11] 영화 〈이어도〉 속 한 장면

이러한 자본주의적 요소를 있게 한 가장 큰 힘은 무당이 가진 주술적 힘이다. 그리고 영화에서 주술적 힘은 실재the real가 아닌 현실로서 일어나는 일이다. 판타지 영화에서나 뵈지는 비현실적 사건들이 주술적 힘이라는 전근대적이고 비합리적 속성으로 인해 일어나는 것이다. 그리고 그 것은 등장인물들의 믿음으로 현실화되고 무당의 권력으로 재현된다. 믿음은 순수하게 정신적이고 '내밀한' 상태가 아니라 항상 우리의 실제 사회 활동 속에서 구체화되어 있다는 점이다. 따라서 영화 <이어도>에서 믿음은 사회 현실을 규제하고 환상을 지탱하는 도구로서 작동한다. '카프카의 세계'는 '사회적 현실에 대한 환상―이미지'가 아니라, 사회적 현실 자체의 한복판에서 작동하고 있는 환상을 무대화하는 것이듯이[97] 무당의 이중성은 파랑도라는 전근대성과 근대성의 이중성을 동시에 갖고 있는 혼돈의 현실 속에서 작동하는 환상이다.

천남석 또한 무당과 마찬가지로 전근대와 근대성의 혼돈 속에서 괴로워하고 있는 인물이다. 천남석은 근대성의 상징인 자본주의적 이데올로기로서 전근대성의 상징인 이어도 전설이라는 이데올로기에 맞서 죽음의 공포로부터 벗어나기 위해 처절한 몸부림을 치는 인물이다. 이어도 전설이 점점 그의 목을 조이고 있고, 그것으로부터 벗어나기 위해 몸부림치는 그는 근대화의 첨병인 과학적―특히 생물학적―결정체로서 전복 양식에 도전하지만, 결국 근대화의 배설물인 공해, 특히 폐수에 의해 망하고 만다. 사회관계가 자본에 의해 지배되는 한, 자연은 무자비한 착취의 대상일 뿐이다. 그리고 인간은 그 자체로서 이미 '자연의 상처'이다. 자연의 균형으로, 환경과의 조화로 돌아갈 수 있는 길은 없다.[98]

천남석은 민자의 설득으로 신문사로 들어가 공해 문제를 파헤치기 시작한다. 하지만 언론인으로서 여론을 일으키기 보다는 그 자신이 직접 공해 문제를 해결해 보겠다고 나선다. 그것은 집착으로 변해간다. 하지만 자신의 사업을 망하게 한 공해 문제를 파헤치는 천남석의 집착은 그저 집착일 뿐 그것을 해결하는 일은 요원하다. 근대성이 지배하고 있는, 즉 사회적

---

97) 슬라보예 지젝, 이수련 옮김, 앞의 책, 73쪽.
98) 슬라보예 지젝, 이수련 옮김, 위의 책, 23~25쪽.

관계로서 자본이 지배하는 사회에서 공해 문제를 해결하는 일은 불가능에 가깝다. 그리고 그것은 그를 다시 바다로 돌아가게 한다. 천남석은 민자의 바람과는 다르게 관광선을 타고 바다로 돌아간 것이다.

민자는 한복을 곱게 차려 입고 신문을 보는 전근대성과 근대성의 이중성을 시각적으로 강렬하게 보여주는 인물이다. 하지만 그녀는 천남석 어머니와의 약속을 지키기 위해 천남석의 대를 잇고자 하는 욕망으로 가득 찬 인물이기도 하다. 그리고 그것은 천남석에 대한 사랑일 수도 있다.

> 우리는 우리도 알 수 없는 사건에 휘말려 외롭게 죽어가는 개체, 즉 불연속적 존재들이라고 할 수 있다. 그러나 그럼에도 불구하고 우리에게는 잃어버린 연속성에 대한 향수가 남아 있다. 그래서 우리는 우리를 우연한 개체, 덧없이 소멸하는 개체로 떠미는 현재의 상황을 견디지 못한다. 우리는 소멸할 수밖에 없는 우리의 존재가 지속되기를 애타게 염원하는 동시에 우리를 보편적 실재實在와 이어주는 최초 연속성을 끊임없이 생각한다.[99]

파랑도는 근대 이전의 모계 사회적 풍속으로 종족 유지를 하고 있는데 반해, 민자는 천남석 집안의 대를 잇기 위해 노력한다. 즉, 부계 사회적 전통을 따르려 하고 있다. 이러한 것은 종족 보존의 본능보다 한 발 더 앞선 것으로서, '최초 연속성'은 부계 사회의 전통에 더 적합한 기표이다. 모계 사회는 섬이라는 특정한 공간에서 남자가 부족하기 때문에 종족 보존을 위해 어쩔 수 없이 생길 수밖에 없는 당연한 풍속이지만, 민자가 선우 현의 몸을 빌리기까지 해서 천남석의 대를 이으려고 하는 것은 섬의 풍속을 벗어난 일이다. 하지만 마지막 시퀀스에서 민자는 섬 여인들의 심판에서 박여인을 물리치고 천남석의 시체를 차지한다. 따라서 섬 여인들도 모계 사회적 전통 속에서 부계 사회적 모습을 인정한 것이다. 그것은 민자가 이어도 귀신으로부터 천남석을 지키려는 순정을 인정한 것이라고 할 수 있다.

---

99) 조르쥬 바따이유, 조한경 옮김, 앞의 책, 15쪽.

민자와 선우 현의 정사 시퀀스에서 선우 현의 회상 신으로 넘어간다.

# 배의 갑판, 밤
이어도 귀신을 상징하는 기분 나쁜 소리는 계속 들리고 있고, 천남석과 선우 현은 갑판에서 맥주를 마시고 있다. 선우 현의 술에 취한 눈이 클로즈 업 되고 천남석은 이어도 물귀신에 의해 바다로 끌려간다.

민자소리 : 아~!

#천남석의 집 안
민자와 선우 현은 정사를 나누고 있다.

민자 : (누워있는 얼굴 C.U) 아~! 그건 꿈이 아니에요. 사실이에요!
　　　사람은 그렇게 죽고 이렇게 태어나요. 사람은 죽고 살아요! 죽
　　　고 살아요!
선우 현 : (땀흘리고 있는 얼굴 C.U) 못 믿겠다. 나 자신을 못 믿겠다.
민자 : (선우 현의 얼굴을 감싸며) 남석씨, 나에요 나! 이렇게 만날 수
　　　있군요, 이렇게 말이에요!

정사가 끝난 후 두 사람은 나란히 누워 있다.

민자 : 이 세상에 영원한 것이 있을까요?
선우 현 : 모두가 순간적이다. 영원이란 인간을 속이기 위한 반어다.
민자 : (일어나 옷매무새를 고치며) 당신에 대한 용건은 끝났어요. 그
　　　러나 천남석 대신 내 몸에 살고 있는 거예요.
늙은 여자 소리 : 민자야! 천남석이 ……시체가 곧 떠오른다.
민자 : (손으로 얼굴을 감싸쥐고 괴로워하며 소리지른다) 아~!
늙은 여자 소리 : 어서 나와라 어서.

민자는 천남석의 죽음 속에서 새로운 생명을 꿈꾼다. 비록 육체적으로 천남석을 대신 한, 천남석이 자신을 대신 해 그녀에게 보낸 선우 현의 씨일지라도 그녀는 그 속에서 천남석의 영원성을 꿈꾸는 것이다. 하지만 천남석의 시체가 무당의 주술을 통해 섬으로 돌아왔을 때 그녀는 괴로워하며 소리를 지른다. 민자와 선우 현이 정사를 나누기 직전 신에서 선우 현이 천남석의 시신을 끌어오는 굿에 대해 "그런 기적은 안 일어나게" 된다며 부정적으로 말하자 민자는 "올 거예요, 우리를 지켜보러"라고 대답한다. 이것은 민자가 천남석의 죽음을 인정하고 선우 현을 받아들이지만 천남석의 시체는 돌아올 거라고 믿는 이중적 상황이다. 이러한 이중적 상황은 천남석의 시체가 자신의 씨를 몸속에 갖고 있기 때문에 가능한 상황이다. 따라서 민자의 욕망은 미래로부터 회귀한다. 그리고 그녀의 욕망에 대한 결과물은 결국 모계 사회로의 회귀를 상징한다.

## 3. 문학적 속성을 통한 예술성 성취

추리 소설적 서사를 통해 이야기를 진행시키는 소설 『이어도』는 천남석 아버지의 죽음과 천남석 어머니의 죽음을 이어도 전설에 바탕을 둔 전근대성에 의한 죽음으로 그리며, 그것은 이어도의 이중성을 통해 극대화된다. 그리고 천남석의 죽음은 양주호의 발화를 통해 철학적이지만 문학적 죽음으로 그려지며, 그것은 낭만적 죽음으로 명명될 수 있다.

영화 <이어도>는 소설에서 나타난 전근대성에 의한 죽음을 근대성과 전근대성이 혼용된 파랑도라는 섬을 설정해 죽음에 대한 두려움이라는 소설의 본질적 주제의식을 그대로 가져오면서 그 주제의식을 다시 한 번 확장한다. 그것은 근대성과 전근대성의 적절한 배치를 통해 확장된다.

영화는 컬트영화로 분류될 정도로 파격적인 연출과 현실을 반영한 근대성을 영화에 투영함으로써 소설에서 그려진 철학적이면서 문학적인 죽음을 전근대성의 비현실적 죽음과 그 당시 사회상을 반영한 현실적 죽음이 버무려진 죽음으로 확장한다. 이것은 현실 반영이라는 영화 구조와 관념적 주제의식이라는 소설 구조를 모두 반영하려한 감독의 예술적 욕심이며, 이러한 욕심으로 인해 영화는 소설처럼 매끄럽지 않은 거친 서사를 안고 가게 된다. 하지만 영화는 소설에서 획득하지 못한 전근대와 근대 사이를 살아가는 그 당시 사회의 모순을 죽음이라는 관념적 소재를 통해 잘 드러낸다.

소설 『이어도』에서 이어도라는 이데올로기를 부정했기 때문에 정상적인 애도가 불가능한 상태였던 천남석은 그 이어도 전설을 받아들임으로써 자신의 아버지와 어머니의 죽음을 이해하게 되고, 그 감정적 애착을 단절할 수 있게 된다. 따라서 그의 애도 작업은 이어도를 사랑하게 되고 "황홀한 절망"을 느낌으로써 비로소 성공하게 된다. 그것은 그의 자살로 완성된 것이다.

영화 <이어도>에서 박여인은 천남석의 시신을 통해 다시 주체성의 절정에 설 수 있게 된다. 박여인은 천남석을 죽을 때까지 사랑해야 하고, 그것은 천남석의 시신이 있어야 가능한 것이다. 왜냐하면 결국 애도란 몸을 애도하는 것이기 때문이다. 민자에게는 전근대와 근대를 공유하는 파랑도처럼 천남석의 생존과 죽음, 그리고 그의 대를 잇는 것이 중요하다. 민자는 천남석의 죽음으로 인해 천남석 어머니와의 약속을 지킬 수 있었다. 그것은 천남석의 죽음이 보내 준 선우 현과의 하룻밤에 의해서 가능한 것이었다.

소설 『석화촌』처럼 소설 『이어도』는 "황홀한 절망"이라는 다분히 문학적 발화를 통해 천남석의 자살이라는 문학적 애도를 이끌어내지만, 영화 <이어도>는 그러한 소설의 문학적 애도와 함께 '몸'이라는 철학적이지만 현실적 애도를 함께 이끌어내려 한다. 이것은 전근대와 근대의 아우름을 통해 가능한 것이다. 영상의 제작과 현실의 반영이라는 것을 두고 볼 때 이것은 영화가 선택할 수 있는 최선의 예술적 선택이다.

소설 『이어도』에서 이어도 전설이 현실에 간섭하기 시작하면서 천남석은 아버지와 어머니를 모두 잃는다. 이데올로기의 현실에 대한 간섭으로 인한 부모의 죽음은 증상으로 나타난다. 그것은 소급적으로 구성되어 과거가 아닌 미래로부터 회귀한다. 그리고 천남석은 어머니에 대한 애도의 누빔점으로 이어도 여인을 택했다. 그리고 증상으로서 이어도 여인은 이어도 전설이라는 이데올로기로부터 천남석을 힘겹게 지탱시키는 버팀목으로서의 역할을 한다.

영화 <이어도>는 전근대성이 근대성의 침투로 인해 파괴됨으로써 그 속에서 살아가는 사람들의 혼돈에 대해 이야기하고 있는데, 영화의 서사적 공간인 파랑도의 전근대성과 근대성의 분리불가능성에 대한 이야기이다. 영화와 등장인물 모두에게서 나타나는 혼돈의 양상이다.

소설에서 천남석은 이어도의 부재를 확인하는 순간 두려워만하던 이어도를 받아들이게 된다. 이것은 의미를 소급하여 적용함으로써 미래로부터 현재의 의미를 획득하게 된다. 따라서 소설은 현실보다는 문학적 상상력으로서 예술성을 획득하게 된다.

영화 <이어도>는 영화 <석화촌>과 마찬가지로 무당을 등장시킨다. <석화촌>에서의 무당은 자본주의적 속성을 강조하여 현실에 초점을 맞추지만, <이어도>는 자본의 무속에 대한 침투를 통해 근대와 전근대의 혼돈양상을 그리고 있다. 이것 또한 현실을 반영한 것이지만, 주술적 장치를 인정한 상태에서의 혼돈으로 문학적 속성과 현실적 욕구의 혼돈을 통해 예술성을 획득하려 한다. 그리고 민자의 욕망은 부계 사회적 욕망과 모계 사회적 욕망을 함께 갖고 있지만, 결국은 모계 사회로의 회귀로 결말지어지게 된다. 다분히 문학적 속성과 현실적 욕구의 혼돈을 통해 예술성을 획득하려 한 영화는 결국은 문학적 속성을 통해 그 예술적 성취를 완성하게 된다.

# Ⅳ. 소설 『벌레 이야기』와 영화 〈밀양〉[100]

## 1. 사회 역사적이고 정치적인 소설 『벌레 이야기』와 영화 〈밀양〉

　소설 『벌레 이야기』는 1985년 『외국문학』 가을 호에 발표된 작품이고 영화 〈밀양〉은 2007년 5월에 개봉되었다. 그리고 영화가 개봉한 바로 그 해인 2007년부터 소설 『벌레 이야기』와 영화 〈밀양〉에 관한 논문이 발표되기 시작한다. 학술지 논문은 2007년 김석회와 최수웅[101]의 논문을 시작으로 2008년에 4편, 2009년에 2편,[102] 2010년에 4편이 발표되었다. 학위논문(석사)은 2008년 강민석과 김윤하[103]의 논문을 시작으로 2009년에 1편, 2010년에 1편, 2011년에 1편, 2013년에 1편 등 꾸준히 발표되고 있다.[104] 그 이유는 여자 주인공인 전도연이 칸 영화제에서 여우주연상을 수상하는 등 영화적 완성도를 인정받아서이기도 하겠지만, 이청준과 임권택처럼 이청준과 이창동이라는 두 거장의 이름만으로도 충분히 연구할 가치를 인정받아서 일 것이다.

---

100) 소설 『벌레 이야기』와 영화 〈밀양〉의 연구는 (졸고, 「소설 『벌레 이야기』와 영화 〈밀양〉의 상관관계－들뢰즈 · 가타리의 자본주의와 정신분열증을 중심으로」, 「인문과학연구」 제20집, 2008)의 내용을 보완하여 첨삭한 것이다.
101) 김석회, 「소설 『벌레 이야기』와 영화 〈밀양〉 사이」, 『영화 연구』 43호, 2007: 최수웅, 「소설과 영화의 창작방법론 비교분석－『벌레 이야기』와 〈밀양〉을 중심으로」, 『어문연구』 54호, 2007.
102) 다른 영화나 소설과 같이 연구된 연구까지 포함하면 3편이다.
103) 강민석, 「소설과 영화의 서사 구조 비교 연구: 이청준의 『벌레 이야기』와 이창동의 〈밀양〉을 중심으로」, 한양대학교 석사학위논문, 2008: 김윤하, 「소설과 영화의 서사 전략 연구: 소설 『벌레 이야기』와 영화 〈밀양〉을 중심으로」, 고려대학교 석사학위논문, 2008.
104) 학술연구정보서비스 RISS의 논문검색 기준이며, 다른 영화나 소설과 같이 연구된 논문까지 합하면 더 많은 논문이 발표되었다.

이청준 소설은 관념적이면서 사변적인 소설이라 영화로 번역하기 쉽지 않았겠지만 이청준 소설이 지니는 문학적 힘이 그것을 가능하게 했을 것이다. 그리고 연구자들은 이러한 문학적 힘을 가진 이청준 소설과 이창동이 자신만의 색깔 속에서 재창조해낸 이창동식 리얼리즘 영화의 상관관계를 연구하고 싶었을 것이다.

청문회 열기가 한창이던 1988년 『외국문학』이란 계간지에서 이청준 선생의 『벌레 이야기』라는 소설을 읽었다. 소설을 읽으면서 즉각적인 느낌은 '이게 광주 이야기구나'란 것이었다. 청문회에서 광주학살의 원인과 가해자를 따지고 있었지만, 『벌레 이야기』에는 광주에 관한 내용이 암시조차 없는데도 나는 광주에 관한 이야기로 읽었다. 그 소설이 독자에게 이렇게 묻는 것 같았다. 피해자가 용서하기 전에 누가 용서할 수 있느냐, 라고. 그리고 가해자가 참회한다는 것이 얼마나 진실한 것이냐, 그리고 그것을 누가 알 것이냐, 다른 한편으로는 이청준 소설의 큰 미덕인데, 그 이야기를 넘어서는, 초월적인 것을 느꼈다. 어찌 보면 되게 관념적인 이야기인데, 그게 늘 내 마음 속에 있었던 것 같다.105)

위의 글에서도 알 수 있듯이, 이청준 소설은 관념적이고 사변적이지만 그 이야기를 넘어서는 초월적인 무언가가 존재한다. 그리고 영화작가의 한 사람인 이창동은 그러한 이청준의 의도를 정확하게 파악하고 있었다. 표면적으로 사회 역사적이고 정치적이지 않은 소설을 읽고 그 속에서 사회 역사적 문제를 이창동은 읽어낸 것이다.

광주사태의 해법을 놓고 정치권의 논의가 있을 때입니다. 피해자는 고스란히 남아 있는 상황에서 '화해'의 이야기가 나오는 겁니다. 그 즈음 이윤상군 유괴범의 최후의 발언이 신문에 났어요. '하느님의 자비가 희생자와 그 가족에게도 베풀어지기를 빌겠다'는 요지였어요. 두 사건의 중첩부분에서 주제를 이끌어 냈습니다.106)

---

105) 이창동 · 허문영, 「이창동의 '밀양', 이창동 감독 평론가 허문영의 대담」, 『씨네21』 602호, 2007, 5.
106) 이청준, 「호암상 수상한 <밀양> 원작자 이청준─예술 장르끼리 서로 부축해야」,

이청준의 이야기에서도 알 수 있듯이, 소설『벌레 이야기』107)는 다분히 사회 역사적이고 정치적이다. 소설의 기표인 기독교라는 영토와 광주 민주화운동이라는 기표 속에 숨어 있는 탈영토화된 기의는 서로 상충되는 관념적 코드이다. 이창동은 이러한 관념적 코드를 읽어내 영화로 재해석해 냈다.

소설『벌레 이야기』와 영화 <밀양>은 주로 들뢰즈와 가타리의 '자본주의와 정신분열증'을 토대로 살펴볼 것이다.

## 2. 들뢰즈 · 가타리의 자본주의와 정신분열증108)

### 1) 욕망의 흐름과 억압 – 영토화 · 탈영토화 · 재영토화

노마디즘(유목주의)은 간단히 말해 영토화와 탈영토화를 반복하는 과정이다. 즉, 유목민들이 한 곳에 정착한 후(영토화) 가축의 먹이가 없어지면 다시 다른 곳으로 이동하여(탈영토화) 그 곳에 다시 정착하는(재영토화) 과정이다. 들뢰즈와 가타리는 이러한 노마디즘을 책 제목의 부제(『앙띠 오이디푸스 – 자본주의와 정신분열증)』, 『천개의 고원 – 자본주의와 정신분열증2』)에서 밝혔듯이 정신분석학과 사회적 관계(자본과 사회주의)를

<hr />

조선일보, 2007, 6. 4.

107) 이청준 소설 · 최규석 그림, 『밀양, 원제 '벌레 이야기'』, 열림원, 2007. 본고는 이 판본을 텍스트로 할 것이다. 작자 서문에서도 밝혔듯이, 영화화 된 이후 이청준은 글을 한 번 더 꼼꼼히 읽고 수정을 했다고 밝히고 있다. 이 글이 영화와 소설의 상관관계를 밝히는 글이므로 이 판본을 텍스트로 하는 것이 옳겠다.

108) 이번 장은 '질 들뢰즈 · 펠릭스 가타리, 최명관 옮김, 『앙띠 오이디푸스 – 자본주의와 정신분열증』, 민음사, 2000.'에 대한 강의인 '박정수, 「『앙티 오이디푸스』 읽기: 정신분석 비판을 위하여」(아트앤스터디[www.artnstudy.com])'와 '질 들뢰즈 · 펠릭스 가타리, 김재인 옮김, 『천개의 고원 – 자본주의와 정신분열증 2』, 새물결, 2001.'과 '질 들뢰즈 · 펠릭스 가타리, 이진경 · 권해원 외 역, 『천개의 고원』1 · 2 (www.transs.pe.kr)'에 대한 해설서격인 '이진경 지음, 『노마디즘 Ⅰ · Ⅱ – 천개의 고원을 넘나드는 유쾌한 철학적 유목』, 휴머니스트, 2002.'을 중심으로 필자가 첨삭한 것이다.

바탕으로 전개시켜 나간다. 특히, 프로이트와 라캉이 가족 관계에 가두어 놓았던 '욕망'을 사회적으로 확장시킨다.

"프로이트는 단적으로 욕망 자체를 최초로 찾아낸 사람이다."라고 말할 수 있는 이유는 그가 욕망을 '욕망의 표상'으로 분리시킨 최초의 사람이기 때문이다. 하지만 욕망을 가족에 가두어 버리고 만다. 하지만 들뢰즈와 가타리는 욕망은 생산되어 지는 것이 아니라 생산하는 것으로 이해되어야 한다고 말한다. 그래서 그들은 욕망생산을 욕망의 생산이 아니라 '욕망하는 생산'이라고 쓰고 있다. 욕망생산은 사회적 생산과 본성상 차이가 없다. 하지만 그렇다고 욕망에 대한 사회적 억압이 없다는 의미가 아니다.

사회는 분명 욕망을 억압한다. 왜냐하면, 욕망은 특정한 영토로부터 벗어나는 흐름과 특정한 규칙(코드)으로부터 이탈하는 연쇄를 생산하기 때문이다. 욕망의 탈영토적 흐름을 국지화(영토화)하고 욕망의 탈코드화적 연쇄를 고정(코드화)시키지 않는 사회는 없다. 탈영토화 하고 탈코드화 하는 욕망생산이 분열증적 욕망, 혹은 분자적 욕망이다. 사회는 욕망생산이 이런 분열증적 극한으로 치닫지 않도록 억압하기 위해 코드와 영토를 생산한다. 이러한 욕망은 끊임없이 작동되는 생산적이고 무의식적인 리비도의 흐름이며, 어떠한 상징체계에도 속박되기 어려운 물질적 에너지의 기계적 흐름이다. 기존 질서인 사회는 이러한 욕망을 억압·통제하는데, 이것을 간단히 정리해 보면, 영토화는 욕망의 생산적 에너지를 길들이고 제약시킴으로써 욕망의 흐름을 억압하고 통제하는 과정이고, 탈영토화는 물질생산과 욕망 둘 다를 사회적 제약력에서 풀어주는 것으로, 억압과 통제를 벗어나려는 욕망 특유의 분열적 흐름이며,[109] 재영토화는 탈영토화 하는 탈주의 흐름을 포획하여 다시 억압하고 통제하는 기제이며, 초코드화는 초월적이고 절대적인 억압과 통제의 기제이다.[110]

---

109) 이광래 편, 「들뢰즈와 가타리의 노마디즘-분열증, 유목민, 줄기 번식 뿌리들」, 『유목하는 철학자들』, 지성의 샘, 2006, 192쪽.
110) 예를 들면, 원시사회는 분열증적 흐름을 대지라는 충만한 신체 위에 등록시키는 코드들로 구성된 사회체이고, 전제군주사회는 원시사회의 코드를 해체, 재편하여

하지만 들뢰즈와 가타리는 노마디즘에서 절대적 탈영토화와 상대적 탈영토화에 대해 기술한다. "코드와 영토성 간에, 탈코드화와 탈영토화 간에 단순한 상응관계가 있는 것이 아니다. 오히려 코드는 탈영토화로부터 존재할 수 없으며, 재영토화는 탈코드화로부터 존재할 수 있다." 이는 코드화와 영토화를 권력과 결부된 무언가에 길들이거나 익숙해진다는 점에서 비슷한 것으로 간주하는 통념에 정면으로 반하는 것이다.111) 코드화와 영토화를 상반되는 것으로 서술하고 있으니 말이다.

간단하게 말해, 코드화란 코드(기호의 사용규칙이나 법조문이 그 예가 된다)를 길들이는 것이고 영토화란 어딘가에 끌어들이거나 귀속시키는 것이다. 반면 탈코드화는 그 규칙에서 벗어나는 것이고, 재코드화는 다른 종류의 규칙에 길들이는 것이며, 탈영토화란 귀속되거나 머물렀던 영토에서 벗어나는 것이고, 재영토화란 다른 영토에서 다시 머물거나 귀속되는 것이다. 그럼으로써, 탈코드화가 재영토화로 이어지고, 다시 탈영토화될 때 재코드화 된다. 이것은 상대적 운동을 보여줄 뿐인데, "상대적 운동은 지층 내적이거나 그 탈지층화(조프루아라면 '연소'라고 했을 것)에 관련된 것이다. 따라서, 모든 형식화된 것에서 탈형식화된 절대적 흐름 그 자체로 나아가는 것, 형상을 갖는 모든 것에서 어떠한 형상도 갖지 않는 절대적 흐름 그 자체를 보는 것, 이것이 절대적 수준에서 생성·변화를 보는 것이고 절대적 수준에서 무상 자체를 보는 것이다.

결론적으로, 상대적 탈영토화 운동을 통해 절대적 탈영토화에 도달하는 게 아니라, 절대적 탈영토화가 항상 이미 존재하기에 상대적 탈영토화 또한 가능하다는 것이다. 상대적 탈영토화 안에는 절대적 탈영토화의 영원한 내재성이 있다.

---

욕망의 흐름을 전제군주의 초월적 신체로 빨아들이는 초코드화를 통해 분열증적 욕망을 억압하고, 이 두 사회체가 탈코드화 하고 탈영토화 하는 욕망의 흐름을 억제하는 방식으로 유지되는 것과 달리 자본주의 사회는 분열증적 흐름 위에 세워진 사회이다.
111) 대부분 영토화와 코드화, 탈영토화와 탈코드화는 거의 같은 의미로 사용되고 있다.

## 2) 세 가지 선분—경직된 몰적 선분성 · 유연한 분자적 선분성 · 탈주선[112]

사물의 상태를 굳이 말하자면 하나의 점이다. 사건이란 그 두 점을 잇는 선으로 표시할 수 있다. 이른바 사건화의 '선'이라고 해도 좋다. 이 사건화의 선을 통해 어떤 하나의 사물(점)은 사건을 구성하는 선의 일부로 들어가고, 그 선 안에서, 다시 말해 선을 통해 연결된 이웃한 점들과의 관계(이웃관계) 속에서 특정한 의미를 획득한다.

따라서 이웃관계를 표시하는, 접속된 점과의 미분적 관계가, 다시 말해 '미분계수'가 그 점의 의미를 표시한다. 사물의 상태가 하나의 점이라면, 그것의 의미란 그 점에서의 미분계수라 할 수 있다.

그렇지만 선을 단지 두 점을 연결하는 선으로만 본다면, 그것은 점에 갇힌 선이며, 점에서 점으로 이동하기 위한 선에 불과하다. 시점과 종점이 있고, 그것을 연결하는 직선이 그려지면서 하나의 선분을 만드는 그런 경우다. 선분segment이란 이처럼 두 점에 갇힌 선을 말한다.

들뢰즈와 가타리는 선이라는 개념을 중요하게 여긴다. 그것이 '사건의 철학'이라고 하는 들뢰즈의 생각과 매우 가까이 있음을 잘 보여주며,

---

112) 여기서 몰과 분자라는 개념의 설명이 필요할 듯하다. 분자 운동의 특성을 가장 잘 나타내는 것이 '브라운 운동'인데, 그것은 분자들이 충돌할 때 일으키는 불규칙한 방향과 속도 때문에 발생한다. 물질의 입자는 이렇게 일정한 자리에 정지해 있는 게 아니라 끊임없이 운동하고 있다. 물 분자 운동은 '물'의 속성을 갖지 않는다. 물의 화학적 속성은 분자들이 일정한 수(아보가드로 수 $6.02 \times 10^{23}$)의 단위로 합산될 때만 파악될 수 있다. 이렇게 원자, 분자, 이온, 전자 같은 입자들의 화학적 단위를 '몰(mole)'이라고 부른다.
기체역학은 기체분자의 움직임을, 충분히 큰 수를 하나의 단위로 하여 통계적으로 서술하는 방법을 사용한다. 따라서 분자적인 것과 몰적인 것은 크기의 차이에 따른 구별이다. 들뢰즈와 가타리가 '몰적인 것'이라고 말할 때는 분자적 움직임의 다양성을 환원하고 제거하여 하나의 거대하고 단일한 통일체로 귀속시키는 경우를 말하고, '분자적인 것'이라고 말할 때는 그런 몰적인 단일성으로 환원되지 않는 고유한 움직임과 흐름, 욕망 등을 지칭하는 경우를 말한다.

정착과 대비되는 유목주의를 주장하게 되는 이유 또한 짐작하게 해 준다. 이런 의미에서 그들은 사회적 삶이나 무의식, 욕망 등등 역시 이런 선들로 그려지고 선의 궤적을 통해 진행한다고 본다.

세 가지 선에서 선분적 선은 점에 의해 절단된 선, 따라서 양끝이 명확하며, 시점/종점의 역할을 하는 두 점을 통과하는 것으로서 선의 의미를 갖는 그런 선이다. 여기에는 두 가지 상이한 양상의 선분이 나타난다. 하나는 그 점을 통과하는 모든 요소들에 대해 획일적으로 적용되고, 그 선분 안에 있는 한 선분성의 요구를 수용하고 받아들일 것을 강제하는 선분이다. 다른 하나는 개개의 분자적인 움직임이 만드는 유연한 선분이다. 탈주선은 이와 달리 선분성의 형태로 정의되지 않는다. 그것은 기존의 선에서 벗어나는 일탈의 성분(클리나멘!)을 통해 정의되며, 일탈의 최소각을 갖는 새로운 생성과 창조로 정의된다. 따라서 그것은 기존의 선, 그 안에 고정된 어떤 선에서 고유한 기울기를 가지며 빠져나가는 순수한 선적 성분을 통해 정의된다.

여기서 일탈의 성분을 '클리나멘clinamen'이라고 했는데, 클리나멘은 에피쿠로스의 개념으로, 주어진 관성적인 운동에서 벗어나려는 성분을 지칭한다. 바로 이 클리나멘이 탈주선을 정의한다. 관성에서 벗어나는 성분, 기존에 존재하는 것과 다른 것을 창조하고 생성하는 성분, 그리하여 기존의 지배적인 것에서 벗어나는 모든 것이 바로 이 클리나멘을 가지며, 클리나멘이 바로 탈주선을 정의한다는 것이다. 이는 탈주선이 단지 '도망'치고 도주하는, 혹은 파괴하고 해체하는 부정적인 것이 아니라, 관성·타성·중력에서 벗어나는 적극적이고 능동적인 힘을 만들어 낼 때만 비로소 그려질 수 있는 것임을 보여준다는 점에서, 탈주선의 긍정성과 능동성을 보여주는 개념이라고 할 수 있다.

들뢰즈와 가타리는 앞의 세 가지 선을 특징짓는 핵심적인 특징을 스코트 피츠제랄드의 소설 『붕괴』를 통해 설명한다.

첫 번째가 '경직된 몰적 선분성의 선'이다. 몰적인 것은 어떤 것 안에 포함된 개개의 분자들에 대해 동일하게 움직일 것을 요구한다. 따라서 '경직성'을 피할 수 없다. 두 번째가 '유연한 분자적 선분성의 선'이다. 각 각의 분자들은 몰 단위로 서술되는 운동과 동일하게 움직인다고 간주되 지만, 이는 실재론 개개 분자들의 운동을 시야에서 배제하는 효과를 갖는 다. 그것은 이제 포착되지 않는 운동이 된다. 지각 불가능한 운동. 그것은 몰 단위로 동일하게 서술되는 경직성을 벗어나 유연하게 움직이며, 서로 인접한 분자들끼리 영향을 주고받으면서(이를 '미시적 전염'이라고 한다) 몰적인 동질성에서 벗어나는 유연한 흐름을 형성한다. 들뢰즈와 가타리는 유연한 분자적 선에 대해서 '양자적量子的인 흐름'이라는 말을 사용한다.

양자[113) 내지 양자적 흐름이란 개념은 탈영토화 된 흐름이라는 의미로 사용되고 있으며, 그래서 탈주선과 관련되어 있다. 양자적 흐름이란 개념 은 탈영토화 내지 탈코드화 된 흐름이란 의미에서 탈주선과 결부시켜 사 용하는 것이 더 적절할 듯하다. 즉 몰적인 것, 분자적인 것과 구별하여 양 자적인 것이 개념으로 사용될 수 있으며, 이 세 가지 개념이 세 가지 선에 대응한다는 것이다.

다시 정리하면, 들뢰즈와 가타리는 양자화 된 흐름을 몰적 선분성과, 혹 은 양자를 선분과 대립시키게 되면서 양자화된 흐름을 두 가지 선분적인 선 자체와 대비되는 또 하나의 '선'—선이길 중지한 선—으로 추가하고 있 다. 즉 "두 가지 선이 아니라 사실은 세 가지 선이 있다는 것을 알게 된다" 면서, '서로 얽힌 코드와 영토성을 갖는 상대적으로 유연한 선', '일반화된 초코드화로 나아가는 경직된 선', '양자에 의해 표시되며 탈코드화와 탈영 토화에 의해 정의되는 탈주선'의 세 가지를 들고 있다. 결국 양자화 된 흐 름이란 이 세 번째 선을 앞의 두 가지 선과 구별하기 위해 도입된 개념이다.

---

113) 양자이론에서 양자들은 파동으로 표시되는 흐름이면서 동시에 불연속성을 갖는 '입자'라고 한다. 그리고 이 입자는 벽에 부딪히면 일부는 튕겨 나오지만 일부는 그것을 통과한다. 이를 '터널링'이라고 부른다. 이는 양자들의 미시적 세계에서 벌어지는 기이한 일들 중의 하나일 뿐이다.

# 3. 소설『벌레 이야기』

[그림 12] 소설『벌레 이야기』책 표지

## 1) 주제의식을 위한 밑그림

소설『벌레 이야기』에서 서사의 갈등은 알암이의 죽음으로 인해 일어난다. 알암이의 죽음으로 인해 알암이를 납치해 죽인 주산학원 원장 김도섭과 아내의 갈등, 주님의 은혜를 강조하는 김집사와 아내의 갈등, 그리고 결정적으로 믿음의 근원인, 인간이 만들었지만 인간 그 자체에 의해 초코드화 돼버린 이데올로기로서의 하나님과 아내의 갈등이다.

하지만 이제 사건의 시말은 이쯤에서 그만 이야기를 마무려두는 것이 좋으리라. 이 이야기는 애초 아이가 희생된 무참스런 사건의 전말에 목적이 있는 것이 아니라(어느 무디고 잔인스런 아비가 그 자식의 애처로운 희생을 이런 식으로 머리에 되떠올리고 싶어하겠는가. 그것은 내게서

아이가 또 한 번 죽어 나가는 아픔에 다름 아닌 것이다) 알암이에 뒤이은
또 다른 희생자 아내의 이야기가 되고 있는 때문이다. 범인이 붙잡히고
사건의 전말이 밝혀진 다음에도 내 아내에겐 그것으로 사건이 마감되
어질 수가 없었기 때문이다.114)

    소설 『벌레 이야기』의 서사에서 알암이의 죽음은 아내와 이데올로기
로서의 하나님과의 갈등 구조를 이끌어가기 위한 하나의 장치에 불과하
다. 이청준은 이 소설을 신문기사 한 토막을 보고 구상했다. 그 신문기사
를 보고 구상한 소설에서 이청준이 하고 싶은 말은 후반부에 배치되었다.
소설의 전반부는 후반부 서사를 이끌어가기 위한 하나의 에피소드이다.
후반부의 서사를 탄탄히 하기 위해 전반부에 알암이의 죽음을 배치하고
아내의 알암이에 대한 사랑과 그것에 대한 집착을 보여주고 있다. 아내의
아이에 대한 '희망과 집념'을 강조하면서 그녀의 인물 성격을 보여주고 있
는 것이다. 따라서 소설에서 작가115)가 "이제 사건의 시말은 이쯤에서 그만
이야기를 마무려두는 것이 좋으리라. 이 이야기는 애초 아이가 희생된 무
참스런 사건의 전말에 목적이 있는 것이 아니라"라고 쓰면서까지 소설에
개입한 것은 전반부의 서사가 이 소설에서 후반부를 위한 디딤돌이라는
것을 잘 보여주고 있는 것이다. 대부분의 서사를 가진 장르들(소설, 영화,
연극 등)이 소설 『벌레 이야기』와 같은 구조를 가지고 있음에도 불구하고

---

114) 이청준 소설 · 최규석 그림, 『밀양, 원제 '벌레 이야기'』, 열림원, 2007, 38쪽. 앞으
    로는 쪽수만 표시.
115) 여기서 작가는 시모어 채트먼의 분류에 의하면 내포작가에 해당하겠다. 시모어 채
    트먼은 발화자를 실제작가 · 내포작가 · 화자로 나누고 있다. 그에 의하면 내포작
    가(웨인 부드의 『소설의 수사학』에서 편리하게 불리어진)는 '화자'와는 달리 독자
    에게 아무 이야기도 해줄 수 없다. 그는, 아니 '그것'은 목소리가 없으며, 직접적인
    소통 수단을 가지고 있지 않다. 그것은 전체적인 구상과 모든 목소리, 그리고 독자
    가 알 수 있도록 하기 위해 선택한 모든 수단에 의해 말없이 독자를 가르친다.
    시모어 채트먼, 한용환 옮김, 『이야기와 담론―영화와 소설의 서사구조』, 푸른사상,
    2003, 164쪽.

굳이 작가가 소설에 개입해서까지 이런 문장을 쓴 것은 그 만큼 후반부에 하고 싶은 말을 강조하고 싶은 것이다.

하지만 전반부가 후반부의 주제의식 강조를 위한 하나의 밑그림이라고 하더라도 알암이의 죽음과 그 죽음을 있게 한 주산원장 김도섭, 그리고 알암이의 유괴에 대한 아내의 집착으로 보여지는 아내의 성격 등이 소설의 밀도를 더 한다. 하지만 김도섭이 알암이를 납치할 수밖에 없는 이유는 소설의 서사에서 제외된다. 알암이네가 '약국이 제법 잘 되는 편이었고, 그것이 동네에 알려져 있는 것이 표적거리가 될 수 있다'(『벌레 이야기』 20쪽)는 것이 표면적인 이유가 되겠고, 김도섭은 나중에 범인으로 밝혀지기 때문에 그가 왜 알암이를 유괴할 수밖에 없었는지는 소설에서 밝혀지지 않는다. 당연히 그것 보다는 "알암이에 뒤이은 또 다른 희생자 아내의 이야기"(『벌레 이야기』 28쪽)를 서사로 이끌어 가야 하기 때문에 소설의 주제를 분산시키지 않기 위해서는 당연한 선택일 것이다. 김도섭이 운영하는 주산학원이 재개발 사업 지역 안의 한 건물에 세 들어 살고 있다는 것이 그나마 김도섭의 경제사정을 말해주는 하나의 단서로서 작용할 뿐이다.

시간을 중심으로 한 장르인 소설 『벌레 이야기』에서 그나마 공간으로서 힘을 발휘하는 곳이 재개발 사업이 진행되는 상가이다. 우리나라에서 재개발 상가의 세입자는 대부분 피해자이고, 김도섭은 그 세입자로서 알암이를 유괴하는 하나의 동인으로서 작용했다고 할 수 있을 것이다. 그리고 재개발 사업 때문에 알암이의 시체를 오랫동안 숨길 수 있어, 그 시간 동안 아내라는 인물의 성격을 잘 형성할 수 있었다.

## 2) 아내의 충실한 애도작업

알암이의 죽음으로 인해 아내는 알암이에 대한 정상적인 애도의 과정
을 거치는 것처럼 보인다.

> 말할 것도 없이 알암이의 참사는 아내에겐 세상이 끝난 것 한가지였
> 다. 지옥의 나락으로 떨어지는 절망과 자기 숨이 끊어지는 고통의 순간
> 이었다. 아내는 거의 인사불성의 상태로 며칠을 지냈다. 몇 차례나 깜
> 박깜박 의식을 잃기도 하였고, 깨어 있을 때도 실성한 사람처럼 넋을
> 놓고 혼자 울다 웃다 하면서 속절없이 무너져가고 있었다.
> 하지만 아내의 절망과 자학은 다행히도 그 며칠 동안뿐이었다. 아내
> 는 그 절망의 수렁에서 며칠 만에 다시 자신을 가다듬고 일어섰다. 그
> 리고 처음 아이의 실종을 당했을 때처럼 자신을 꿋꿋이 지탱해 나가며
> 무서운 의지력을 발휘하기 시작했다.
>
> $-$『벌레 이야기』 39쪽~40쪽

알암이의 죽음으로 인해 지옥의 나락으로 떨어질 것 같은 아픔을 겪은
아내는 이웃 김집사 아주머니의 도움으로 자신을 견디고 다시 일어서게
된다. 김집사 아주머니의 권유가 이상한 방법으로 아내를 다시 절망에서
번쩍 일으켜 세우게 된 것이다.

아내는 김도섭에 대한 복수심 때문에 하루하루를 견디지만 국가라는
초코드화 된 권력으로 인해 자신이 복수할 기회마저 잃게 된다. 그렇지만
그녀는 국가 권력이 그녀의 복수를 해 주길 기다리며 다시 자신을 버티게
된다.

> 알암이의 시신이 발견되고 나서부터 그 참담스런 절망감 속에서도
> 아내가 여태까지 자신을 지탱해온 것은 그 원한과 복수심의 독기 때문
> 이었다. 그런 뜻에서 그것은 아내에겐 필요한 독기요, 본능적이니 생존
> 력의 원천이었던 게 사실이었다. 그러나 그것은 어디까지나 임시방편의

비정상적인 생존력에 불과했다. 아내가 언제까지나 거기에 삶을 의지해 갈 수는 없었다. 그것은 정상적인 사람의 삶일 수가 없었다. 아내는 자신에게로 돌아와야 하였다. 언젠가는 어차피 아이의 일을 잊고 자기 파괴의 원망과 복수심에서 벗어나야 하였다. 그래서 어려운 대로 자신을 정상의 일상 속에서 견뎌 나가도록 하여야 했다.

—『벌레 이야기』65쪽

프로이트에 따르면, 애도는 우리가 떠나보낸 자에 대한 감정적 애착을 단절하고 자유로운 리비도를 새로운 대상에 재투자하는 것이다. 이것이 애도 작업의 성공인데, 아내는 한국사회에서 국가 권력만큼이나 초코드화 된 권력인 교회 대리자로서 김집사의 끈질긴 설득 끝에 교회에 나가게 됨으로써 애도 작업이 성공적으로 이루어진 것처럼 보인다. 하지만 아내가 교회에 나간 이유는 "아이의 영혼의 구원을 위해서다."(『벌레 이야기』 67쪽) 아내는 떠나보낸 알암이에 대한 감정적 애착을 단절하지도 못했으며, 자유로운 리비도를 새로운 대상에 재투자하지도 못했다. 하지만 초코드화 된 이데올로기의 교회는 아내의 복수심에 대한 욕망을 알암이의 구원이라는 믿음을 통해 영토화 해버린 것이다. 따라서 아내는 "참신앙심이 싹을 트고 성장을 계속해서 해 온 것이다." (『벌레 이야기』 70쪽) 그녀의 리비도는 새로운 대상에 재투자 한 것 같아 보인다. 그럼으로써 그녀는 김도섭을 '용서'하기까지 이르게 된다. 하지만 "아내는 쓸데없는 욕심을 부리기 시작했다. (……) 아내는 당돌스럽게도 자기용서의 증거를 원했다. 더욱이 그것을 지금까지의 원망과 복수심의 표적이던 범인을 상대로 구하려 한 것이었다."(『벌레 이야기』 74쪽) 그리고 교도소로 김도섭을 면회 가기로 결정한다. 그런 결정은 결국 파국을 몰고 오고 만다.

그래요. 내가 그 사람을 용서할 수 없었던 것은 그것이 싫어서 보다는 이미 내가 그러고 싶어도 그럴 수가 없게 된 때문이었어요. 집사님 말씀대로 그 사람은 이미 용서를 받고 있었어요. 나는 새삼스레 그를 용서할 수도 없었고, 그럴 필요도 없었어요. 하지만 나보다 누가 먼저 용서합니까. 내가 그를 아직 용서하지 않았는데 어느 누가 나 먼저 그를 용서하느냐 말이에요. 그의 죄가 나밖에 누구에게 먼저 용서될 수 있어요? 그럴 권리는 주님에게서도 있을 수가 없어요. 그런데 주님께선 내게서 그걸 빼앗아가버리신 거예요. 나는 주님에게 그를 용서할 기회마저 빼앗기고 만 거란 말이에요. 내가 어떻게 다시 그를 용서합니까.

-『벌레 이야기』90쪽

아내는 알암이를 살해한 유괴범 김도섭이 침착하고 평화스러운, 성인 같은 모습으로 자신을 맞이한 것과 주님이 그 유괴범을 용서할 기회마저 빼앗아 가버린 것에 대해 심한 분노를 느낀다. 하지만 김집사는 "원망스럽게도", "그것이 전지전능하신 주님의 종이 된 우리 인간들의 의무"라고 설교한다(『벌레 이야기』91쪽).

기독교의 근본 개념은 인간의 한계성이며 인간의 전제 조건을 결핍에서 찾는다. 따라서 '결여'와 '억압'은 기독교의 편집증적 집단 무의식(최초의 낙원, 추방, 결여, 구원의 서사)을 구성하는 핵심이다. 파시즘과 마찬가지로 기독교도 초월적 일자의 배제된(불가능한) 욕망을 중심으로 구조화된 억압의 질서이다.[116] 알암이의 유괴라는 심리적 결여는 특정한 표상에 고착되게 되고, 아내는 알암이의 죽음으로 인해 초코드화 된 파시즘적 기독교에 빨려들게 된다.[117]

아내의 이러한 영토화 된 욕망은 알암이의 죽음으로 인해 주님에 대한 불신을 가지고 '탈주선'을 그리면서 탈코드화 하지만, 김집사의 집요한 설교에 믿음을 가지고 재영토화 된다.[118] 하지만 아내는 주님의 전능하신

---

116) 초월적 일자의 존재가 욕망의 흐름들을 단일하게 통합하는 이와 같은 방식을 들뢰즈와 가타리는 '초코드화(surcodage)'라 불렀다.
박정수, 앞의 강의, 1강~8강.
117) 들뢰즈와 가타리는 특정한 표상에 얽매인 욕망을 영토화된 욕망이라고 부른다.
118) 아내가 믿음을 갖게 된 결정적 이유는 알암이의 내세에 대한 욕망 때문이다.

사랑 앞에 인간이라는 존재의 미물스러움에 좌절하고 만다. 그리고 전능하신 주님의 종이 되기를 거부하고 탈주선을 그리며 탈영토화 한다.[119] 하지만 탈주자들이 창조적 탈주선을 결여하거나 상실되었을 때, 그들은 쉽사리 죽음의 선을 타게 된다.[120] 즉, 창조적인 생성능력을 상실한 탈주선은 기존의 낡은 것, 낡은 세계를 혐오하고 부정하는 파괴와 멸망의 선을 그리게 된다. 죽음의 선을 그리게 되는 것이다.[121] 그러므로 아내는 자살을 선택한다. 알암이의 표상에 얽매인 아내의 욕망은 '기관 없는 신체'[122]가 되지 못한 채 파시즘적 초코드화에 매몰되고 만 것이다.

결과적으로, 아내는 알암이에 대한 감정적 애착을 단절하고 자유로운 리비도를 새로운 대상에 재투자하지 못한 채 파시즘적으로 초코드화 된 교회에 의해 재영토화 됨으로써 정상적인 애도 작업을 마치지 못한다.

---

119) 아내의 탈영토화는 절대적 탈영토화, 절대적 탈주선이 아니라 상대적 탈영토화이다.
120) 탈주란 부정적인 도피도, 무책임한 외면도 아닌, 긍정적인 창조고 적극적인 생성이다. 탈주선에 고유한 위험이 있다. 그것은 고흐가 보여주었던 것처럼, 그 자체로 긍정적이고 창조적인 선을 그림에도 불구하고 선분적인 선들의 억압이나 무시, 외면이나 배제 등에 의해 '실패'로 귀착될 위험, 그리하여 스스로 창조한 것들을, 그 창조적 삶을 '실패'요 '실패'라고 자인하여 절망할 위험, 그리하여 결국은 자살이나 죽음으로 이어질 위험, 바로 그것이 탈주선에 고유한 위험이다.
이진경, 앞의 책, 642~747쪽.
121) 이진경, 위의 책, 638~747쪽.
122) 기관 없는 신체란 특정한 기계가 다른 기계로, 특정한 욕망이 다른 욕망으로 변환되는 내재적 장이라고 할 수 있다. 기관 없는 신체란 흐름의 연속체고, 흐름이 집중되고 분산되는 장이며, 그 집중과 분산의 양상, 그 집중의 강밀도에 따라 그때그때 다른 '기관', 다른 기계가 만들어지기도 하고 사라지기도 하는 장이고, 욕망하는 기계들이 만들어지고 변형되는 터전이며, 욕망하는 기계들의 생산에 사용되는 질료요, 질료의 흐름이다. "부분들은 기관 없는 신체의 직접적인 힘이요, 기관 없는 신체는 부분들의 가공되지 않은 질료다"
무의식이란 기관 없는 신체상에서 욕망하는 기계의 생산이고, 그것은 변형이며, 그러한 생산과 반생산, 변형을 야기하는 리비도의 투여(investement)고 그러한 투여의 양상을 규정하는 욕망의 배치라고 할 수 있다. 즉 무의식은 기관 없는 신체 위에서 리비도의 투여를 규정하는 욕망의 배치라는 것이다.
이진경, 위의 책, 135~137쪽.

그리고 그녀는 비정상적이고 비실제적인 방법으로 사랑하는 알암이에 대한 충실한 애도작업을 마친다. 그것은 영화 <석화촌>의 거무와 별네처럼 최고의 애도일 수 있는 죽음을 선택한 것이다.

### 3) 아내의 한계적 욕망

이청준은 광주민주화운동과 유괴범의 화해와 용서의 문제에서 이 소설의 주제를 끌어냈다고 밝히고 있다. 피해자는 버젓이 있는데 다른 곳에서 화해와 용서를 한다고 하니, 이청준은 피해자의 억울함과 절망을 생각했을 것이다.

> 이 소설은 사람의 편에서 나름대로 그것을 생각하고 사람의 이름으로 그 의문을 되새겨 본 기록이다.
> 사람은 자기 존엄성이 지켜질 때 한 우주의 주인일 수 있고 우주 자체일 수 있다. 그러나 그 주체적 존엄성이 짓밟힐 때 한갓 벌레처럼 무력하고 하찮은 존재로 전락할 수밖에 없는 인간은 그 절대자 앞에 무엇을 할 수 있고 주장할 수 있는가. 아마도 그 같은 절망적 자각은 미물 같은 인간이 절대자 앞에 드러내 보일 수 있는 마지막 증거로서 그의 삶 자체를 끝장냄으로써 자신이 속한 섭리의 세계를 함께 부수고 싶은 한계적 욕망에 이를 수도 있지 않을까.(작가 서문)

위의 글에서도 알 수 있듯이, 이청준은 소설 속에서 초코드화 된 기독교적 절대자의 믿음에 대해 탈주를 시도한다. 그것은 인간이 절대자에 의해 짓밟혀 한갓 벌레처럼 무력하고 하찮은 존재가 되지 않기 위해 탈영토화를 시도한 것이다. 그러므로 인해, 인간으로서 주체적 존엄성을 찾고자 하는 것이다. 그것은 인간이 기독교적 절대자의 억압과 통제를 벗어나 자기 존엄성을 지켜 한 우주의 주인이고, 우주 자체이고 싶어 하는 욕망의 분열적 흐름을 분출하는 것이다. 하지만 절대자는 인간의 존엄성을 지키려는 탈주의 흐름을 교회라는 한국의 기독교적 메커니즘을 통해 포획하고 억압하여 통제하려 한다.

이제 비로소 사실을 말하자면, 알암이의 실종이 확실해진 때부터 아
내가 그토록 자신을 견디고 다시 일어서게 된 것은 이웃 김집사 아주머
니의 도움 때문이었다. 우리 약국과는 두어 집 건너서 이불 집을 내
고 있는 김집사 아주머니—, 애초의 동기는 서로 달랐을망정 김집사 아
주머니의 권유가 이상한 방법으로 아내를 다시 절망에서 번쩍 일으켜
세운 것이었다.

—『벌레 이야기』41쪽

아내는 알암이의 실종으로 힘든 나날을 보내다 기독교의 대리자인 김
집사 아주머니의 권유로 다시 일어서서 열심히 교회에 나간다. 하지만 그
것은 지속적으로 신앙을 가지려는 결단의 표시가 아니라 아이를 찾고 보
자는 기복행위에 불과했다. 하지만 그 기복행위는 물거품으로 돌아가고
결국은 알암이는 처참한 시신으로 발견되고 만다.

아내는 그렇듯 하나님에 대한 극심한 원망 끝에 범인에 대한 불같은
복수심으로 며칠간의 절망과 비탄의 수렁에서 다시 자신을 추슬러 일
어선 것이었다. 그리고 그날부터 사람이 달라진 듯 범인의 추적에 초인
적인 의지력을 발휘하기 시작했다.
김집사의 뜻과는 일치하지 않았지만, 어쨌거나 그 김집사 덕에 아내
는 다시 자신을 지탱해 나갈 수 있게 된 것이었다. 하고 보면 이번엔 그
분노와 저주와 복수심이야말로 아내가 자신을 견디는 데 무엇보다 소
중한, 어쩌면 하나님의 사랑이나 섭리보다 더욱 힘차고 고마운 본능이
었는지도 모른다.

—『벌레 이야기』54~55쪽

아내는 무서운 복수심을 불태우며 범인을 잡는 일에 열을 올리고 다녔
다. 하지만 그 범인은 아이의 참사와는 직접 상관이 없는 사람들끼리 범행
의 목적과 과정을 추궁하고, 재판에서 그의 죽음을 결정지어 튼튼한 벽돌
집 속으로 그를 들여보내 버렸다. 아내는 결국 그것으로 원한 어린 복수의

표적을 잃어버리고만 셈이다. 하지만 그렇더라도 범인은 사형이 확정된 사형수가 된 것이다. 그것으로 인해 아내에게 여전히 복수의 표적이 남아 있게 된 것이다.

> 그런데 어느 쪽이 아내의 마음을 움직이게 했던 것일까. 김집사의 설득과 나의 권유가 얼마간 계속되자 아내는 어느 날 무슨 생각이 들었던지 뜻밖에 선선히 마음을 고쳐먹고 김집사를 따라나섰다. 그리고 그때부터 놀라운 열성으로 예배와 기도 속에 하루하루를 보내기 시작했다.
> ─『벌레 이야기』 66쪽

아내는 아이의 영혼을 구원하기 위해 교회를 찾기 시작했다. 우리는 우리 자신이 이미 믿고 있기 때문에 우리의 믿음을 입증해 줄 이유들을 발견하는 것이다. 우리는 믿어야 할 충분한 이유를 발견했기 때문에 믿는 것이 아니다. 아내는 한동안 교회를 다니다 보면 마음속에 진짜 신앙심이 자리를 잡을 수도 있게 될 것이고, 마음의 상처를 씻고 옛날의 자신으로 돌아오게 될 것이다. 그리고 마침내 서서히 주님의 사랑을 깨닫기 시작한다. 그리고 그 주님의 사랑에 눈물을 흘리기까지 하였다. 이렇게 기독교적 메커니즘에 의해 포획된 아내는 재영토화되는데, 그것은 김도섭의 면회를 계기로 초코드화된 기독교로부터 탈주선을 그리게 된다.

> 김집사님은 모르세요. 집사님처럼 신앙심이 깊은 사람은 오히려 몰라요. 나는 김집사처럼 믿음이 깊어질 수가 없어요. 그래서 오히려 인간을 알 수 있고 그 인간 때문에 절망을 할 수밖에 없는 거예요.
> ─『벌레 이야기』 87쪽

> 그래요. 내가 그 사람을 용서할 수 없었던 것은 그것이 싫어서 보다는 이미 내가 그러고 싶어도 그럴 수가 없게 된 때문이었어요. 집사님 말씀대로 그 사람은 이미 용서를 받고 있었어요. 나는 새삼스레 그를 용서할 수도 없었고, 그럴 필요도 없었어요. 하지만 나보다 누가 먼저

용서합니까. 내가 그를 아직 용서하지 않았는데 어느 누가 먼저 용서합니까. 그의 죄가 나밖에 누구에게서 먼저 그를 용서하느냐 말이에요. 그의 죄가 나밖에 누구에게서 먼저 용서될 수 있어요? 그럴 권리는 주님에게도 있을 수가 없어요. 그런데 주님께선 내게서 그걸 빼앗아가버리신 거예요. 나는 주님에게 그를 용서할 기회마저 빼앗기고 만 거란 말이에요. 내가 어떻게 다시 그를 용서합니까.

―『벌레 이야기』90쪽

아내는 이처럼 재영토화 하려는 절대자에 맞서 다시 죽음이라는 극단적인 탈주선을 그린다. 하지만 그것은 창조적인 생성능력을 상실한 탈주선이다. 그녀의 욕망은 승화된 생산하는 욕망이 아니라 알암이의 표상에 얽매인 한계적 욕망이 되어버렸다.

## 4. 영화 〈밀양〉

[그림 13] 영화 〈밀양〉 포스터

## 1) 죽음의 동인으로서 영토화의 욕망

영화, 특히 상업적 영화는 시간의 제약을 받는다. 짧으면 80분에서 길면 180분 정도에서 영화를 완성해야 한다. 상업적 영화는 주로 90분에서 150분 정도의 러닝타임을 갖는다. 그래서 소설을 영화로 각색할 때에는 시간이 중요한 요소가 된다. 당연한 이야기겠지만, 짧은 단편이나 중편소설을 영화되기 할 때는 사건이나 인물, 그리고 시간과 공간 등이 확대된다. 당연히 중편 소설 중에서도 짧은 축에 속하는『벌레 이야기』를 영화 <밀양>으로 번역할 때에는 인물과 서사 그리고 시간과 공간 등이 확장된다. 그러면서 소설 속의 인물들도 영화에서는 영화의 서사에 맞추어 변주된다.

소설『벌레 이야기』에서 아내와 알암이의 역할은 영화 <밀양>에서 신애와 준으로 변주되고, 소설에서 주산학원 원장 김도섭과 하나님의 은혜를 집요하게 강조하는 이불집 김집사는 영화에서 웅변학원 원장 박도섭과 약사 김집사로 변주된다. 하지만 그들은 소설에서와 마찬가지로 영화에서 캐릭터 변화가 많지 않은 인물들이다. 그리고 영화 <밀양>에서는 소설에 없는 새로운 인물들이 창조되는데, 박도섭의 딸인 정아와 함께 가장 중요하게 창조된 인물이 카센터 사장 김종찬이다. 그는 소설에서 화자인 '나'가 사라지고 새로 창조된 인물이다.

영화 <밀양>에서는 밀양(密陽[123])이라는 공간을 정면에 내세운다. 비밀스런 빛이 있는 밀양은 바람을 피우다 교통사고로 죽은 신애의 남편 고향이기도 하지만, 신애에게는 한 번도 가 본적이 없는 낯선 땅이기도 하다. 그녀가 재영토화의 공간으로 밀양을 선택한 진짜 이유는 전자보다는 후자가 더 큰 이유일 것이다. 왜냐하면 낯선 공간인 밀양은 신애를 아는 사람이 아무도 없는 곳이기 때문에 그녀의 비밀을 감추어 주는 공간이 된다. 하지만 '밀양'이란 도시는 신애의 의지와는 상관없이 그녀의 풍문들이

---

123) 밀양(密陽)은 비밀의 빛이란 뜻도 있지만 빽빽한 빛 그러니까 빛이 많다는 뜻도 있다.

유통되는 공간이다.124) 신애는 이러한 밀양으로 내려와 정착하려고 한다. 그리고 경기가 좋지 않은 코드화된 보수적 중소도시이고 한나라당 도시인 밀양125)에 적응하기 위해 노력한다.

신애는 밀양 원주민들에게 깔보이지 않기 위해 돈 많은 척 땅을 보러 다니기도 하고, 양장점 주인 여자에게 인테리어를 환하게 바꾸라고 충고도 한다. 그녀는 밀양에서 아이 혼자 키우는 여자라는 인식을 씻고, 제대로 된 대접을 받으며 불행한 여자126)가 아니라 평범한 사회의 일원으로 살아가길 원한 것이다. 즉, 이방인으로서 유연한 분자적 선분에 위치한 사람이 아닌 경직된 몰적 선분으로 회귀하여 영토화되길 바란 것이다. 이러한 그녀의 영토화에 대한 욕망은 어느 정도 그녀의 뜻대로 이루어지게 된다.

신애는 양장점 주인을 비롯한 밀양의 원주민들인 중년 여자들과 술도 마시고 노래방에서 노래도 부르며 그들의 일원으로 함께 하게 된다. 그리고 종찬의 도움인지는 모르겠지만 피아노 학원도 어느 정도 자리를 잡아가는 느낌이다. 신애는 보수적인 도시에 영토화 되어 살아가기 시작한 것이다. 하지만 그러한 그녀의 노력이 그녀가 탈주선을 그리게 만드는 동인이 된다.

신애는 종찬에게 좋은 땅을 소개시켜 달라고 하고, 종찬은 '속물'이라는 말을 들으면서도 자신이 좋아하는 신애를 위해 지역 유지인 회장님을 소개시켜 준다. 그리고 신애는 땅을 팔 것 같은 회장님과 만나는 약속을 하는 종찬의 전화를 웅변학원 회식자리에서 원장인 박도섭 옆에서 받게 된다. 그리고 박도섭은 신애의 그러한 행동이 허영인지 모르고 준이를 납치하게 된다. 결론적으로 말하면, 그녀가 밀양에 안정적으로 정착하기

---

124) 송효정, 「구성된 피해의식, 부질없는 구원의 이해-<밀양>에 대한 만장일치 찬사에 이의를 제기하다.」, 『씨네 21』 606호, 2007, 6.

125) 신애는 밀양에 도착해 차가 고장 나자 카센터 사장인 김종찬의 차를 타고 가게 된다. 그 차안에서 신애가 밀양은 어떤 곳이냐고 물었을 때, 종찬은 '경기가 엉망이고, 한나라당 도시고……인구는 많이 줄었고'라고 대답한다.

126) 약국에서 김집사가 처음 본 신애에게 불행하다고 하자 신애는 불행하지 않다고 반박한다.

위해 영토화하려고 노력한 것이 준이가 납치당하게 되어 살해당하는 동인이 되며 그것으로 인해 그녀가 탈주선을 그리게 된다. 즉 탈영토화 하게 되는 것이다.

## 2) 이중의 애도

소설 『벌레 이야기』의 아내와 마찬가지로 영화 <밀양>에서도 신애는 정상적인 애도의 과정을 거치는 것처럼 보인다.

준의 장례를 치른 후 며칠이 지났을까, 신애는 준이 또래의 남자아이 집에 가정방문을 하고 피아노 교습을 하던 중 피아노 연습 숙제를 하지 않은 아이의 거짓말을 들으면서 눈물을 흘린다.[127] 그리고 김집사 약국에서 신애가 하나님의 사랑이 크면 왜 준이를 죽게 내버려 두냐고 힐책하자 김집사는 이 세상 모든 것에 주님의 뜻이 있다고, 햇빛 한 줌에도 주님의 뜻이 있다고 한다. 신애는 그냥 햇빛이지 뭐가 있냐고 반문한다. 그리고 종찬이 자기가 대신 준의 사망신고를 해 주겠다고 하는 것도 뿌리치고 자신이 직접 준의 사망신고를 하기 위해 동사무소로 향한다. 하지만 그곳에서 신애는 발작 증세를 일으킨다. 아직 준이의 죽음을 받아들이지 못하는 것이다.

신애는 억장이 무너지는, 숨을 쉬지 못할 정도로 아픈 가슴을 부여잡고 동사무소를 나와 건널목 건너편에 걸려 있는 '상처받은 영혼을 위한 기도회'라는 플랜카드를 마치 하늘을 바라보듯 그렇게 바라본다. 그리고 그 교회로 가 부흥회에 참석해 큰 울음을 목 놓아 운다. 그녀는 카타르시스를 느꼈을 것이다.

---

127) 남자 아이를 보면서 준이가 생각나서였을지도 모른다.

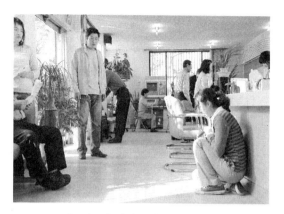

[그림 14] 영화 〈밀양〉 속 한 장면

신애는 소설에서처럼 아이의 구원을 위해 교회에 발을 디딘 것이 아니라 주위에 산재해 있는 초코드화된 교회에 스스로 걸어 들어간다. 그것은 준이의 죽음으로 인해 무너져가는 자신을 끌어올리기 위한 스스로의 선택이다. 신애는 이방인으로서 유연한 분자적 선분에 위치한 사람이 아닌 밀양에 사는 일원으로 경직된 몰적 선분으로 회귀하여 영토화되길 바란 것처럼, 초코드화된 교회의 힘을 빌려 죽은 준이에 대한 욕망을 포획하려 한다. 이것은 그녀의 영토화에 대한 욕망이다. 그리고 그것은 성공한 것처럼 보인다.

하지만 소설 『벌레 이야기』의 아내가 알암이에 대해 감정적 애착을 단절하고 자유로운 리비도를 새로운 대상에 재투자하지 못한 것처럼 신애도 준이에 대한 감정적 애착을 단절하지 못했다. 신애는 교회에 열심히 다니면서 자신의 자유로운 리비도를 교회에 재투자한 것처럼 보이지만 그것은 초코드화 된 교회의 힘을 빌려 준이에 대한 욕망을 포획하려고 한 것일 뿐 준이에 대한 감정적 애착이 단절된 것은 아니다. 그것을 잘 보여주는 신이 신애가 주방에서 혼자 서서 밥을 먹다가 갑자기 울면서 주기도문을 외우는 장면이다.

울면서 주기도문을 소리 내어 외우는 도중 피아노 학원에서 사내아이 하나가 뛰어 들어와 화장실로 들어가 소변을 본다. 그리고 변기에 소변보는 소리가 들린다. 신애는 뒤돌아 화장실로 향해 간다. 그리고 화장실 문을 연다. 등을 보이고 소변을 보고 있는 아이를 보고 "준"이라고 부른다. 뒤돌아본 아이는 준이 아니다. 신애는 무척이나 실망한 듯 온몸에 힘이 빠지고 한숨이 나온다.

바로 다음 신에서 신애는 자신의 차로 피아노 학원 수강생 아이들을 데려다 주고 가던 중 박도섭의 딸 정아가 골목에서 남자 아이들에게 폭행당하는 장면을 목격한다. 신애는 경찰서에서 박도섭을 마주쳤을 때처럼 겁에 질린 표정을 짓는다. 하지만 정아와 눈이 마주치자 그녀는 곧 표정을 가다듬고 차를 돌려 가버린다. 신애가 그런 행동을 한 것이 정아가 아직 용서되지 않아서 그런 것인지, 아니면 그 상황이 무서워서 그런 것인지는 알 수 없다.

그렇게 정신없이 차를 몰고 가던 신애는 횡단보도를 건너던 젊은 부부를 칠 뻔 한다. 그러자 부부는 '미안하다'는 신애에게 와서 "미안하면 답니까? 사람 죽여 놓고도 미안하다고 말만하면 답니까?"라고 말한다. 신애는 부부를 약간은 어이없는 표정으로 쳐다본다. 부부가 "보기는 뭘 보노"라고 신애에게 한마디 쏘아붙이고 떠난 뒤, 그녀의 표정은 점점 더 북받치는 표정으로 변해가며 굳어간다. 이러한 일련의 시퀀스는 신애가 아직도 준에 대한 감정적 애착을 단절하지 못하고 애도 작업이 성공하지 못했음을 나타낸다.

신애는 그러한 일이 있은 후 박도섭을 용서하겠다고 나선다. 용서하는 것이 쉬운 일이 아니라는 목사의 말에도 불구하고 그녀는 직접 교도소로 찾아가서 박도섭을 보고 용서하겠다고 나선 것이다. 부부를 차로 치일 뻔한 후 신애는 박도섭에게 미안하다는 말을 듣고 그를 용서하고 싶은 것이다. 박도섭을 용서하는 것이 먼저가 아닌 그에게 직접 미안하다는 말을 듣고 싶은 것이 먼저 일 것이다. 그리고 당연히 그것이 가능하리라고 생각한 것이다. 하지만 신애의 인간으로서의 바람은 박도섭을 면회하고 난 후 무참히 무너진다.

신애가 박도섭과 면회실에서 마주앉아 처음 한 말이 "얼굴이 좋네요, 생각보다……"이다. 신애는 너무도 평화로워 보이는 박도섭의 얼굴이 조금은 의아하게 생각되었을 것이다. 하지만 박도섭이 "죄송합니다"라고 말하자 표정이 조금은 누그러지며 하나님의 은혜와 사랑을 전하러 왔다고 말을 이어간다. 그에게 '죄송합니다'라는 말을 들었으니 이제 그를 용서하고 돌아가면 되는 것이다. 하지만 너무도 평화스러워 보이는 얼굴로 자신이 지은 죄를 하나님에게 용서 받았다고 말을 하는 박도섭을 신애는 처음에는 멍한 표정으로 쳐다보다가 얼굴이 점점 더 일그러져가기 시작하더니 급기야 눈에 눈물이 고이고 만다. 그리고 면회실 밖으로 나온 신애는 쓰러지고 만다.

신애의 초코드화된 욕망인 기독교적 절대자는 신애에게 박도섭을 용서할 기회마저 빼앗아 가 버리고 만 것이다. 그리고 그 절대자는 신애에게 혐오와 정염의 대상으로 바뀌게 되고, 이 혐오와 정염은 기존의 것에 대한 순수와 파괴를 겨냥하거나―신애가 김집사의 남편인 강장로를 유혹하는 행위나, 야외 기도회에서 김추자의 '거짓말이야'라는 노래를 트는 행위― 아니면 결코 깨지거나 흔들리지 않을 듯한 그 세계를 결코 긍정할 수 없는 자신의 죽음으로 나아가게 된다. 따라서 소설의 아내처럼 영화에서도 신애는 자살을 시도한다. 사랑하는 준이를 위한 충실한 애도작업을 마치려는 것이다.

박도섭 면회 후 정신분열 증세를 보이던 신애는 급기야 과도로 손목을 긋는다. 하지만 신애는 거리로 뛰쳐나와 살려달라고 사람들에게 외친다. 그녀는 창조적 생성능력을 상실한 탈주의 선을 그리지 않고, 긍정적인 창조와 적극적인 생성의 탈주선을 그린다. 따라서 세상으로부터 탈주하는 것이 아니라 세상을 탈주케 한다. 신애의 이러한 삶에 대한 의지는 바로 인간에 대한 믿음에서 비롯된다.

자살을 시도하다 살아난 신애는 얼마나 시간이 지났을까, 정신병원에서 퇴원하게 된다. 그리고 그녀는 종찬에게 미용실로 가자고 하고 그곳에서 박도섭의 딸 정아를 마주하게 된다. 정아가 신애의 머리카락을 자르게 된 것이다. 정아와 신애는 처음에는 그냥 미용사와 손님처럼 그렇게 머리카락 자를 준비를 하더니, 머리카락을 자르다가 정아는 신애에게 "안녕하세요?"라고 인사를 건네고 신애는 평소 말투로 정아에게 미용기술은 언제 배웠냐고 묻는다. 그리고 둘 사이에는 일상에서처럼 대화가 오간다. 그러던 중 준이를 유괴해 살해한 공범일지도 모르는, 그렇지 않다고 해도 준이를 죽인 박도섭의 딸인 정아의 눈에 눈물이 고인다. 신애에게 정말로 미안해하며 흘리는 인간으로서 참회의 눈물일 것이다.

[그림 15] 영화 〈밀양〉 속 한 장면

하지만 그런 정아를 신애는 용서하지 못한 것일까. 머리카락을 자르다가 갑자기 일어나 미용실을 나가버린다. 그런 신애를 쫓아 나온 종찬에게 신애는 왜 하필 오늘 이 미용실에 데리고 왔냐고, 화를 내고 하늘을 째려보듯 그렇게 올려다본다. 그리고 종찬을 내버려두고 가버린다. 그렇게 종찬을 버려두고 터벅터벅 길을 걷던 신애는 양장점을 지나게 되는데, 신애의 말대로 환하게 인테리어를 바꾼 양장점 앞에서 양장점 주인 여자와 마주치게 된다. 그리고 일상에서처럼 수다스럽게 대화를 나눈다. 그렇게 일상으로 돌아온 신애는 집으로 돌아와 거울을 앞에 두고 혼자 머리카락을 자른다. 신애를 따라 들어온 종찬은 그 거울을 들어준다. 그리고 카메라는 햇빛이 비치는 약간은 지저분한 땅으로 옮겨간다.

이창동 감독은 이 영화가 '하늘에서 시작되어 우리가 사는 땅 위에서 맺어지는 이야기'라고 했다. 영화 시작과 함께 파란 하늘이 보이고, 신애는 사건 고비마다 하늘을 쳐다본다. 하지만 마지막 신에서 보이는 것은 햇빛을 머금고 있는 땅이다. 그렇게 초코드화된 교회로부터 탈주한 신애는 다시 인간 세상인 밀양으로 재영토화 된다. 준에 대한 감정적 애착을 단절한 것이 아니라 준에 대한 감정적 애착을 가슴에 품고 살아야 하는 신애는 준에 대한 기억을 보존해야만 하며, 그 기억이 준에 대한 기억이라는 믿음을 지속해야만 한다. 그와 동시에, 준은 준으로 남아 있어야 한다는 것, 다시 말해서 준이는 동화되는 것도 아니고, 실질적으로 소멸되지도 않는다는 확신을 가져야만 한다. 비정상적 애도는 애도에서 분리될 수 없는 그 일부분이다. 애도는 반드시 분열되고, 축소되고, 반감되어, 이중의 애도가 되어버린다.[128]

---

128) 니콜러스 로일, 오문석 옮김, 앞의 책, 302~303쪽.

### 3) 인물과 공간 그리고 서사의 확장

소설『벌레 이야기』에서의 아내의 한계적 욕망을 영화 <밀양>에서는 인물과 공간 그리고 서사 등의 확장을 통해 극복하려 한다. 그것을 이창동은 영화 <밀양>이 소설『벌레 이야기』와 다르다고 이야기한다. 언뜻 보기에, 이창동의 말은 신애와 종찬의 서사 때문이라고 생각할 수 있겠지만 그것은 작은 줄기이고 소설에서처럼 절대자와 인간에 대한 주제를 이야기하고 싶은 것이다.

영화에서 김종찬은 소설에서 화자인 '나'가 사라지고 새로 창조된 인물이다. 소설에서 모든 것이 아내에게 맞추어져 있지만, 영화에서 신애에게 집중되는 부담을 종찬이 조금은 나누어진다. 앞서 이야기한 것처럼 이창동은 관객과의 인터뷰에서 소설과는 다른 영화라고 이야기한다. 그것은 종찬이 있었기에 가능한 이야기다.

영화에서 종찬의 등장은 신과 사람에 대한 주제의식에 사랑이라는 주제를 하나 더 한다. 사랑이라는 주제는 사람에 대한 주제로 다시 귀결될 수도 있겠지만, 신애에 대한 종찬의 사랑은 영화를 구성하는 또 하나의 서사의 축이 되는 것은 확실하다.

"사장님 같은 분을 뭐라고 부르는지 아세요? ……속물." 종찬이 신애에게 땅을 보여주고 나서 밀양의 유지에게 신애를 소개시켜주려고 하는 신에서, 신애가 종찬에게 하는 말이다. 그 만큼 보수적인 한나라당 도시 밀양에서 그런대로 적응하며 영토화되어 살아가는 인물이다. 즉, 중소도시에서 볼 수 있는 전형적인 인물인 것이다. 그것은 자신이 사랑하는 신애가 교회에 대한 증오의 감정을 갖고 있었음에도 종찬이 계속 교회에 나가는 것을 보면 알 수 있다. '교회에 안 나가면 섭섭하고 나가면 마음이 조금 편안해 진다'라는 신애 남동생 민기와의 대화 중 종찬의 발화에서도 알 수 있듯이, 종찬의 성격은 변화를 싫어하고 만약 변화되었다면 그것에 적응하고 살아가는 전형적인 인물이다.

이러한 전형적인 인물인 김종찬은 영화에서 새로 확장된 '밀양'이라는 공간 안에서 신애와의 사랑 이야기를 생산해낸다. 종찬에게 신애라는 인물은 욕망을 일으키는 대상이다. 신애 때문에 설레이기도 하고, 가슴 아파서 혼자 소주를 마시기도 하고, 교회에 나가기도 한다. 일상에서 탈주의 힘이 되는 것이다. 그러기에 종찬의 신애에 대한 사랑은 인간적이다. 신애가 정신병원에 가도 그는 끝까지 그녀를 기다리고 감싸 안는다. 종찬이 욕망하는 대상은 종찬의 욕망을 억제하고 통제하지만, 그는 욕망 특유의 분열적 흐름을 놓지 않는다.

김종찬은 밀양이라는 중소도시에 있을 법한 전형적인 인물이기에 밀양의 공간을 안내하는 안내자 역할을 하는 인물이기도 하다. 하지만 이창동은 영화에서 종찬의 신애에 대한 사랑을 정면에 내세우고 싶어 하지 않는 것 같다.[129] 종찬의 신애에 대한 사랑은 인간의 신에 대한 맹목적 사랑이 아니라 인간적인 사랑이다. 따라서 하나님의 초코드화된 절대적 권위 앞에 인간의 존엄성과 권리를 찾고자 탈주선을 그리는 신애의 탈영토화 과정의 서사에 총찬의 신애에 대한 사랑의 서사는 작은 줄기가 된다.

　　1) 경기가 엉망이고, 한나라당 도시고 …… 인구는 많이 줄었고,
　　2) 똑같아 예 다른데 하고, 사람 사는데 다 똑같지 예,

1)은 신애가 처음 밀양에 와서 종찬에게 밀양에 대해 물었을 때 종찬의 대답이고, 2)는 영화 마지막에 민기가 종찬에게 밀양에 대해 물었을 때 종찬의 대답이다. 여기서 종찬의 공간에 대한 인식 변화를 느낄 수 있다. 그것은 신애가 밀양에 처음 들어왔을 때 쳐다보았던 하늘이라는 공간과 마지막 신에서 보이는 빛이 비치는 땅의 공간과 맥을 같이한다.

---

129) 하지만 영화 홍보 콘셉트는 영화 주제와는 빗나간 종찬과 신애의 사랑이야기였다.

[그림 16] 영화 〈밀양〉 속 한 장면

신애가 밀양에 처음 들어와 본 하늘은 절대자의 공간이다. 신애가 밀양에 도착해 종찬에게 밀양에 대해 물었을 때 종찬은 신애에게 대답해 줄 밀양에 대한 특징적인 것을 찾아야 하는, 그래서 더욱 설명하기 힘든 특징적인 공간이다. 하지만 마지막 신에서 뵈지는 빛이 비치는 공간은 인간적인 공간이다. 그것은 사람 사는 데는 어디나 똑같은 평범한 공간이라는 것이다.

이처럼 인간적 공간인 밀양에서 이창동은 소설과 달리 신애를 자살의 죽음으로부터 건져낸다. 그럼으로써, 한국적 기독교로부터 다시 탈주를 시도한다. 그것은 한계적 욕망이 아니라 초코드화된 기독교적 억압과 통제로부터 다시 탈주선을 그리고자 하는 인간적 욕망을 통해 탈영토화 하려는 것이다.

마지막 신에서 신애는 다시 거울을 보며 머리를 자르고 종찬은 거울을 들어준다. 종찬의 신애에 대한 인간적 사랑이 절대자에 대한 파시즘적 사랑보다 더 마음속에 와 닿는 것은 인간에 대한 믿음 때문이다. 그리고 카메라는 하늘을 비추는 것이 아니라 조금은 지저분한 그렇지만 햇빛을 한아름 머금고 있는 땅으로 향한다. 그것은 인간 스스로 만들어 놓은 한국의 초코드화된 파시즘적 교회에 대한 양자적 흐름이며 탈주선을 그리는 인간 자체에 대한 분열적 욕망의 흐름을 나타내는 상징적 코드이다.

여기서 기독교적 억압과 통제는 독재적 군사정권으로 환유될 수도 있다.[130]

## 5. 현실의 반영(리얼리즘 묘사)을 통한 예술의 성취

소설 『벌레 이야기』와 영화 <밀양>에서 죽음이라는 것은 서사를 이끌고 가기 위한 하나의 밑그림 역할을 하게 된다. 소설에서 알암이의 죽음은 갈등을 불러일으키는 동인이며 그것은 주제의식을 강조하기 위한 하나의 밑그림으로 작용한다. 영화에서 준의 죽음도 소설과 같은 역할을 한다. 하지만 영화는 공간과 인물의 확장으로 그 서사적 밀도를 더한다. 소설의 주제의식을 그대로 가져오면서, 그것에서 한 발 더 나아가는 주제의식을 창조하기 위한 밑그림으로서 준의 죽음을 잘 활용한다. 영화는 준의 죽음이 있기까지의 공간과 인물의 설정 그리고 그 이후의 서사까지 치밀한 계산을 통해 배열한다.

소설 『벌레 이야기』에서 아내는 알암이에 대한 감정적 애착을 단절하고 자유로운 리비도를 새로운 대상에 재투자하지 못한 채 파시즘적으로 초코드화 된 교회에 의해 재영토화 됨으로써 정상적인 애도 작업을 마치지 못한다. 그리고 그녀는 비정상적이고 비실제적인 방법으로 사랑하는 알암이에 대한 충실한 애도작업을 마친다. 그것은 최고의 애도일 수 있는 죽음을 선택한 것이다.

---

130) 영화 <밀양>에서 웅변학원 원장 박도섭은 소설 『벌레 이야기』에서 주산학원 원장 김도섭보다 좀 더 정치적으로 확대된다. 앞에서도 밝혔듯이, 이창동은 『벌레 이야기』를 읽었을 때 광주민주화운동을 떠올렸다고 했다. 따라서 박도섭은 억압과 폭압의 독재정권 상징으로 읽힐 수 있다. 영화에서 나온 배우(조영진)가 박정희를 많이 닮았으며, 주산학원 원장에서 웅변학원 원장으로 직업이 바뀌었으며, 성도 김도섭에서 박도섭으로 바뀌었다. 그것은 소설에서 기의로 작용했던 억압과 폭압의 독재를 직접적으로 기표로 끄집어내려 한 것이다. 결정적으로 신애가 경찰서에서 박도섭을 보고 흠칫 놀라는 장면은 그것을 상징적으로 보여준다. 즉, 박도섭은 초코드화 된 독재에 대한 상징으로 작용한다.

영화 <밀양>에서 신애는 소설에서처럼 자살을 시도하지만 스스로 사람들에게 살려달라고 한다. 신애의 이러한 삶에 대한 의지는 인간에 대한 믿음에서 비롯된다. 초코드화된 교회로부터 탈주한 신애는 다시 인간 세상인 밀양으로 재영토화된다. 그럼으로써 준에 대한 감정적 애착을 단절한 것이 아니라 준에 대한 감정적 애착을 가슴에 품고 살아야하는 신애는 준에 대한 기억을 보존해야만 하며, 그 기억이 준에 대한 기억이라는 믿음을 지속해야만 한다.

소설에서 아내는 죽음을 택한다. 아내의 죽음은 초코드화된 교회로부터 탈주하고 싶은 욕망의 표현이며, 아내는 최고의 애도일 수 있는 죽음으로 알암이에 대한 충실한 애도작업을 마친다. 하지만 영화는 신애를 자살로부터 건져낸다. 이것 또한 초코드화된 교회로부터의 탈주이며, 인간의 믿음에 바탕을 둔 애도이다. 따라서 가장 충실한 최고의 애도 작업은 죽음이 아니라 단절하지 못한 감정적 애착을 가슴에 품고 그 기억을 평생 보존하며 살아가는 것일 수 있다. 영화는 소설에서 전하고자 하는 절대자와 미물스러운 인간의 관계보다 인간에 대한 믿음에 강조점을 둠으로써 예술적 경계를 확장한다.

소설 『벌레 이야기』에서 절대자는 인간의 존엄성을 지키려는 탈주의 흐름을 교회라는 한국의 기독교적 메커니즘을 통해 포획하고 억압하여 통제하려 한다. 아내는 재영토화 하려는 절대자에 맞서 죽음이라는 극단적인 탈주선을 그린다. 하지만 그것은 창조적인 생성능력을 상실한 탈주선이다. 그녀의 욕망은 승화된 생산하는 욕망이 아니라 알암이의 표상에 얽매인 한계적 욕망이 되어버렸다.

소설 『벌레 이야기』에서의 아내의 한계적 욕망을 영화 <밀양>에서는 인물과 공간 그리고 서사 등의 확장을 통해 극복하려 한다. 전형적 인물인 김종찬은 영화에서 새로 확장된 '밀양'이라는 공간 안에서 신애와의 사랑 이야기를 생산해낸다. 종찬의 신애에 대한 사랑은 인간의 신에 대한 맹목적 사랑이 아니라 인간적인 사랑이다. 인간적 공간인 밀양에서 영화는 소설과 달리 신애를 자살의 죽음으로부터 건져 낸다. 그럼으로써, 한국적 기독교로부터 다시 탈주를 시도한다. 그것은 한계적 욕망이 아니라 초코드화된 기독교적 억압과 통제로부터 다시 탈주선을 그리고자 하는 인간적 욕망을 통해 탈영토화 하려는 것이다.

절대자에 포획되어 죽음으로밖에 그것으로부터 벗어나지 못하는 인간의 한계적 상황을 묘사한 소설과 달리 영화는 인간에 대한 믿음을 통해 절대자로부터 탈주를 감행한다. 그것은 리얼리즘적 묘사를 통해 예술성을 획득하려는 영화의 서사전략이며, 문학적 욕구보다 현실의 반영이 어쩌면 서사 장르에서 예술적 성취를 이룰 수 있는 중요한 방법일 수 있음을 영화는 보여주고 있다.


# V. 소설 『병신과 머저리』와 영화 〈시발점〉

## 1. 이청준의 소설적 특징을 간직한 소설 『병신과 머저리』와 영화 〈시발점〉

소설 『병신과 머저리』는 초기 소설로서 이청준의 소설적 특징을 고스란히 간직한 작품이다. 중층구조의 액자소설(삼중 격자소설), 추리 소설의 형식적 특징과 장인 또는 예술가를 주인공으로 한 소설로서 다분히 관념적 표현[131]이 주를 이루는 것이 그것이다. 이러한 특징은 많은 연구자들이

---

131) 전에 이상섭 선생은 내 소설은 관념소설이 아니라 의식소설이라고 지적했는데(이상섭, 「의식소설의 세계」, 『이청준』, 은애, 1979) 이 견해에 나는 동의합니다. 관념소설이란 관념 자체가 추구나 탐색의 대상이 되는 것인데, 내 소설은 표현이나 묘사가 현실적이지 않다는 것 때문에 신문에서 관념소설이라고 표현한 것이 널리 퍼지게 된 것 같아요.

『병신과 머저리』를 연구하게 하는 원동력이 된다.132) 그럼으로써 세대에 따른 연구자들의 연구 방향과 연구 성향 등에 많은 변화가 있었다.

그것 중에 가장 큰 것은 나와 형의 아픔에 관한 문제이다. 나와 형의 아픔의 문제는 전쟁 전·후 세대의 아픔의 문제로 확대된다.133) 그리고 이청준과 함께 동시대를 살았던 연구자들과 그 이후 세대의 연구자들이 『병신과 머저리』의 나와 형처럼 그 아픔을 진단하는 방식과 그 진단의 결과에 대해 서로 다른 의견을 내 놓는 경향이 많다. 즉, 지금의 연구자들이 작가와 동시대를 살았던 연구자들의 연구에 대해 다른 의견을 내 놓는다는 것이다. 『병신과 머저리』의 구조적—중층 구조의 액자소설 또는 추리소설의 형식적 특징 또는 장인과 예술가 소설—특징을 연구한 연구자들을 포함해 대부분의 연구자들은 이러한 소설의 주제 의식으로부터 벗어나지 못한다. 이러한 나와 형의 아픔을 잘 나타내는 여러 에피소드와 소재 중 중요한 의미를 지니는 것은 역시 '소설쓰기'와 '그림그리기'라는 것인데, 그 두 가지를 연결시켜주는 가장 중요한 소재는 '얼굴'이라는 이미지이다. 따라서 본고는 이러한 '소설쓰기'와 '그림그리기'라는 소재와 '얼굴'이라는 이미지를 통해 나와 형의 아픔의 문제를 연구해 볼 것이다. 그

---

권오룡 엮음, 「대담, 시대의 고통에서 영혼의 비상까지」, 『이청준 깊이 읽기』, 문학과지성사, 1999, 27쪽.

'나'는 사고하는 존재가 된다. 논란의 여지가 있으면서도 이청준 소설을 관념소설 작가로 지목하는 근거가 여기에 있을 것이다. 보이지 않는 정신의 세계를 사고한다는 점에서 이는 관념적이라 지칭할 수 있다.

송기섭, 「<병신과 머저리>의 내면성과 아이러니」, 『현대소설연구』 41집, 2009, 167쪽.

132) 하지만 단편이라는 한계 때문인지 『병신과 머저리』는 다른 소설과 함께 연구되는 것이 일반적이다.

133) 병신과 머저리는 6·25를 겪은 세대와 그 후의 세대로 구분된다. 그들이 앓고 있는 아픔의 양상과 원인에는 차이가 있다. 병신은 환부를 알고 있지만 머저리는 환부를 알지 못한다. 그 결과 병신의 아픔은 치유 가능하고 머저리의 아픔은 치유 불가능하다. 이상은 『병신과 머저리』에 대해 가장 널리 알려진 의견이다.

이윤옥, 앞의 책, 143쪽.

리고 그것은 라캉의 '승화'와 '욕망의 윤리'에 기대어 진행될 것이다.

하지만 영화 <시발점>에 대한 연구는 거의 이루어지지 않았으며, 더구나 소설『병신과 머저리』와 영화 <시발점>의 비교 연구 또한 전무한 상태. 이청준과 김수용이라는 두 거장의 이름만으로도 묵직함이 전해지는 소설『병신과 머저리』와 영화 <시발점>에 대한 비교 연구가 행해지지 않은 것은 소설과 영화의 서사가 거의 같기 때문일 것이다. 김수용 감독은 영화 속 대사를 소설에서 많이 인용할 정도로 소설의 서사를 그대로 옮긴다. 검열 때문에, 그리고 제작 환경 때문에 조금의 변주가 일어나지만 그것을 제외하고는 소설을 충실히 재현하려 노력한다. 하지만 결말 부분은 조금 다른데, 그것은 소설을 해석하는 하나의 독자로서 감독의 역할을 수행한 것이다. 따라서 본고는 영화를 또 하나의 독자라 생각하고 바르트의 상호텍스트성에 기대어 소설과 영화의 상관관계를 살펴볼 것이다.

## 2. 욕망의 윤리[134]

### 1) 순수 욕망의 윤리적 가능성

정신분석의 윤리는 가장 논쟁적이면서 매혹적인 주제다. 윤리라는 주제가 옳고 그름을 가르고 가치를 판단하여 행동의 기준을 제시하기 때문이기도 하겠지만, 동시에 그만큼 라캉의 핵심적인 사상을 농축하고 또 노출하고 있기 때문일 것이다. 뿐만 아니라 윤리는 라캉의 정신분석 이론에 제기되는 어떤 근본적 질문들에 대한 대답을 제공한다.

라캉의 윤리는 '욕망의 만족'이다. 물론 그것은 '모든 욕망의 무조건적인 만족'을 뜻하지 않는다. 욕망의 만족이 '동물적인 욕망의 해방'을 뜻하는 것이 아니다. 또한 라캉이 말하는 욕망이 자본주의적인 소비 욕구가 아니라는 점도 동시에 강조되어야 한다.

---

134) 이 장은 (김수용,『자크 라캉』, 살림, 2008)을 요약하여 정리한 것이다.

정신분석이 주목하는 욕망은 현실 질서를 넘어서고 또 넘어설 수밖에 없다. 현실은 욕망의 소중한 대상을 주체에게 제공해 주지 못하기 때문이다. 현실 속의 어떤 사물도 만족을 가져다 주지 않는다. 욕망은 따라서 현실의 저편을 지향한다. 그런 의미에서 윤리적인 준칙으로서 라캉의 욕망은 전복적이고 급진적이라 할 만하다. 전복적이고 급진적인 욕망의 극단에는 도착의 변태적인 욕망이 자리하고 있다. 대상을 파괴하고 절대적으로 지배하려는 저 밑바닥의 충동 말이다. 그러나 라캉은 도착을 관통함으로써 극복하려는 것이지 도착을 윤리적 대안으로 제시하려는 것은 결코 아니다. 라캉은 도착을 넘어서 순수 욕망의 윤리적 가능성을 끈질기게 모색한다.

자크 라캉이 제시하는 정신분석의 윤리는 한마디로 "네 욕망을 포기하지 말라"라는 명령으로 요약될 수 있다. 라캉은 '건전한' 상식의 윤리를 전면적으로 거부한다. 이러한 전통적인 윤리는 오히려 '권력의 질서'를 정당화하고 유지하는 데 기여하는 이데올로기에 불과하다. 도덕적 '선'과 경제적 '효용'에 바탕을 둔 권력의 윤리는 다른 욕구, 소수의 욕망의 가능성을 인정하지 않고 도덕과 쓸모의 이름으로 지배질서에 순응할 것을 강요한다. 다수의 욕망과 배치되는 이질적인 개별 욕망들은 공동체 이익에 반하는 '쓸모없는' 욕망이고 따라서 도덕적으로 악한 것이다. 이러한 윤리는 결국 기존 질서의 현상유지에 기여하는 체제 순응적인 윤리로 전락하고 만다. 이런 문맥에서 권력에 위협적이고 파괴적이며 비타협적인 욕망을 긍정할 것을 요구하는 정신분석의 윤리는 급진적인 정치성을 띠지 않을 수 없다. 그것은 변화와 새 출발을 요구하는 정치적 실천으로 이어진다.

프로이트의 자아심리학ego-psychology은 성적인 욕망을 구현하는 이드id와 도덕적 죄의식을 나타내는 초자아superego 사이에서 이들의 상충하는 요구를 조정하고 중재하는 기제로 자아ego를 중시한다. 프로이트가 제기한 문명과 욕망 사이의 근원적인 갈등을 해결하기 위해 자아심리학은 자아의 기제를 강화하고 보다 '성숙한' 자아를 발달시키는 것에 주안점을 둔다. 사회적인 요구에 맞추어 위협적인 욕망을 어떻게 제어하고 개인들을 현실에 어떻게 적응시킬 것인가에 관심을 기울인다. 자아심리학의 시도는 욕망에 적대적인 지배 윤리에서 조금도 벗어나지 않는 현실 순응적인 기획이 아닐 수 없다. 권력에의 '적응'에만 관심을 기울일 뿐 욕망을 억압하는 권력의 폭력성에 대해서는 근본적인 의문을 제기하지 않는다. 기존 질서의 현상유지에 기여하는 정치적 보수주의로 귀결되는 것을 피할 길이 없는 것이다. 이렇게 본다면 라캉이 자신의 정신분석 이론을 세워 나가면서 자아심리학과의 싸움을 끈질기게 전개하는 것은 너무나 당연하다. 욕망을 긍정하는 것은 '성숙'의 윤리를 거부하는 일이고, 그것을 위해 배제되고 희생된 '쓸모없는' 욕망들을 적극적으로 그리고 비타협적으로 끌어안는 행위이다.

라캉의 윤리가 긍정하는 욕망은 법과 위반의 틀에 매어 있는 욕망이 아닌 그 틀을 벗어나는 욕망이다. 그것은 죄의식과 초자아의 논리를 넘어서서 그 악순환을 깨는 보다 근본적인 의미에서 위반의 욕망이라 하겠다. 다시 말해 초자아의 교묘한 감시의 눈을 벗어날 수 있을 때 비로소 위반의 진정한 가치가 드러나는 것이다. 이러한 위반의 욕망에 바탕을 둔 정신분석의 윤리는 정치적으로 급진적인 입장을 취할 수밖에 없다. 윤리적 주체는 자신의 욕망을 포기하지 않고 끝까지 좇음으로써 초자아의 가학적인 요구를 무력화하고 욕망의 만족을 성취하고자 한다.

### 2) 승화sublimation

승화는 사회가 인정할 수 없는 성적인 욕망을 사회가 받아들일 수 있는 방식으로 변형하는 과정으로 이해된다. 예술창작이나 지적인 행위처럼 사회적으로 높은 가치가 부여된 활동을 통해 금지된 욕망에 대해 일종의 대리만족을 얻는 것이다. 그러나 라캉은 승화에 대한 이러한 상식적인 견해를 거부한다. 승화는 사회의 안전을 위협하는 위험한 충돌들을 전체 질서

속에 안전하게 포섭하여 길들이려는 허구적인 시도로 전락하기 십상이다. 이때 승화는 순응주의의 또 다른 이름에 불과하다.

라캉은 승화에 대한 공리주의적인 견해를 비판하고 억압 없이 충동을 직접적으로 만족하는 과정으로 승화를 규정한다. 사회적으로 수용되는 방식으로 만족을 얻을 수 있다는 생각은 망상에 불과하다. 사실 충동이 지향하는 근원적인 대상은 접근 불가능한 대상이다. 그것은 우선 금지되어 있기에 불가능하고, 나아가서 금지 자체가 생산해 낸 실체 없는 환상이기에 더더욱 불가능하다. 여기서 승화는 근원적인 대상이 부재하는 자리에 보다 구체적인 대상을 창조한다. 일상적이고 평범한 하나의 대상이 승화의 과정에서 특별하고 비범한 대상으로 탈바꿈한다고 말할 수 있다. 승화는 이 대상을 통해 불가능한 대상에 접근할 수 있는 길을 열게 되고 이로써 충동에 '직접적인 만족'을 가져다준다. 이렇게 라캉은 승화를 순수 만족의 급진적인 개념으로 재탄생시킨다.

승화는 '하나의 대상을……물物, das Ding[135])의 품격으로 고양한다'라고 라캉은 말한다. 구체적인 하나의 사물이 승화의 과정을 거치면서 접근 불가능한 실재계의 대타자를 구현하는 대상으로 상승한다. 이를 통해 부재하는 결여의 대상은 구체적인 물질성을 획득하게 된다. 다시 말해 승화는 일상의 평범한 사물을 물 자체를 체현하는 비범한 대상으로 바꿈으로써 주체에게 실재 대상에 접근할 수 있는 길을 열어주는 작업이다. 주체는 이 평범한 사물을 경유하여 비범한 실재 대상을 향유할 수 있게 된다. 승화는 따

---

135) 라캉은 문명이 억압하는 근원적인 금지의 대상을 'das Ding'이라는 독일어 단어로 지칭한다. 그것은 독일어에서 '사물'을 뜻하는 단어이지만 라캉의 이론에서 그것은 단순히 일상 속의 구체적인 물건들이 아니다. 그것은 '언어로 구조화된…… 인간세계의 사물들'이라기보다는 우리가 살고 있는 이데올로기로 구성된 세계 밖에 존재하는 대상이다.(……)그것은 주체에게 '낯설고, 이상하고, 심지어 적대적인' 대상이다. 주체는 이 대상으로부터 벗어나야 가능하지만 동시에 완전히 벗어날 수 없는 운명을 지닌다. 이 대상을 향한 욕망이 주체 속에 상존하기 때문이다. 물은 문명을 위협하는 치명적인 타자이다.

라서 대상을 향한 주체의 누를 수 없는 욕망에 만족을 가져다준다.

이때 승화는 예술적 창조행위와도 관련을 맺는다. 예술이 감각적인 대상이나 재현을 통해 감각 너머의 실재를 드러내는 창조적인 활동이라고 한다면, 하나의 구체적인 대상 속에서 재현할 수 없는 물의 품격을 발견하는 승화는 그대로 미적 창조의 성격을 띠게 된다. 라캉의 승화 개념이 프로이트의 '예술적 창조'라는 특성을 여전히 내포하면서도 그것을 더욱 급진적으로 확장한다는 점이다. 승화는 사회적으로 높은 가치가 이미 부여된 제도권 예술뿐만 아니라 그 너머의 모든 창조적 행위를 예술로 포괄하는 활동이다.

라캉은 예술을 표면이나 모방이 아닌 표면 너머의 실재의 드러남과 관련하여 이해한다. 예술작품은 "단지 모방하는 척만 한다"고 그는 말한다. 예술은 현실을 모방하는 척만 할 뿐 실제로는 현실 너머의 실재를 담아내는 데에 관심을 기울인다. 예술에서는 "실재와의 관계……대상을 순화되어 보이게 한다." 즉 예술 작품 속에 재현된 구체적인 대상이 재현 너머의 실재와 관련을 맺을 때 그 대상은 세속성을 잃고 순수한 대상으로 비범하게 등장한다. 따라서 대상을 실재의 지위로 고양시키는 과정인 승화는 본질적으로 예술적 창조행위에 닿아 있다.

승화의 공식에 공백emptiness의 개념을 도입하는 순간 '가장 일반적'이던 승화는 그 명확한 특징을 분명히 드러낸다. '대상을 물의 품격으로 고양'하는 형식은 그대로 유지하되 결여를 품으면서 그 내용에 있어서는 이상화나 도착과 질적으로 다른 만족 방식으로 승화가 등장하는 것이다. 예술은 '숨겨진 현실' 즉, 실재와의 근본적인 관계를 유지하는 창조행위이다. 여기서 우리는 공백 또는 비어있음이라는 견해가 예술과 승화를 규정하는 데 있어 핵심적이라는 점을 기억해야 한다. 실재의 한가운데에 자리하고 있는 공백을 제대로 담아내고 드러내는 작업이 승화라는 예술적 창조행위이다. 실제로 라캉은 '모든 비어있음을 중심으로 한 조직 방식'을 특징으로 한다고 주장한다. 라캉에게 공백 또는 비어있음은 승화와 예술을 실재와 관련 맺게 하는 중요한 특징이다.

### 3) 텍스트를 재생산하는 독자로서의 영화작가

영화 <시발점>은 소설 『병신과 머저리』의 서사구조와 주제의식을 거의 따르고 있다. 검열과 제작 환경 때문에 어쩔 수 없는 경우를 제외하면 소설을 충실히 재현하려고 노력한다. 하지만 이것은 영화작가의 입장에서 텍스트를 재창조하는 작업이라고 할 수 있다.

바르트는 하나의 궁극적 기의에 정박되지 않는 기표와 마주한 독자는 작가가 되어야 한다고 했다. 즉, 독자는 자신만의 일시적인 구조와 패턴, 의미들을 텍스트로 끌어와 텍스트를 재창조하는 사람이 되어야 한다는 것이다. 텍스트, 저자, 독자에 대한 바르트의 탈구조주의적 이론에서 가장 중요한 특징은, 읽기가 곧 쓰기가 되는 바로 이 과정이라고 했다. 따라서 텍스트는 오직 새로운 독자가 생산해낼 때만 존재한다고 말한다. 독자가 텍스트의 구조를 생산한다는 것이다.136)

소설을 번역하는 영화작가는 독자로서 텍스트를 재창조하는 것을 객관적으로 증명할 수 있는 사람이다. 그리고 소설을 충실히 번역하는 영화작가라면 소설이라는 텍스트를 재생산해 내는 구조를 더욱 정확히 알 수 있다. 소설을 자신만의 영화로 번역해 내는 것은 소설과는 또 다른 텍스트를 생산해 내는 것이기 때문에, 독자로서 텍스트를 재생산해 내는 과정과는 거리가 조금 멀다고 할 수 있다. 따라서 소설 『병신과 머저리』를 번역해 만든 영화 <시발점>을 독자로서 영화작가가 어떻게 소설을 분석해 내는지를 분석하는 것은 좋은 연구 자료가 될 것이다.

김현이나 천이두의 관점은 6·25를 거치고 4·19를 지나는 작가와

---

136) 그레이엄 앨런, 송은영 옮김, 『문제적 텍스트 롤랑/바르트』, 앨피, 2006, 147~164쪽.

동시대를 살았던 비평가들의 생체험에 바탕을 둔 역사적 상상력의 소산으로서의 텍스트를 생산해 내지만, 독재의 시대를 거치고 경제적 위기와 수탈의 시대를 지나면서 거대 담론이 사라진 시대의 현재는 또 다른 텍스트를 생산해 낸다. 그리고 그것은 현 시대에 맞는 또 다른 윤리가 필요한 것이다. 그것은 거리를 발견하는 과정이고 그 거리를 발견한다는 것은 낯설음과 동시에 은폐되어 있던 현재성을 발견하는 과정이라고 바르트는 말한다. 역사의 타자성이 곧 현재성을 내포하고 있다는 것이다.137) 따라서 중간 중간 본고에서 연구자가 영화작가의 소설 분석을 다시 분석하는 것은 현재성을 발견하는 과정이 될 것이다.

## 3. 소설『병신과 머저리』

### 1) 증상의 돌파로서 소설쓰기

소설『병신과 머저리』는 화자인 나의 형이 열 살 배기 소녀를 수술하다 실패하여 소녀의 육신으로부터 영혼을 후벼 낸 사건으로부터 시작된다.

> 그러나 그 수술의 실패는 꼭 형의 실수라고만 할 수 없었다. 피해자 쪽이 그렇게 이해했고, 근 10년 동안 구경만 해 오면서도 그쪽 일에 전혀 무지하지만은 않은 나의 생각이 그랬다. 형 자신도 그것은 시인했다. 소녀는 수술을 받지 않았어도 잠시 후에는 비슷한 길을 갔을 것이고, 수술은 처음부터 성공의 가능성이 절반도 못 됐던 경우였다. 무엇보다 그런 사건은 형에게서 뿐 아니라 수술 중엔 어느 병원에서나 일어날 수 있는 종류의 것이었다. 그러나 어쨌든 그 일이 형에게는 하나의 사건이었다. 그 일이 있은 후로 형은 차츰 병원 일에 등한해지기 시작했다. 처음에는 가끔씩 밤에 시내로 가서 취해 돌아오는 일이 생기더니 나중에는 아주 병원 문을 닫고 들어앉아 버렸다. 그리고 아주머니까지

---

137) 그레이엄 앨런, 송은영 옮김, 위의 책, 8쪽.

곁에 오지 못하게 하고 진종일 방안만 틀어박혀 있다가, 밤이 되면 시내로 가서 호흡이 답답해지도록 취해 돌아오곤 하였다.[138]

형의 그러한 수술 실패는 과거의 사건을 소환하는 누빔점[139]이 된다.

　억압된 것이 어디로부터 회귀하느냐라는 질문에 라캉의 대답은 역설이게도 '미래로부터'이다. 증상은 무의미한 흔적들이며, 그 의미는 과거의 숨겨진 깊이로부터 발굴되지 않는다. 그것은 소급적으로 구성된다.[140]

---

138) 이청준, 『병신과 머저리』, 『병신과 머저리』, 열림원, 2001, 58~59쪽. 앞으로는 쪽수만 표시 하겠다.
139) 누빔점은 주체가 기표에 '꿰매어 지는' 지점이다. 그리고 동시에 어떤 주인기표 ('공산주의'·'신'·'자유주의'·'미국')의 호출과 함께 개인에게 말을 걸면서 개인을 주체로 호명하는 지점이다. 한마디로 말해서 그것은 기표 연쇄를 주체화하는 지점이다.

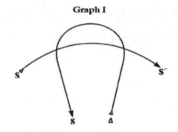

Graph I

이 기본 그래프의 중요한 특징은 주체의 의도의 벡터가 기표 연쇄의 벡터를 역행하여 소급적인 방향으로 누빈다는 사실이다. 의도의 벡터는 자기가 통과했던 지점보다 앞서는 어떤 지점에서 연쇄를 빠져나오게 된다. 라캉의 강조점은 정확히 이 의미효과가 기표에 대해 소급적이라는 데에 있다. 기표연쇄가 앞으로 이동하는 것에 비해 기의는 뒤쳐져 있다는 것이다. 의미효과는 항상 거꾸로, 사후에 (après coup) 창출된다. (의미가 아직 고정되지 않은) 여전히 '부유하는' 상태 속에 있는 기표들은 다른 기표들을 좇아 이동한다. 그런데 어떤 지점에서는 (정확히 의도가 기표연쇄를 관통하고 횡단하는 지점에서는) 어떤 기표가 연쇄의 의미를 소급적으로 고정시키면서 의미를 기표에 꿰매어놓고 의미의 미끄러짐을 멈추게 한다. 슬라보예 지젝, 이수련 옮김, 앞의 책, 178~179쪽.
140) 슬라보예 지젝, 이수련 옮김, 위의 책, 104쪽.

소녀의 수술 실패로 인해 과거에 억압돼 있던 것이 다시 증상으로서 회귀하게 된 것이다. 그러한 증상은 소설쓰기라는 것으로 나타나게 된다.

> '억압된 것의 회귀'로서의 증상은 정확히 원인(그 숨겨진 중핵, 그 의미)을 선행하는 그 효과 자체이기 때문이다. 증상을 돌파함으로써 우리는 말 그대로 '과거를 만들 수' 있다. 우리는 오랫동안 잊혀져 왔던 과거 속의 외상적인 사건들에 대한 상징적 현실을 생산하는 것이다.[141]

형은 그 소설쓰기라는 것으로 증상을 돌파하려고 하는데, 그것은 오랫동안 잊혔던 과거의 외상적 사건들을 다시 상징적 현실로서 생산해 내는 작업이다. 그 외상적 사건이란 다름 아닌 "그토록 오래 입을 다물고 있던 10년 전의 패잔敗殘과 탈출에 관한 이야기이다."(『병신과 머저리』 59쪽)

그 이야기는 "형이 6 · 25 사변 때 강계江界 근방에서 패잔병으로 낙오된 적이 있었다는 사실과, 나중에는 거기서 낙오되었던 동료를(몇이었는지는 정확치 않지만) 죽이고 그 때는 이미 38선 부근에서 격전을 벌이고 있는 우군 진지까지 무려 천 리 가까운 길을 탈출해 나온 일에 대해서였다."(『병신과 머저리』 60쪽) 그리고 나는 그 소설을 읽게 되었다.

> 그런데 그런 형이 요즘 쓰고 있는 소설에서 바로 그 이야기를 시작하고 있는 것이다. 그리고 나의 화폭이 갑자기 고통스러운 넓이로 변하면서 손을 긴장시켜 버린 것도 분명 그 형의 이야기를 읽기 시작하면서부터였다. 더욱 요즘 형은 내가 가장 궁금하게 여기는 대목에서 이야기를 딱 멈춘 채 앞으로 나아가질 않고 있었다. 문제는 형이 이야기를 멈추고 있는 동안 나는 나의 일을 할 수가 없는 사정이었다. 이야기의 결말을 생각하는 동안 화폭은 며칠이고 선(線) 하나 더해지지 못하고 고통스러운 넓이로 나를 괴롭히고 있는 것이다. 이야기의 끝이 맺어질 때까지 나는 정말로 아무것도 할 수가 없는 것이다.
> 　　　　　　　　　　　　　　　　　　　　　　－『병신과 머저리』 61쪽

---

141) 슬라보예 지젝, 이수련 옮김, 위의 책, 106쪽.

형이 이야기를 멈춘 것은 잊혔던 과거 속의 외상적 사건들에 대한 상징적 현실을 생산해 내야 하는데, 그 상징적 사건들을 어떻게 만들어 내야 그 트라우마로부터 벗어날 수 있을지를 고민해야하기 때문이다. 그래야만 증상을 정확히 돌파할 수 있으니까 말이다. 하지만, 그것은 사회적 질서 안에서 행해질 수 있는 윤리의 문제와 직결된다. 왜냐하면 그 소설은 자서전적 소설[142)]에서 독자를 가진 소설이 되었기 때문이다. 그것도 몰래 훔쳐보는 독자 말이다. 그러면서 형은 소설에서 타자의 시선을 느끼게 된다. 형은 이러한 응시[143)] 때문에 소설의 결말에 대해 고민하지 않을 수 없게 된다.

트라우마로 지칭되는 마음의 상처는 의식이 아니라 무의식에 속하는 것이기 때문에 치유가 불가능하다. 그 상처가 의식이나 지각능력이 수용할 수 없는 한계를 넘어선, 전혀 예상하지 않은 때에 다가온 너무나 엄청난 사건에 의한 것이기 때문이다. 또한 존재의 기둥을 들어다 놓았

---

142) 이윤옥은 그의 소설이 소설이 아니라 자서전이라는 것이 분명하다고 말한다. 하지만 형이 자신의 과거를 철저히 긍정한 뒤 극복하고, 그 극복의 순간이 바로 자서전이 소설로 바뀌는 지점이고 죽은 관모가 살아나는 순간이라고 말한다.
이윤옥, 앞의 책, 159쪽.

143) regard. 철학사에서 regard는 인간의 시각이 갖는 지향성이란 관점에서 '시선'이라는 용어로 번역되는 것이 일반적이다. 하지만 라캉의 regard는 인식론적, 실존적 함의가 아니라 리비도적 함의를 가지며 무엇보다 타자의 '욕망'과 '결여'라는 개념과 연동되어 있다는 점에서 본서에서는 '시선'이 아닌 '응시', '바라봄'이란 용어를 채택했다. '시선'은 바라보는 행위의 뉘앙스를 살려주지 못하고 그에 대응하는 동사가 없는 반면, 응시는 시선에 담긴 욕망의 차원을 드러내줄 뿐만 아니라 '응시하다'와 함께 능동태와 수동태로 쉽게 변주될 수 있다는 장점이 있기 때문이다.
자크-알랭 밀레, 맹정현 · 이수련 옮김, 『라깡의 세미나 11』, 새물결, 2008, 432쪽.
응시란 우리가 시야에서 발견하는 것이다. 신비로운 우연의 형태로 갑작스레 접하게 되는 경험이다. 응시는 거세공포에 의해 주체가 상상계에서 상징계로 들어서듯 바라보기만 하던 것에서 보여짐을 아는 순간 일어난다. 그래서 실재라고 믿었던 이 자신의 욕망을 충족시키지 못함을 깨닫고 다시 욕망의 회로 속으로 빠져들게 하는 동인(오브제 a)이다. 기표를 작동시켜 주체를 반복충동으로 몰아넣는 중심의 결여, 즉 실재계에 난 구멍이다.
권택영 엮음, 『자크 라깡 욕망 이론』, 문예 출판사, 1994, 32쪽.

다 하며 시간과 자아의 세계 사이의 정상적인 관계를 산산 조각 낼 정도의 충격적인, 아니 충격적인 것 이상의 사건에 의한 것이기 때문이다.[144]

치유 불가능한 충격적인 사건으로 형이 어떻게 트라우마를 간직하게 되었는지를 소설은 액자 안 부분에서 형의 소설 부분을 직접 보여줌으로써 나타낸다.

그 이전까지 형은 그러한 트라우마를 간직한 채 살아왔다. "형은 자신의 말대로 외과 의사로서 째고 자르고 따내고 꿰매며 이 10년 동안을 조용하게 살아온 사람이었다. 생生에 대한 회의도, 직업에 대한 염증도, 그리고 지나가 버린 시간에 대한 기억도 없는 사람처럼 끊임없이, 부지런히 환자들을 돌보아왔다. 어찌 보면 아무리 많은 환자들이 자기의 칼끝에서 재생의 기쁨을 얻어 돌아가도 형으로서는 만족할 수 없는, 그래서 아직도 훨씬 더 많은 생명을 구해 내도록 무슨 게시라도 받은 사람처럼 자기의 칼끝으로 몰려드는 생명들을 기다렸다."(『병신과 머저리』 60쪽)

> 우리의 무의식은 이성과 의지와 의식으로 감당할 수 없는 충격을 흡수해주는 완충장치의 역할을 해주는 건지도 모른다. 정신분석자들은 이러한 생각에 동의하지 않을지 모르지만, 이 완충장치가 없다면, 우리는 상상할 수 있는 것 이상으로 엄청난 사건을 겪으면 바로 그 자리에서 미쳐버리거나 죽어버릴지도 모른다. 실제로 그렇게 되는 사람이 없는 것도 아니다. 바로 이것이 완충장치로서의 트라우마가 우리 인간에게 필요한 이유다. 문제는 이것이 당장은 완충장치의 기능을 하지만, 길게 보면 삶을 옥죄는 결과로 이어진다는 것이다. 언젠가는 어떤 식으로든 모습을 드러내려 하기 때문이다. 그래서 트라우마는 이중적 기능을 한다. 한편으로는 인간의 능력으로는 감당할 수 없는 걸 스펀지처럼 흡수해 미치지 않게 해주고, 다른 한편으로는 차후에 모습을 드러냄으로써 삶을 어렵게 만든다. 그러니 그것이 완충장치라면 임시적이면서도 불완전한 완충장치인 셈이다.[145]

---

144) 왕은철, 앞의 책, 149~150쪽.
145) 왕은철, 위의 책, 150~151쪽.

신중하고 정확한 형의 솜씨는 단 한 번의 실수도 없었지만 그 소녀의
사건 때문에, 위의 글처럼 완충장치로서의 트라우마는 지금 그 모습을 드
러냄으로써 형의 삶을 어렵게 만들어 버렸다.

## 2) 잃어버린 윤리의식 회복

소설『병신과 머저리』에서 <나>(형)는 김 일병을 사랑했다고 할 수 없
다. 물론 전우로서 전우애가 있을 수도 있겠지만, 소설 속에서 <내>가 김
일병을 애도할 정도로 사랑했다는 구절은 서술되지 않는다. 그저 <나>
는 그를 관찰하는 관찰자 입장이고, 그를 오관모의 폭력으로부터 또는 확
실치는 않지만 그를 오관모의 살인으로부터 구해내지 못한 방관자적 입장
일 뿐이다. 그런데 형인 <나>는 소녀의 수술 실패로 인해 증상을 드러낸
다. 그 이유는 오관모로부터 김 일병을 구해내지 못 했다는 죄책감이 가장
클 것이다.[146) 그것은 형의 노회한 양심, 즉 윤리의식의 문제이다.

> 프로이트는「애도와 우울증」에서 애도를 "사랑하는 사람을 잃은 것
> 에 대한 반응 혹은 자신의 나라, 자유, 이상 등 자신을 대신하게 된 추상
> 적인 것을 잃은 것에 대한 반응"이라고 정의했다. 프로이트는 여기에서
> 애도를 이원화하여 하나는 사랑하는 사람을 잃은 것에 대한 반응이라고,
> 또 하나는 추상적인 것을 잃은 것에 대한 반응이라고 정의하며, 대상이
> 사람이든 추상적인 것이든, 애도의 과정은 크게 다를 바 없다는 점을
> 분명히 하고 있다. 이런 맥락에서 애도에 관한 논의가 사랑하는 사람의
> 죽음은 물론이고 우리가 꿈꿔왔던 이상이나 가치 등을 비롯한 추상적
> 인 것의 상실이나 죽음에 대한 논의로 이어질 수 있게 된다.[147)

형의 이러한 증상은 김 일병을 오관모로부터 구해내지 못했다는 자신의
양심의 가책, 즉 자신의 참새 가슴으로 인해 잃어버린 윤리에 대한 애도가

---

146) 이것은 형의 소설에서 형이 쓴 결말의 서사를 사실이라고 생각하고 서술한 것이다.
147) 왕은철, 위의 책, 354쪽.

누빔점으로 나타난 것이다. 이러한 증상으로서의 애도는 수술 실패로 인한 소녀의 죽음으로 인해 누빔점으로 나타나기 전까지 10년 동안 형의 내면 속에 침잠해 있었다.

> 형은 자신의 말대로 외과 의사로서 째고 자르고 따내고 꿰매며 이 10년 동안을 조용하게 살아온 사람이었다. 생(生)에 대한 회의도, 직업에 대한 염증도, 그리고 지나가 버린 시간에 대한 기억도 없는 사람처럼 끊임없이, 그리고 부지런히 환자들을 돌보아왔다. 어찌 보면 아무리 많은 환자들이 자기의 칼끝에서 재생의 기쁨을 얻어 돌아가도 형으로서 만족할 수 없는, 그래서 아직도 훨씬 더 많은 생명을 구해 내도록 무슨 계시라도 받은 사람처럼 자기의 칼끝으로 몰려드는 생명을 기다렸다. 그런 형의 솜씨는 또한 신중하고 정확해서 적어도 그 소녀의 사건이 있기 전까지는 단 한번의 실수도 없었다.
>
> ─『병신과 머저리』59~60쪽

형은 10년 동안 아무런 일이 없었던 것처럼 조용하게 살아왔다. 하지만 그 잃어버린 윤리의식에 대한, 그리고 김 일병에 대한 죄책감은 그가 부지런히 환자들을 돌보고 생명을 살리도록 했다. 그렇지만 그것으로도 그는 만족할 수 없는 삶을 살아왔다. 아니, 그 삶은 살았다기보다는 살아졌다고 하는 편이 더 적절할 듯하다. 오랫동안 잊었던 과거의 외상적 사건들, 다시 말해 6·25 사변 때 강계江界 근방에서 패잔병으로 낙오된 적이 있었다는 사실과, 나중에는 거기서 낙오되었던 동료를(몇이었는지는 정확치 않지만) 죽이고 그 때는 이미 38선 부근에서 격전을 벌이고 있는 우군 진지까지 무려 천 리 가까운 길을 탈출해 나온 일 때문에 형은 삶이 능동태가 아니라 수동태로 '살아졌기' 때문이다. 따라서 형의 삶은 어쩐지 현실을 벗어나 있는 것 같은 모습이다. 지난 10년을 감정의 마비 속에서 살아온 탓이다. 김 일병의 죽음, 혹은 그를 오관모의 살해로부터 지켜내지 못한 방관자로서의 잃어버린 윤리의식과 살아남은 자로서의 죄의식이

지난 10년 동안 그의 감정을 얼어붙게 만든 것이다.

형은 오랫동안 잊었던 과거의 외상적 사건들을 다시 상징적 현실로서 생산해 내는 작업인 소설쓰기로 이러한 증상을 돌파하려고 한다. 이것은 자신의 잃었던 윤리의식에 대한 회복, 또는 김 일병에 대한 죄의식의 단절과 새로운 삶에 대한 의지이다. 프로이트의 말을 빌리면, 애도작업은 사랑하는 사람 또는 추상적인 것에게 "투자"했던 심리적 에너지(리비도)를 "회수"하여 다른 사람 또는 다른 추상적인 것에 "재투자" 할 수 있도록 돕는 것이다. 하지만 프로이트도 자신의 딸을 잃고 10년 동안 살다보니 "애도작업"이나 에너지의 "재투자"라는 게 말처럼 쉬운 게 아니라는 걸 깨닫게 된다.148)

> 어쩌면 프로이트에게도 슬픔은 완전한 극복의 대상이 아니었는지 모른다. 그가 극복해야 한다고 믿었던 건 삶을 저당 잡힐 정도로 슬픔이 과잉되는 경우였을지 모른다. 이런 점에서 보면, 사랑하는 사람의 죽음을 극복하고 변화된 현실을 받아들이는 "애도작업"의 필요성을 누누이 역설했던 프로이트는 모순적이게도 애도의 불가능성을 동시에 역설한 사람이었다. 사랑하는 딸의 죽음이 그 모순의 시발점이었다. 그리고 그것은 모순적이지만 인간적인 모순이었다.149)

형은 동생인 내가 쓴 소설의 결말 부분을 잘라내고 자신이 다시 끝을 맺어 놓았다. 즉, <내>(형)가 김 일병을 죽인 결말 부분을 잘라내 버리고, 김 일병을 죽인 오관모를 <내>가 죽인 것이다. 이것으로 형은 애도작업의 끝을 내려고 했다. 김 일병에 대한 죄의식과 잃어버린 윤리의식으로부터 벗어나려 한 것이다. 하지만 형은 혜인의 결혼식에서 오관모를 만난다. 그것으로서 형은 '애도작업'을 완성할 수 없다는 것을 깨닫는다.

---

148) 왕은철, 위의 책, 334~338쪽.
149) 왕은철, 위의 책, 334~335쪽.

"놀라 돌아보니 아 그게 관모 놈이 아니냔 말야. 한데 놈이 그래 놓고
는 또 영 시치밀 떼지 않아. 이거 미안하게 됐다구⋯⋯두려워서 비실비
실 물러나면서⋯⋯내가 그사이 무서워진 걸까⋯⋯하긴 놈은 내가 무
섭기도 하겠지. 어쨌든 나는 유유히 문까지 걸어 나왔어. 그러나⋯⋯문
을 나서서는 도망을 쳤지⋯⋯놈이 살아 있는데 이런 게 이제 무슨 소용
이냔 말야."

—『병신과 머저리』93쪽

화자인 동생은 마지막에 관모의 출현이 "착각이든 아니든"이라고 서술
하지만 착각일 가능성이 크다. 하지만 관모의 출현은 형의 내면 속에서는
현실이다. 이것은 형의 마음속에 10년 동안 침잠했던 과거의 일들이 다시
형의 삶에 간섭하게 될 것임을 나타낸다. 따라서 형이 증상의 돌파로서
쓴 소설은 아무 소용없는 쓸데없는 일이 되어 버렸다. 그래서 형은 소설
을 불에 태우고 있는 것이다.

형은 잃어버린 윤리의식의 회복과 김 일병에 대한 죄책감에서 벗어나
고자 변화된 현실을 인정하고 '정상적으로' 살아가려 했지만, 결국은 그 현
실을 인정하는데 실패하고 '비정상적인' 옛 삶으로 뒷걸음질치고 말았다.

### 3) 욕망의 윤리와 새로운 윤리 찾기

#### (1) 승화로서의 소설쓰기와 그림그리기

형의 소설쓰기는 승화로서 작용한다. 승화는 예술창작이나 지적인 행위
처럼 사회적으로 높은 가치가 부여된 활동을 통해 금지된 욕망에 대해 일
종의 대리만족을 얻는 것이다. 형은 프로이트의 시도처럼 사회적으로 인정
받는 승화를 통해 사회와 충동 사이의 근원적인 모순을 해결하려고 했
다.[150] 형의 소설쓰기는 사회의 안전을 위협하는 위험한 충돌들을 전체 질
서 속에 안전하게 포섭하여 길들이려는 허구적 시도로 전락하고 말았다.

---

150) 그것은 '덫'이며 '개인과 집단 사이의 단순한 화해'라고 라캉은 지적한다.

결국 형의 소설쓰기로서의 승화는 순응주의의 또 다른 이름에 불과하다. 이러한 승화로서의 형의 소설쓰기를 넘어서는 것이 나의 그림그리기다.

나는 혜인과 헤어지고 나서 갑자기 사람 얼굴을 그리고 싶어졌지만, 그림을 그릴 수가 없었다.

> 라캉은 승화에 대한 공리주의적인 견해를 비판하고 억압 없이 충동을 직접적으로 만족하는 과정으로 승화를 규정한다. 사회적으로 수용되는 방식으로 만족을 얻을 수 있다는 생각은 망상에 불과하다. 사실 충동이 지향하는 근원적인 대상은 접근 불가능한 대상이다. 그것은 우선 금지되어 있기에 불가능하고, 나아가서 금지 자체가 생산해 낸 실체 없는 환상이기에 더더욱 불가능하다. 여기서 승화는 근원적인 대상이 부재하는 자리에 보다 구체적인 대상을 창조한다. 일상적이고 평범한 하나의 대상이 승화의 과정에서 특별하고 비범한 대상으로 탈바꿈한다고 말할 수 있다. 승화는 이 대상을 통해 불가능한 대상에 접근할 수 있는 길을 열게 되고 이로써 충동에 '직접적인 만족'을 가져다준다. 이렇게 라캉은 승화를 순수 만족의 급진적인 개념으로 재탄생시킨다.[151]

내가 그림을 그릴 수가 없는 것은 근원적 대상이 부재하기 때문이다. 그리고 그것은 구체적인 대상이 필요한데, 나는 그 구체적인 대상을 아직 찾지 못했다. 그것은 단지 사람 얼굴을 그리고 싶다는 것인데, 구체적으로 누구의 얼굴인지 아직 알 수가 없는 것이다.

> 형의 내력에 대한 관심도 문제였지만, 형의 소설이 나를 더욱 초조하게 하는 것은 그것이 이상하게 나의 그림과 관계가 되고 있는 것 같은 생각 때문이었다. 그것은 어쩌면 사실일 수도 있었다. 혜인과 헤어지고 나서 나는 갑자기 사람의 얼굴이 그리고 싶어졌다. 사실 내가 모든 사물에 앞서 사람의 얼굴을 한번 그리고 싶다는 막연하게나마 퍽 오래 지녀온 갈망이었다. 그러니까 혜인과 헤어지게 된 것이 그 모든 동기라고

---

151) 김수용, 앞의 책, 43쪽.

할 수는 없지만, 어쨌든 그 무렵 그런 충동이 새로워진 것은 사실이었다.

나의 그림에 대해서는 더 이야기하고 싶지 않다. 그것은 견딜 수 없이 괴로운 일이다. 그리고 나는 내가 그것에 대해 생각하고 화필과 물감을 통해 의미를 부여하고자 하는 것의 10분의 1도 설명할 수 없을 것이다. 다만 나는 인간의 근원에 대해 생각을 좀더 깊게 하지 않으면 안된다는 느낌이 절실했던 점만은 지금도 고백할 수 있을 것이다. 하여 에덴으로부터 그 이후로는 아벨이라든지 카인, 또 그 인간들이 지니고 의미하는 속성들을 즉흥적으로 생각해 보곤 하였다. 그러나 어느 것도 전부 긍정할 수는 없었다. 단세포 동물처럼 아무 사고도 찾아볼 수 없는 에덴의 두 인간과 창세기적 아벨의 선 개념, 또 신으로부터 영원한 악으로 단죄받은 카인의 질투―그것은 참으로 인간의 향상 의지로서 신을 두렵게 했을는지도 모른다―그 이후로 나타난 수많은 분화, 선과 악의 무한정한 배합 배율……그러나 감격으로 나의 화필이 떨리게 하는 얼굴은 없었다. 나는 실상 그 많은 얼굴들 사이를 방황하고 있었는지 모른다. 하지만 안타까운 것은 혜인 이후 나는 벌써 어떤 얼굴을 강하게 예감하고 있다는 사실이었다. 아직은 내가 그것과 만날 수 없었을 뿐이었다. 둥그스름한, 그러나 튀어 나갈 듯이 긴장한 선으로 얼굴의 외곽선을 떠놓고(그것은 나에게 있어 참 이상한 방법이었다) 나는 며칠 동안 고심만 하고 있었다.

　　　　　　　　　　　　　　　　　　　　　　　　―『병신과 머저리』 60쪽


나는 아직 근원적인 대상의 부재를 대체할 만한 구체적인 대상을 창조하지 못했다. 그것은 내가 벌써 어떤 얼굴을 강하게 예감하고 있지만, 아직 그 구체적인 대상을 만날 수는 없다. 그리고 그것은 실상 많은 얼굴들 중에 하나인데, 얼굴의 외곽선만 떠놓고 형의 소설의 진행만을 기다리고 있는 것이다. 이것은 형의 소설이 어떻게 진행되느냐에 따라서, 즉 형의 소설이 사회적으로 수용되는 방식으로 진행되어 공리주의적으로 진행하느냐, 아니면 억압 없이 충동을 직접적으로 만족하는 방식으로 나아가느냐에 따라서 나의 얼굴도 그 많은 얼굴들 중에 하나가 될 것이기 때문이다.

이것은 나와 형의 세대적 차이를 인정한 김현과 천이두의 주장과 궤를 같이하는 것이다. 김현은 6·25 세대와 그 이후 세대를 형과 동생의 의식과 질환의 차이로 간파했으며, 천이두는 자기 고민의 책임을 전쟁으로 돌릴 수 있던 세대와 자기 고뇌의 책임을 자기 내부에서 찾아야 했던 세대의 차이로 인식했다.[152]

많은 연구자들이 형의 소설로 인해 내가 그림을 그리지 못한다는 설정, 즉 형의 그림과 나의 소설이 관계가 있다고 설정하고 있는 김현과 천이두의 이분법적인 세대론에 대한 견해를 다시 재검토해야 한다고 주장한다. 물론 이들이 6·25와 4·19라는 시대적으로는 다른 아픔의 공통분모를 갖고 있는 것이 사실이지만, 그 아픔은 또 다른 정체성을 간직하고 있다. 송기섭은 이러한 세대론적 이분법의 김현이나 천이두의 관점은 작가와 동시대를 살았던 비평가들의 생체험에 바탕을 둔 역사적 상상력의 소산이라 받아들일 수 있다고 하였다. 그리고『병신과 머저리』에서 이분법으로 읽게 되는 '형'의 플롯과 '나'의 플롯은 두 작중인물의 성격을 분변하여 세대론적 운명을 추정하는데 모아져 있지 않다고 했다. 그리고 개체적 자아의 진정한 면모가 무엇인가에 대한 탐색의 방식으로 두 플롯은 설정되어 있으며, 여기서 중심이 되어야 할 사안은 자기 자각을 위한 고뇌에 이들이 어떻게 통합되어 있는가에 있지 그것들이 어떻게 분리되어 있으며 또한 어떻게 다르게 성격화되어 있는가 하는 점에 있지 않다고 했다.[153] 그러나 나와 형은 새로운 가치관의 혼돈의 시대에 와 있다. 그리고 그들은 서로 다른 아픔 속에서 그것을 치유하는 과정과 새로운 질서를 확립하는 것에 대해 서로 다른 방법을 제시한다.

라캉은 정신분석이 지니는 역사적인 의미를 설명하면서 18세기 말 프랑스 혁명기를 언급한다. 프로이트의 정신분석이 당시에 극적으로

---

152) 송기섭, 앞의 논문, 169쪽.
153) 송기섭, 위의 논문, 169쪽.

표출된 '도덕의 위기'에 대해 진정한 대답 또는 해결을 제시한다고 주장한다. '도덕의 위기'는 구시대의 질서가 무너지고 새로운 질서가 확립되지 않은 혁명기의 가치관의 혼돈을 가리키는 것일 수 있다. 이 혼돈을 서구의 근대가 탄생하는 순간에 원형적으로 자리 잡고 있는 도덕적 위기 상황으로 본다면, 이를 타개할 수 있는 새로운 윤리를 20세기의 정신분석이 제시한다고 보는 것이다.[154]

나는 6·25를 거치고 4·19를 지나 구시대의 질서가 무너지고 새로운 질서가 확립되지 않은 혁명기의, 가치관의 혼돈의 시대에 온 것이다. 새로운 질서가 확립되어야 할 시기에 온 것인데, 이를 타개할 수 있는 새로운 윤리가 필요한 시대에 온 것이다. 나는 혼돈의 시대에 새로운 윤리를 찾아가야 하는 상황에 직면해 있고, 형은 기존 사회에서 수용되는 공리적인 이데올로기 윤리에 갇혀 과거의 외상적 사건의 증상으로부터 벗어나려 한다.

### (2) 쾌락원칙Pleasure Principle으로서 욕망의 윤리

형의 소설은 겨울 고향에서 벌어지던 노루 사냥 이야기로 시작된다. 소설 속의 <나>[155]는 흰 눈을 선연하게 물들이고 있는 핏빛에 가슴을 섬뜩거리며 마지못해 일행을 쫓고 있었다.

> 총소리를 처음 들었을 때와 같은 후회가 가슴에서 끝없이 피어 올랐다. <나>는 차라리 노루가 쓰러져 있는 것을 보기 전에 산을 내려가 버리고 싶었다. 그러나 <나>는 망설이기만 할 뿐 가슴을 두근거리며 해가 저물 때까지도 일행에서 벗어나지 못하고 있었다. 핏자국은 끝나지 않았고, <나>는 어스름이 내릴 때에야 비로소 일행에서 떨어져 집으로 되돌아갔다. 그리고 <나>는 곧 열이 심하게 앓아 누웠기 때문에, 다음날 그들이 산을 세 개나 더 넘어가서 결국 그 노루를 찾아냈다는 이야기는 자리에서 소문으로 듣게 되었다. 그러나 <나>는 그것만으로도

---

154) 김수용, 앞의 책, 37쪽.
155) 소설 속의 <나>는 형이다.

몇 번이고 끔찍스러운 몸서리를 치곤 했다.

(……) 사실 여기서도 암시하고 있듯이 형의 소설은 전반에 걸쳐서 무거운 긴장과 비정기가 흐르고 있었다.

—『병신과 머저리』 66쪽

서장序章은 형의 성격을 가장 잘 나타내주는 장면이다. 그리고 이렇게 나약한 자신의 성격에 대한 끝없는 질책과 그것으로부터 벗어나려는 의지가 소설 곳곳에 배치되어 있다. 하지만 그것은 그의 성격과 무관하게 법과 위반의 틀에 매어 있는 욕망에 불과한 것이다.

'ㅈ'은행 신축 공사장 앞에는 늘 거지 아이 하나가 꿇어 엎드려 있었다. 열 살쯤 나 보이는 그 소녀 거지는 머리를 어깨 아래로 박고 두 팔을 앞으로 내밀어 손을 벌리고 있었다. 그 손에는 언제나 흑갈색 동전이 두세 닢 놓여 있었다. 그런데 우리가 그 앞을 지날 때였다. 앞서 걷던 형의 구둣발이 소녀의 그 내어민 손을 무심한 듯 밟고 지나가는 것이 아닌가. 놀란 것은 거지 아이보다 내 쪽이었다. 형의 발걸음은 유연했다. 발바닥이 손을 깔아뭉개는 감촉을 느끼지 못한 것 같았다. 더욱 이상한 것은 그때 깜짝 놀라 머리를 들었던 소녀가 벌써 저만큼 멀어져 가고 있는 형의 뒤를 노려볼 뿐 소리도 지르지 않은 것이었다. 나는 소녀의 손을 내려다보았다. 아무렇지도 않았다. 소녀는 다시 자세를 잡았다. 나는 울컥 화가 치밀어 올랐으나, 그것을 꾹 참아 넘기며 앞서가는 형을 조용히 뒤따랐다. 분명 형은 스스로에게 무언가를 확인하고 싶은 것 같은, 그리고 화실에서 지껄이던 말들이 결코 우연한 이야기가 아니었던 것 같은 생각이 들었다.

—『병신과 머저리』 69쪽

이것은 형이 오관모가 되고 싶었던 쾌락원칙[156]이다. 손을 밟은 형은

---

156) 쾌락은 도덕적인 선에서 물질적인 풍요와 '안락'으로 그 뜻이 확장된다. 쾌락원칙은 희열을 회피함으로써 도덕공동체의 법을 준수하는 데서 멈추지 않고 자본주의가 제공하는 물질적인 쾌적함에 안주하는 성향을 띤다. 자본주의 너머는 쾌락 너머의 희열처럼 현실의 편안함을 파괴하는 위험한 대상일 뿐이다. 반면 자본주의

형의 소설 속 오관모이고, 당하지만 소리도 지르지 못하고 형의 뒤를 노려만 보는 소녀는 형의 소설 속 김 일병이며, 형이 소녀의 손을 밟은 것을 보고 화가 울컥 치밀어 올랐지만 그것을 꾹 참아 넘기며 형을 조용히 뒤따르는 것은 형의 소설 속 <나>, 즉 형인 것이다.

일부러 소녀의 손을 밟은 형은 소녀의 손을 밟은 것으로 가해자의 위치해 서고 싶었던 것이다. 이것은 약한 자에게 강하고 싶은 심리이다. 그것으로 자신의 참새 가슴처럼 심약한 모습을 지우고 싶었을 것이다. 그러나 그것은 너무 소심한 행동으로 이어진 것이다. 형은 공동체의 법을 준수하는 수준에서 금기를 위반한다. 쾌락의 원칙을 넘어서는 금기를 위반하지는 못한 것이다. 그리고 소설을 쓰기 시작한다.

> <나>는 다음에도 여러 번 그 기이한 싸움을 구경했다. 그때마다 <나>는 김 일병의 <파란 빛>이 지나가는 눈을 지키면서 속으로 관모의 매질에 힘을 주고 있었다. 그런 때 <나>는 그 눈빛을 보면서 이상한 흥분과 초조감에 몸을 떨면서 더 세게 더 세게 하고 관모의 매질을 재촉했다.
>
> ─『병신과 머저리』69쪽

관모가 꼬리 밟힌 독사처럼 약이 바싹 올라 김 일병을 두들겨 패기 시작했다. 그러나 김 일병은 자세를 전혀 흐트러트리지 않았고, 관모가 김 일병이 그만 굴복해 주기를 애원하는 형국이 되었다. <나>는 김 일병의 눈에서 <파란 불꽃>을 보았다. 그리고 소설에서 형은 그 눈빛에 관해 상당히 길게 설명을 남기고 있었다.

---

내부의 물질적 쾌락은 그 편리한 풍요로움으로 편안과 안락을 약속한다. 쾌락원칙은 도덕적으로 그리고 경제적으로 지배질서의 현상유지에 기여하는 보수적인 원칙이다. 그러나 쾌락원칙을 넘어서려는 충동이 주체 속에서 지울 수 없는 욕망으로 존재한다는 사실을 잊어서는 안 된다.
김수용, 위의 책, 30쪽.

김 일병의 파란 눈빛은 김 일병을 견디게 하는 힘이다. 금기를 위반하지 않으려는 김 일병을[157] 굴복시키고자 하는 관모의 이러한 충동은 소설 속에서나마 <나>에게도 전이된다. 쾌락원칙을 너머서려는 충동이 <나> 의 내면에 욕망으로 존재함을 보여주는 유일한 흔적이다. 하지만 <나는 왜 그렇게 초조하고 흥분했었는지, 또 나는 누구를 편들고 있었는지, 그런 것을 하나도 모른 채, 그리고 그 기이한 싸움은 끝이 나지 않은 채 6·25사변이 터지고 말았다.>(『병신과 머저리』 72쪽) 그러면서 <나>의 내면의 욕망은 쾌락원칙이 부과한 한계선을 넘어서지도 못하고 금지된 대상을 지향하는 욕망을 안으로만 간직하고만 것이다.

그리고 형은 결말을 남겨두고 망설이고 있다.

> 사르트르의 열쇠구멍을 들여다보는 자는 누군가에 의해 보여짐을 알 때 당황과 수치심을 느낀다. 자신이 세상에 의해 보여짐을 의식할 때 주체는 분리되고 인간은 고립과 소외를 벗어나 무대 위에 서게 된다. 이것이 라캉의 타자의식이다. 그러므로 그의 타자의식은 사회의식이다. 그는 타자의식이 없는 시선을 사악한 것으로 보기 때문이다. '부러움'이란 단어는 '본다(vidrer)'라는 동사에서 유래되었다.(……)부러움이란 그 본질에 대해 아무것도 모르면서, 즉 자신에게 충족의 대상이 아닌 것(a)을 타인이 소유할 때 느낀다. 자신의 결여를 떠올리게 하는 완벽한 이미지 앞에서 아이는 창백하게 떨리는 눈으로 동생을 보고 있는 것이다. 그 창백한 떨림을 거두고 그것이 완벽함처럼 보이는 이미지일 뿐이라는 것을 깨닫게 하는 것이 응시이다.[158]

형은 소설의 결말을 완벽한 이미지로 만들고자 한다. 자신의 결여를 떠올리게 하는 완벽한 이미지 앞에서 형은 무너지고 만다. 그것은 사회적인 요구에 맞추어 위협적인 욕망을 제어하는 자아심리학에 닿아 있다. 프로이트가

---

157) 형의 소설 뒷부분을 연상한다면 금기를 위반하지 않으려는 것은 동성애를 거부하는 것으로도 볼 수 있다.

158) 권택영, 앞의 책, 35쪽.

제기한 문명과 욕망 사이의 근원적인 갈등을 해결하기 위해 자아심리학은 자아의 기제를 강화하고 보다 '성숙한' 자아를 발달시키는 것에 주안점을 둔다.159) 그리하여 형은 내가 만들어낸 결말을 잘라내 버리고 자신이 다시 끝을 맺어 놓았다.

> 그러자 <나>의 눈앞에는 그 설원에 끝없이 번져가는 핏자국이 떠올랐다. 그때 또 한 발의 총소리가 메아리쳐 올랐다. <나>는 몸을 부르르 떨고 나서 동굴 구석에 남은 한 자루의 총을 걸어 메고 그 <핏자국>을 따라 산을 내려갔다. <오늘은 그 노루를 보고 말겠다. 피를 토하고 쓰러진 노루를>, <날더러는 구경만 하라고? 그렇지. 잔치는 언제나 너희들뿐이었지> 이런 말들이 <내>가 그 <핏자국>을 따라 가는 동안에 수없이 되풀이되고 있었다.
>
> ─『병신과 머저리』69쪽

오관모가 김 일병을 동굴 밖으로 데리고 나가 죽이자, <나>는 총 한 자루를 걸어 메고 오관모가 김 일병을 죽인 곳으로 간다. 그러면서 나약한 자신에게 최면을 걸고 있다. <나>는 강하다. 사람을 죽일 수 있다. 참새 가슴이 절대 아니다.

오관모와 마주치게 되자 <나>는 "─하지만 나는 오늘 밤, 노루를 보고 말겠다. 피를 토하고 쓰러진 노루를"(『병신과 머저리』87쪽)이라고 다시 되새긴다. 하지만 <나>는 오관모에게 '또 뒤를 주고 서고' 말았다. '또'라는 말에서 형이 전에 뒤를 준적이 있으리라고 짐작할 수 있다. 하지만 소설 전체를 통해 형은 뒤를 준 적이 없다. 여기서 '뒤를 주다'의 상징적 의미가 분명해진다. 그것은 '돌아서지 못하다', '정면을 응시하지 못하다', 즉 '외면', '망설임'을 뜻한다. 이것은 불의에 항거하지 못하는 자신을 적나라하게 드러내는 단어이다. 하지만 형은 최후에 오관모를 향해 돌아섰다.160) 그리고 오관모를 죽인다.

---

159) 김수용, 앞의 책, 14쪽.
160) 이윤옥, 앞의 책, 149쪽.

나는 겁이 나기 시작했다. 어느새 핏자국이 눈을 타고 나의 발등을 덮었다. 그리고 나는 한참 동안 두려운 눈으로 관모의 움직임을 지켜보고 있었다.(……)

문득 수면에 어리는 그림자처럼 희미한 얼굴이 떠 올랐다. 그것은 웃고 있는 것 같았다. 그리고 좀더 확실해지기만 하면 나는 그 얼굴을 알아볼 수도 있을 것 같았다. 오래 전부터 나와 익숙했던, 어쩌면 어머니의 뱃속에도 있기 이전부터 이미 알고 있었던 것 같은 그리운 얼굴이었다. 그러나 생각이 나지 않았다. 안타까웠다. 생각이 나기 전에 그 수면 위의 그림자처럼 희미하던 얼굴은 점점 사라져갔다. 나는 눈을 감았다. 그리고 계속해서 방아쇠를 당겼다. 총소리가 다시 산골을 메웠다. 짠것이 자꾸만 입으로 흘러 들어왔다.

탄환이 다하고 총소리가 멎었다.

피투성이의 얼굴이 웃고 있었다. 그것은 나의 얼굴이었다.

―『병신과 머저리』88~89쪽

형이 이러한 결론을 내린 것은 도덕적 죄의식을 나타내는 초자아의 의식을 충실히 반영한 결과이다. 김 일병을 죽인 악한인 오관모를 죽이고 싶은 욕망을 그는 실현해냈고, 그러한 용기는 윤리가 긍정하는 욕망일 뿐이다. 따라서 형인 <나>는 참새 가슴으로서 우유부단하고 심약한 성격을 극복하고 사회적으로 악한인 오관모를 처단한 것이다. 그럼으로써 <나>는 참새 가슴으로 말미암아 숨겨져 볼 수 없었던 그리운 얼굴을 보게 된다. 피투성이가 된 웃고 있는 나의 얼굴이다.

하지만 형은 혜인의 결혼식에서 관모를 만나게 된다.

그렇다고 해도 이제 형은 곧 일을 시작하게 될 것이다. 형은 자기를 솔직하게 시인할 용기를 가지고, 마지막에는 관모의 출현이 착각이든 아니든, 사실로서 오는 것에 보다 순종하여, 관념을 파괴해 버릴 수 있는 힘이 있었다. 무엇보다도 형은 그 아픈 곳을 알고 있었으니까. 어쨌든 형을 지금까지 지켜온 그 아픈 관념의 성은 무너지고 말았지만, 그

만한 용기는 계속해서 형에게 메스를 휘두르게 할 것이다. 그것은 무서운 창조력일 수도 있었다.

-『병신과 머저리』 94쪽

형은 관념이라는 쾌락의 원리를 넘어서는 충동으로서의 욕망을 파괴해 버릴 수 있는 힘이 있다. 그것은 곧 사회적인 요구에 맞춰 위협적인 욕망을 제어하고 자신을 현실에 어떻게 적응 시킬지를 아는 것이다. 그것은 사실로서 오는 것에 순종하는 것으로서, 관모의 출현이 착각이든 아니든 상관없이 욕망에 적대적인 지배 윤리에서 조금도 벗어나지 않는 현실 순응적인 것이다.

### (3) 혼돈의 시대에서 새로운 윤리 찾기

나는 형의 소설 결말이 쓰이지 않으므로 인해, 나도 그림을 도저히 그릴 수가 없게 된다. 그 살인의 기억 속에 이야기의 결말을 망설이고 있는 형 때문에 나는 매일 저녁 형의 소설을 뒤져보고 어서 끝이 나기를 기다리고 있지만, 관모는 항상 아직 골짜기 아래서 가물거리고 있었고 김 일병은 김 일병대로 형의 결정을 기다리고만 있었다. 무엇보다 나는 형이 그러고 있는 동안 화실에서 나의 일을 할 수가 없었다.

결말은 명백히 유추될 수 있었다. 형은 언젠가 자기가 동료를 죽였다고 말했지만, 형의 약한 신경은 관모의 행위에 대한 방관을 자기의 살인 행위로 받아들인 것인지도 모를 일이었다. 그렇다면 형은 가엾은 사람이었다. 그리고 미웠다. 언제나 망설이기만 할 뿐 한번도 스스로 행동하지 못하고 남의 행동의 결과나 주위 모아다 자기 고민거리로 삼는 기막힌 인텔리였다. 자기 실수만이 아닌 소녀의 사건을 자기 것으로 고민함으로써 역설적으로 양심을 확인하려 하였다. 그리고 자신을 확인하고 새로운 삶의 힘을 얻으려는 것이었다.

그러나 요즘 형은 그 관념 속의 행위마저도 마지막을 몹시 주저하고 있었다. 악질인 체했을 뿐 지극히 비루하고 겁 많은 사람이었다. 영악하고 노회한 그 양심이 그것을 용납지 않는 모양이었다.

 −『병신과 머저리』 80쪽

형은 영악하고 노회한 그 양심, 즉 사회적으로 용인되는 '성숙'의 윤리 때문에 소설 속에서 김 일병을 죽이지 못한다. 따라서 나는 기다릴 수가 없어 소설 속에서 김 일병을 죽여 버리고 만다. 형 대신 소설을 마무리 지은 것이다.

나는 화풀이라도 하는 마음으로 표범이 토끼 잡듯 김 일병을 잡았다. 김 일병의 살해범이 누구인지 확실치도 않는 것을 <나>로 만들어버렸다. 그러니까 <내>(여기서는 형이라고 해야 좋겠다)가 관모가 오기 전에 김 일병을 끌고 동굴을 나와서 쏘아버리는 것으로 소설을 끝내버렸다.

 −『병신과 머저리』 81쪽

이것은 '건전한' 상식의 윤리를 벗어나는 것으로서 법과 위반의 틀을 벗어나는 욕망이다. 그리고 죄의식과 초자아의 논리를 넘어서서 그 악순환을 깨는 보다 근본적인 의미에서 위반의 욕망이다.

앞에서 밝혔듯이, 작금의 상황은 6·25를 거치고 4·19를 지나 구시대의 질서가 무너지고 새로운 질서가 확립되지 않은 혁명기의 가치관의 혼돈의 시대에 온 것이다. 새로운 질서가 확립되어야 할 시기에 온 것인데, 이는 이를 타개할 수 있는 새로운 윤리가 필요한 시대에 온 것이다. 따라서 윤리적 주체인 나는 혼돈의 시대에 새로운 윤리를 찾아가야 하는 상황 직면해 있는 것이다. 그것은 윤리적 주체인 내가 자신의 욕망을 포기하지 않고 끝까지 좇음으로써 초자아의 가학적인 요구를 무력화하고 욕망의 만족을 성취하고자 함으로써 이룰 수 있는 것이다.

하지만 나는 초자아의 가학적 요구를 무력화하기 위해 형의 소설 결말에서 김 일병을 <내>가 죽여 버리는 것으로 끝을 내지만, 혼돈의 시대에 새로운 윤리를 아직 찾지는 못하고 있다. 그럼으로써 무기력한 모습만 보여주고 있다. 그것은 결혼식을 하루 앞둔 혜인의 편지에서 단적으로 드러난다.

> (……) 결국 선생님은 아무 책임질 능력이 없다는 증거지요. 왜냐하면 선생님의 해답은 언제나 모든 것이 자신의 안으로 돌아가는 것뿐이었으니까요.
> 선생님을 언제나 그렇게 만든 것은 선생님이 지니고 계신 이상한 환부(患部)였을 것입니다. 내일 저와 식을 올린 분은 선생님의 형님 되시는 분을 6 · 25 전상자라고 하더군요. 처음에 저는 그 말을 알아들을 수가 없었지만 요즘의 병원 일과 소설을 쓰신다는 일, 술(놀라시겠지만 그분은 선생님의 형님과 친구랍니다)에 관한 모든 이야기를 듣고는 어느 정도 납득이 갔어요. 그렇지만 정말로 저는 선생님에 대해서는 알 수가 없었어요. 6 · 25의 전상이 자취를 감췄다고 생각하면 오해라고, 선생님의 형님은 아직도 그 상처를 앓고 있다고 하시는 그분의 말을 듣고 저는 선생님을 생각했어요. 그렇다면 이유를 알 수 없는 환부를 지닌, 어쩌면 처음부터 환부다운 환부가 없는 선생님은 도대체 무슨 환자일까고요. 게다가 그 증상은 더 심한 것 같았어요. 그 환부가 어디에 위치해 있는지, 그것이 무슨 병인지조차 알 수 없다는 점에서 선생님의 증상은 더욱더 무겁고 위험해 보였지요. 선생님의 형님은 그 에너지가 어디에 근원했건 자기를 주장해 왔고, 자기의 여자를 위해 뭔가 싸워왔어요.
> 몇 번의 입맞춤과 손길을 허락한 대가로 말씀드리는 것은 아닙니다. 제가 치료를 해드릴 수 있었으면 하고 생각했지만, 그것은 결국 선생님 자신의 힘으로밖에 치유될 수 없는 것이라는 것을 알게 되었습니다. 그렇게 되시기를 빌 뿐입니다.
>
> —『병신과 머저리』 81쪽

형은 6 · 25 전상자라는 뚜렷한 아픔의 이유를 알고 있고, 그 아픔을 견디는 힘 때문에 오히려 형은 살아 있는 이유가 있고 자기를 주장할 수 있다. 하지만 나는 나의 환부가 어디에서 오는 것인지도 모르고, 어디에 위치해 있는지도 모른다. 그래서 그 증상은 더욱 더 무겁고 위험해 보인다.

혼돈의 시대 한 가운데 있는 나는 새로운 윤리를 모색하지만 새로운 윤리를 찾는 것은 요원하다. 그것은 화폭에 얼굴을 그리는 것으로 나타난다. 나는 얼굴의 윤곽만을 그린 채 전혀 얼굴을 그리지 못하고 있다. 결말을 맺지 못하는 형의 소설을 내가 대신 결말부분을 쓰면서 '<내>(형)가 김 일병을 죽이고 나서' 나는 탈주하려한다. 하지만 전통적인 윤리적 '선'으로서 '권력의 질서'를 정당화하고 유지하는 데 기여하는 이데올로기로서의 <나>(형)는 소설 결말을 고쳐 쓰면서 오관모를 죽임으로써 재영토화 해버린다. 결국은 내가 소설 결말을 끝내고 그리려던 그림은 형에 의해 찢겨지고, 자신의 얼굴을 찾은 형은 그것을 화폭에 그리라고 강요한다. 그리고 혼돈의 시대에 새로운 윤리를 찾지 못하고 방황하고 있는 나를 향해 형은 '병신 새끼', '머저리 병신'이라고 소리를 지른다.

> 나는 멍하니 드러누워 생각을 모으려고 애를 썼다.
> 나의 아픔은 어디서 온 것일까. 혜인의 말처럼 형은 6·25의 전상자이지만, 아픔만이 있고 그 아픔이 오는 곳이 없는 나의 환부는 어디인가. 혜인은 아픔이 오는 곳이 없으면 아픔도 없어야 할 것처럼 말했지만, 그렇다면 지금 나는 엄살을 부리고 있다는 것인가.
> 나의 일은, 그 나의 화폭은 깨어진 거울처럼 산산조각이 나 있었다. 그것을 다시 시작하기 위하여 나는 지금까지보다 더 많은 시간을 망설이며 허비해야 할는지 모른다.
> 어쩌면 그것은 나의 힘으로는 영영 찾아내지 못하고 말 얼굴일지도 몰랐다. 나의 아픔 가운데에는 형에게서처럼 명료한 얼굴이 없었다.
> ─『병신과 머저리』 94쪽

나는 아직 그 얼굴을 찾지 못하고 있다. 그리고 변화와 새 출발을 요구하는 새로운 윤리를 찾지 못하는 한 그것은 영원한 숙제로 남는다. 그것은 형으로 대변되는 초자아의 교묘한 감시의 눈을 벗어날 수 있을 때 가능할지도 모를 일이다.

## 4. 영화 〈시발점〉

[그림 17] 영화 〈시발점〉 포스터

### 1) 상훈의 자기 검열의 결과로서 지배윤리 강화

물감의 강렬한 색채를 활용한 오프닝 신으로 시작되는 영화 <시발점>은 널리 알려졌듯이 검열로 인해 소설 원작의 제목인 『병신과 머저리』를 쓰지 못하고 제목을 변경하고 말았다. 그리고 신선한 모노크롬 기법의 플래시백 화면 속에 지속적으로 등장하는 원작의 한국전쟁 배경을 일제 강점기로 각색한 것은 한국군을 부정적(폭력과 동성애)으로 묘사하는 것에 대해 부담을 느낀 감독의 자기 검열의 결과일 것이다.161)

이러한 검열의 결과로서 영화는 소설보다는 선과 악의 대립이 훨씬 더 강조되는 결과를 가져왔다. 소설에서는 오관모가 악한의 역할을 하지만

---

161) 이선주, 「열정과 불안: 1960년대 한국영화의 모더니즘과 모더니티」, 중앙대학교 첨단영상대학원 박사학위논문, 2012, 120쪽.

그래도 전쟁을 같이 수행하는 대한민국 전우인 것이다. 비록 김 일병을 죽인 살인마이지만, 생사고락을 함께 한 같은 국적의 전쟁 동료를 죽인다는 것은 대한민국을 침략한 일본 군국주의로 상징되는 인물인 다나카 군소를 죽이는 것보다 훨씬 더 큰 부담을 가질 수밖에 없는 것이다. 이러한 이유로 형인 상훈은 소설보다 좀 더 윤리적인 위치에 서게 된다. 물론 소설처럼 사회 순응적인 이데올로기의 지배적 윤리에 포섭되는 것은 마찬가지이지만, 그 이데올로기의 지배윤리가 좀 더 강화되는 것은 사실일 것이다.

그리고 소설에서 김 일병이라는 인물을 영화에서는 기무라는 인물로 변주했는데, 기무라는 다나카 군소와 대립각을 세우면서 그 악행을 더욱 더 악하게 만드는 역할을 하게 된다. 형인 상훈은 기무라에게 '왜 매일 다나카 군소에게 매를 맞으면서 빌지 않는지, 아니면 거짓말을 해서라도 빌면서 매를 피하는 것이 결과적으로 나은 것이 아니냐고' 묻는다. 그러자 기무라는 이렇게 대답한다. '제가 만약 거짓말이라도 빈다면 그건 이 군국주의 전쟁을 긍정하는 결과과 되지 않겠느냐며, 지금 시대에 속으로 끙끙 앓고만 있는 것이 아니라 행동을 해야 한다는 것이다. 그게 미미하고 방법론상으로 틀렸다고 하더라도, 하는 게 안 하는 것 보다 좋다고, 역사가들은 행동을 평가하지 마음속을 평가하지 않는다'라고 말한다.

기무라의 이러한 행동은 소설에서처럼 참새 가슴의 소심함을 드러내는 상훈의 군국주의 침략전쟁에 순응하는 행동과 대비를 이루게 된다. 상훈의 심약한 성격으로 인해 불의에 항거하지 못하는 것과 대비하여 기무라의 이러한 행동은 더욱더 정의로워 보인다. 그럼으로써 앞으로 전개될 다나카 군소의 기무라 살인은 사회적으로 용납하기 힘든 건전한 상식의 윤리를 벗어나는 정의를 죽이는 것이다. 하지만 기무라는 죽음 앞에서 상훈처럼 심약한 모습을 보인다. 그것은 죽음 앞에서 보일 수 있는 너무나 인간적인 모습이다.

[그림 18] 영화 〈시발점〉 속 한 장면

　일본군은 소련군과의 전투에서 패하고, 상훈은 다리에 총상을 입은 기무라를 데리고 남하하다 어느 동굴 앞에서 다나카 군소를 만나게 된다. 그리고 소설에서처럼 다나카 군소는 기무라를 겁탈한다. 그리고 기무라 다리의 총상이 심해져 냄새가 많이 나자 쓸모가 다 해지고 식량을 축낸다는 이유로 그를 죽이려 한다. 상훈은 기무라가 부상은 당했지만 전우라고 얘기해 보지만 소용없는 일이다. 다나카 군소는 썩어가는 다리 때문에 곧 죽을 산송장과 다름없는 기무라가 식량을 축내는 것보다 입을 줄이기 위해 죽이는 것이 낫다고 이야기한다. 그러자 상훈은 대꾸 하지 못한다.

　기무라가 동굴에서 다나카 군소에게 겁탈을 당한 직후, 다나카가 나가고 상훈이 들어오자 기무라는 이렇게 상훈에게 하소연한다.

　　　#동굴 안
　　　기무라 : (상훈에게) 형님, 형님이라고 부르게 해주세요. 바깥에서 다
　　　　　　　구경하고 계셨죠? 형님은 제가 그 짓을 당하는 게 처음이 아
　　　　　　　니란 것도 다 알고 계시죠? 형님 정직하게 말씀해주세요 (안
　　　　　　　으며) 다나카 군소가 저를 없애자고 하죠? 먹을 껏 때문에
　　　　　　　말입니다. 알고 있습니다. 그럴수록 전 살고 싶으니 웬일일

까요? 전에 저와 다나카 군소와는 늘 팽팽하게 대결했었죠. 전 그 때마다 말하곤 했습니다. 다나카에게 굴복하는 건 군 국주의나 악을 승인하는 것, 그 때문에 저는 목숨을 걸고 서라도 9999명을 제외한 유일한 증인이 되겠다구요. 저는 그 때 그게 진실이라고 생각했습니다. (바닥에 쓰러진다) 그리고 죽음 같은 것도 차라리 두렵지 않게 생각했었죠. 그런데 지금은 저의 자세로는 오히려 굴욕을 참아가면서 살려고 발버둥 치고 있습니다. 그것이 진리 같은 생각이 드는군요. 더 정확하게 표현한다면, 오직 살기 위해서 굴욕을 참고 있는 것이 더욱 순수하다고 생각되는군요. (흐느낀다) 제 지금의 절실한 소망은 어떻게든 살고 싶다는 생각뿐입니다. 형님. (기무라는 상훈에게 안긴다)

그렇게 당당하던 기무라도 죽음 앞에서 나약한 인간의 모습을 보이고 만다. 이것은 영화작가인 감독이 상훈의 참새 가슴 같은 심약함을 변호하는 신이다.

모든 인간은 죽음 앞에서 두려움을 갖고 있다. 죽음뿐만 아니라 권력 앞에서도 마찬가지다. 자신이 가진 것을 박탈당하는 것에 대한 두려움이다. 물론 일본에 대항해 국가 독립을 위해 자신의 재산과 목숨을 던진 독립투사나 민주화를 위해 자신의 모든 것을 던진 민주화 인사들도 있지만, 대부분의 평범한 인간 군상들은 권력과 특히 죽음 앞에서 나약해 질 수밖에 없다. 더구나 일본군인 다나카 군소에게 당당히 저항하던 기무라까지도 죽음 앞에서 살기 위해 굴욕을 견디는데, 애니메이션으로 처리된 것처럼 심약한 심성 때문에 노루 사냥에 따라나선 것조차 후회하는 상훈이야말로 우리네 인간 군상의 표상처럼 어쩔 수 없이 이러한 상황을 견디며 살아남을 수밖에 없는 것이다.

영화 <시발점>은 자기 검열로 인해 소설『병신과 머저리』의 결말 부분에서 중요한 위치를 차지하는 형과 오관모의 만남을 어쩔 수 없이 삭제할 수밖에 없게 된다. 소설 결말 부분에서 오관모의 생사 여부는 소설에서 열린 결말로 가는 중요한 장치이기도 하다.[162] 소설에서의 오관모가 변주된 인물인 다나카 군소는 일본인이기 때문에 영화 후반부에 등장할 수가 없다. 그럼으로써 소설에서 말하고자 하는 몇 가지를 놓치게 된다.

오관모는 살아 있을까? 그렇다면 형은 자신의 소설에서 왜 그를 죽였을까? 피해자는 정말 김 일병 한 사람뿐일까? 그럴 경우 형이 살인을 하고 그 힘으로 살아날 수 있었다면, 유일한 피해자인 김 일병의 살해자는 형이다. 상처 입고 죽어 가는 김 일병의 살해를 통해 형이 천 리 길을 탈출할 수 있는 힘을 얻었단 말인가? 오관모가 살아 있다는 가정은 설득력이 없다.

오관모는 죽었을까? 그렇다면 의문은 하나뿐이다. 형은 왜 살아있는 그를 만났다고 했을까?[163]

이러한 물음들에 대한 답을 영화에서는 하지 못한다. 그럼으로써 형이 갖고 있는 상처에 대한 설명은 소설에서처럼 완전하지 못 한 것이 된다. 소설에서 복잡다단하고 관념적인, 독자마다 다른 생각을 할 수 있도록 열어 둔 서사를 영화작가는 영화를 통해 열린 서사를 좀 더 정확하고 단순한 의미를 전달할 수 있도록 자신만의 생각으로 번역한다. 그것은 영화작가도 소설을 읽는 하나의 독자로서 소설을 자신의 텍스트로 다시 재생산해 내기 때문이다.

---

162) 형이 살아 있고 김 일병이 죽은 것은 확실하다. 그래서 하나의 질문을 던진다. 김 일병의 가해자는 누구인가? 형인가, 오관모인가? 이 문제는 그다지 중요하지 않은 것 같다. 우리는 혼란을 느낀다. 질문이 잘못 제기되었기 때문이다. 문제는 김 일병의 가해자가 누구냐가 아니라 확실치 않은 오관모의 생사 여부다. 그는 형의 소설에서 죽었다가 『병신과 머저리』의 끝 부분에서 살아난다. 오관모의 생사 여부는 간단한 문제가 아니다. 대부분의 평자들은 아무런 납득할 만한 설명 없이 소설 끝 부분에 그가 등장하는 것을 의문 없이 받아들이거나 그저 부수적인 일로 처리한다.
이윤옥, 앞의 책, 151쪽
소설에서 형은 관모가 자신을 잘 알아보지 못했고, 지신이 사람을 잘못 안았다고 미안해하며 사과했다고 말한다. 이것은 살아 있는 관모가 허구임을 보여 주는 것으로 독자의 이해를 돕기 위한 작가의 친절한 배려인 듯하다.
이윤옥, 위의 책, 160쪽.
163) 이윤옥, 위의 책, 151~152쪽.

## 2) 비윤리적인 성공적인 애도작업

영화 <시발점>은 영화적 특징으로 인해 소설『병신과 머저리』의 형의 소설 속 <나>(형)와 김 일병보다 영화 속 <나>(상훈)와 기무라의 관계가 훨씬 가깝게 연출된다. 영화 속에서 상훈과 기무라는 많은 대화를 나누고 또한 소련군에게 패퇴한 뒤 상훈이 부상당한 기무라를 도와 퇴각하는 몽타주 신에서는 서로의 동료애가 애잔하게 느껴진다. 이것은 소설을 영화되기 하기 위한 어쩔 수 없는 선택처럼 보이지만, 그것 때문에 상훈은 기무라에게 전우애를 느낄 수밖에 없는 서사로 나아가게 된다. 따라서 영화 <시발점>은 소설『병신과 머저리』보다 좀 더 복잡한 애도의 문제를 갖게 된다. 소설에서는 <내>(형)가 김 일병에게 죄책감은 있을지언정 애틋한 전우애는 없었지만, 영화에서는 <내>(상훈)가 기무라에게 애틋한 전우애를 느낄 수 있는 서사이다. 다나카 군소가 기무라는 쓸모가 다하고 식량을 축낸다는 이유로 그를 죽이려 하자, 상훈은 기무라가 부상은 당했지만 전우라고 얘기하기도 한다.

> 프로이트는 애도를 사람이나 추상적인 것을 잃은 데 대한 반응이라며 이원화했지만, 그것은 반드시 이원화해야 하는 개념은 아닐 것이다. 양자가 겹쳐지는 게 얼마든지 가능하기 때문이다. 가령 나라를 잃은 식민지 상황에서 사랑하는 사람의 죽음을 애도한다고 가정해보자. 그 애도는 당연히 일차적으로는 사랑하는 사람을 잃은 데 대한 사적인 애도가 되겠지만, 이차적으로는 나라를 잃은 데 대한 애도가 될 수도 있을 것이다. 식민지 상황에서는 사랑하는 사람의 죽음을 슬퍼하는 것마저도 사적인 공간에 머물지 못하고 나라를 잃은 슬픔과 겹쳐질 수 있는 탓이다. 사적이어야 할 애도도 식민역사의 격랑에 휘말린 상황에서는 더 이상 사적인 영역에 머물 수만은 없는 탓이다. 더욱이 그 죽음이 식민주의자들이 자행한 폭력에 의한 것이라면 애도는 당연히 한편으로는 사랑하는 사람을, 다른 한편으로는 빼앗긴 나라를 대상으로 하는 이중적인 애도가 된다. 식민치하의 애도는 그래서 이중적이다.164)

---

164) 왕은철, 앞의 책, 334~355쪽.

위의 글처럼, 형인 상훈의 애도는 이중적이다. 하지만 나라를 잃은 슬픔과 기무라를 잃은 슬픔의 애도가 아니라, 전우애를 나눈 기무라를 잃은 슬픔과 그 기무라를 죽인 다나카 군소를 막지 못한 자신의 잃어버린 윤리의식에 대한 애도이다.[165] 이러한 이중적 애도는 소설에서 느끼는 애도의 감정보다 그 감정적 깊이가 더 깊어 보인다. 왜냐하면 소설보다 그 선악의 대립이 훨씬 강하게 느껴지기 때문인데, 그것은 같은 국군이 아닌, 식민지 상황에서 제국주의의 상징으로서 다나카 군소에게 기무라가 살해당했기 때문이다. 상훈은 이러한 상황에서 기무라를 지켜주지 못한 것이다.

오랫동안 잊었던 과거의 외상적 사건들을 다시 상징적 현실로서 생산해 내는 작업인 소설쓰기로 이러한 증상을 돌파해 내는 상훈의 애도작업은 꽤나 성공적인 작업으로 보인다.

> \# 상훈 집 마루
> 상훈 : 내가 왜 소설을 중단했는지 말해 줄까? 내가 사람을 죽여가면서, 내 길을 걸어온 게 과연 잘 한 일인가 망설여졌던 때문이야. 수술을 하다 죽은 소녀도 그랬고, 혜인이를 내가 요리조리 재다가 놓치는 걸 보고, 난 드디어 확신을 가진 거야, 난 확신을 가졌어! (방으로 들어가다 뒤 돌아 영훈을 보며) 이 참새 가슴 같은 것아! 내 말을 듣고 있냐? 병신, 머저리!

영화 마지막 신에서 형인 상훈이 자신이 쓴 소설을 태우다 동생 영훈에게 훈계하듯 하는 발화이다. 상훈은 소설을 다 마친 후 확신을 가졌다고 이야기한다. 그것은 소설쓰기로 인해 과거의 외상적 사건들의 증상을 돌파했다는 말이고, 애도작업 또한 성공했다는 말이다. 그로 인해 전우애를 나눈 기무라를 잃은 슬픔과 그 기무라를 죽인 다나카 군소를 막지 못한

---

165) 이것은 형의 소설에서 형이 쓴 결말의 서사를 사실이라고 생각하고 서술한 것이다. 그리고 형인 상훈의 애도에 나라 잃은 슬픔이 없지는 않겠지만 그것은 영화의 주제의식과는 거리가 있다.

자신의 잃어버린 윤리의식에 '투자'했던 심리적 에너지를 '회수'하여 이제는 다른 사람에게 '재투자' 할 수 있게 된 것이다.

이렇게 상훈이 애도작업을 정상적으로 마칠 수 있었던 것은 앞에서 밝혔듯이, 영화 <시발점>이 자기 검열로 인해 소설『병신과 머저리』의 결말 부분에서 중요한 위치를 차지하는 형과 오관모의 만남을 어쩔 수 없이 삭제할 수밖에 없었기 때문이다. 왜냐하면 소설에서의 오관모가 변주된 인물인 다나카 군소는 일본인이기 때문에 영화 후반부에 등장할 수가 없기 때문이다.

소설에서는 오관모의 등장으로 인해 형의 애도작업 완성이 정상적으로 이루어지는 것이 불가능 하지만 영화에서는 다나카 군소가 등장할 수 없으므로 인해 상훈의 애도작업이 정상적으로 이루어질 수 있었다. 하지만 모순적이게도 상훈의 그러한 성공적인 애도작업의 완수는 비윤리적인 행위가 된다. 과거의 외상적 사건들의 증상을 돌파하기 위한 소설쓰기로 인해 오랫동안 마음속에 침잠시켰던 기무라를 잃은 슬픔과 잃어버린 윤리의식은, 단번에 기무라를 잃은 슬픔은 놓아 버리고, 자신의 잃어버린 윤리의식은 되찾게 되는 것이다. 그것은 깨우침을 얻은 듯 확신을 가졌다는 상훈의 한마디로 이루어지게 된다.

## 3) 소설의 의미 축소

### (1) 여자를 놓쳐버린 영훈의 무기력 함

영화 <시발점>에서 물감을 통한 강렬한 색채의 오프닝 영상 뒤에 바로 이어지는 신이 목탄으로 화폭에 얼굴을 스케치하는 장면이다. 그 얼굴은 여성의 얼굴인데, 영화의 전반부에서는 정확히 누구의 얼굴인지 밝혀지지는 않는다. 그러나 영화 후반부로 가면서 완성되는 얼굴을 보면 혜인과 많이 닮아 있어 혜인의 얼굴일 가능성이 커 보인다. 그리고 결정적으로 형인 상훈의 발화로 인해 누구의 얼굴인지 밝혀지게 된다.

[그림 19] 영화 〈시발점〉 속 한 장면

이것은 소설 『병신과 머저리』에서 중요한 위치를 차지하는 소재인 얼굴과는 다른 설정이다. 소설에서 화자인 내가 그리는 얼굴은 얼굴의 선만 그려진 채 좀처럼 그림이 더 진전되지 않는다. 그것은 형의 소설과 나의 그림의 상관관계 때문이다. 형의 6·25 세대로서의 아픔과 나의 5·16 세대로서의 아픔이 서로 교차되면서 진행되는 소설에서 그 얼굴 찾기는 소설이 이야기하고자 하는 주제를 드러내는 중요한 소재이다. 그래서 누구의 얼굴인지 전혀 알지 못한 채 소설이 진행된다. 그리고 그 얼굴은 형과 나의 정체성을 확인하는 중요한 소재가 되는 것이다.

결국 형은 소설 속에서 자신의 얼굴을 찾았지만 동생은 아직 자신의 얼굴을 찾지 못한 채 소설이 마무리된다. 그것은 앞에서 언급했듯이, 형은 도덕적 죄의식을 나타내는 초자아의 의식을 충실히 반영한 결과, 윤리가 긍정하는 욕망을 따라 참새 가슴으로서 우유부단하고 심약한 성격을 극복하고 사회적으로 악한인 오관모를 처단했다. 그럼으로써 형은 참새 가슴으로 인해 숨겨져 보지 못했던 그리운 얼굴을 보게 되는데, 그것은 피투성이가 된 웃고 있는 <자신>(형)의 얼굴이다. 그리고 동생은 아직 그 얼굴을 찾지 못하고 있는데, 변화와 새 출발을 요구하는 새로운 윤리를 찾지 못하는 한 그것은 영원한 숙제로 남는다. 그것은 형으로 대변되는 초자아의 교묘한 감시의 눈을 벗어날 수 있을 때 가능할지도 모를 일이다.

하지만 영화에서 화폭에 그려진 얼굴이 여자 얼굴—아마도 혜인의 얼굴—이 됨으로써 소설에서 밝히고자 했던 형과 동생의 아픔에 대한 정체성은 모두 사라지고, 나(영훈)의 아픔의 폭은 상당히 좁아지게 된다. 그것은 무엇 때문인지 모르지만 여자를 책임지지 못하는, 아니 책임지기 싫어하는 것에서 드러나는 아픔일 뿐이다. 그것은 혜인이 자신을 좋아하는 남자에게 겁탈을 당하는 장면에서 영화작가인 감독은 그것을 적나라하게 드러낸다.

동생인 영훈과 혜인은 데이트를 마치고 영훈이 혜인을 그녀의 집으로 데려다준다. 둘은 혜인의 집 근처에서 키스를 나누고 헤어진다. 그러던 중, 혜인은 자신을 좋아하는 남자가 데리고 온 두 명의 건달에게 잡히고 만다. 혜인은 살려달라고 외치고, 그 소리를 들은 영훈이 달려와 그들과 마주친다.

#후미진 공사장
남자 : 애인끼린가 보군. 내가 그러고 보니 당신과 라이벌이 되는 셈이 군. 난 이 근처에 사는 사람이야. 아침 저녁으로 지나다니는 이 아가씨가 마음에 들었어, 사랑을 호소했었지. 안 들어주더군. 참을 수 없어, 결국 이렇게 해서라도 내 것으로 만들어야겠어!
영훈 : 그게 강제로 해서 될 성질의 것이유.
남자 : 흥, 당신은 꽤 자신 만만하군. 허지만 당신의 사랑이 반드시 내 것보다 더 하다고 장담하진 못할걸!
영훈 : 난 사랑하오!
남자 : 얼마만큼, 얼마만큼이요? 나 좀 봅시다.

남자는 영훈을 건물 공사장 안으로 끌고 가 대화를 나눈다. 그 대화는 소리 없이 처리된다. 남자는 영훈을 밀치고 두 남자가 잡고 있는 혜인에게로 가 겁탈한다. 영훈은 그 장면을 보다 도망친다.

이 장면에서 영훈이 왜 남자에게 혜인이 겁탈 당하게 놔두고 도망쳤는지 알 수 없다. 하지만 그 이유를 알 수 있는 무음으로 처리된 대화는 영화 결말 부분에 배치된다.

형 성훈이 자신이 쓴 소설을 태우며 동생 영훈에게 "병신 같은 새끼"라고 한다. 그리고 "이 병신아, 화실에서 그리지 못해 애쓰는 그림은 결국 잃어버린 혜인이지? 어때 바로 말해 봐? 망설이고 앞뒤를 재고 꾸물거리다가 여자를 놓치고 말았지? 그래서 니 자신에게까지 화가 치밀었지? 이런 너 따위가 그림을 그릴 리가 없어! 이 머저리야!"라고 말한다. 화면은 동생 영훈의 얼굴을 클로즈업하고, 영훈은 알 수 없는, 슬프지만 무언가를 깨달은 듯한 표정을 짓는다. 그리고 무음으로 처리된 장면으로 플래시백 된다.

> #후미진 공사장
> 남자 : 저 여자와 당신은 어떤 사이요?
> 영훈 : 왜 묻소?
> 남자 : 결혼할 약속이라도 있느냐 말이요?
> 영훈 : 했든 안 했든 당신이 무슨 참견이요?
> 남자 : 허허! 결국 할 의사까지는 없다, 이 말씀이시군!
> 영훈 : (혜인을 쳐다본다)
> 남자 : 대답을 못하는 군. 그렇게 되면 내가 점령하는 거야! 너 보다는
> 　　　내가 차라리 나은 것 같다.
> 영훈 : (혜인에게 가는 남자를 잡으며) 저 여자를 건드리지 마라!
> 남자 : 그럼 내가 다음 차례를 기다리지, 먼저 가봐. 역시 넌~, 먼저
> 　　　니가 건드리면 도의상 저 여자를 버릴 수가 없겠지? 이 약삭빠
> 　　　른 사람아!

남자는 영훈을 밀치고 혜인에게로 가 겁탈을 한다.

결국 영화에서 병신과 머저리는 동생 영훈이다. 형인 상훈은 전쟁의 상흔을 소설쓰기라는 예술적 행위로 승화시켰지만, 동생은 무기력하게 망

설이고 앞뒤를 재고 꾸물거리다 자신이 사랑하는 여자를 놓쳐버린 '병신·머저리'인 것이다. 따라서 감독이 해석한 동생의 아픔은 무기력한 모습으로 인해 여자를 책임지지 못하는, 아니면 여자를 책임지지 못해 또는 책임지기 싫어서 무기력해지는, 그래서 여자를 놓쳐버리고 마는 것에서 오는 것이다. 그리고 그 무기력함은 어디에서부터 왔는지는 아무도 모르는 것이다. 이것은 앞에서 밝힌 혼돈의 시대에 새로운 윤리를 찾지 못해 방황하는 소설에서의 동생 모습과는 거리가 있는 것이다. 이것은 소설에서 동생이 혼돈의 시대에 새로운 윤리를 찾지 못하기 때문에 겪는 아픔을 영화에서는 영훈이 그저 여자 때문에 아픈, 아니면 아프기 때문에 여자를 책임지지 못하는 좁은 의미로 가두어 버리고 만다.

### (2) 영훈이 그리지 못한 혜인의 얼굴

결국 동생 영훈이 화실에서 그리지 못한 얼굴이 혜인의 얼굴로 밝혀짐으로써, 형 상훈이 소설 결말을 맺지 못하는 것과 영훈이 그림을 완성하지 못하는 것 사이의 상관관계는 연결고리가 약해지게 된다. 소설 『병신과 머저리』에서 동생인 내가 그리지 못한 얼굴이 피 묻은 웃고 있는 형의 얼굴인지, 아니면 두려움에 떨고 있는 형의 얼굴인지, 그것도 아니면 무기력한 자신의 얼굴인지 알지 못해 동생인 나는 그림을 완성하지 못하는 것인데, 영화 <시발점>에서 영훈이 그리지 못한 얼굴이 혜인의 얼굴이면 굳이 상훈의 소설과 관계하여 영훈이 그림을 그리지 못할 이유가 없다. 하지만 감독은 그것을 설명하기 위해 상훈이 영훈에게 자신이 왜 소설을 쓰지 못했는지 설명한다.

> # 상훈 집 마루
> 상훈 : 내가 왜 소설을 중단했는지 말해 줄까? 내가 사람을 죽여가면
>        서, 내 길을 걸어온 게 과연 잘 한 일인가 망설여졌던 때문이
>        야. 수술을 하다 죽은 소녀도 그랬고, 혜인이를 내가 요리조리

재다가 놓치는 걸 보고, 난 드디어 확신을 가진 거야. 난 확신
을 가졌어! (방으로 들어가다 뒤돌아 영훈을 보며) 이 참새 가
슴 같은 것아! 내 말을 듣고 있냐? 병신, 머저리!

하지만 왜 상훈이 소설쓰기를 중단함으로 인해 영훈이 그림을 그리지 못
하는지에 대해서는 뚜렷한 설명이 없다. 그것은 영훈이 무기력함 때문에
혜인을 놓쳐버리는 것과 같이 그저 상훈의 소설 속에 몰입함으로써 자신
의 무기력함을 드러낸 것으로 밖에 볼 수 없다. 영화는 이것을 영상으로
훌륭하게 표현하고 있다.

영훈이 밥을 먹다 숟가락을 들고 형의 방으로 뛰어가 원고를 뒤적이는
모습과 그 뒤 플래시백 된 장면에서 상훈이 다나카 군소의 총을 뒤로하고
동굴 앞에서 망설이고 있는 모습은 영훈이 상훈의 소설 속에 몰입되어 있는
모습과 상훈이 소설 결말 때문에 고민하는 모습을 훌륭하게 묘사하고 있다.

플래시백 된 장면에서 상훈은 턱을 괴고 쭈그려 앉아 무료한 모습으로
총으로 자신을 조준하고 있는 다나카 군소를 바라보고 있다. 화면은 현재
로 돌아와 영훈은 화실에서 여자의 그림을 그리려다 다시 그리지 못한다.
그리고 혜인이 찾아와 영훈에게 청첩장을 주며, 영훈의 그 무책임하고 무
기력함에 대해 질책한다. 화면은 다시 플래시백 되어 무표정한 얼굴로 어
딘가 바라보고 있는 상훈의 얼굴로 클로즈업 된다. 화면은 다시 현재로
돌아와 영훈은 소설 원고를 내 팽개치고 형수에게 가 넋두리를 늘어놓는
다. 다림질을 하고 있는 너무도 현실적인 형수 앞에서 영훈은『병신과 머
저리』의 소설 속의 관념적인 대사를 그대로 늘어놓고는 다시 방으로 들
어가 결말 부분을 쓰기 시작한다.

모노크롬 기법으로 플래시백 된 장면에서, 동굴 밖에서 자신에게 총을
겨누고 있는 다나카 군소를 형인 상훈은 턱을 괴고 무료하게 바라보고 있
다. 동생인 영훈은 지금 현재 시대의 의상인 양복을 입고 나타나 상훈을
끌고 동굴 안으로 들어간다. 그리고 상훈을 기무라 앞으로 밀어버린다.

영훈은 기무라 앞에 무기력하게 앉아 있는 상훈에게 총을 가져와 장전하고 건넨다. 총을 들고 망설이고 있는 상훈에게 달려들어 총을 같이 쏜다. 기무라는 피를 흘리며 죽는다.

다음 날 영훈은 홀가분한 표정으로 화실에 도착해 완성하지 못한 여자의 얼굴을 그리기 시작한다. 상훈은 아침에 일어나 영훈이 소설 결말을 쓴 것을 본 후, 그것을 찢어버리고 다시 소설 결말 부분을 쓰기 시작한다. 그리고 영화는 영훈의 그림그리기와 상훈의 소설쓰기를 교차 편집으로 보여준다. 이런 몽타주는 영훈의 그림그리기와 상훈의 소설쓰기가 어떤 상관관계 있다는 것을 강력하게 전달하려는 감독의 의도를 반영한 것이다. 하지만 그것은 설득력이 없어 보인다. 영훈이 소설 결말을 끝내고 왜 혜인의 얼굴을 완성해야 하는지에 대한 설득력이 부족한 것이다.

영화적으로 상당히 우수한 표현 기법을 사용한 위의 시퀀스들은 영훈이 그리고자 하는 얼굴을 잘못 선택함으로써 무게감이 많이 줄어들었다. 독자이자 영화작가인 감독의 텍스트에 대한 독해는 영화의 서사와 주제에 큰 영향을 미친다.

## 5. 닫힌 주제의식으로 인한 예술적 성취의 반감

소설 『병신과 머저리』에서 형의 소녀 수술 실패는 과거 6 · 25 사변 때 동료 전우를 죽이고 탈출한 외상적 사건을 소환하는 누빔점 역할을 하게 되는데, 그것으로 소설의 서사는 점차 핵심으로 들어가게 된다.

영화 <시발점>은 자기 검열로 인해 형의 외상적 사건을 소환하는 누빔점 역할을 하는 사건을 6 · 25 사변에서 일제 강점기로 바꾸게 되고, 인물과 사건이 변주되게 된다. 그럼으로써 형의 이데올로기 지배윤리의식은 좀 더 강조되게 되고, 소설 결말 부분에서 던져졌던 중요한 질문과 대답을 영화에서는 찾아볼 수 없게 된다.

소설에서 주제의식과 서사를 그대로 차용한 영화는 그럼에도 불구하고 자기 검열이라는 현실적 이유로 주제의식과 서사의 변용을 거치게 되는데, 그것으로 다분히 열려 있던 소설의 주제의식이 감독의 생각으로 단순화 되고 관객은 그것을 그대로 받아들이게 된다. 제작 환경이나 현실로 인한 주제와 서사의 변용은 영화의 예술성에 영향을 미칠 수밖에 없다.

소설 『병신과 머저리』에서 형은 오랫동안 잊었던 과거의 외상적 사건들을 다시 상징적 현실로서 생산해 내는 작업인 소설쓰기로 증상을 돌파하려고 한다. 김 일병에 대한 죄의식과 잃어버린 윤리의식으로부터 벗어나려 한 것이다. 하지만 형은 혜인의 결혼식에서 오관모를 만난다. 이것은 형의 마음속에 10년 동안 침잠했던 과거의 일들이 다시 형의 삶에 간섭하게 될 것임을 나타낸다. 형은 잃어버린 윤리의식의 회복과 김 일병에 대한 죄책감에서 벗어나고자 변화된 현실을 인정하고 '정상적으로' 살아가려 했지만, 결국은 그 현실을 인정하는데 실패하고 '비정상적인' 옛 삶으로 뒷걸음질치고 말았다.

영화 <시발점>은 <내>(상훈)가 기무라에게 애틋한 전우애를 느낄 수 있는 서사이다. 그리고 상훈은 소설을 다 마친 후 확신을 가졌다고 이야기한다. 그것은 소설쓰기로 인해 과거의 외상적 사건들의 증상을 돌파했다는 말이고, 애도작업 또한 성공했다는 말이다. 이렇게 상훈이 애도작업을 정상적으로 마칠 수 있었던 것은 영화 <시발점>이 자기 검열로 인해 소설 『병신과 머저리』의 결말 부분에서 중요한 위치를 차지하는 형과 오관모의 만남을 어쩔 수 없이 삭제할 수밖에 없었기 때문이다. 왜냐하면 소설에서의 오관모가 변주된 인물인 다나카 군소는 일본인이기 때문에 영화 후반부에 등장할 수가 없기 때문이다.

영화는 자기 검열 등의 이유로 소설과는 다르게 형이 애도 작업에 성공하게 된다. 이것은 다분히 현실적 이유로 인해 소설에서의 문학적 애도방식을 현실적 애도방식으로 변주하게 된다. 현실에서의 애도방식은 감정적 애착을 단절하고 일상으로 복귀하는 것이지만, 대부분의 문학적 애도

방식은 감정적 애착을 단절하지 못하고 정상적인 일상으로의 복귀가 힘겹다. 따라서 영화는 현실의 애도방식을 택함으로써 소설에서 추구하고자 하는 예술적 방식의 서사를 다분히 현실적 서사로 변주하게 된다. 그리고 그것은 당시 현실 상황과 관객의 요구로 인한 어쩔 수 없는 선택으로 영화는 그것을 상쇄하기 위한 예술적 선택으로 영상미166)를 선택하게 된다. 따라서 영화 <시발점>은 중도적 라세믹체 영화로도 볼 수 있겠다.

소설 『병신과 머저리』에서 형의 소설쓰기로서의 승화는 순응주의의 또 다른 이름에 불과하고, 내가 그림을 그릴 수가 없는 것은 근원적 대상이 부재하기 때문이다. 나와 형은 새로운 가치관의 혼돈의 시대에 와 있다. 나는 혼돈의 시대에 새로운 윤리를 찾아가야 하는 상황에 직면해 있고, 형은 기존 사회에서 수용되는 공리적인 이데올로기 윤리에 갇혀 과거의 외상적 사건의 증상으로부터 벗어나려 한다. 형이 오관모를 죽인 결론을 내린 것은 도덕적 죄의식을 나타내는 초자아의 의식을 충실히 반영한 결과이다. 그것은 욕망에 적대적인 지배 윤리에서 조금도 벗어나지 않는 현실 순응적인 것이다. 혼돈의 시대 한 가운데 있는 나는 새로운 윤리를 모색하지만 새로운 윤리를 찾는 것은 요원하다. 변화와 새 출발을 요구하는 새로운 윤리를 찾아야 하지만, 그것은 형으로 대변되는 초자아의 교묘한 감시의 눈을 벗어날 수 있을 때 가능할지도 모를 일이다.

영화 <시발점>에서 화폭에 그려진 얼굴이 여자 얼굴—아마도 혜인의 얼굴—이 됨으로써 소설에서 밝히고자 했던 형과 동생의 아픔에 대한 정체성은 모두 사라지고, 나(영훈)의 아픔의 폭은 상당히 좁아지게 된다. 그리고 동생의 아픔은 무기력한 모습으로 인해 여자를 책임지지 못하는, 아니면 여자를 책임지지 못해 또는 책임지기 싫어서 무기력해지는, 그래서 여자를 놓쳐버리고 마는 것에서 온다.

---

166) 강렬한 색채의 오프닝 신과 모노크롬 기법, 플래시백의 사용 그리고 현실 인물의 가상공간 등장 등등이다.

소설에서 동생이 혼돈의 시대에 새로운 윤리를 찾지 못하기 때문에 겪는 아픔을 영화에서는 영훈이 그저 여자 때문에 아픈, 아니면 아프기 때문에 여자를 책임지지 못하는 좁은 의미로 가두어 버리고 만다. 그리고 영훈이 그리고자 하는 얼굴을 혜인의 얼굴로 선택함으로써 소설에서 주는 주제의 무게감이 많이 줄어들었다.

　소설을 그대로 영화로 번역하고자 할 때, 소설에서 독자에게 전달하고자 하는 다성적多聲的 주제의식을 영화작가가 어떻게 독해하느냐에 따라 그 예술적 성과는 많은 차이를 보인다. 최대한 주제의식이 닫히지 않고 열려 있는 형식을 갖는 것이 영화로서 훌륭한 예술적 성과를 얻을 수 있는 중요한 방법이다.

# VI. 소설『축제』와 영화 〈축제〉[167]

소설『축제』와 영화 <축제>의 연구는 역사적으로 이루어져 온 문자언어를 영상언어로 번역하는 영화와 소설의 전통적 유비관계가 아닌, 영상언어와 문자언어 동시 창작이라는 새로운 유비관계에 대한 연구이다. 이러한 새로운 시도는 이청준과 임권택의 '축체'에서 처음 계획되었고,[168] 김형경과 허준호의 '외출'이 두 번째로 계획되었으며, 두 작품 다나름의 성과를 획득하였다. 두 경우 모두 모태가 되는 작품이 있지만,[169] 창작 방법에는 중요한 차이를 드러낸다. '외출'은 허진호의 시나리오를 바탕으로 김형경이 허진호 감독의 촬영된 필름을 중간 중간 참조하면서 소설을 완성했다면,[170] '축제'는 이청준이 먼저 소설을 집필하고 임권택이 그 소설을 바탕으로 영화를 만들었다.[171] 그러니까 '외출'은 영화를 소설로 번역하는 방법에 가까운 반면에 '축제'는 소설을 영화로 번역하는 전통적인 방법에 가깝다.[172]

---

167) 소설『축제』와 영화 <축제>의 연구는 (졸고, 앞의 논문, 2010)의 내용을 보완하여 첨삭한 것이다.
168) 지금까지 소설과 영화 '축제'를 연구한 논문은 9편 정도다. '축제' 하나만을 가지고 연구한 학위논문은 교육학 석사 논문 2편, 학술논문은 3편이 있고, 소설과 영화와의 관계 속에서 '축제'가 언급된 학위논문은 박사논문이 1편, 석사논문이 1편, 그리고 학술논문이 2편 정도이다. 이 논문들은 대부분 상호텍스트성이나 매체전이양상 또는 장르적 소통과정을 중심으로 논문을 전개하고 있다.
169) '축제'의 경우 이청준의 동화『할미꽃은 봄을 세는 술래란다』라는 작품을 모태로 이루어졌고, '외출'은 허진호의 시나리오를 모태로 이루어졌다.
170) 작가가 시나리오를 건네받은 것은 지난 2월말(2005년)이었고, 소설을 탈고한 것을 7월 말이었다. 그 사이 허진호 감독은 영화를 촬영했고, 작가는 중간 중간 촬영된 필름을 참조했다.
   최재봉, 한겨레신문, 2005, 8월 26일.
171) 이청준과 임권택은 편지로 서로 의견을 교환하면서 작품을 창작했다.
172) 졸고, 「영화「외출」의 소설화에 대한 연구」,『어문연구』149호, 2011, 335~336쪽.

## 1. 예술성 획득을 위한 공동노력

급속하게 변화하는 현대 사회의 문화적 제 양상 속에서 영화의 강세는 어쩔 수 없는 시대의 흐름이라고 인정하지 않을 수 없다. 가장 진화되었다는 동시대 소설이 사진의 감광판처럼 냉정하고 수동적인데 반해 영화는 사건에 대한 호기심을 자극하며 전통적인 소설의 경험을 재창조하고 있다. 그러나 이러한 최근의 시류와 상관없이 아직도 중요한 작가들은 여전히 독자들에게 인물과 전통적인 서사의 줄거리를 제공해 준다.[173]

이청준 역시 독자들에게 인물과 전통적인 서사의 줄거리를 제공하는 중요한 작가 중의 한 사람이다. 하지만, '서편제'를 통해 영화와의 관계를 모색하더니, '축제'를 통해 영화와 소설의 발전적 관계를 모범적으로 보여주려 하고 있다. 사실, 소설과 영화는 유비장르로서 서로에 빛을 지며 발전해왔다고 할 수 있는데, 이러한 관계를 이청준과 임권택이 '축제'라는 소설과 영화로서 보여주려 하고 있다.

『축제』는 임권택 감독의 권유로 인해 영화제작을 목표로 쓰인 소설이다. 그렇다고 허리우드의 스튜디오 소설[174]처럼 다분히 상업적 목적을 가지고 쓰인 소설은 아니다. 이청준은 영화와 소설의 대립이 아니라 예술성 획득을 위한 공동의 노력이 필요하다는 것을 알고 있는 작가이다. 그것은 임권택에 대한 믿음이기도 하지만 자기 자신에 대한 믿음이기도 하다. 따라서 이청준과 임권택 모두 예술적 라세믹체 소설과 영화를 지향한다. 이청준은 임권택이 제목을 '축제'로 정하려 할 때 상업적 이성질체에 우위

---

173) 앨런 스피켈, 박유희 · 김종수 옮김, 『소설과 카메라의 눈』, 르네상스, 2005, 383~384쪽.
174) 영화의 상업적 성과와 더불어 영화화될 것을 미리 의식하고 소설을 쓰는 경우 이를 "스튜디오 소설"이라고 한다. 대표적인 예로 토마스 해리스의 <양들의 침묵The Silience of the Lambs>을 들 수 있는데, 미국 뉴욕주립대의 마크 세크너 교수는 이 소설의 "공허하고도 스케치적인 언어는 마치 그 공백을 영화제작자가 채워주기를 기다리는 것처럼 보인다."라고 하였다.
이영식 · 정연재 · 김명희, 앞의 책, 99쪽.

를 둔 영화를 만들려고 하는 것 아니냐는 의심을 하기도 하지만,[175] "감독님께서는 물론 그 제목 속에 그런 일반적인 의미 이상의 심오한 인생 철학, 우리의 생사관과 내세관까지를 담아 표상하려는 생각이실 테니 말씀입니다."(『축제』 33쪽)라고 하면서 그 의심을 살짝 접는다.

임권택 감독이 <장군의 아들> 성공 이후로 제작자로부터 전권을 위임받고 '흥행에 대한 부담이 없이'[176] 순수이성질체 영화를 제작한 것이 <서편제>이다. 그런데 이것이 상업적으로 상당한 성공을 거두어 순수예술 이성질체 영화도 상업적으로 성공을 거둘 수 있다는 자신감을 갖게 되었다. 이것은 임권택과 이청준이 영화 <축제>에 대한 실험적 작업을 할 수 있는 원동력이 되었음은 미뤄 짐작할 수 있다. 따라서 두 거장의 만남은 각자 장르에서 순수예술 이성질체를 향한, 그리고 더 높은 예술적 성취를 위한 만남이라고 보는 것이 합당할 것이다.

위에서 언급한 대중성과 예술성의 용어는 다음의 용어를 따르기로 하겠다.

---

175) (……)영화의 제목으로 '축제'를 생각하고 계시다는 데에는 우선 의문과 의구심이 앞섭니다. (……) 솔직히 말씀드려서 우선은 좀 엉뚱하고, 그래서 어딘지 흥행성을 염두에 둔 것 같은 냄새가 나지 않습니까.
　　이청준, 『축제』, 열림원, 2003, 33쪽. 앞으로 제목과 쪽수만 표시.
176) 임두호(2007), 「나는 아직 대표작이 없는 감독 임권택─우연히 길에서 만난 영화와 동행한 임권택 감독의 일생」, <인터뷰 365(www.interview365.com)>, 12월 04일.

## 2. 예술적 이성질체와 상업적 이성질체[177]

거울상 이성질체mirror-image isomer, Enantiomer[178]란 거울에 비친 상과 같이 좌우가 바뀐 관계를 갖는 이성질체[179]를 말하며, 1848년 프랑스 화학자 파스퇴르에 의해 최초로 발견되었다.

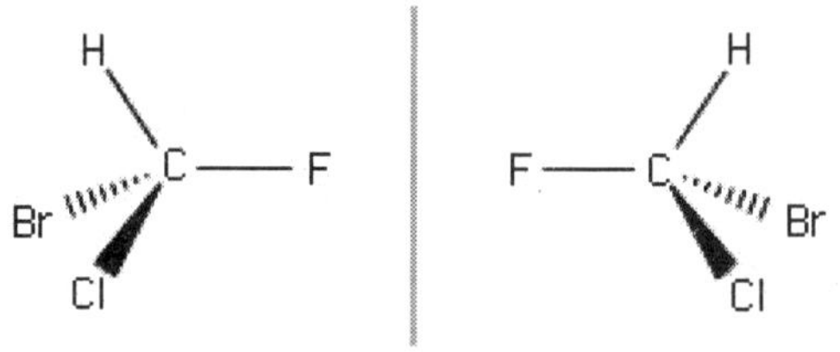

[그림 20] 거울상 이성질체

예를 들어 그림 20에서 제시된 거울상 이성질체를 살펴보면 좌 · 우측에 도식되어 있는 화합물은 모두 탄소(C)를 중심으로 수소(H), 불소(F), 염소(Cl), 브롬(Br) 화합물을 가지고 있으므로 일견 동일한 화합물이라고 생각할 수 있으나, 양자는 탄소를 중심으로 하여 다른 원자들 간의 공간상의 배치가 서로 겹칠 수 없어 상이한 화합물이다. 즉, 좌측과 우측의 화합물은 이를 구성하는 원자(또는 원자단) 및 이들의 결합 순서는 서로 동일하지만 공간상의 배열구조에 차이를 갖고 있다. 이러한 거울상 이성질체의 중심이 되는 원자를 가리켜 카이랄Chiral이라고 부르며, 왼손 · 오른손

---

177) 거울상 이성질체에 대한 설명은 (육소영 · 변상현, 「거울상 이성질체 관련 발명의 특허보호」, 『산업재산권』 17호, 한국재산권법학회, 2005)를 중심으로 필자가 첨삭한 것이다.
178) 거울상 이성질체란 용어 이외에 광학 이성질체optical isomer란 용어가 함께 사용되고 있는데, 이는 거울상 이성질체가 대부분의 물리적 · 화학적 성질은 같지만 편광 된 빛을 흡수하는 정도가 다르기 때문이다.
179) 이성질체란 분자식은 같으나 성질이 다른 둘 또는 그 이상의 화합물을 말한다.

과 같이 거울상mirror-image을 이루면서 서로 겹쳐지지 않는 화학구조를 지니는 한 쌍의 분자를 일컬어 카이랄성 화합물Chiral Compound이라 한다.

이러한 두 거울상 이성질체는 편광면을 회전시키는 정도가 같고, 편광면을 회전시키는 방향에 따라 우선성右旋性 이성질체(d형 또는 (+)이성질체, dextrorotatory에서 기원함) 또는 좌선성左旋性 이성질체(l형 또는 (−)이성질체, levorotatory에서 기원함)로 구분할 수 있으며, 각각의 이성질체 앞에 (R, S) 또는 (+, −또는 d, l)을 붙여 구분한다. 또한 각각의 이성질체가 50%씩 혼합된 상태로 존재하는 경우 라세믹체Racemate라고 하고, 반대로 한 가지 거울상 이성질체만 분리한 경우 단일 이성질체Single enantiomer 또는 순수 광학이성질체라 한다.

거울상 이성질체는 호르몬 등 신진대사와 매우 밀접한 관련이 있고 생체활성의 특이성으로 인하여 의약분야에서 특히 많이 연구·이용되고 있다. 이러한 거울상 이성질체는 물리·화학적으로 동일하지만 생리적으로는 다른 활성을 나타낸다. 즉, R체 이성질체는 원래 의도되었던 약효를 발휘하지만, S체 이성질체는 부작용을 나타낼 수 있는 것이다.

이러한 예는 문학이나 영화에도 적용될 수 있다. 한 영화와 문학 안에는 예술적 요소와 상업적 요소가 같이 혼재하고 있으며,180) 이러한 예술적 요소와 상업적 요소는 같은 서사를 공유하고 있으면서도 관객이나 독자들에게 다른 영향을 미친다. 즉 영상언어와 문자언어는 서사라는 카이랄을 공통으로 지니고 있으면서, 예술적 이성질체와 상업적 이성질체가 공존하고 있는 것이다. 하지만 영상언어와 문자언어에서 예술적 이성질체와 상업적 이성질체가 라세믹체처럼 정확히 50%씩 혼합된 경우는 많지 않고 주로 어느 한쪽으로 치우치게 마련이다. 따라서 예술적 이성질체가 많은 경우에는 예술적 라세믹체로, 예술적 이성질체와 상업적 이성질체가 비슷한 경우에는 중도적 라세믹체로, 그리고 상업적 이성질체가 많은

---

180) 문자언어와 영상언어의 예술적 요소를 예술적 이성질체, 상업적 요소를 상업적 이성질체라고 부르겠다.

경우에는 상업적 라세믹체로 부르도록 하겠다. 또한 자본의 영향을 전혀 받지 않은 영상언어이거나, 상업적 이성질체를 전혀 배재한 문자언어는 순수예술 이성질체로 부르고, 다분히 상업적 목적으로 제작되어진 영상언어와 문자언어는 순수상업 이성질체로 부르도록 하겠다.

## 3. 장르적 표현 방식의 차이로 드러난 상이한 효孝181)의 표현 방식

소설『축제』와 영화 <축제>는 임권택의 권유를 이청준이 받아들이면서 이루어졌다. 이청준은 소설『축제』를 하나의 소설이기 전에 영화를 위한 밑그림으로 생각하고 출발한다. 하지만 이청준은 이 밑그림을 소설이라는 이름으로 세상에 내 놓고 싶은 욕망을 갖게 된다.

---

181) 효는 어버이와 자녀간에 형성된 원초적인 상호관계로부터 始原되는 關係槪念이며 자연발생적인 가족, 종족의 기반위에 확립된 사회적 規範槪念이다. 효는 우리나라의 동양적인 전통적인 도덕으로 종적 수직적인 신분적 상하관계의 질서체계이며 모든 인간행동의 근본적 '百行之原, 德之本, 事之本, 仁之本'되는 至善의 윤리로서 우리의 전통사회를 지탱해 온 사회규범이다.

효사상은 자기 생명의 소중함이 어디서 나왔는가 하는 생명의 유래라는 자기 본래성을 추구하는 사상에서 출발하여 자기 생명의 근본인 조상을 숭배하는데 까지 발전하였다. 자기를 존재케 한 조상과 자기를 낳아 주신 어버이 즉 자기생명의 근원을 敬愛하는 敬天愛祖의 사상이 되고 조상과 부모와 나의 일체감은 자기생명에 대한 사랑의 縱的인 확대로 자기와 남을 사랑하는 愛人思想이 된다. 이와 같이 우리의 전통사상의 敬天崇祖하는 敬愛와 愛人사상에 유교사상의 仁이 결합하여 구체화된 복합적인 사상체계가 효사상이다.

우리나라의 시조인 단군의 건국이념이 널리 모든 인간을 이롭게 한다는 '弘益人間'의 정신임을 보더라도 효사상의 근본인 인간적인 사랑의 정신은 우리의 敬愛思想이 더 근원이 되고 그 후에 유교사상의 영향으로 한층 심화되었고 불교의 慈悲思想과 근세 기독교의 사상 그리고 천도교의 人乃天사상의 영향으로 형성된 우리나라의 실천윤리의 근본이라 할 수 있다.

이러한 전통적인 효사상은 씨족사회에 있어서의 농경 문화적 가족 윤리로 공동체의식을 공고히 하였고 부족국가를 형성하면서부터는 국가윤리로 확산되어 효에 忠의 개념을 내포한 공동체의식을 고취해 왔던 것이며 이 기본정신은 우리 사회 초고의 가치관으로 일관하여 자기 동일성을 유지하는 전통적인 정신문화의 精髓를 이루어 왔다고 할 것이다.

이병욱, 「효사상의 현대적 의미와 실천·교육방안 연구: 유학에서의 효사상을 중심으로」, 성산효도대학교 석사학위논문, 2005, 4~5쪽.

따라서 본고에서는 효를 사상 즉, 중요한 이데올로기로 상정하고 논의를 이끌어 갈 것이다.

(⋯⋯) 그 허구의 욕망은 다름 아닌 소설에의 욕망일 수도 있는 일이
아니겠습니까. 어떤 뜻에선 소설이란 사실과 현실의 제약을 넘어 서고
싶고 자유로워지고 싶은 욕망, 바로 그 허구에서의 욕망의 한 산물이라
고 할 수도 있을 테니까요. 제가 제 이야기의 사실성에서 벗어나 완전히
자유로워 질 수 있게 되면, 그래서 더 많은 허구를 감행하게 된다면, 저는
이일로 한편의 소설을 꿈꾸어 볼 수도 있을 것 같다는 말씀입니다.[182]

용순의 허구적 이야기가 소설에 등장하면서, 이청준은 하나의 소설로
서『축제』를 생각하게 된 것이다. 그러면서 소설가로서의 자존감과 영화
와 다른 소설만의 장르적 특징에 대해서도 고민하게 된다.

(⋯⋯) 그때 가선 저도 영화를 그대로 소설로 베꼈다는 소리는 듣지
않아야 하지 않겠습니까. 소설이 무언가 영화와는 다른 장르라는, 가능
하다면 영화와는 유다른 이런저런 독자성과 강점(예를 들면 매체의 투
명성으로 인한 보다 자유로운 상상력의 동원 등)을 지닐 수도 있는 예
술 장르라는 것을 보이고 싶어할 거라는 말씀입니다.

−『축제』104쪽

이청준의 이러한 소설에 대한 예술적 욕망은 새로운 표현양식을 찾았고,
또한 주제에 대한 새로운 접근 방식을 찾았다. 사실, 출발 지점부터 이청준
과 임권택 두 사람이 생각하고 있는 주제에 대한 접근방식은 서로 달랐다.

감독님께서도 팔순 노모를 모시고 계시고, 그 어른께서도 근래에 괴
로운 치매의 중세를 드러내기 시작하고 계시다는 말씀, 그래서 제 어머
님의 힘들었던 노년살이가 남의 일 같지 않게 여겨져 그 노인네와 당신
을 모셔온 자식들의 일을 빌려 한 편의 영화를 만들어 보고 싶다는 말
씀, 무엇보다 감독님 자신의 어머니를 모시는 마음을 정성껏 영화를
만들고, 그런 과정을 통해 이 세상의 모든 치매중 노인들과 자식들을

---

182) 이청준,『축제』, 열림원, 103쪽, 앞으로 쪽수만 표시.

위해, 당신들을 모시는 옳은 도리를 함께 배우고 찾아보자는 말씀을 떨쳐버릴 수가 없으니까요.

　　　　　　　　　　　　　　　　　　　　　　-『축제』28~29쪽

　위의 글은 소설 속에서 메타픽션 성격을 가지고 있는, 이준섭이 감독님께 올리는 첫 번째 편지글 중 일부이다. 이준섭은 이청준 자신이고, 임 감독님은 임권택 감독이라고 봐도 무방할 것이다.[183]

　이청준은 임권택 감독이 어머니 이야기, 다시 말해 어머니를 모시는 마음-孝心에 대한 영화를 만든다고 생각했을 것이다. 그렇기 때문에 이청준도 "만인 앞에 영화로 꾸며져 당신을 한 번 더 돌아가시게 하고 그 슬픔까지 팔아먹으려 나서는 것 같아 죄스런 마음"(『축제』28쪽)이 들어도 결국 이 일을 한번 감당해 보기로 마음을 정했을 것이다. 이러한 동기는 "내가 그 '어머니'의 사연을 다시 취해 쓴 것은 이것으로 내 '어머니 이야기'의 결산편을 삼고 싶어서였다."(『축제』257쪽)라고 쓴 작가노트에도 여실히 드러나고 있다. 하지만 효에 대한 접근방식에서 임권택의 생각은 조금 달랐다.[184]

　　불효의 이야기가 나왔으니 말씀입니다만, 영화의 주제가 어차피 '이 시대의 효孝'가 되어야 한다는 데에는 저도 감독님의 생각에 이견이 없습니다. 하지만 영화의 제목으로 '축제'를 생각하고 계시다는 데에는 우선 의문과 의구심이 앞섭니다. 물론 감독님께서 이리저리 생각을 깊이 해 보신 결과일 테고, 나중에 전체적인 이야기의 틀을 짜는 데에 달

---

183) 소설 『축제』의 얼개는 이준섭이 영화의 밑바탕이 될 이야기를 임 감독님께 보내면서, 그것에 대한 자신의 입장과 감정 등을 담은 편지글을 같이 보내는 중층 액자소설 형식을 취하고 있다.

184) 이청준의 입장은 메타텍스트인 편지글을 통해 어느 정도 알 수 있지만, 임권택의 경우는 영화와 시나리오 이외에는 그 입장을 알 길이 없다. 있어야 짧은 인터뷰 글인데, 그것으로는 많이 부족하다. 따라서 전적으로 이청준의 편지글에 의존할 수밖에 없는 상황이라, 조금은 편협 된 경향을 가질 수 있을 것이다.

린 일이겠습니다마는, 솔직히 말씀드려서 우선은 좀 엉뚱하고, 그래서 어딘지 흥행성을 염두에 둔 것 같은 제목의 냄새가 나지 않습니까.

감독님의 흉중을 아직 다 헤아리지 못한 탓이겠지만, 저로선 무엇보다 사람의 죽음과 장례의 마당을 배경으로 이 시대의 효의 본질과 모습을 찾아보자는 이 영화의 주제가 어떻게 그 축제의 의미와 연결지어질 수 있을지 쉽게 이해가 안 갑니다. 물론 호상이나 영상따위, 나이 많은 분들의 상사시의 질펀한 잔치 분위기 같은 것을 연상할 수 있습니다만, 감독님께서는 물론 그 제목 속에 그런 일반적인 의미 이상의 심오한 인생 철학, 우리 생사관과 내세관까지를 담아 표상하려는 생각이실테니 말씀입니다.

－『축제』 33쪽

위의 글에서 알 수 있듯이, 이청준과 임권택은 이데올로기로서의 '이 시대의 효'에 대한 주제에 대해서는 같이 하지만 그 표현방식에 대해서는 다르게 생각하고 있다. 이청준은 어머니의 이야기를 중심으로 '효'라는 주제를 이끌어 가려고 하는 반면, 임권택은 사람의 죽음과 장례 마당으로 이 시대의 '효'의 본질을 찾으려고 하고 있다. 그리고 이것은 소설과 영화에 그대로 녹아난다.

작가가 소설 전편을 통해서 축제의 의미를 스스로 찾아냈어야 했다고 언급한 김동식의 언급은 적절했다고 할 수 있다. 상갓집의 질펀한 잔치 분위기와 축제를 등치시키는 해석이야말로 작가가 가장 염려한 대목이었다.[185] 따라서 이청준은 '어머니의 효'에서 축제의 의미를 찾아 나서야 했고, 임권택은 축제라는 장례 의식에서 '어머니의 효'를 찾아 나서야 했다. 이 것은 영화와 소설의 표현 방식의 차이에 기인한 것이 가장 큰 이유이기도 하지만, 영화와 소설의 출발점이 다르기 때문이기도 하다.

---

185) 김동식, 「삶과 죽음을 가로지르며, 소설과 영화를 넘나드는 축제의 발생학」, 『축제』, 열림원, 2003, 272쪽.

## 4. 소설 『축제』

### 1) 상징질서로 회귀

소설 『축제』는 이준섭 어머니의 죽음으로부터 서사가 시작된다. 어머니의 죽음으로 인한 아들 준섭의 부채의식과 그 부채의식 극복을 위한 소설쓰기—동시에 영화제작—로 서사가 진행된다. 이 소설쓰기는 어머니 일생을 준섭의 시선[186]—혹은 이청준의 시선—으로 서사를 이끌어가면서 진행된다. 그리고 '축제'란 제목답게 장례절차와 그 장례식에서 벌어지는 여러 가지 일화를 중심으로 진행된다.

이청준의 여러 소설에서와 마찬가지로 『축제』에서도 자신의 소설관과 죽음에 대한 의미를 준섭이란 화자를 빌려 관념적으로 서술한다.

> 이 시가 제게 왠지 자꾸 감독님께서 생각하고 계신 영화의 제목 '축제'의 의미를 생각하게 했거든요. 물론 확연한 의미가 떠오르진 않았습니다. 몸이 필요로 하는 말들에는 아직도 정확하게 갇혀 있으시더라, 몸에는 몸으로 갇혀 있으시더라, 거기에는 완벽한 감옥이 있더라—같은 대목에서, 죽음이란 걸 그 말과 육신의 힘든 자기 속박으로부터의 해방 같은 것으로 생각해본 때문인지도 모릅니다. 아니면 보다 깊은 무엇, 삶의 궁극이나 그 완성 같은 것……
>
> —『축제』233쪽

이청준이 들려준 어머니 이야기를 듣고 발표한 정진규라는 선배 시인의 시를 보고 이청준이 임권택 감독에게 보내는 편지에서 쓴 것이다. 이 시는 알츠하이머를 앓고 있는 어머니가 "사물들의 이름에서는 한 없이 자유로워져 있으셨다는 것이었는데, 그래도 사물들의 이름과 이름 사이에서는 아직 빈틈 같은 것이 행간이 남아 있는 느낌이 들더라는 것이었는데,

---

186) 준섭을 3인칭 화자로 설정한다.

아 몸이 필요로 하는 말들에 이르러서는 아직도 정확하게 갇혀 있으시더라는 것이었는데, 몸에는 몸으로 갇혀 있으시더라는 것이었는데, 거기에는 어떤 빈틈의 행간도 없는 완벽한 감옥이 있더라는 것이었는데, 그건 우리의 몸이 빚어내는 눈물처럼 완벽한 것이어서 눈물이 나더라는 것이었는데"(『축제』 232쪽)라는 내용의 시이다. 이것은 앞에서 언급한 어머니의 치매에 관한 내용을 시로 옮긴 것이다.

어머니는 치매로 인해 상징적으로 죽은 것인데, 그것은 어머니가 머리카락을 외동댁으로부터 깎이고 비녀를 빼앗기면서 죽은 상징적 죽음이다. 그것 때문에 어머니는 여자로서의 자존감도 사라지게 되고, 어머니를 둘러싼 사회적 관계들과도 단절되게 된다. "노인에게는 이를테면 그 비녀가 당신의 흐트러진 모습을 추슬러 그 부끄러움을 다시 안으로 걸어 잠그려는, 하여 그 마지막 여자로서의 품위와 자존심을 되찾아 지키려는 마음의 빗장인 셈이었다."(『축제』 189쪽)

> 그런데 오랜 세월 그 마음의 빗장과도 같던 노인의 은비녀에 언제부턴지 서서히 상처가 앉기 시작하고 때가 끼이기 시작했다. 그에 따라 노인의 단정하던 쪽머리도 서서히 결이 풀리기 시작했다. 그 당차고 의연스럽던 당신의 남정투가 쭈볏쭈볏 부끄럼을 타면서 힘없이 허물어져 내리기 시작하면서부터였다.
>
> ─『축제』 182쪽

> …… 비녀는 노인에게 한마디로 자존심의 표상물이었다. 다른 사람에게는 여자다운 쪽머리를 가꾸는 치장물인 그것이 노인에게는 자신의 부끄러움을 가두고 그것을 참아 넘기려는 강파른 자기 빗장, 혹은 자기 금도의 굴레, 나아가 당시의 삶을 큰 흔들림 없이 지탱해 온 숨은 자존심의 상징이라 할 수 있었다. 그러니 그 비녀가 뒤쪽머리와 함께 잘려 나간 것은 바로 노인의 자존심이 잘려 나간 것일 뿐 아니라 그 부끄러움을 가두고 견디려는 마음의 빗장까지 통째로 뽑혀 나가버린 격이었다.

노인의 부끄러움은 이제 안으로 담아 가둘 빗장을 잃어버린 채 더 이상
당신이 감당할 수 없는 것이 되어 종내는 당신이 그토록 두려워했던 깜깜
한 망각과 침묵, 그 자기 해제의 허망스런 치매증까지 부르고 만 것이다.
　　　　　　　　　　　　　　　　　　　　　　　　　ㅡ『축제』192~193쪽

　어머니의 이러한 상징적 죽음으로 인한 침묵을 더욱 부추긴 것은 옆의
수하들이나 실없는 이웃들이다.

　　이웃이나 수하들은 오랜만에 당신을 뵈러 간 아들 앞에서까지 노인
　을 함부로 놀리고 재밌어들 하였다. 노인의 옳은 대답이 쉽지도 않았지
　만, 기억이 옳을 때도 당신 아들을 기어코 손주로 우겨대어 아리송한
　혼란과 실수를 유발해내곤 하였다. (……)
　　하다 보니 노인은 자꾸 주위 사람들에게 주눅이 들어갔다.(……)
　　노인은 그래 결국 이도저도 모든 삶의 통로를 닫아 건 채 그 깜깜한
　침묵의 늪 속으로 가라앉아 들어갔고, 그 막막하고 하염없는 가수 상태
　를 견딘 끝에 드디어 그 침묵의 완성을 보게 된 것이었다. 그리고 그 격
　절스런 침묵의 완성과 함께 주위에서들은 이제 그 당신 생전의 노인이나
　자신들의 허물을 모두 당신의 무덤 속으로 함께 묻어 보내려는 것이었다.
　　　　　　　　　　　　　　　　　　　　　　　　　ㅡ『축제』221~223쪽

　준섭 어머니의 상징적 죽음은 결국 두 번째 죽음으로 이어지게 된다.
이 죽음은 안티고네의 죽음처럼 세상과의 거래를 완전히 청산했기 때문
에 상징질서에 더 이상 채무관계가 없는, 그래서 상징질서의 규칙이 효과
를 미칠 수 없는 영역으로 가는 것이 아니라 다시 상징질서로 회귀하는
죽음이다.

　　노인의 침묵이 시작되면서부터 말을 잃은 것은 당신만이 아니었다.
　노인의 침묵과 함께 당신의 주위 사람들도 차츰 서로 말을 잃어 갔다.
　노인과 다른 사람들간에는 물론이고, 외동댁과 친자식들간, 친자식과
　친자식간에서까지 할 말을 못하고 서로 눈치들을 살폈다. 노인을 중심

으로 서로간에 마음의 골이 깊어지고 그 갈등의 골은 끝내 서로간의 인 륜관계에까지 적지 않은 손상을 입혔다.

이제 노인의 침묵이 마지막 절정을 맞아 명부의 땅으로 떠나 가려는 마당에 남은 사람들은 서로 그간의 허물을 털어 함께 묻어 보내고 그 갈 등 속에 잃어버린 생자의 말을 다시 찾아 끊어진 관계들을 회복하려 하고 있는 것이었다.

−『축제』 223~224쪽

"한데도 준섭은 그럴 수가 없었다. 허망스럽고 아픈 느낌을 지울 길이 없었다."(『축제』 224쪽) 그것은 준섭의 부채의식 때문인데, "어머님도 아시지만 저는 결코 어머님께 대한 제 마음의 짐을 벗어놓을 수가 없습니다……" (『축제』 225쪽)라고 말한다.

이 소설은 어머니의 죽음을 다룬 소설이다. 하지만 이 죽음의 의미는 어머니에게 있는 것이 아니라 이 죽음을 받아들여야만 하는 사람들에게 있다. 특히 어머니의 가족들, 그 중에서도 자식들에게는 특별한 의미로 다가올 것이다. 이청준은 준섭과 장혜림의 대화를 통해 '고아'라는 말 속에서 자식으로서 받아들여야만 하는 어머니의 죽음에 대해 서술한다.

"그야 형수님은 노인이 가신 일에 대한 슬픔도 컸겠지만, 노인이 가심으로 해서 이후로는 당신과 함께 해온 지난날의 일들을 누구와도 다시 이룰 수가 없게 된 것이 허망스러웠던 건지도 몰라요. 형수님이 꼭 그런 걸 가지고 나눠서 슬퍼한 건 아니었겠지만, 누구와 지내 온 일을 함께 돌이킬 사람을 잃은 것은 그 사람뿐만 아니라, 그 일이나 세월에 대한 증인을 잃은 것 한가지지요. 그 증인을 못 가진 세월은 그에게 그 세월만큼한 자기 삶의 역사를 잃는 것이 되겠구요. 그런 뜻에서 고인과 함께 한 세월은 고왔거나 궂었거나 뒤에 남은 사람에겐 항상 귀하고 아쉬운 것일 수밖에요. 그걸 잃게 된 허망스러움이나 아픔도 노인처럼 함께 해주고 간 세월이 길면 길수록 뒤에 남은 사람에겐 더 깊어질 수밖에 없겠구요"

"……"

"노인과 함께 한 세월이 형수님도 길었지만, 나는 물론 그 형수보다도 더 길었던 셈이지요. 그러니 나는 이제 첫 출생서부터 나를 가장 오래고 깊이 알고 있던 내 생의 증인을 통째로 잃고 만 셈이지요. 내 지난 날과 함께 앞날에 대한 가장 소중스런 삶의 근거까지 말이오. 고아가 된 것 같은 느낌은 아마 그런 상실감이나 외로움 때문일게요. 말이 좀 비약했는지 모르지만, 고아라는 말은 애초부터 부모를 잃은 사실 위에 자기 삶의 근거를 잃은 것을 가리키는 말 아니겠어요……죽어 떠나간 사람과 함께 해온 세월, 거기서 잃어버린 자기 근거……. 결국은 모든 게 자신 때문인지 몰라요. 모든 일엔 나름대로 동기가 있게 마련이고, 고아의 상실감 역시 나쁜 것은 아닐 테지만……."

– 『축제』 245~246쪽

어머니의 죽음으로 인해 자신이 살아온 세월에 대한 증인을 잃고, 그럼으로써 자기 삶의 역사를 잃게 되는 형수님보다 준섭은 어머니와 함께 한 세월이 더 길다. 그럼으로써 준섭은 출생부터 지금까지 생의 증인을 통째로 잃게 되고, 가장 소중한 삶의 근거까지 잃게 된 것이다. 하지만 그것은 죽어 떠나간 사람과 함께 해온 세월로 인해, 거기서 자기 근거를 잃어버린 것이다. 그것으로써 준섭은 영원히 어머니에 대한 부채의식을 갖고 살게 될 것이고, 상징적 죽음으로 인해 잃어버렸던 어머니의 자존감과 사회적 관계는 다시 상징질서로 회귀할 것이다. 이것은 준섭과 어머니와의 관계에 있던 모든 사람들의 마음속에서 회복될 것이다.

## 2) 어머니에 대한 부채의식으로서의 글쓰기

소설 『축제』는 결국 돌아가신 어머니에 대한 애도 형식에 관한 소설이다. 즉, 장례라는 애도 방식에 관한 소설이라고 할 수 있겠다. 이청준은 다른 소설과 마찬가지로 『축제』에서도 장례에 대한 자신의 생각을 준섭이란 화자의 발화를 통해 서술한다.

'축제성'과 관련한 장례식의 의미를 함께 새겨 본 일까지 있었으니까요.

(······)

우리 전통의 유교적 세계관에서는 제사를 지낼 때 보듯이 우리 조상들이 가족신이 되는 것이다. 그처럼 우리가 말하는 유교적 개념의 효라는 것은 조상이 살아 있을 때는 생활의 계율을 이루고, 조상이 죽어서는 종교적 차원의 의식 규범을 이룬다. 제사라는 것은 그러니까 죽어 신이 되어 간 조상들에 대한 종교적 효의 형식인 셈이고, 장례식은 그 현세적 공경의 대상이었던 조상을 종교적 신앙의 대상으로 섬기는 유교적 방식의 이전의식, 즉 등신의식인 셈이다. 그러니 그것이 얼마나 뜻깊고 엄숙한 일이냐. 죽어 신이 되어 가는 망자에게나 뒷사람들에게나 가히 큰 기쁨이 될 수도 있을 만한 일이다······.

물론 이처럼 메마른 논지의 '축제'의 의미를 제대로 풀어낼 수는 없겠지요. 불교적 윤회와 환생의 뜻을 함축해 매김한 동화 쪽하고도 좀 엇갈리는 대목이 있겠고요. 하지만 유불선이 함께 혼용된 우리식 정서에서 본질을 크게 해칠 소리가 아니라면 이도 어디에 적당히 깔아 넣어 볼 만하지 않겠습니까.

-『축제』234쪽

"(······)장례식은 죽은 사람을 땅 속에 묻어 드리는 일이기도 하지만, 그것으로 우리는 여태까지 이 세상에서 함께 살아온 사람과 마지막 작별을 나누는 일이기도 하다"

(······)

"사람이 죽으면 우리는 아쉽고 슬퍼도 그 사람과 헤어져야 한다······"

(······)

"그것은 학교 선생님이 전근을 가실 때처럼 그냥 얼마 동안만 헤어지는 것이 아니라, 그 사람과는 마지막으로 영영 헤어지는 것이다. 마지막으로 헤어지니 이 세상에서는 그 사람을 다시 볼 수가 없는 것이다. 그래서 우리 곁을 마지막 떠나시는 분이 우리와 함께 살아오신 지난날의 일들을 뒤에 남은 사람들이 함께 되돌아보고 그리워하며 정성스런 마음으로 그분의 편안한 저승길을 빌어 드리는 일이 장례식의 참뜻이

다. 그러니 그 일은 당연히 세상을 죽어 떠나가는 사람의 후손들이 중
심이 되어서 치르게 마련인 것이다."

—『축제』 50~51쪽

장례란 망자亡者를 위한 하나의 의식이다. 망자가 조상신으로 격상되
고, 남은 가족들은 그 조상신을 종교적 숭배의 대상으로 섬기게 되는 것
이다. 하지만 다른 의미로 이러한 장례의식은 남은 자들을 위한 애도의
형식이다. 남은 자들이 망자에 대한 '감정적 애착'을 단절하고 '자유로운
리비도'를 새로운 대상에 재투자할 수 있도록 하는 중요한 형식적 의례이
다. 소설에서 서술된 장례의식의 난장적 성격과 망자에 대한 뒷이야기의
스스럼없는 발화 그리고 가족 간의 불화와 반목을 통한 갈등과 그 갈등을
봉합하는 가족 간의 이해와 사랑 등이 망자가 남겨 놓고 간 유산이고, 그
유산을 통해 남은 자들은 망자에 대한 슬픔을 뒤로 하고 다시 자신의 생
활로 돌아갈 수 있게 된다.

하지만 이것은 어머니에 대한 죽음을 미리 준비했기 때문에 가능한 것
이다. 사랑하는 사람에 대한 감정적 애착을 단절하지 못하고, 사랑하는
사람을 마음속으로 끝내 보내지 못하는 '끝없는 유예'는 대부분 사랑하는
사람의 급작스런 죽음 때문에 살아남은 자들이 미처 그 죽음을 대비하지
못해 생기는 감정들이다.[187]

그는 아내가 고개를 끄덕이기도 전에 오래 전부터 늘 그런 순간을 각
오해온 사람처럼 침착한 몸짓으로 거실로 걸어나가 전화기를 들었다.

—『축제』 234쪽

그 아내가 은행엘 다녀오는 동안 준섭은 다시 곧장 서재로 건너가서
자신의 짐거리를 차근차근 가방에 챙겨 쌌다. 황망스럽기 그지없는 처
지와는 거꾸로 이상스럽도록 차분히 가라앉아들고 있는 기분 속에, 오

---

187) 프로이트 딸의 죽음이 가장 대표적인 예가 될 것이다.

래 전서부터 노인의 일에 대비하여 간수해온 ≪상례절차집과≫ 영정용 상반신 사진, 제례용 향초와 지필묵, 그리고 별 생각 없이 방금 전까지 쓰다 나간 원고지까지 버릇처럼 가지런히 함께 챙겨 넣었다. 그리고 어머니를 여읜 자식으로서 흉을 잡히지 않게끔 검박하고 단정한 입성까지, 모든 일을 전부터 다 유념해둬온 듯이 차근차근 정연한 길 채비를 끝내고 나서, 그는 마지막으로 다시 거실 쪽으로 나와 전화기 앞에 앉았다. 아내가 딸아이를 데리고 올 때까지 가까운 몇 사람에게라도 우선 부탁과 당부 겸해 사정을 알려두기 위해서였다.

－『축제』21∼22쪽

자크 데리다에 따르면, 우리가 다른 사람과 맺는 관계는 처음부터 애도를 전제로 한 것이다. 두 사람의 관계에서 언젠가 하나는 상대보다 먼저 죽고 다른 하나는 그 죽음을 애도하게 되어 있다는 말이다. 우리가 누군가를 좋아하고 사랑할 때, 헤어짐은 이미 예정되어 있으며 그에 따른 애도는 이미 시작된 셈이다. 따라서 준섭은 어머니의 죽음을 대비하고 있었으며, 그에 따른 애도의 감정도 스스로 조절하고 있었다. 그럼으로써 프로이트의 말대로 준섭은 정상적으로 애도 작업을 완수할 수 있었다. 그것은 준섭의 어머니와 관계된 모든 사람들, 특히 외동댁을 비롯한 그의 가족들에게도 똑같이 적용될 수 있다. 하지만 용순은 조금 다를 수 있다. 그녀는 어렸을 때 집을 나가 지금까지 할머니를 보지 못했다. 준섭의 아내 말대로 할머니 치매증은 할머니 혼자서만 앓으신 병환이 아니라 온 식구가 할머니 곁에서 그걸 함께 앓아 왔는데, 용순은 그렇지 못 했다. 다른 가족들처럼 할머니 죽음에 대한 대비를 하지 못했을 가능성이 크다. 그래서 그녀는 장례식에서 자신만의 애도 방식을 택한다. 제사상에 양주를 올려 놓는다든지, 장의사 물건하고는 질이나 맵시가 완연히 다른 물 고운 순백색 옥양목 옷감에 저고리 치마가 다 화사한 외출옷을 상복으로 입는 것 등이 그것이다.[188]

---

188) 그것은 다른 연구자들의 견해처럼 용순이 자신만의 방식으로 할머니에 대한 사랑

준섭이 그렇게 어머니의 죽음을 준비했다고 해도 어머니의 죽음에 대한 감정이 깨끗하게 정리될 수는 없는 것이다. 그는 언제나 어머니에 대한 부채의식을 가지고 있다.

> 다름 아니라 준섭은 그때부터 노인 주변의 일들을 당신에게 맡겨두고 그의 귀향도 그리 서둘러야 할 일이 없어진 것처럼 그럭저럭 심사가 편해지기 시작했고, 그것이 끝내는 오늘에까지 이르고 만 것이다. 그러니 그 기다림이 아직까지 노인에게 작은 흔적이라도 남기고 있었다면 (사실이든 아니든 준섭의 내심에선 그것을 늘 깡그리 부인해 버릴 수가 없지만), 그 노인을 위해서나 준섭을 위해서나 그것은 참으로 힘들고 오랜 마음속 빚다툼이 아닐 수 없었다.
>
> —『축제』43쪽

준섭은 어머니와 외동댁이 살 집을 마련해 주고, 어머니의 일을 외동댁에 맡겨두고는 결국 어머니가 돌아가실 때까지 고향으로 내려가지 못했다. 옷 보퉁이로 상징되는 어머니의 기다림을 알고는 있었지만 결국 어머니 곁에서 어머니를 모시지 못했고, 손사래짓으로 상징되는 어머니의 사랑에 대한 부채의식은 그의 의식을 옭아맸다. 그리하여 준섭은 어머니에 대한 글을 쓰게 된다.

> 어머니, 생전에 제대로 모시지 못한 송구스런 마음이 작은 책속에 담으려 했습니다. 이것으로 조금이나마 제 허물을 덜어 주십시오. 어머님도 아시지만 저는 결코 어머님께 대한 제 마음의 짐을 벗어놓을 수가 없습니다.
>
> —『축제』225쪽

---

을 표현한 방법일 수 있다.
강호정, 「산자들의 해원」, 『영화 속의 혹은 영화 곁의 문학』, 모아드림, 2003; 송명희, 「이청준의 『축제』연구—바흐친의 카니발 이론을 중심으로—」, 부경대학교 석사학위논문, 2006; 양혜경, 「『축제』의 상호텍스트성에 대한 연구」, 신라대학교 석사학위논문, 2004. 등

위의 글은 준섭이 동화『할미꽃은 봄을 세는 술래란다』라는 책이 나오자, 그것을 어머니의 제상에 올려놓으며 속으로 하는 말이다. 어머니에 대한 부채의식은 동화뿐만 아니라 그의 어머니가 등장하는 대부분의 소설[189] 속에 녹아있다. 그리고 그 완결판은 작가 이청준이 밝혔듯이 소설『축제』이다. 이러한 부채의식으로서의 글쓰기는『병신과 머저리』의 형의 소설쓰기와 닮아 있다.

이청준의 어머니에 대한 부채의식은 삶의 곳곳에 증상으로 나타났을 것이고, 임권택 감독과의 대화 속에서 "흥분한 김에 공연히 지나간 노인네의 일을 꺼낸 것"(『축제』234쪽)은 무의식적으로 발화되었을 것이다. 이러한 어머니에 대한 부채의식으로부터 증상을 돌파하기 위해 이청준은 자신의 어머니를 소설 속에서 단편적으로 끄집어낸 것이다. 그리고 소설『축제』를 통해 어머니에 대한 자신의 부채의식을 해소하고 싶었을 것이다. 하지만 소설『축제』는 영화 <축제>의 결말과 다르게 여운을 남기며 준섭이 어머니의 산소를 찾는 장면으로 마무리 된다. 영화에서처럼 온 가족이 갈등을 극복하고 화합하는 장면으로 끝을 맺으면 좋으련만, 어머니에 대한 부채의식은 끝까지 준섭의 마음속에서 그를 괴롭힌 것이다. 준섭, 아니 이청준의 어머니에 대한 애도작업은 영원히 정상적으로 이루어질 수 없을 지도 모른다. 영원히 그의 마음속에 어머니를 품고 사는 것이 오히려 그를 윤리적으로 살게 하는 것일 수도 있다.

### 3) '어머니의 효'[190]에서 축제적 의미 찾기

소설『축제』에서 어머니의 삶에 대한 소중한 소재 몇 가지가 등장한다. 그것은 손사래깃과 비녀, 옷 보퉁이 그리고 치매다. 이 네 가지 소재는 소

---

189) 대표적으로『눈길』을 포함해『기억여행』,『빗새 이야기』,『해변의 아리랑』,『귀향 연습』,『키 작은 자유인』등이 있다.
190) 이 글에서 '어머니의 효'라는 것은 어머니의 희생이란 의미가 더 크다. 어머니가 자식을 위해 모든 것을 희생하지만, 우리 자식들은 어머니에 대한 효를 제대로 하지 못한다는 의미가 담겨져 있는 것이다.

설의 상당한 분량을 차지하며 반복적으로 쓰임으로써 어머니가 살아온 삶의 궤적을 설명하고 있다. 이것은 소설에서 어쩔 수 없는 선택인데, 이 청준은 어머니가 살아온 삶을 중심으로 소설을 구성하고 그것으로써 '어머니의 효'에 대한 주제를 드러내려하기 때문이다. 이것은 주로 준섭의 회상을 통해 이루어지는데, 문자언어의 강점을 살리는 사변적 서술이 이루어지는 주된 이유이다. 따라서 서술적 묘사가 다른 소설에 비해 조금 더 비중이 높아지긴 했지만, 관념적 서술방식은 그리 많이 변하지 않았다.[191] 예술을 지향하는 영화작가가 다른 텍스트를 취할 때 그것을 그대로 취하지 않고 변형하여 취사선택하는 것을 이청준은 잘 알고 있기 때문이다.

> (……) 그리고 감독님은 어차피 노인의 그 잡다한 일화들까지 포함하여 그것이 사실이든 허구든 관계없이 필요한 것들만을 취사, 영화를 위한 또 한번의 허구를 감행하시게 될 터이니까요.
>
> ―『축제』 103쪽

영화의 밑바탕이 되는 소설이라고 하더라도, 문자언어의 강점을 살려서 쓰는 것이 오히려 더 나은 결정이라는 것을 이청준은 잘 알고 있다. 따라서 어머니 삶의 궤적을 상징하는 네 가지 소재에 대해 상당 분량을 할애하며 서술함으로써 문자언어만이 가질 수 있는―이미지의 공간을 메우는―기억과 고백으로 이루어진 설명적 서술, 그러니까 '이미지의 구상성을 통해 추상성을 구축해 나가는 방법'으로 서술해 나갈 수 있는 것이다.

영상 이미지는 의미를 전달할 수 없다. 영상 이미지를 통해 의미를 구성하는 것은 바로 수용자인 관객이다.[192] 따라서 수용자인 관객은 시를

---

191) 작품의 진행 과정이 영화적인 시각적 해결을 의식한 듯, 이청준 특유의 복합적 사념의 표백이 다소 줄었다는 김경수의 지적은 그리 적절하지 않은 것 같다.
김경수, 「메타픽션적 영화소설?―이청준의『축제』」, 『작가세계』 가을호, 세계사, 1996. 『이청준 깊이 읽기』, 1996, 323쪽. 재수록.
192) 이채원, 앞의 논문, 154~155쪽.

읽듯, 영상 이미지를 통해 그 의미와 내용을 상상하여 머릿속으로 재구성해야 한다. 특히, 영화의 예술적 표상인 몽타주는 그 나열되는 이미지 사이의 공간을 수용자인 관객의 몫으로 남겨 두어, 관객의 상상력을 극대화 한다.

> (……) 소설이 무언가 영화와는 다른 장르라는, 가능하다면 영화와는 유다른 이런저런 독자성과 감정(예를 들면 매체의 투명성으로 인한 보다 자유로운 상상력의 동원 등)을 지닐 수 있는 예술 장르라는 것을 (……)
>
> —『축제』103쪽

이청준이 이야기하는 것처럼 소설이 영화보다 자유로운 상상력을 동원한다고 담보할 수는 없다. 문자 서사의 수용을 통해 독자가 머릿속에서 그리는 심리적 이미지는 독자의 배경지식 안에서 이루어지며 독자의 배경지식은 개개인의 감각적 체험에 의해 결정된다. 따라서 문자서사인 소설 텍스트의 수용자는 머릿속에서 자신만의 심리적 이미지를 그릴 수 있는 자유로움보다 심리적 이미지를 그리는 것을 거부할 수 있는 자유로움을 더 많이 가지고 있다.[193]

자식에 대한 어머니 아픔의 상징인 손사래짓을 영화는 장혜림이 함평누님을 인터뷰하면서 함평누님의 회상으로 간단히 처리한다. 하지만 손사래짓은 소설에서 가장 중요한 의미를 지니는데, 손사래짓은 어머니가 자식을 대하는 아픈 몸짓이기 때문이다. 따라서, 이준섭(이청준)은 편지글에서 손사래짓에 대한 상당한 의미를 전달한다.

> 그 손사래짓엔 어차피 내침이 곧 끌어안음이요, 내침과 끌어안음의 마음이 안팎으로 함께 하고 있어, 굳이 그 내치는 뜻만이 손사래질(짓)만을 따로 정리해두지 않았는지 모른다…….
>
> —『축제』103쪽

---

193) 이채원, 위의 논문, 155쪽.

그 절절한 소망을 안으로 안으로 아프게 눌러 참으며 겉으로는 그렇게 서둘러 내치는 손짓으로 속마음을 대신하고 마는 손사래짓의 역설은 노인뿐만 아니라 감독님의 어머님을 포함한 우리 부모님들의 모두의 공통의 마음가짐이요 일반 정서의 한 양식으로 말하고 싶어했음도요.

－『축제』103쪽

영화에서 회상장면으로 간단하게 처리한 어머니의 손사래짓 이미지를 보고,[194] 관객은 어머니가 자식에 대해 가지는, 품고 싶지만 보내야만 하는 아픔을 고스란히 포함하고 있는 중요한 몸짓에 대해 자신의 경험을 통해 상상하고 구성해야만 한다.

문자라는 기호와 상상력만을 매개로 한 글의 표현은 그 하나하나의 상황(시각적이고 청각적인 부분까지)을 오직 단선적인 시간 서순에 따라 길게 서술해 나갈 수밖에 없어, 그 때문에도 그 시각과 청각의 동시 · 복합적인 표현물인 영화와는 달리 그것이 더욱 단조롭고 지루하게 느껴지셨을 줄 압니다.

－『축제』70쪽

긴 설명이나 어떤 혼란스런 상념들도 몇 장면 짧은 화면 속에 매우 효과적으로 압축해 보일 수 있는 영상 예술 매체에 오랜 장인이신 만큼, 감독님께선 아무쪼록 제 부실한 이야기로 하여 행여 화면의 속도와 경제성을 놓치는 일이 없으시기 바랍니다.

－『축제』71쪽

이청준은 위의 글에서도 알 수 있듯이, 손사래짓이 영화에서 간단한 이미지로 처리될 수 있음을 알고 있었다. 하지만 소설에서는 관객이 상상하고 구성해야만 하는 효과적으로 압축된 이미지를 설명해야만 한다. 그것이 혼란스런 상념이라면 더더욱 그렇다. 그렇지만, '축제'가 동시 창작이

---

194) 영화에서 함평이모의 내레이션으로 '가라는 것도 아닌, 오라는 것도 아닌 역설의 뜻'을 간단히 설명하고 있다.

라고 해도 소설이 먼저 쓰이고 영화가 그것을 바탕으로 만들어졌기 때문에 이청준과 임권택이 어느 정도 소통이 있었다고 해도, 지금까지 전통적으로 이루어져 온 소설을 영화로 번역한 여타 다른 작품들과 같은 방식으로 작업이 이루어진 것이 사실이다. 하여, '축제'의 작업은 소설의 시간적 서술의 지루한 설명을 영화가 관객이 각자의 경험치에 따라 상상하고 구성할 수 있도록 이미지를 압축하는 작업으로 이루어졌다. 이러한 작업에 이청준은 소설의 영화되기라는 부담감을 갖고 있었지만, 문자언어의 대표적 예술장르인 소설적 특질을 놓지 않으려고 노력했다.

소설에서 손사래짓이 자식에 대한 어머니의 아픔이라면, 또 하나의 상징인 비녀는 어머니 자신의 자존적 상징이다. 어머니는 "내 비녀…… 내 비녀 어디……"(『축제』 102쪽)라며 임종을 맞는다. 죽음을 맞으면서 마지막으로 어머니가 찾은 그 비녀는 "당신의 흐트러진 모습을 추슬러 그 부끄러움을 다시 안으로 걸어 잠그려는, 하여 그 마지막 여자로서의 품의와 자존심을 되찾아 지키려는 마음의 빗장인 셈이다."(『축제』 119쪽) 시집올 때부터 당신의 친정 어른들에게 받아 지녀 온 그 낭잣비녀는 노인이 여성으로서 지녀야 하는 질곡어린 운명을 받아들이게 하지만 또한 그 운명을 헤쳐 나가게 버팀목이 되어 주는 매개물이다. 어머니로서 혼자 참고 지켜 낸 그 비극적 상징물인 비녀는 손사래짓과 옷 보퉁이와 함께 오버랩되면서 당신의 치매에 대한 아픔으로 치환된다.

영화에서 비녀 또한 손사래짓과 비슷한 무게감으로 형상화된다. 비녀는 담배와 함께 어머니의 치매를 부각시키는 매개체로 등장하고, 오히려 편지글에서 이준섭이 잠깐 설명했던 부적이 어머니의 효를 상징하는 대표적 매개체로 등장한다. 소설에서는 어머니의 삶을 관통하는 서사를 원하지만, 영화에서는 어머니의 희생을 대표적으로 보여줄 수 있는 상징물을 원한 것이다. 왜냐하면, 소설은 이미지를 설명하는 긴 서술이 가능하지만, 영화는 부연 설명이 필요 없는 강력한 이미지가 필요하기 때문이다.

하지만 소설에서 어머니의 삶을 축으로 서사를 전개하다 보니, 제목처럼 축제적 의미를 찾아 나서는 부분이 소홀한 것이 사실이다. 이청준이 소설에서 축제적 의미를 찾아 나서는 하나의 돌파구가 되는 인물이자, 어머니의 이야기를 중심으로 전개되는 서사에서 빠질 수 없는 갈등의 중심인물이 용순이다. 어머니를 위해 모인 장례식에서 난장의 형식이 이루어지지만, 그것은 모두 갈등의 해소를 위한 하나의 수순이고, 그 갈등을 해소하는 주된 인물 역시 용순이다. 가족들의 갈등은 어머니의 장례를 계기로 모두 해소가 되고, 그 과정이 장례이고 축제인 것이다.

## 5. 영화 〈축제〉

[그림 21] 영화 〈축제〉 포스터

### 1) 장례 과정속의 죽음의 의미

영화 <축제> 또한 소설 『축제』처럼 이준섭 어머니의 죽음으로부터 서사가 시작된다. 소설 『축제』에서는 자신의 소설관과 죽음에 대한 의미

를 준섭이란 화자를 빌려 관념적으로 서술하지만, 영화 <축제>는 등장
인물들의 대화와 준섭의 독백으로 주로 처리된다. 그리고 『할미꽃은 봄
을 세는 술래란다』라는 동화를 각색해 영상으로 중간 중간 삽입함으로
써, 영화에서 나타내고자 하는 죽음의 의미를 설명한다.

우리 전통의 유교적 세계관에서는 제사를 지낼 때 보듯이 우리 조상
들이 가족신이 되는 것이다. 그처럼 우리가 말하는 유교적 개념이 효라
는 것은 조상이 살아 있을 때는 생활의 계율을 이루고, 조상이 죽어서
는 종교적 차원의 의식 규범을 이룬다. 제사라는 것은 그러니까 죽어
신이 되어 간 조상들에 대한 종교적 효의 형식인 셈이고, 장례식은 그
현세적 공경의 대상이었던 조상을 종교적 신앙의 대상으로 섬기는 유
교적 방식의 이전의식, 즉 등신의식인 셈이다. 그러니 그것이 얼마나
뜻깊고 엄숙한 일이냐. 죽어 신이 되어 가는 망자에게나 뒷사람들에게
나 가히 큰 기쁨이 될 수도 있을 만한 일이다…….
물론 이처럼 메마른 논지의 '축제'의 의미를 제대로 풀어낼 수는 없
겠지요. 불교적 윤회와 환생의 뜻을 함축해 매김한 동화 쪽하고도 좀
엇갈리는 대목이 있겠고요. 하지만 유불선이 함께 혼융된 우리식 정서
에서 본질을 크게 해칠 소리가 아니라면 이도 어디에 적당히 깔아 넣어
볼 만하지 않겠습니까. 그 서울패들 중에 먹물들이 몇 있었으니까, 위
인들이 그 낚싯배 위에서 저희끼리 심심풀이로 허튼소리를 늘어놓는
식으로 말씀입니다.
—『축제』234쪽

영화는 소설에서 중요하지 않게 다루었던 불교적 윤회와 환생의 뜻을
함축해 매김한 동화 쪽 이야기를 중요한 모티브로 가져다 쓴다. 그리고
또한 나비의 환생이라는 다분히 도교적 내세관도 함께 내세운다. 영화는
이것을 장례의식 곳곳에 병치시킴으로써 그 의미를 확장하려고 한다. 또
한 영화적 서사의 맥을 끊는 단점으로 지적되기도 하지만, 이청준의 편지
글대로 낚싯배 위에서 먹물들이 늘어놓는 대사는 유교적 세계관을 관객

에게 설명하기 위한 장치이다. 이 모두는 유불선이 함께 혼융된 우리의 정서를 모두 반영하려는 감독의 노력인 동시에 관객에게 우리의 전통적 죽음의식을 알리고자 하는 노력이다. 하지만 이것은 교술 장르로의 전락이라는 무거운 짐을 지게 된다. 관객은 초등학생 은지가 되어 준섭과 그의 아내가 설명하는 죽음의 의미를 들어야만 하며, 어린 아이가 분한 어색한 할머니의 죽음도 지켜보아야 한다.195)

하지만 이러한 죽음의 의미는 시종일관 어머니를 잃은 슬픔에 담담한 모습을 보이던, 어쩌면 너무 여유 있는 모습을 보이던 준섭의 눈물이 더 관객의 마음에 와 닿았을 수도 있다. 준섭은 초경初更 치를 때 해남아재의 소리에 눈물을 흘린다. 조금은 해학적인 해남 아재의 소리에 맞춰 다른 등장인물들은 웃거나 여유 있는 모습을 보이는데 반해 준섭은 홀로 눈물을 흘리고, 그 모습은 클로즈업 된다. 장례의식을 난장과 해학 속에서 찾은 임권택은 준섭의 눈물 또한 해학적 요소 속에서 찾아낸다. 이처럼 영화에서 죽음의 의미는 대화나 독백으로 던져진 교술적 행위보다 영상 속에서 관객의 몫으로 던져질 때 그 의미가 더욱 커진다. 특히, 영상으로 처리된 장례 절차는 굳이 말로 설명하지 않아도 그 의미가 관객에게 크게 전달된다. 물론 자막으로 처리 된 것은 어쩔 수 없는 선택이지만, 영화에서 장례 과정에 초점을 맞추어 그 죽음의 의미를 드러내려 한 것은 영상 언어로서 최선의 선택이다.

임종臨終 후 맞이하는 고복皐復, 초혼招魂 때 외동댁이 사다리를 타고 지붕으로 올라가 "광산김씨 옥남 고~!"라고 외치는 장면에서 외동댁의 목소리는 애증이 함께 묻어있는, 받아들여야 하지만 받아들이기 힘든, 죽음에 대한 슬픔이 고스란히 묻어있는 목소리다. 또한 동팔 부父 성 영감이 아이들에게 설명하는 "개도 안 건드리는 사잣밥"은 죽은 자의 이승과의 단절을 명확히 설명하는 것이다.

---

195) 이것은 동화를 번역한 영상이고, 세트를 비롯한 모든 것이 동화적 이미지를 영상으로 재현했기 때문으로 이해할 수도 있다.

[그림 22] 영화 〈축제〉 속 한 장면

  수시收屍[196) 때 시체를 싸는 모습이나, 준섭이 용순에게 병풍 뒤에 모셔진 돌아가신 할머니를 보여주고 용순이 그 할머니를 보고 눈물을 흘리는 장면은 말로 표현할 수 없는 애잔함을 느끼게 한다. 특히 시체를 깨끗이 닦고 수의를 입히는 염殮하는 신이나 시신을 관 속에 넣는 입관入棺의 신은 그것을 경험한 관객에게는 사랑하는 사람을 잃은 슬픔과 아픔이 고스란히 전해지는 신이다. 그리고 염하는 영상 중간 중간 배치되는 몽타주들과 입관 시 보여주는 부적이라는 소재는 어머니와 외동댁의 애증, 그리고 어머니에 대한 자식들의 부채의식을 잘 나타내준다. 이것은 소설에서 준섭에 의해 길게 배치되었던 어머니에 대한 부채의식을 영상으로 짧게 배치하기 위한 영화의 서사전략이다. 이러한 서사전략은 응축된 표현으로 관객에게 그 의미를 전달하게 된다.

---

196) 시체가 굳기 전에 지체(肢體)를 주물러서 곧고 바르게 하고 입·코 등을 막는다. 그 후에 얇은 옷을 접어 머리를 괴고, 백지로 두 어깨의 하절(下節) 부분, 두 정강이, 두 무릎의 윗부분을 묶어 홑이불을 덮고 병풍으로 가려 염습(殮襲)할 때까지 둔다.(두산백과)

[그림 23] 영화〈축제〉 속 한 장면

발인제發靷祭와 천구遷柩 그리고 노제路祭로 이어지는 시퀀스는 언어로 표현될 수 없는 영상미의 압권이다. 화려한 상여의 행렬과 슬픈 노래 소리는 죽은 이를 보내는 산 자들의 애잔함이 그대로 녹아 있다. 특히 하관 下官시 클로즈업 되는 준섭의 얼굴은 어머니를 잃은 자식의 슬픔과 부채의식을 고스란히 간직한 표정이다.

영화는 죽음의 의미를 영상으로 고스란히 전할 때 그 슬픔과 아픔이 극대화 되고, 그 의미는 관객 스스로 느끼게 된다. 관객은 영화를 통해 죽음에 대한 아픔과 슬픔을 마음으로 고스란히 느끼고 가길 원하지, 그 죽음의 의미에 대해 머릿속으로 이해하고 가기를 원하지 않기 때문이다.

## 2) 산 자들의 극한의 애도로서 장례의식

영화 <축제>는 소설『축제』처럼 결국 돌아가신 어머니에 대한 애도의 형식에 관한 영화이다. 즉, 장례라는 애도방식에 관한 영화라고 할 수 있겠다. 소설『축제』는 장례에 대한 자신의 생각을 준섭이란 화자의 발화를 통해 서술하지만, 영화 <축제>는 등장인물들의 대화와 준섭의 독백으로 주로 처리된다. 그리고『할미꽃은 봄을 세는 술래란다』라는 동화를 각색해 영상으로 중간 중간 삽입함으로써, 어머니의 죽음에 대한 애도의 의미를 되새긴다. 또한 영상으로 처리된 장례 절차는 굳이 말로 설명하지 않아도 그 의미가 관객에게 크게 전달됨으로써, 어머니의 죽음에 대한 산 자들의 애도의 모습을 잘 보여주고 있다.

영화와 소설이 동시 창작되었기 때문에 주요 인물인 준섭과 용순 그리고 외동댁에 대한 애도의 모습은 영화와 소설이 크게 다르지 않다. 특히, 어머니의 죽음에 시종일관 침착하게 반응하는, 아니 여유 있는 모습이라는 단어가 어울릴 정도로 영화에서 준섭의 모습은 어머니의 죽음에 담담하게 반응한다. 특히, 문상을 온 지인들 및 친구들과의 농담 섞인 대화는 준섭의 침착하고 담담한 모습을 극대화시킨다. 이것은 앞에서 설명했듯이, 준섭을 비롯한 등장인물들이 준섭 모의 죽음에 대해 미리 준비를 해 두고 있었기 때문에 가능한 일이다.

그리하여 장례라는 절차는 죽은 이에 대한 산 자들의 애도에 대한 모습을 극極까지 보여주고, 그 슬픔과 아쉬움을 털고 가기 위한 산 자들의 의식儀式 절차일지도 모른다.

> 허물털이, 아니면 허물 묻어 보내기―. 아쉽고 허망스럽고 섧은 대목이 없을 수는 없겠지만, 그리고 외동댁이나 누구의 말마따나 자식된 처지에 허물이 더해 그럴 수도 있겠지만, 그 실은 모두가 그동안 마음속에 묻어 온 노인의 허물들을 털어내어 그것을 당신의 저승길에 함께 묻어 보내려는 절차를 치르고 있음이었다. 알고 그러든 모르고 그러든 그것이 노인에 대한 뒷사람의 허물을 벗는 일이기도 한 때문이다.
>
> ―『축제』221쪽

이러한 모습은 입관入棺 절차에서도 잘 나타난다.

> # 방안
> 가족들이 모여 있는 가운데, 염한 준섭 어머니 시신을 관 속에 넣는다.

용순 : (관 앞으로 다가오며) 할머니!

새말아재 : 자 마지막 가시는 길이니께, 징표들이나 넣어드려.

외동댁 : (앞으로 나와 관 앞에 앉으며) 엄니, 머리 깍으믄서 돌아가
　　　　실 때는 다시 돌려드린다고 약속 안 혔소. 엄니, 여기 있소
　　　　(은비녀를 꺼내 들고) 폼 나게 꽂고 가시오, 잉!(은비녀를 관
　　　　속에 넣는다)

함평누님 : (반지를 빼 관 속에 넣으며) 엄니, 나가 보고 싶거든 요것
　　　　　보쇼.

광주누님 : 엄니, 저 세상 가가지고 아버지 만나가지고 재미나게 사
　　　　　쇼, 잉!

외동댁 : (밖으로 나가며) 아참 내 정신 좀 보소.

원일 처 : (목걸이를 빼 관 속에 넣으며) 할머니, 할머니 꼭 좋은 데로
　　　　가셔야 되요, 예, 할머니.

함평매형 : (돈을 넣으며) 저승 가시는 노잣돈이여.

용순 : (돈 다발을 관 속에 넣는다)

형자 : (반지 빼 넣으며) 할머니.

아주머니1 : 아짐, 내 아픈 허리 다 가지고 가시오, 잉.

아주머니2 : 내 무릎 팍 아픈 것들 좀 다 가져가시오.

준섭 : (앞으로 나온다)

외동댁 : (보자기 함을 들고 들어오며) 달포 전인가, 그날따라 엄니
　　　　멀쩡한 얼굴로 이걸 내놓으면서 나 죽을 때 갖고 갈란다, 안
　　　　혀요. 알고 본께, 삼년에 한 번 오는 윤달마다 하루 날 잡아
　　　　서 웅, 세 군데 절을 댕기며 부적을 받아 모으믄은 자식들
　　　　무병 허고, 또 복 받는다는 소리를 어디서 들었는지, 생전
　　　　절간 근처도 댕기지 않으시는 분이 전관사로, 옥룡사로, 또
　　　　장안사로 하루에 세군데 절간을 찾아 댕기면서 이 부적을
　　　　모았다 안 혀요. 힘도 없는 노인네가 어떻게 그렇게 험한 산
　　　　길을 댕기셨는지, 참말로 기도 안 차요. 엄니가 누구를 위해
　　　　서 그렇게 간절한 정성을 드렸겄오! (준섭에게 부적함을 주
　　　　며) 자, 한번 열어보고 아재 손으로 넣어 드리쇼. (준섭은 함
　　　　을 받고 열어본다. 부적 클로즈업 된다) 그 만큼 부적을 모

으려고 하면은 족히 수십 년 세월은 다녔을 텐데, 날마다 얼굴 맞대고 산 나도 몰랐으니, 아이고! 누가 알면 그 행여 정성 새나갈까 꼭꼭 숨겼을꼬.

각각의 사람들은 준섭의 어머니를 보내며 죽은 자와 산 자의 인연들을 관 속에 묻어 보낸다. 이것은 죽은 자와 산 자의 현세의 인연을 끊는 의식儀式일수도 있다. 그럼으로써 죽은 자에 대한 슬픔과 아픔도 함께 묻어 보내는 것이다. 또한 자신의 물질적 정성을 같이 묻어 드림으로써 부채의식을 씻는 것이다.

소설 속에서 중요한 서사전략으로 많은 분량을 차지하는 준섭의 어머니에 대한 부끄러움과 부채의식은 영화에서 잘 표현되지 않는데, 그러한 준섭의 부채의식은 입관 신에서 부적이라는 소재로 응축되어 나타나게 된다. 하지만 그것 또한 어머니의 관 속에 묻히고 만다. 어머니의 자식에 대한 지극한 사랑의 징표인 부적은 다른 말로 해서 준섭이 어머니를 제대로 모시지 못한 부채의식의 상징인데, 그것 또한 어머니는 죽음과 함께 저승으로 가지고 간다. 그럼으로써 준섭의 어머니에 대한 부채의식은 그 부담을 덜 수 있게 된다.

# 갯가가 보이는 언덕 나무 밑
장혜림과 준섭은 나란히 앉아 있다.

장혜림 : 용순씨는 선생님 가족사에서 중요한 인물 아닌가요? 근데 선생님 소설 어디에도 언급되지 않은 이유가 뭐죠? (준섭의 대답을 기다리다) 용순씨 말이에요. 선생님에 대한 감정이 별로 곱지 않는 것 같던데, 할머니 안 모신데 대한 원망인가 보죠.
준섭 : 그럴 수도 있겠지, 내가 모시지 않은 것은 사실이니까. 하지만 다른 이유가 있어.

용순이 준섭을 원망하는 이유를 설명하는 신에서, 준섭은 '내가 어머니를 모시지 않은 것은 사실이니까'라고 말하며 여운을 남긴다. 이것은 그의 부채의식이 자신만의 잘못이 아니라는 의식이 깔려있는 대화이다.

> 그리고 이제 그 기나긴 기다림이 끝나고 그의 어머니가 이승의 삶을 마감해간 이날에 이르러서야 그는 뒤늦게 당신을 처음 찾아가고 있는 듯한 무겁고 황량스런 심회에 젖어들고 있는 것이다. ─하지만 일이 이렇게 된 것이 그 주변머리 없는 자식의 불민함이나 몰인정 탓뿐이었던가. 당신에게는 아무 책임도 허물도 없었던가…….
>
> ─『축제』 39쪽

소설 속에서 준섭의 발화인데, 어머니에 대한 부채의식과 함께 어머니에 대한 원망도 같이 깔려 있는 대화이다. 이런 대화는 준섭의 어머니에 대한 부채의식을 조금 줄여주는 역할을 하는데, 이것은 영화 전체에 흐르는 준섭의 의식意識이다.

영화에서 준섭은 소설에서처럼 그의 동화책『할미꽃은 봄을 세는 술래란다』를 출판사 사장의 도움으로 어머니 제상에 바칠 수 있게 되는데, 준섭은 "어머니 평소에 잘못 모신 죄스러운 마음 이 책에 담았습니다."라고 말한다. 하지만 그것 또한 용순이 준섭을 이해하는 소재로 활용된다. 용순은 자신의 차에서 동화책을 다 읽은 후 눈물을 흘린다. 이것은 용순이 준섭을 이해하게 되는 신이다. 그리고 영화는 가족 전체가 사진을 찍고 웃으며 마무리된다. 그 속에 용순도 함께 하게 된다. 이것은 죽은 자를 통한 산 자들의 갈등을 풀어주는 역할로서의 장례의식이다.

따라서 장례절차는 죽은 이에 대한 산사람들의 극한의 애도 표시로서, 우리가 떠나보낸 자에 대한 감정적 애착을 단절하고 자유로운 리비도를 새로운 대상에 재투자 할 수 있게 하는 의식儀式인 것이다. 이 장례의식을 통해 우리는 떠나보낸 자에 대한 극한의 애도를 표시하고, 그 애도의 표시를 통해 죽은 자에 대한 감정적 애착을 단절할 수 있게 된다. 조금은 윤리적이지 않을 것 같은 이러한 행위는 매년 제사라는 의식儀式을 통해 죽은 자를 신으로 격상시킴으로써 그 윤리적 책임을 다 할 수 있게 된다.

### 3) 장례라는 축제에서 '어머니의 효' 찾기

영화 <축제>는 100분이라는 한정된 시간에 250쪽이나 되는 분량의 장편소설을 각색하고 영상화해야 한다. 임권택에게 전달되었으나 이청준이 소설에서 생략한 부분까지 합하면 그 분량은 더 늘어난다. 따라서 영화는 소설의 중요한 소재를 택해 영화되기 할 수밖에 없다. 영화에서 선택한 중요한 소재는 역시 '장례' 그 자체이다. 그리하여, 영화는 <축제>라는 제목답게 장례의 난장적 성격을 적절히 잘 드러내고 있다. 바흐친의 카니발 이론과 다성성 이론을 빌리지 않더라도 영화에서는 장례의 그 축제적 의미를 너무 잘 살리고 있다.

영화는 소설과 다르게 장례에 대한 꼼꼼한 자막처리와 설명이 제시되는데, 이것은 장례에 대한 절차를 영상으로 표현하고 싶은 감독의 의도인 동시에 관객의 바람일 것이다. 여러 가지 제례의식과 망자를 인도하는 소리, 그리고 망자를 싣고 유택으로 향하는 꽃상여 등을 영상으로 남기고 싶은 마음이 드는 것은 당연할 것이다. 따라서 소설에서 어머니의 삶을 축으로 한 서사는 영화에서 어머니의 죽음을 통한 장례의식 과정을 축으로 한 서사로 변주된다.

소설과 마찬가지로 영화에서도 갈등의 중심인물은 용순이다. 하지만 영화에서 용순의 비중은 훨씬 커진다. 소설에서는 어머니의 삶에 대한 궤적을 추적하는 준섭의 회상이 중심이기에 그 어머니의 삶 속에 용순이 갈등인물로 설정되어 있다면, 영화에서는 장례의 난장적 성격을 잘 드러내는 갈등의 중심인물로 등장한다. 따라서 용순의 등장으로 인한 가족 간의 갈등은 영화를 이끌고 가는 가장 큰 축이다.

영화의 큰 축인 용순과 외동댁을 비롯한 가족 간의 갈등 이외에, 술과 도박으로 드러나는 여러 가지 일화들을 통해 영화는 인간 본성을 드러내는 난장적 성격을 잘 반영하고 있으며, 감독은 그것을 영상으로 고스란히 담아낸다. 이러한 영상은 외화면 영역(프레임 밖)의 소리를 통해 적절히 난장적 성격을 드러낸다. 화면에서 보이는 등장인물과 그 화면 밖에서 들려오는 다른 인물들의 소리는 보는 관객으로 하여금 화면 밖의 인물도 함께 상상하게 하며, 관객은 동시에 여러 이미지들을 가공하고 해석해야 한다. 이러한 다성적 성격의 영상과 소리의 처리는 축제적 성격의 장례라는 난장적 성격을 가장 잘 보여주는 기법이 된다.

[그림 24] 영화 〈축제〉 속 한 장면

이러한 무질서와 질서의 경계를 오가는 축제적 성격의 장례는 결국 영화의 큰 축인 용순과 외동댁을 비롯한 가족 간의 갈등이 해소되는 과정이며, 어머니의 죽음으로 인한 가족과 그와 가까운 인물들의 심적·육체적 혼란이 수습되어 가는 과정이다. 이러한 갈등과 혼란이 수습되는 과정에서 오는 카타르시스는 결국 장례를 치르는 사람들이 전보다 더 화합하게 되는 결과를 가져오게 된다. 이러한 화합의 장면을 영화는 장혜림이 가족들을 한 자리에 모아 놓고 사진을 찍는 한 장면으로 압축하여 묘사한다.

일전에 전화에서 말씀하신 감독님의 의향대로 이야기를 마무리지었습니다. 실재했던 일은 아니지만, 써놓고 보니 감독님 생각처럼 영화의 끝장면으로 그럴듯한 것 같구요. (……) 지금까지의 이야기들에는 영화하고는 별개의 새 소설적 질서가 부여되고, 다른 이야기들도 더 필요해질 수 있는 일 아니겠습니까. 영화는 매체의 성질이 다른 만큼 이야기의 구조나 흐름(종말)도 상당 부분 달라질 수 있겠구요.

-『축제』102쪽

위의 글에서 알 수 있듯이, 마지막 장면은 임권택의 아이디어가 반영된 결과이다. 영화에서 엔딩 장면으로 가장 훌륭한 선택일 수 있는 이 장면을 소설가 이청준은 받아들여야 할지 말지 고민한다. 이것은 소설가로서 자존감과 영화와 다른 소설적 질서에 대한 고민이다. 이러한 고민은 영화감독 임권택도 마찬가지일 것이다. 아니, 장편소설 분량을 120분 정도의 영화로 압축·변주해야하는 임권택의 고민이 더 깊을 수도 있다. 이처럼 소설가 이청준과 영화감독 임권택은 자신이 몸담고 있는 매체적 강점을 서로 주고받으며 '축제'를 예술적 방향으로 발전시켜왔다. 하지만 서로의 이러한 교환은 약간의 부작용도 동반하게 된다. 영화에서 서울패들이 내려와 낚시를 하면서, 홍교수가 유교적 장례절차가 어떤 의미를 갖는지 설명하는 장면이 대표적이다.

(……) 하지만 유불선이 함께 혼융된 우리식 정서에서 본질을 크게 해칠 소리가 아니라면 이도 어디에 적당히 깔아 넣어 볼 만하지 않겠습니까. 그 서울패들중에 먹물들이 몇 있었으니까, 위인들이 그 낚시배 위에서 저희끼리 심심풀이로 허튼소리를 늘어놓는 식으로 말씀입니다.

-『축제』234쪽

이청준이 소설에서 직접적으로 쓰지 않고[197] 편지글에서 임권택에게

---

197) 분명 편지글도 소설의 일부이지만 중층 메타텍스트 소설인 점을 감안한다면, 액

권유한 것을 임권택은 영화에서 그대로 반영한다. 제사와 유교적 세계관 그리고 장례에 대해 설명하기 위한 장면인데, 장례에 대한 새로운 관점을 관객에게 제시하기 위한 것 일수도 있지만 뜬금없이 현학적 메시지를 전달하기 위해 영화의 맥을 끊는 대표적인 장면이 될 수도 있다. 이처럼 영화 <축제>는 무언가 설명하기 위해 대화나 독백198)을 많이 사용하는데, 이것은 장례라는 축제적 의미에서 효를 찾기 위한 최선의 방법이다.

영화는 장례 의식에서 영상미학을 추구했다면, 주제적 측면에서 이청준이 던져 놓은 어머니의 효에 대한 표현 방식을 찾아야 했다. 다분히 관념적이고 사변적인 효의 관념을 영상으로 표현하기가 까다로운 것이 사실이지만, 이것을 표현하기 위해 임권택은 두 가지 방법을 택한다. 첫 번째가 장혜림을 중계자199)로 설정하고, 인터뷰와 대화를 통해 어머니의 삶을 되돌아보면서 효의 의미를 찾는 것이고, 두 번째가 이청준 동화『할미꽃은 봄을 새는 술래란다』를 각색해 장례 절차와 병치시키면서 영화를 진행하는 것이다. 하지만 주제를 효과적으로 드러내려 했던 이 두 가지 방법이 영상언어의 최대 장점인 시각적 표현을 통한 이미지 묘사를 방해하는 선택이 되어 버렸다.

소설에서 준섭을 통해 이루어졌던 어머니의 효에 관한 서사적 진행이, 영화에서는 장혜림의 인터뷰를 통해 이루어진다. 소설에서 화자로서 준섭의 시선과 경험으로 이끌어 왔던 어머니에 대한 기억들을 영화에서는 장혜림이 기자라는 신분을 십분 활용하여 준섭을 포함한 등장인물들과의 대화와 인터뷰를 통해 어머니의 기억들을 나열하면서, 자식들에 대한 어머니의 효(희생)를 드러낸다. 하지만 대사는 영화를 연극적인 인물 묘사의 예술로 한계지울 뿐 아니라, 이미지의 표현을 방해하기도 한다. 특히,

---

자부분인 편지글은 액자내부와 차이를 둘 필요가 있다.
198) 장혜림의 인터뷰를 통한 독백이나, 동화에서 은지의 독백.
199) 장혜림을 중계자로 설정한 이유에 대해서는 아래 논문을 참고.
　　　전지은, 앞의 논문, 2008.

화상이 대사를 수반해야만 하는 경우, 인간의 모습으로부터 추출될 수 있는 시각적 표현에는 한계가 생긴다.[200) 영화는 관념적이고 사변적인 소설을 영상언어로 제대로 표현하지 못하고 사변적이고 관념적으로 빠지고 말았다. 따라서 영화는 관객이 이미지를 통해 누려야 할, 의미를 재구성하고 내용을 상상하는 즐거움을 빼앗아 버리고 관객에게 '이 시대의 효'에 대한 감독 개인의 가치관을 강요하게 되어 버렸다.[201)

영화에서 '이 시대의 효'를 나타내기 위한 첫 번째 장치뿐만 아니라 이청준의 동화『할미꽃은 봄을 새는 술래란다』를 각색하여 장혜림 인터뷰를 통해 얻어지는 준섭 모(母)에 대한 과거 이야기와 나란히 놓이면서 그 의미를 확대시키는 두 번째 장치 또한 영상언어의 미학을 살리지 못하고, 더욱 강하게 감독 개인의 가치관을 관객에게 강요하는 장치가 되어 버렸다. 따라서 이채원이 '동화 속에서 준섭이 은지를 반복적으로 가르치듯 관객에게 반복적으로 가르치려고 하고 강요하는 모양이 되어 버렸다'는 지적은 매우 적절하다고 할 수 있다.[202) 전지은은 '동화의 이미지화는 서술의 촉매를 넘어서 주제를 구현하는 핵심서사이다. 소설에서 준섭이 임 감독에게 보내는 서간을 통해 내부이야기를 부연하고 주제를 표현했다면 영화에서는 동화를 영상화함으로써 그 역할을 대신한다'고 했는데,[203) 결국 주제를 구현하기 위해 무리한 대화와 독백 사용으로 영화는 뛰어난 영상미를 반감시키고, 선전영화와 같은 교술적 장르로 변질되어 버렸다. 물

---

200) 루돌프 아른하임, 김방옥 옮김,『예술로서의 영화』, 기린원, 1990. 236쪽.
　　물론 1930년대 글로서, 유성영화와 무성영화를 비교하며 쓴 글이라고는 하나 이 글은 아직도 유효하다고 본다.
201) 하나의 궁극적 기의에 정박되지 않는 기표와 마주한 독자는 작가가 되어야 한다. 즉, 독자는 자신만의 일시적인 구조와 패턴, 의미들을 텍스트로 끌어와 텍스트를 재창조하는 사람이 되어야 한다. 바르트는 읽기가 곧 쓰기가 되는 과정이 되어야 한다고 했다.
　　그레이엄 앨런, 송은영 옮김, 앞의 책, 147쪽.
202) 이채원, 앞의 논문, 171쪽.
203) 전지은, 앞의 논문, 86쪽.

론 바흐친이 카니발에서 찾아낸 핵심이 '교체와 변화, 죽음과 갱생의 파토스' 즉, 모든 사람이 참여하는 부활과 갱생의 축제이듯이,204) 난장적 기표의 흐름 속에서 영화는 '죽음을 현세의 속박으로부터의 해방', 또는 '삶의 궁극적 완성'으로 주제를 구현하려 했겠지만,205) '부적'과 할머니의 나비 환생처럼 그것을 강렬한 영상으로 표현했으면 그 의미가 관객에게 보다 적절하게 전달되지 않았을까 한다. 그럼에도 불구하고, 영화 <축제>는 장례라는 우리 전통제례 속에서 축제라는 이질적 모습을 잘 포착해 영화 되기에 성공함으로써, 그 속에서 나타날 수 있는 가족과 인간 군상들의 내밀한 모습까지 잘 표현해 냈다.

## 6. 각 장르의 자존감을 통한 예술적 성과

소설 『축제』는 어머니의 죽음으로 인한 아들 준섭의 부채의식과 그 부채의식 극복을 위한 소설쓰기로 서사가 진행된다. 준섭의 어머니는 치매로 인해 상징적 죽음을 죽은 후, 두 번째 죽음을 죽게 된다. 그것으로 준섭은 영원히 어머니에 대한 부채의식을 갖고 살게 될 것이고, 상징적 죽음으로 인해 잃어버렸던 어머니의 자존감과 사회적 관계는 다시 상징질서로 회귀할 것이다.

영화 <축제>는 이청준이 던져놓은 죽음에 대한 관념적 의미를 등장인물들의 대화와 준섭의 독백으로 처리하고, 『할미꽃은 봄을 세는 술래란다』라는 동화를 각색해 영상으로 중간 중간 삽입함으로써 영화에서 나타내고자 하는 죽음의 의미를 설명한다. 하지만 이러한 선택은 영화에게 교술 장르로 전락하는 무거운 짐을 지우고 만다.

---

204) 석영중, 「바흐친의 카니발 이론…질펀한 축제 속에서 '나는 누구인가' 답을 얻었다」, 한국경제신문, 2009. 02. 20.
205) 이것은 영화에서 할머니가 나비로 환생하는 도교적 세계관에서도 볼 수 있고, 영화와 소설에서 유교적 종교관의 설파에서도 찾아 볼 수 있다.

영화에서 영상 예술로서 전해지는 장례 절차와 준섭의 눈물이 관객에게 죽음의 의미를 더 잘 전달하는 것은 영화의 장르적 특징을 잘 살렸기 때문이다. 소설이나 영화는 자신 만의 특화된 방법으로 독자나 관객과 소통할 때 각자 장르적 예술성을 더 잘 드러낼 수 있을 것이다.

소설『축제』에서 준섭은 언제나 어머니에 대한 부채의식을 가지고 있다. 이러한 어머니에 대한 부채의식으로부터 증상을 돌파하기 위해 이청준(준섭)은 자신의 어머니를 소설 속에서 단편적으로 끄집어낸다. 어머니에 대한 부채의식은 끝까지 준섭의 마음속에서 그를 괴롭힌 것이다. 준섭, 아니 이청준의 어머니에 대한 애도작업은 영원히 정상적으로 이루어질 수 없을 지도 모른다. 영원히 그의 마음속에 어머니를 품고 사는 것이 오히려 그를 윤리적으로 살게 하는 것일 수도 있다.

영화 <축제>에서 준섭은 어머니에 대한 부채의식과 함께 어머니에 대한 원망도 함께 갖고 있는데, 이것은 영화 전체에 흐르는 준섭의 의식意識이다. 그리고 영화는 가족 전체가 사진을 찍고 웃으며 마무리된다.

소설에서 준섭의 애도작업은 정상적으로 이루어지지 못한다. 그것은 영화와 다른 결말로 소설의 문학적 여운을 남김으로서 가능하게 된다. 하지만 영화의 결말은 관객에게 강한 인상을 줄 수 있는 영상을 배치하고, 모든 갈등의 해소에 초점을 둔다. 그럼으로써 현실을 좀 더 강조한 결말이 되었다. 무엇인가 부족한 것 같은 소설의 결말과 꼭 찬 것 같은 영화의 결말은 소설책을 덮었을 때와 영화관을 나올 때의 독자와 관객의 모습을 상상하게 한다. 책을 덮은 후 눈을 감고 잠시 생각에 잠기는 독자와 얼굴에 미소를 머금고 영화관을 나서는 관객은 소설과 영화의 예술적 지향점이 어떻게 다른가를 극명하게 보여주는 상상이다.

소설『축제』는 어머니의 이야기를 중심으로 '효'라는 주제를 이끌어 가려고 하는 반면, 영화 <축제>는 사람의 죽음과 장례 마당으로 이 시대의 '효'의 본질을 찾으려고 하고 있다.

소설 『축제』는 어머니의 살아온 삶을 중심으로 소설을 구성하고 그것으로서 '어머니의 효'에 대한 주제를 드러내려 한다.

영화 <축제>는 장례 의식에서 영상미학을 추구하고, 주제적 측면에서 이청준이 던져 놓은 어머니의 효에 대한 표현 방식을 찾는다. 첫 번째가 장혜림을 중계자로 설정하고 인터뷰와 대화를 통해 어머니의 삶을 되돌아보면서 효의 의미를 찾는 것이고, 두 번째가 이청준 동화 『할미꽃은 봄을 새는 술래란다』를 각색해 장례 절차와 병치시키면서 영화를 진행하는 것이다. 하지만 주제를 효과적으로 드러내려 했던 이 두 가지 방법이 영상언어의 최대 장점인 시각적 표현을 통한 이미지 묘사를 방해하는 선택이 되었다.

소설과 영화에서 문자언어 작가와 영상언어 작가 모두 서로의 매체에 대해 자존감을 가지면서, 서로의 장점을 흡수하려고 한 것은 어느 정도 성과를 이루어 냈다. 소설은 가장 중요한 '축제'라는 제목을 받아들이게 되면서 '어머니의 효'에서 '이 시대의 효'로 생각의 범위를 넓힐 수 있게 되었으며, 또한 마지막 장면을 받아들임으로써 결말을 더욱 풍성하게 했다. 영화는 그 많은 소재 중에 취사선택 하는 입장이었지만, 영화적 감각으로는 가질 수 없는 관념적이면서 사변적인 여러 가지 일화들을 취할 수 있었다. 하지만, 두 매체의 거장이 만나 서로의 의견을 교환하면서 동시에 자신의 매체에 대한 자존감을 지키려고 한 것은 하나의 단점으로 작용할 수도 있다는 것을 보여주었다. 이청준은 임권택을 배려하면서 영화에 도움이 되는 글을 쓰면서도, 또한 끊임없이 영화와는 다른 소설적 장치를 만들려 하는 모순에 빠지게 되었으며, 임권택은 영상언어와는 다소 이질적인 관념적, 사변적 이야기를 영상으로 표현해야 하는 딜레마에 빠지게 된 것이다. 소설과 영화의 동시 창작은 서로에 대한 배려보다는 각 장르의 치열한 자존감 싸움을 통해 더 높은 예술적 성과를 이루어 낼 수 있을 것이다.

# ■참고문헌

## 1. 기본자료

이청준,『석화촌』,『이어도』, 열림원, 1998.

이청준,『이어도』,『이어도』, 열림원, 1998.

이청준,『병신과 머저리』,『병신과 머저리』, 열림원, 2001.

이청준,『축제』, 열림원, 2007.

이청준 소설 · 최규석 그림,『밀양, 원제 '벌레 이야기'』, 열림원, 2007.

이청준 글, 김중석 그림,『할미꽃은 봄을 세는 술래란다』, 파랑새어린이,
        2006.

정진우, <석화촌>, 우진필름, 1972.

김기영, <이어도>, 동아수출공사, 1977.

김수용, <시발점>, 연방영화사, 1969.

임권택, <축제>, 태흥영화 주, 1996.

이창동, <밀양>, 파인하우스필름 주, 2007.

## 2. 국내 단행본

고명석,『니체 극장』, 김영사, 2012.

권오룡 엮음,『이청준 깊이 읽기』, 문학과지성사, 1999.

권택영 엮음,『자크 라깡 욕망 이론』, 문예 출판사, 1994.

김광철 · 장병원,『영화사전』, 미디어 2.0, 2004.

김병익 · 김현 편,『이청준』, 은애, 1979.

김병익,『김병익 비평집 21세기를 받아들이기 위하여』, 문학과 지성사,
        2001.

김보연,『데리다 입문』, 문예출판사, 2011.

김석 · 자크 라캉, 『에크리–라캉으로 이끄는 마법의 문자들』, 살림, 2007.

김성곤, 『문학과 영화』, 민음사, 1997.

김소영, 『판타스틱한국영화 근대성의 유령들』, 씨앗을 뿌리는 사람, 2000.

김수용, 『자크 라캉』, 살림, 2008.

김용구, 『한국소설의 유형학적 연구』, 국학자료원, 1995.

김용수, 『영화에서의 몽타주 이론』, 열화당, 2006.

김욱동, 『대화적 상상력』, 문학과지성사, 1988.

김욱동, 『모더니즘과 포스트모더니즘』, 현암사, 1992.

김중철, 『소설과 영화』, 푸른 사상, 2000.

김치수 외, 『이청준론』, 삼인행, 1991.

문학사연구회, 『소설구경 영화읽기』, 청동거울, 1998.

박유희, 『디지털 시대의 서사와 매체: 문화 콘텐츠의 통합적 분석을 위한 서사론적 모색』, 동인, 2005.

박정수, 「『앙티 오이디푸스』읽기: 정신분석 비판을 위하여」, (아트앤스터디[www.artnstudy.com]

박찬국, 『해체와 창조의 철학자, 니체–니체의 잠언과 해설』, 동녘, 2007.

방현석, 『소설의 길, 영화의 길』, 실천문학사, 2003.

서정남, 『영화서사학』, 생각의 나무, 2004.

송민숙, 『언어와 이미지의 수사학』, 연극과 인간, 2007.

여홍상, 『바흐친과 문학이론』, 문학과지성사, 1997.

영화진흥공사엮음, 『한국영화70년 대표작 200선』, 집문당, 1996.

왕은철, 『애도예찬』, 현대문학, 2012.

우찬제, 『텍스트의 수사학』, 서강대학교 출판부, 2005.

유종호, 『떠남 혹은 없어짐–죽음의 철학적 의미』, 책세상, 2001,

유지형, 『24년간의 대화, 김기영 감독 인터뷰集』, 선, 2006.

윤정헌 외, 『문학과 영화사이』, 중문, 1998.

이광래, 『미셸 푸코-'광기의 역사'에서 '성의 역사'까지』, 민음사, 1989.

이대범, 『한국근대희곡론』, 북스힐, 2003.

이연호, 『전설의 낙인, 영화감독 김기영』, 한국영상자료원, 2007.

이영식·정연재·김명희, 『문학텍스트에서 영화텍스트로』, 동인, 2004.

이윤옥, 『비상학, 부활하는 새 다시 태어나는 말-이청준 소설 읽기』, 문이당, 2005.

이정하 편역, 『몽타주 이론』, 예건사, 1990.

이종승, 『영화와 샤머니즘-한국적 환상과 리얼리티를 찾아서』, 살림, 2005.

이진경, 『노마디즘 1』, 휴머니스트, 2002.

이진경, 『노마디즘 2』, 휴머니스트, 2002.

이현우, 『애도와 우울증』, 그린비, 2011.

임권택·유지나, 『영화』, 민음사, 2007.

정금철, 『한국시의 기호학적 연구』, 새문사, 1990.

조은하·이대범, 『스토리텔링』, 북스힐, 2006.

주은우, 『시각과 현대성』, 한나래, 2003.

한국비평학회, 『들뢰즈와 그 적들』, 우물이 있는 집, 2006.

한용환, 『소설학 사전』, 문예출판사, 1999.

홍준기, 『라캉과 현대 철학』, 홍준기, 문학과지성사, 1999.

## 3. 국외 단행본 및 번역서

게오르그 빌헬름 프리드리히 헤겔, 권기철 옮김, 『역사철학강의』, 동서문화사, 2008.

게오르크 루카치, 반성완 옮김, 『루카치 소설 이론』, 심설당, 1998.

그레이엄 앨런, 송은영 옮김,『문제적 텍스트 롤랑/바르트』, 앨피, 2006.

나까야 쪼우, 황세연 옮김,『헤겔』, 중원문화, 2010.

니콜러스 로일, 오문석 옮김,『자크 데리다의 유령들』, 앨피, 2007년.

딜런 에반스, 김종우 외 옮김,『라깡 정신분석 사전』, 인간사랑, 1998.

레나타 살레클 지음, 이성민 옮김,『사랑과 증오의 도착들』, 도서출반 b,
　　　2003.

로버트 리처드슨, 이형식 옮김,『영화와 문학』, 동문선, 2000.

로버트 스탬, 오세필·구종상 옮김,『자기반영의 영화와 문학』, 한나래, 1998.

롤랑 바르트, 김인식 편역,『이미지와 글쓰기』, 세계사, 1993.

롤랑 바르트, 김희영 옮김,『텍스트의 즐거움』, 동문선, 1997.

루돌프 아른하임, 김방옥 옮김,『예술로서의 영화』, 기린원, 1990.

루이스 자네티, 김진해 옮김,『영화의 이해』, 현암사, 1999.

마셜 맥루언, 김성기·이한우 옮김,『미디어의 이해』, 민음사, 2002.

미하일 바흐찐, 전승희·서경희·박유미 옮김,『장편소설과 민중언어』,
　　　창작과비평사, 1998.

베르나르 포르, 김주경 옮김,『동양종교와 죽음』, 영림카디널, 1997.

벨라 발라즈, 이형식 옮김,『영화의 이론』, 동문선, 2003.

브라이언 매기, 수선철학회 옮김,『위대한 철학자들』, 동녘, 1994.

셸리 케이건, 박세연 옮김,『죽음이란 무엇인가』, 엘도라도, 2012.

숀 호머, 김서영 옮김,『라캉 읽기』, 은행나무, 2006.

수잔 스나이더 랜서, 김형민 옮김,『시점의 시학』, 좋은날, 1998.

스티브 코핸·린다 샤이어스, 임병권·이호 옮김,『이야기하기의 이론—
　　　소설과 영화의 문화 기호학』, 한나래, 1997.

슬라보예 지젝, 김소연·유재희 옮김,『삐딱하게 보기』, 시각과 언어사,
　　　1995.

슬라보예 지젝, 박정수 옮김,『그들은 자기가 하는 일을 할지 못하나이다』,
　　　인간사랑, 2004.

슬라보예 지젝, 이수련 옮김, 『이데올로기라는 숭고한 대상』, 인간사랑, 2002.

시모어 채트먼, 김경수 옮김, 『영화와 소설의 서사구조』, 동국대학교 출판부, 2001.

시모어 채트먼, 한용환 옮김, 『이야기와 담론─영화와 소설의 서사구조』, 푸른사상, 2003.

아놀드 하우저, 백낙청 · 염무웅 옮김, 『문학과 예술의 사회사 4』, 창작과 비평사, 1999.

앙드레 바쟁, 박상규 옮김, 『영화란 무엇인가?』, 시각과 언어사, 1998.

앨런 스피겔, 박유희 · 김종수 옮김, 『소설과 카메라의 눈』, 르네상스, 2005.

앨빈 커넌, 최인자 옮김, 『문학의 죽음』, 문학동네, 1999.

오토 푀겔러 엮음, 황태연 옮김, 『헤겔철학 서설』, 중원문화, 2010.

요하힘 패히, 임정택 옮김, 『영화와 문학에 대하여』, 민음사, 1997.

자크 오몽, 김호영 옮김, 『영화 속의 얼굴』, 마음산책, 2006.

자크─알랭 밀레, 맹정현 · 이수련 옮김, 『라깡의 세미나 11─정신분석의 네 가지 근본 개념』, 새물결, 2008

장─프랑수아 리오타르, 유정완 · 이삼출 · 민승기 옮김, 『포스트모던의 조건』, 민음사, 1999.

조르쥬 바따이유, 조한경 옮김, 『에로티즘』, 민음사, 1989.

조르쥬 바따이유, 최윤정 옮김, 『문학과 악』, 민음사, 1995.

줄리아 크리스테바, 김영 옮김, 『사랑의 역사』, 민음사, 1995.

지그문트 프로이트, 김인순 옮김, 『꿈의 해석』, 열린책들, 2004.

지그문트 프로이트, 박찬부 옮김, 『쾌락의 원칙을 넘어서』, 열린책들, 1997.

지그문트 프로이트, 최석진 옮김, 『정신분석입문』, 돋을새김, 2009.

질 들뢰즈 · 펠릭스 가타리, 김재인 옮김, 『천개의 고원─자본주의와 정신분열증 2』, 새물결, 2001.

질 들뢰즈 · 펠릭스 가타리, 이진경 · 권해원 외 역, 『천개의 고원』 1 · 2 (www.transs.pe.kr)

질 들뢰즈 · 펠릭스 가타리, 최명관 옮김, 『앙띠 오이디푸스-자본주의와 정신분열증』, 민음사, 2000.

질 들뢰즈, 유진상 옮김, 『운동-이미지, 시네마 I 』, 시각과 언어사, 2002.

질 들뢰즈, 이정우 옮김, 『의미의 논리』, 한길사, 1999.

질 들뢰즈, 이정하 옮김, 『시간-이미지, 시네마 II』, 시각과 언어사, 2005.

콘라드 베커, 황태연 옮김, 『헤겔과 마르크스』, 중원문화, 2010.

키멜레 · 하인츠, 박상선 옮김, 『데리다: 데리다 철학의 개론적 이해』, 서광사, 1996.

테오도르 아도르노, 홍승용 역, 『미학이론』, 문학과지성사, 1984.

페넬로페 도이처, 변성찬 옮김, 『HOW TO READ 데리다』, 웅진지식하우스, 2007.

폴 리쾨르, 김동규 · 박준영 옮김, 『해석에 대하여』, 인간사랑, 2013.

프리드리히 니체, 강수남 옮김, 『권력에의 의지』, 청하, 1988.

플라톤, 최명관 옮김/주, 『플라톤의 대화』, 종로서적, 1992.

D. N. Rodowick, Gilles Deleuze's Time Machine, Durham and London: Duke University Press, 1997.

Jdkob Lothe, Narrative in Fiction and Film, Oxford University Press, 2000.

Robert Stam, Literature Through Film: Realism, magic, and the art of adaptation, Malden: Blackwell, 2005.

Sergei Eisenstein, Film Form, Cleveland and New York, World(Meridian), 1957.

Sigmund Freud, Sexuality and the Psychology of Love, New York: Macmillan, 1963.

Slavoj Žižek, For They Knew Not What They Do: Enjoyment as a Policical Factor. London & NewYork: verso 1991.

## 4. 논문

강민석, 「소설과 영화의 서사 구조 비교 연구: 이청준의 『벌레 이야기』와 이창동의 『밀양』을 중심으로」, 한양대학교 대학원 석사논문, 2008.

강영주, 「이청준 소설의 기독교적 상상력 연구」, 상명대학교 박사학위논문, 2009.

강호정, 「산자들의 해원−이청준 원작, 임권택 감독『축제』」, 『영화 속의 혹은 영화 곁의 문학』, 모아드림, 2003.

구현경, 「소설에서 영화로 매체전환 연구−이청준의 <이어도>와 김기영의 <이어도>를 중심으로」, 건국대학교 대학원 석사논문, 2010.

권오룡 엮음, 「대담, 시대의 고통에서 영혼의 비상까지」, 『이청준 깊이 읽기』, 문학과 지성사, 1999.

김경수, 「메타픽션적 영화소설?−이청준의 『축제』」, 『작가세계』 가을 호, 세계사, 1996.

김남석, 「1960년대 문예영화 시나리오의 각색과정과 영상 미학 연구」, 『민족문화연구』, 2002.

김동식, 「삶과 죽음을 가로지르며, 소설과 영화를 넘나드는 축제의 발생학」, 『축제』, 열림원, 2003.

김병익, 「자본−과학 복합체 시대에서의 문학의 운명」, 『문학과 사회』 여름호, 문학과 지성사, 1997.

김석회, 「소설 <벌레 이야기>와 영화 <밀양> 사이」, 『영화 연구』 43 호, 2007.

김소연, 「왜상, 그리고/혹은 실재의 영화적 표상」, 『라깡과 현대정신분석』 12집, 2010.

김승만, 「이청준 소설의 서사 형성 방식 연구」, 전남대학교 박사학위논문, 2009.

김윤하, 「소설과 영화의 서사 전략 연구: 소설『벌레 이야기』와 영화「밀양」을 중심으로」, 고려대학교 대학원 석사논문, 2008.

김은형, 「'외출' 영화와 소설이 만났을 때, 감독 허진호-작가 김형경: 김형경 "영상언어 심장 꽂는 듯", 허진호 "내밀한 심리묘사 촘촘"」, 한겨레신문사, 2005, 9월 12일.

김중철, 「소설의 영상화 과정에 관한 연구-유홍종의 <불새>와 이문열의 <익명의 섬>을 중심으로-」, 한양대학교 박사학위논문, 2000.

김창윤, 「소설『벌레 이야기』와 영화『밀양』의 상관관계-들뢰즈·가타리의 자본주의와 정신분열증을 중심으로」, 『인문과학연구』제20집, 2008.

김창윤, 「영화「외출」의 소설화에 대한 연구」, 『어문연구』149호, 2011.

김창윤, 「예술로서의 문자언어와 영상언어」, 『어문논집』43집, 2010.

김태관, 「소설의 영화화 과정에 관한 서사학적 연구」, 동국대학교 석사학위논문, 1990.

김형수, 「한국 근대소설과 영화의 교섭양상 연구」, 『서강어문』15집, 서강어문학회, 1999.

민병기, 「영상문학의 개념과 특성」, 『한국의 영상문학』, 문예마당, 1998.

박유희, 「영화 원작으로서의 한국소설」, 『대중서사연구』16호, 대중서사학회, 2006.

방재석, 「소설과 영화의 관계양상 연구」, 중앙대학교 박사학위논문, 2002.

석영중, 「바흐친의 카니발 이론… 질펀한 축제 속에서 '나는 누구인가' 답을 얻었다」, 한국경제신문, 2009. 02. 20.

송기섭, 「<병신과 머저리>의 내면성과 아이러니」, 『현대소설연구』41집, 2009.

송명희, 「이청준의『축제』연구 -바흐친의 카니발 이론을 중심으로-」, 부경대학교 석사학위논문, 2006.

송수경, 「이청준 소설의 신화성 연구」, 세종대학교 박사학위논문, 2012.

송지연, 「이청준 소설의 유가 인간학적 연구」, 충남대학교 박사학위논문, 2010.

송효정, 「구성된 피해의식, 부질없는 구원의 이해―<밀양>에 대한 만장일치 찬사에 이의를 제기하다.」, 『씨네 21』 606호, 2007, 6.

승현주, 「이청준의 원작 소설과 각색된 영화의 거리 연구―'실재'로서의 『이어도』의 의미를 중심으로」, 한향대학교 대학원 석사논문, 2012.

안원현·정은경, 「자끄 라깡의 '응시'에 관한 연구―실재(le reel)를 중심으로」, 『예술연구』 10집, 2004.

양혜경, 「『축제』의 상호텍스트성에 대한 연구」, 신라대학교 석사학위논문, 2004.

원기중, 「이청준 소설에 나타난 판소리 미학의 변용 양상」, 한양대학교 박사학위논문, 2000.

유인숙, 「이청준 소설 연구―서술 전략과 의미의 상관관계를 중심으로」, 성균관대학교 박사학위논문, 2004.

육소영·변상현, 「거울상 이성질체 관련 발명의 특허보호」, 『산업재산권』 17호, 한국재산권 법학회, 2005.

윤영돈, 「이청준 소설의 영화화 연구―원작소설과 영화의 스토리텔링 중심으로―」, 단국대학교 박사학위논문, 2010.

이광래 편, 「들뢰즈와 가타리의 노마디즘―분열증, 유목민, 줄기 번식 뿌리들」, 『유목하는 철학자들』, 지성의 샘, 2006.

이묘우, 「이청준 소설 연구―소설 속에 나타난 창작 방법론을 중심으로」, 명지대학교 박사학위논문, 2005.

이상섭, 「의식소설의 세계」, 『이청준』, 은애, 1979.

이선주, 「열정과 불안: 1960년대 한국영화의 모더니즘과 모더니티」, 중앙대학교첨단영상대학원 박사논문, 2012.

이성준, 「소설과 영화의 서술기법 비교 연구―이청준 원작소설과 각색영상물을 중심으로」, 단국대학교 박사학위논문, 2009.

이수형, 「이청준 소설에 나타난 교환 관계 양상 연구」, 서울대학교 박사
학위논문, 2007.

이유도, 「이청준의 기독교 소설 연구」, 충남대학교 박사학위논문, 2007.

이윤성, 「지젝의 포스트모던 이데올로기론 혹은 판타지와 유령을 가로지
르기」, 『안과 밖』 17호, 영미문학연구회, 2004.

이창동 · 허문영, 「이창동의 '밀양', 이창동 감독 평론가 허문영의 대담」,
『씨네 21』 602호, 2007. 5.

이채원, 「소설과 영화의 매체 간 상호텍스트성 연구-이청준의 『이어도』
와 김기영 감독의 영화 <이어도>를 중심으로-」, 『시와 언어학』
제16호, 2009.

이채원, 「소설과 영화의 매체 전이 양상에 대한 수사학적 연구」, 서강대
학교 박사학위논문, 2007.

이청준, 「호암상 수상한 『밀양』 원작자 이청준-예술 장르끼리 서로 부
축해야」, 조선일보, 2007. 6. 4.

임금복, 「이청준 소설 연구-소설가가 등장하는 작품을 중심으로」, 성신
여자대학교 석사학위논문, 1986.

임두호, 「나는 아직 대표작이 없는 감독 임권택-우연히 길에서 만난 영화
와 동행한 임권택 감독의 일생」, 『인터뷰 365(www.interview365.com)』,
2007, 12월 04일.

임승용, 「소설의 시나리오 각색연구」, 연세대학교 석사학위논문, 1997.

임신영 「영화에서 소설로의 매체 전환 연구-『외출』의 경우」, 『겨레어
문학』 43집, 2009.

전영의, 「이청준의 『석화촌』에 나타난 원형성과 속신의 코드」, 『한국어
문교육』 21집, 2010.

전지은, 「이청준 소설의 매체 변용양상 연구-『서편제』, 『축제』, 『벌레
이야기』를 중심으로」, 한양대학교 석사학위논문, 2008.

정금철, 「시적 주체의 소외와 불안의 증상」, 『인문과학연구』, 2011.

조용호, 세계일보, 2005년 8월 27일.

조헌용, 「소설과 영화의 상호텍스트성 연구: 2000년대 재매개를 중심으로」, 고려대학교 박사학위논문, 2012.

주은우, 「라깡과 영화 이미지-'이론'의 변호와 '봉합' 내겹의 재론을 중심으로」, 『영상예술연구』 6집, 2005.

주지영, 「이청준 소설의 서사 구조와 주체형성 방식에 대한 연구」, 서울대학교 박사학위논문, 2012.

천이두, 「계승과 반역」, 『문학과 지성』 겨울호, 1971.

최명숙, 「소설과 영화의 시점 비교연구」, 충남대학교 박사학위논문, 2001.

최수웅, 「소설과 영화의 창작방법론 비교분석-<벌레 이야기>와 <밀양>을 중심으로」, 『어문연구』 54호, 2007.

최재봉, 한겨레신문, 2005, 8월26일.

한순미, 「이청준 소설의 언어 인식 연구」, 전남대학교 박사학위논문, 2006.

■ 결장

# 영화 <외출>의 소설 『외출』되기

# Ⅰ. 서론

영화와 소설 동시창작이라는 새로운 유비관계에 대한 시도는 이청준과 임권택의 '축제'에서 처음 이루어졌고, 김형경과 허진호의 '외출'에서 두 번째로 시도되었다. 두 경우 모두 모태가 되는 작품[1]이 있지만, 창작 방법에는 중요한 차이를 드러낸다. '축제'는 이청준이 먼저 소설을 집필하고 임권택이 그 소설을 바탕으로 영화를 만들었다면,[2] '외출'은 허진호의 시나리오를 바탕으로 김형경이 허진호 감독의 촬영된 필름을 중간 중간 참조하면서 소설을 완성했다.[3] 그러니까 '축제'는 소설을 영화로 번역[4]하는 전통적인 방법에 가까운 반면, '외출'은 영화를 소설로 번역하는 방법에 가깝다.

---

1) '축제'의 경우 이청준의 동화 『할미꽃은 봄을 세는 술래란다』작품을 모태로 이루어졌고, '외출'은 허진호의 시나리오를 모태로 이루어졌다.
2) 이청준과 임권택은 편지로 서로 의견을 교환하면서 작품을 창작했다.
3) 작가가 시나리오를 건네받은 것은 지난 2월말(2005년)이었고, 소설을 탈고한 것은 7월 말이었다. 그 사이 허감독은 영화를 촬영했고, 작가는 중간 중간 촬영된 필름을 참조했다.
   최재봉, 「한겨레신문」, 2005. 8. 26.
4) 번역이라는 것은 드라이든이나 로버트 로웰이 말한 '모방'에 반대되는 개념으로서 그 과정 속에서 필연적으로 무언가 상실하게 된다.
   로버트 리처드슨, 이형식 옮김, 『영화와 문학』, 동문선, 2000, 23쪽.

허진호와 김형경이라는 이름은 일본이라는 공통된 목표를 향해 조합되어진 느낌을 지울 수 없다. 영화에서는 한류스타 배용준과 손예진을 주인공으로 내세운다. 일본에서 이들의 주요 고객층은 30대 이상의 여성들이다. 허진호의 전작5)에서 알 수 있듯이, 허진호 감독은 일본의 주 고객층 입맛을 맞출 수 있는 감독이다. 김형경 또한 마찬가지다.6) 일본의 30대 이상 여성 독자들에게 어필 할 수 있는 문체와 문장을 가지고 있다. 그것은 우리나라에서 그녀의 소설들이 그것을 이미 입증했다고 할 수 있다.7) 그렇다고 영화 <외출>과 소설 『외출』이 상업적 라세믹체 영화와 소설이라고는 할 수 없다. 영화 <외출>과 소설 『외출』은 기획에 의해 만들어지긴 했지만, 그들은 영화작가와 소설가만의 자존감을 통해 각자의 장르에서만 가질 수 있는 미학적 · 예술적 가치를 구현했다. 그리고 이 연구는 그것을 뒷받침하는 근거가 될 것이다.

치열했던 독재시대가 지나고 거대담론들이 사라지면서 우리나라 문학도 사소설경향으로 치우쳐왔는데, 여러 작가들이 80년대를 다시 우려먹기도 했으나 사소설의 대세는 막을 수 없었던 것 같다. 김형경의 인터뷰에서도 이러한 것을 확인할 수 있다. 조용호와의 인터뷰에서 소설 『외출』이 향후작품 집필에 어떤 영향을 미칠 것으로 보는가? 라는 질문에 '그 동안 나는 심리적으로 나를 해방시키기 위해서 소설을 썼던 것 같다. 자의식 과잉은 이제 끝내고 싶다. 이번 작품은 그런 의미에서 준비운동이기도 하다.'8)라고 대답했다. 이러한 그녀의 대답은 이제 내면의 침잠으로부터 벗어나고자 하는, '현대의 다른 소설가와는 비할 수 없을 정도로 압도적인 심리적 현존과 극단적인 영혼 형식의 요소들을 보여주는 로렌스식의 묘사 형식에서 벗어나고자 하는'9) 의미일 것이다. 즉, 영화의 소설되기인 소설

---

5) <8월의 크리스마스>, <봄날>은 나름의 성과를 거두었다.
6) 소설 『외출』은 일본의 와니북스라는 출판사에서 초판을 무려 10만부나 찍었다.
7) 우리나라 소설의 주요독자층도 30대 이상의 여성이라고 할 수 있다.
8) 조용호, 「세계일보」, 2005. 8. 27.
9) 앨런 스피겔, 박유희 · 김종수 옮김, 『소설과 카메라의 눈 — 영화와 현대소설에 나타

『외출』의 집필은 새로운 문학을 위기에서 구할 새로운 돌파구 찾기이기도 하지만, 김형경 자신의 새로운 돌파구 찾기도 될 것이다.

최재봉은 신문기사에서 '이른바 '본격문학' 작가가 '영화의 소설화'에 참여한 것은 이번이 처음이다, 라고 했는데',[10] 한국 소설사에서 영화를 번역한 소설 중에서 텍스트로서의 가치를 인정받을 만한 작품은 '외출'이 처음일 것이다.[11] 따라서 영화의 소설되기에 대한 연구는 거의 이루어지지 않았으며,[12] 영화의 소설되기를 시도한 '외출'에 대한 연구도 거의 이루어지지 않았다. 하지만 최근에 와서 그 논의가 시작되었는데, 그 중에서 이채원은 영화 <외출>과 소설 『외출』을 서사시학과 매체미학 그리고 수용미학을 아우르는 매체 간 상호텍스트성을 수사학적 관점에서 비교분석하면서 논의를 전개했고,[13] 임신영은 영화와 소설 매체의 특성을 중심으로 논의를 이끌면서 영화의 소설되기 과정에서 더 세밀하게 서술된 인물의 심리 변화에 중점을 두고 논의를 전개시켰다.[14] 하지만 이채원은 매체미학과 수용미학 관점에서 상당한 성과를 거둠에도 불구하고, '외출'의 매체전이 양상에만 집중해 소설과 영화에서 말하고자 하는 중심내용, 즉 주제적 측면을 소홀히 한 느낌이고, 임신영은 매체전이 양상과 주제적 측면에서 같이 접근했으나 소설의 서술방식과 영화의 미장센 중심

---

난 영상의식』, 르네상스, 2005, 112쪽.

10) 최재봉, 앞의 글, 2005.

11) 1990년 곽재용의 영상소설 『비오는 날의 수채화』가 발간되는 등 이미 영화의 소설되기는 이루어졌으나, 문학적 성과는 미미하여 텍스트로는 부족한 면이 많아 연구가 이루어지지 않은 듯하다.

12) 박유희, 『디지털 시대의 서사와 매체 : 문화 콘텐츠의 통합적 분석을 위한 서사론적 모색』, 동인, 2005; 이채원, 「소설과 영화의 매체 전이 양상에 대한 수사학적 연구」, 서강대 박사논문, 2007; 임신영, 「영화에서 소설로의 매체 전환 연구─외출의 경우」, 『겨레어문학』 43집, 겨레어문학회, 2009; 황혜진, 「영화의 소설화에 과정에 대한 고찰─영화 및 각색소설 <꽃 피는 봄이 오면>을 사례로─」, 『산청어문』 36집, 서울대학교 국어교육과, 2008.

13) 이채원, 위의 글, 2007.

14) 임신영, 앞의 글, 2009.

의 표현방식에 대한 평가에서 갈팡질팡 하는 모습을 보인다. 따라서 본고
에서는 몽타주와 라깡의 응시 개념을 중심으로 영화 <외출>을 살펴본
후, 영화가 소설로 변주되는 과정에서 인물과 서사가 어떻게 확장되는지
소설『외출』을 중심으로 살펴보도록 하겠다.

## Ⅱ. 이미지의 배열을 통한 여백-영화 〈외출〉

[그림 25] 영화 〈외출〉 포스터

　　허진호 감독은 영화의 본질적 측면, 즉 시각적 표현과 이미지 표현을
중심으로 영화를 이끌어나가는 작가이다. '구체적으로 인물 심리를 지시
하지 않는 대신 거의 강박적일 만큼 조금씩 비어 있는 공간 구도에 몰두
하면서 그 빈 공간의 환유적 의미'15)를 통해 영화를 구조화시킨다.

---

15) 김영진, 「현대 한국 영화의 작가적 경향에 대하여 : 장르의 변용성을 중심으로」, 중
　　앙대 첨단영상대학원 박사논문, 2006, 103쪽.

그것이 새로운 작품이든 옛날 작품이든 간에 어떤 영화의 어떤 장면
　　들이 예술의 마력을 행사했다면, 그것은 대사(talk)에 의해서가 아니라
　　움직이는 영상과 소리에 의해서일 것이다.[16]

　위의 루돌프 아른하임 말이 가장 잘 어울리는 영화작가가 허진호일 정
도로 그는 대화를 극도로 절제하고 '이미지들의 미끄러짐'[17]을 통해 서사
를 이끌어 나간다. 허진호는 '영화의 가시성이 상상력을 마비시킨다고 생
각하여, 관객의 상상력을 끌어내기 위해 후속 쇼트를 연속적이지 않게 만
듦으로써 관객으로 하여금 여백을 메우게 만드는 초기 영화 제작자들처
럼'[18] 이미지의 여백을 통해 '회화적 영상미학을 구성하고 이미지의 수사
학을 구축한다.'[19] 외출 또한 예외가 아닌데, 이번 작품은 극단적인 클로
즈업과 몽타주를 통한 구성 그리고 창과 거울 이미지를 통해 영화의 미장
센을 구성하고 있다.

## 1. 몽타주－추상적 담론 전달

　영화 <외출>은 대화의 절제와 이미지의 연쇄를 통해 영화적 서사를
이끌어간다. 이러한 이미지의 연쇄는 쇼트의 배열을 통해 이루어진다.
'언어는 어휘 · 문법 · 구문으로 이루어져있다. 어휘는 사물이나 추상적인
것을 나타내는 단어이며, 문법과 구문은 이 단어들을 배열하는 수단이다.
영화의 어휘는 단순한 사진 이미지이다. 영화의 문법과 구문은 쇼트를 배
열하는 편집, 커팅 혹은 몽타주 과정이다. 하나의 쇼트는 하나의 단어처
럼 의미를 지니고 있지만, 세심하게 배열된 일련의 쇼트는 문장처럼 의미
를 전달한다.'[20] 이러한 일련의 쇼트 배열, 즉 이미지의 배열은 새로운 의

---

16) 루돌프 아른하임, 김방옥 옮김, 『예술로서의 영화』, 기린원, 1990, 11쪽.
17) 앞에서 이야기 한 환유적 의미를 나타낸다.
18) 로버트 리처드슨, 이형식 옮김, 앞의 책, 2000, 83쪽.
19) 이채원, 앞의 글, 2007, 133쪽.
20) 로버트 리처드슨, 이형식 옮김, 앞의 책, 2000, 96쪽.

미를 생성하게 되는데, 이러한 의미들의 배열을 통해 서사를 구축하게 된다. 그런데 이러한 서사의 구축에서 몽타주[21]의 역할은 매우 중요하다. '영화에서 몽타주는 이미지의 기호론적 질서이다. 몽타주는 영화의 서사적 생명을 위해서 없어서는 안 된다. 몽타주가 없다면 영화에는 단일하고 연속적인 시간과 공간의 정확한 재생만이 있을 뿐이다. 몽타주가 있기 때문에 서로 다른 시간과 서로 다른 공간이 함께 존재할 수 있다. 즉 몽타주로 인해 영화에는 연속적인 일련의 장면, 즉 서사가 가능해진다.'[22]

영화 <외출>은 도입부부터 이미지의 배열을 통해 서사를 이끌어간다.

> # 타이틀.
> # 어두운 밤에 많은 눈이 내리는 고속도로를 달리는 자동차─인수의 시점 (카메라가 운전석에서 바라보는 시점).
> # 운전을 하고 있는 인수의 모습─카메라가 자동차 밖에서 바라보는 시점.
> # 서영의 울고 있는 모습.
> # 급하게 병원 복도로 뛰어 들어와 수술실 앞에서 가뿐 숨을 몰아쉬며 어쩔 줄 모르다가 서영이 앉은 의자 옆에 앉는 인수.
> # 중환자실에서 산소마스크를 쓰고 있는 환자 앞에 앉아 있는 인수.
> # 중환자실 복도에서 마주앉아 자고 있는 인수와 서영.

---

21) 여기서 몽타주의 개념은 에이젠슈타인의 변증법적 몽타주뿐만 아니라 '한 시선에서 다른 시선으로의 단순한 변화' (앨런 스피겔, 박유희·김종수 옮김, 앞의 책, 2005, 359쪽)도 포함된 것이다.

22) 앨런 스피겔, 박유희·김종수 옮김, 위의 책, 2005, 327쪽.
아른하임, 린드그렌이나 그들의 추종자들과 같은 몽타주 옹호론자와, 바쟁과 그의 추종자들(예를 들어 카메라의 단일한 시각이나 움직이는 카메라로 유지되는 연속적인 시각적 영상을 주장하는 사람들) 같은 몽타주 반대론자들 사이에서 격렬한 논쟁이 있어 왔다. 앨런 스피겔은 대부분의 영화 형식은 이 두 극단에 있는 것이 아니라 형식미학적 범위의 중간지점에 위치해 있다고 보아야 할 것이라고 했다.

이러한 도입부의 몽타주는 관객에게 불친절한 설명이다. '영화는 개념이나 일반화에 약한 만큼 추상적이거나 난해한 논리에도 약하다. 그러나 유추나 예시를 통한 섬세한 논리의 주장에는 매우 뛰어나.'[23] 그러므로 관객은 이미지 사이의 단절된 서사를 자신의 경험 내에서 유추하여 서사를 재구성해야 한다. 따라서 영화 <외출>의 관객은 불친절한 설명 때문에 이미지의 배열에 따라 직접 의미생성을 해야 하며, 그럼으로써 관객이 직접 서사를 구축해 나가야 한다. 그 다음 시퀀스도 마찬가지다.

> #경찰서에서 인수와 서영은 수진과 경호의 소지품을 각자 챙긴다.
> #사고 난 자동차에서 인수와 서영은 수진과 경호의 소지품을 각자 챙긴다.
> #서영은 식당에서 밥을 먹던 중 카메라에 찍힌 동영상을 보다가 여자와 남자의 애정표현 소리가 들리자, 동영상을 황급히 끈다.
> #화장실에서 눈을 감고 벽에 기대 서 있는 서영의 바스트 샷.
> #경호가 누워있는 중환자실에 가 경호를 바라보다 경호의 발에 이불을 덮어주는 서영.

이러한 이미지의 여백으로 인해 관객은 상상력을 발휘하여야 하며, 여백을 메워 가면서 서사를 구축하기 위해 유추해야 한다. 하지만 이미지의 배열인 몽타주가 서사의 구축에만 쓰이는 것은 아니다. 오히려 몽타주의 가장 큰 활용은 서사의 구축보다 이미지의 수사학을 통한 회화적 영상미학의 추구이다. 그렇게 함으로서 관객에게 추상적 담론을 전달하는 데 있다.

> 에이젠슈타인은 그림처럼 주장을 전달하며, 물질적 표면을 추상적 담론으로 변형시킨다. 그는 서사를 진행시키려고 하는 것이 아니라 관객들의 마음속에 보다 풍부하고 사려 깊으며 복잡한 반응을 일으키려고 한다. 그리고 관객이 숏들 간의 관계에 대해 생각하도록 유도한다. 결국

---

23) 로버트 리처드슨, 이형식 옮김, 앞의 책, 2000, 111쪽.

에이젠슈타인은 숏들 간의 관계의 질서를 결정할 때 감독의 마음에 있는
사고와 감정의 복합체를 관객들이 인지하도록 만들고 싶은 것이다.[24)]

[그림 26] 영화 〈외출〉 속 한 장면

　허진호 또한 영화 <외출>을 통해 자신의 사고와 감정의 복합체를 관
객이 인지하도록 이미지들을 배열한다. 가장 대표적인 시퀀스가 인수와 서
영이 죽은 트럭 운전사 유가족에게 문상하러 가는 장면이다. 카메라는 인
수의 차를 쫓아가면서 겨울 시골 풍경을 보여준다. 그리고 카메라가 밖에
서 바라보는 시점으로, 무덤덤한 표정으로 운전하는 인수와 보조석에 앉은
서영의 모습을 보여준다. 그리고 움직이는 차의 시선으로 쥐불을 놓는 논
과 밭, 얼어있는 논과 밭, 앙상한 나무들이 늘어선 들판, 다시 쥐불을 놓는
논 등을 연속적으로 보여준다. 이 시퀀스는 인수와 서영의 현재 감정 상
태를 겨울의 황량한 들판을 몽타주로 보여줌으로써, 관객이 감독이 표현
하고자 하는 바를 유추할 수 있도록 잘 표현했다.
　그리고 이미지들의 병치를 통한 장치도 나타나는데, 문상을 갔다 오다
가 서영이 차에서 내려 울고 있을 때 보이는 초승달, 인수와 서영이 횟집
에서 술을 마시다 서영이 바람 쏘이러 나가고 난 후 보이는 수족관, 인수

24) 앨런 스피겔, 박유희 · 김종수 옮김, 앞의 책, 2005, 342쪽.

가 리쌍의 공연장에 갔을 때 보이는 조명, 바닷가에서 보이는 노인들의 달리기 놀이, 서영이 경호의 죽음을 확인하고 보이는 시계, 그리고 화분이 놓여진 빈 경호의 침실 등이 그것이다. 이러한 이미지의 병치는 관객이 이미지즘의 시를 읽을 때처럼 '관념적 분위기와 상징적 반향을 만들어 낸다.'[25] 따라서 이미지의 배열만으로도 관객은 감독의 추상적 담론을 전달 받을 수 있게 된다.

## 2. 응시[26] – 창과 거울 이미지

영화 <외출>은 창과 거울을 통해 영화적 미장센을 구성하고 있다. 그 중 거울은 '나는 나 자신을 바라보는 나를 본다'[27]라는 말이 잘 설명해 주는 것처럼 자신을 바라보는 매개체인 동시에, 자신을 보여주는 매개체이기도 하다.

서영이 여관에서 샤워하고 나온 후 수건으로 머리를 털다가 문득 거울을 보면서 자신을 물끄러미 바라보는 장면이 있다. 자신의 몸과 얼굴을 번갈아

---

25) 앨런 스피겔, 박유희 · 김종수 옮김, 위의 책, 2005, 345쪽.
26) 자크-알랭 밀레 편 라깡의 세미나 11 중 「시선과 응시의 분열」에 나오는 용어로서, 프랑스어로는 regard, 영어 번역은 the gaze이다. 『자끄 라깡 세미나11』을 번역한 맹정현 · 이수련은 regard를 시선이 아닌 응시로 번역한 이유를 주석에 달고 있다. 응시란 우리가 시야에서 발견하는 것이다. 신비로운 우연의 형태로 갑작스레 접하게 되는 경험이다. 응시는 거세공포에 의해 주체가 상상계에서 상징계로 들어서듯 바라보기만 하던 것에서 보여짐을 아는 순간 일어난다. 그래서 실재라고 믿었던 대상이 자신의 욕망을 충족시키지 못함을 깨닫고 다시 욕망의 회로 속으로 빠져들게 하는 동인(오브제 a)이다. 기표를 작동시켜 주체를 반복충동으로 몰아넣는 중심의 결여, 즉 실재계에 난 구멍이다.
권택영 엮음, 『자끄 라깡, 욕망 이론』, 문예출판사, 2000, 32쪽.
27) 권택영 엮음, 위의 책, 2000, 204쪽.
이 책은 자끄 라깡의 세미나 모음집을 민승기, 이미선, 권택영이 번역하고 권택영이 앞에 해설을 단 책이다. 이 문구는 라깡에 의하면 폴 발레리의 장시 ≪젊은 파르크(La Jeune parque)≫의 파르크가 말한다고 한다.

바라보면서 마치 '인수에게 자신이 매력적인 여인으로 보일까'라는 생각을 하는 듯하다. 라깡은 사르트르의 글을 인용해 '내가 접하는 응시는 보여지는 응시가 아니라 타자the Other의 영역에서 나에 의해 상상되는 응시이다.'[28]라고 했다. 즉 '내가 뵈지는 것이 타자에게 어떻게 보일까' 라는 의미가 있는 것이다. 이러한 의미는 다음 장면에서 더 적나라하게 드러난다. 인수가 여관에서 나와 자신을 만나러 오는 것을 2층 커피숍에서 본 서영은 머리를 한 번 쓸어 넘기고 무언가를 급히 찾더니 파우더 통을 열어 거울을 쳐다본다. 그러다 인수를 의식하는 자신을 인식했는지 피식 웃은 후 파우더 통을 닫는다.

> '내가 나 자신을 바라보는 방식과 내가 나 자신에게 좋아할 만한 것으로서 관찰되는 지점 사이의 간극은 히스테리를, (……) 그 행위는 물론 자신을 타자에게 욕망의 대상으로서 제공하기 위한 것임이 분명해 진다.'[29]

서영은 자신이 인수의 시선으로 자신을 바라보고 있다는 것을 문득 깨닫는다. 즉, 타자의 시선으로 자신을 응시하는 것을 인식하고는 문득 놀라는 것이다.[30] 하지만 서영은 인수와 자신이 사회적 금기인 불륜 관계라는 사실 때문에 심리적 좌절을 겪는다.

---

28) 권택영 엮음, 위의 책, 2000, 209쪽.
29) "상상적 동일시는 그렇게 되면 우리가 우리 자신에게 좋아할 만하게 보이거나 '우리가 그렇게 되고 싶은' 이미지와 동일시하는 것이고, 상징적 동일시는 우리가 관찰당하는 위치와 우리가 우리 자신을 바라보게 되는 위치와 동일시하는 것이다."
   슬라보예 지젝, 이수련 옮김, 『이데올로기라는 숭고한 대상』, 인간사랑, 2003, 184쪽.
30) 문제의 응시는 바로 나를 놀라게 하고 수치심을 느끼게 하는 타자들의 현전이다. 이 말은 응시가 주체와 주체의 관계, 즉 나를 바라보고 있는 타자들의 현전으로부터 생겨나는 기능 속에서 파악된다는 것을 의미하는 것일까? 놀라움을 느끼는 주체가 객관적인 세계와 연관된 소멸하는 주체가 아니라 욕망의 기능 속에서 자신을 유지하는 주체일 경우에만 응시가 개입한다는 사실이 명확해 지지 않는가? (……) 시각의 영역이 욕망의 영역에 연관될 때 비로소 욕망의 기능 속에서 응시가 갖게 되는 특권이 이해될 수 있다.
   권택영 엮음, 앞의 책, 2000, 209~210쪽.

서영과 인수가 호텔에서 처음 잠자리를 같이 한 후, 두 사람은 인수의 여관에서 같이 있게 되는데 갑자기 인수의 장인이 찾아온다. 인수는 서영을 급하게 화장실에 숨기고 장인을 데리고 밖으로 나갔다 다시 돌아와 화장실에 홀로 남겨진 서영을 안아준다. 서영은 괜찮다고 말을 한다. 서영은 인수의 장인으로 인해 자신과 인수의 관계를 타인의 시선으로 바라볼 수 있게 된 것이다. 이러한 사건은 한 번 더 서영을 외롭게 하고 결핍에 시달리게 하는데, 2층 커피숍에서 만난 두 사람은 환선굴로 같이 데이트를 하러 간다. 하지만 그곳에서 인수는 수진이 깨어났다는 전화를 받고, 서영을 버려둔 채 황급히 병원으로 돌아간다. 서영은 홀로 남겨져 동네 가게에서 아이스 바를 먹고 바다를 홀로 걷는다.[31] 그리고 병원으로 돌아온 서영은 병원 복도 창문을 통해 수진의 병실 작은 창으로 보이는, 인수가 수진에게 죽을 떠먹이는 장면을 목격한다. 시무룩한 표정으로 병실에 돌아온 서영은 침대에 누워있는 경호 앞에 앉아 경호를 물끄러미 쳐다보다가 경호에게 기대 엎드린다. 인수는 이 장면을 건물 밖에서 경호 병실 유리창을 통해 보게 되고, 쓸쓸히 돌아선다.

이 시퀀스에서 뵈지는 '창'의 상징성에 대해 생각해 볼 필요가 있다. '창은 격리성과 투명성이라는 이중의 상징을 가지고 있다. 창은 물리적 공간을 구분하며 그들의 영역 역시 구분하고 그들이 한 공간 안에 있을 수 없는 사람들이라는 것을 암시하지만, 그 투명성으로 인해 상대방을 바라보는 시선을 매개할 수 있는 것이다.'[32] 시각의 장에서 욕망의 원인이자 의미의 한계인 대상 a가 응시이다. 하지만 응시는 어떤 실체가 아니며, 대상 a는 텅 빈 대상이다. 서영과 인수는 서로 욕망의 대상으로 보지만 그들의 공간엔 각자의 배우자가 있고, 격리된 그 공간에 서로 들어갈 수 없지만 투명한 창을 통해 바라볼 수는 있다. 서로에 대해 욕망하지만 그들은 같

31) 이 시퀀스 또한 몽타주로 표현된다.
32) 이채원, 앞의 글, 2007, 135쪽.

은 공간에 있을 수 없고 서로 단절된 공간에서 바라볼 수 만 있는 의미의 한계, 즉 볼 수는 있지만 가질 수 없는 불륜 관계인 것이다.

다음 시퀀스에서 서영은 인수가 수진을 서울로 옮기기로 했다는 소리를 의사에게 들은 후, 인수와 복도에서 마주치자 정중하지만 아무 관계도 없는 사람에게 대하듯 차가운 말투로 "축하드려요, 이제 서울로 옮기시겠네요."라는 말을 하고 가버린다. 그 후, 뵈지는 창의 이미지는 가시성이 없는 보이지 않는 창이다. 서영이 여관 입구에서 바라보는 인수 방의 창은 블라인드가 내려진 창이고, 인수가 주차장에서 올려다 본 서영의 창도 불빛만 희미하게 보일 뿐 보이지 않는 창이다. 여기서 뵈지는 가시성이 없는 창은 대상을 향한 요구demand마저 차단된 완전한 단절을 의미한다.

하지만 '사랑에 빠진 두 연인은 서로에게 인정받고 싶어 한다. 그러나 이 사랑의 요구는 연인들의 갈망을 채워주기는커녕 점점 더 큰 욕망의 회로 속으로 밀어 넣어 두 사람을 외롭게 만든다. 인정받고 싶을수록, 갈망이 클수록 외로움은 더욱 커질 뿐이다. 사랑은 구체적으로 그 모습을 드러내지 않기에 손안에 넣을 수가 없다. 그것은 원초적인 힘이요, 대상을 향한 요구demand이다. 그러나 연인이 얻을 수 있는 것은 오로지 성적 욕구need의 충족일 뿐이다. 요구는 추상적인 것이요, 욕구는 구체적인 것이기에 그 차액은 늘 남아 연인을 외로움에 떨게 하고 결핍에 시달리게 하고 끝없이 욕망 속을 헤매게 한다.'[33] 인수와 서영은 결국 금기를 깨고 만다.[34] 그들은 다시 호텔로가 육체적 관계를 맺는다. 하지만 그들은 여전히 결핍에 시달리고 외롭다. 따라서 다시 욕망 속을 헤맨다. 정사 후 나누는 그들의 대화는 그것을 단적으로 드러낸다.

---

33) 권택영 엮음, 앞의 책, 2000, 21쪽.
34) '약간의 감정적 충동이 있을 경우에는 우리는 금기에 복종하지만, 그 충동이 클 때는 우리는 그것을 범하고 만다.'
　　죠르주 바따이유, 조한경 옮김, 『에로티즘』, 민음사, 1997, 69쪽.

#서영 : 미쳤나 봐요! 내가.

#인수 : 우리가 나중에 아니면 아주 전에 만났으면 어떻게 될까요?

#서영 : 우리는 어떻게 될까요?

　인수와 서영의 금기에 대한 위반과 결핍에 대한 외로움은 그들이 '그런 일이 있을 수 있을까요?'[35] 라고 말한 봄에 눈이 내리는 마지막 장면에서도 나타난다. 이전 이미지들과 달리 가로등이 켜져 있는 유난히 밝은 고속도로를 달리는 자동차(자동차 안에서 바라보는 카메라 시점−인수와 서영은 보이지 않고 목소리만 들린다)에서, 즉 희망적인 이미지들의 배열을 통한 열린 결말에서 들리는 두 사람의 대화조차도 물음표이다.

[그림 27] 영화 〈외출〉 속 한 장면

#서영 : 우리 어디로 가는 거예요

#인수 : 우리 어디로 갈까요?

---

35) 인수와 서영이 호텔에서 두 번째 관계를 맺은 후 바닷가에서 산책을 하다 나눈 대화에서, 서영은 겨울을 인수는 봄을 좋아한다고 하자 서영은 자신도 눈은 좋아한다고 한다. 인수는 봄에 눈이 내려야겠다고 했고, 서영은 그런 일이 있을 수 있을까요? 라고 말한다. 하지만 그런 일은 일어났고 그것은 희망적 메시지를 전달한다.

인수와 서영이 서로에게 충족의 대상이 될 수 없는 존재임을 단적으로
보여주는 대화이다. 그들은 서로가 자신의 욕망을 충족시키지 못 함을 깨
닫고, 그들 자신이 다시 욕망을 회로 속으로 빠져들게 만드는 동인임을
깨닫는 것이다.


## Ⅲ. 인물과 서사의 확장—소설『외출』

영화작가는 단편소설을 영화되기 하는 경우 인물과 서사를 확장시키
고, 장편소설을 영화되기 하는 경우에는 인물과 서사를 축소시킨다. 마찬
가지로 100분이 약간 넘는 영화를 장편소설로 번역하는 경우 인물과 서
사를 확장할 수밖에 없다. 영화 <외출>의 줄거리 또한 간단해 인수의 아
내인 수진과 서영의 남편인 경호가 서로 밀월여행을 가다가 교통사고가
나고, 인수와 서영은 두 사람이 입원한 강원도 시골 병원에서 서로 만난
다. 그리고 인수와 서영은 수진과 경호에 대한 복잡한 감정과 인수와 서
영이 서로 느끼는 감정을 이미지 중심으로 표현한다. 이렇게 줄거리 중심이
아닌 이미지 중심의 영화를 장편소설로 번역하는 경우에는 더욱 더 인물
과 서사의 확장뿐만 아니라, 인물 내면의 감정을 밀도 있게 그려나갈 수
밖에 없다.

소설을 영화로 번역하는 경우에는 그 양상을 세 가지로 나눌 수가 있는
데, 첫 번째가 소설을 충실하게 번역한 충실한 각색이며, 두 번째가 소설
과 영화 사이의 조화를 옹호하는 중도적 입장으로 영화가 그 자체로서 독
립성을 유지하며 동시에 원작소설의 어조, 분위기, 정신 등도 영상을 통
해 구현하는 다원적 각색이며, 세 번째가 영화는 그 자체로서 소설의 그
늘로부터 완전히 벗어나 있는 하나의 예술적 성취로서 영화의 철저한 독
립성을 주장하는 변형적 각색이다. 충실한 각색은 원작소설의 상대적 우

월성을 전제로 삼고 있고, 변형적 각색은 기존의 우월관계를 전복시키며 더 나아가 영화를 기준이 되는 우월한 상위예술매체로서 우선시하는 경향이 있다.[36] '외출'에 대한 영화의 소설되기에도 이 기준을 적용해보면, 다원적 각색에 가까울 것이다. 원작인 시나리오에 충실하면서도, 인물과 서사의 확장 그리고 인물 내면심리의 밀도 있는 서술은 영화에서 가지지 못한 추상적 담론의 표현이다.[37] 따라서 소설『외출』은 영화 <외출>을 두 가지 방법으로 번역하는데, 첫 번째가 영화에서 표현된 이미지의 배열에서 이미지 사이의 공백을 메우는 방법이며, 두 번째가 새로운 소재를 통해 서사를 확장하는 방법이다.

## 1. 추상적 담론 - 이미지의 메움

영화 <외출>은 앞에서 언급했듯이, 구체적 인물 심리를 지시하지 않고 조금씩 비어있는 이미지들의 환유적 의미를 통해 영화를 구조화한다. 그 비어있는 환유적 의미는 관객의 몫이지만, 소설『외출』은 그 관객의 몫을 가로채듯 충실히 영화의 이미지 사이의 공백을 메우면서 소설을 이끌어나간다. 즉, 영화가 관객에게 전달하고자 하는 이미지의 배열을 통한 추상적 담론을 소설이 대신 해 주는 것이다. 하지만 이러한 구상성의 추상적 표현[38]은 소설이 영화에서 표현하기 힘든 인물의 내면 심리를 밀도

---

36) 이형식 · 정연재 · 김명희,『문학텍스트에서 영화텍스트로』, 동인, 2004, 21~28쪽.

37) 여기서 짚고 넘어가야 할 것은 소설『외출』이 100% 영화 <외출>의 번역이 아니라는 것이다. 소설이 번역의 기준으로 삼은 것은 영화가 아니라 시나리오다. 시나리오는 영화로 가기 위한 하나의 과정일 뿐이다. 영화는 시나리오대로 100% 찍지도 않으며, 또한 편집 과정을 통해 시나리오와 전혀 다른 영화가 나오기도 한다. 하지만 김형경은 편집되지 않은 촬영된 필름을 네 차례정도 보았다고 한다. 영화가 비록 편집에 의해 모든 것이 바뀌기도 하지만, 그렇다고 영화의 소설되기가 아니라고 할 수도 없다. 진정한 영화의 소설되기는 영화 자체를 소설로 번역하는 것이지만, 소설『외출』또한 그 범주에 넣을 수 있을 것이다.

38) 이미지와 이미지 사이의 또 다른 이미지를 언어로 표현해야하기 때문에 이러한 표

있게 표현할 수 있기에 가능한 일이다. 이것은 문자언어와 영상언어를 표현 수단으로 하는 두 매체의 차이에서 기인하는 것이기도 하지만 김형경의 관심영역인 인간과 마음의 관계39)에 대한 천착에 기인하는 것이기도 하다. 이러한 인물의 세밀한 내면 심리묘사는 소설을 끌고 가는 주된 동인이다.

a. 정작 나쁜 것은 경호의 부상이나 그의 외도, 혹은 정전된 가전제품 처럼 무력해진 몸과 마음이 아니었다. 그 모든 것보다 가장 나쁜 것은 느닷없이 감지되는 자기 비하감이나 열패감이었다. 심지어 죄의식까지 일었다. 어떤 점이 경호에게 부족했을까, 어떤 면에서 주부나 아내로서 소홀했던 걸까…… (……) 저기 중환자실에 경호와 나란히 누워 있는 여자에 대해 감히 질투조차 느끼지 못할 정도의 패배감이 느껴졌다.

b. 그녀의 병상을 지날 때 서영은 다리에 힘을 주었다. 그쪽으로 다가가지 않기 위해, 경호의 마음을 손에 넣은 여성이 대체 어떻게 생겼는지 확인하고 싶은 마음을 누르기 위해 병실 바닥에 힘주어 디뎠다.

c. 아니야, 이건 아니야…… 그렇게 생각하면서도 서영은 결국 보조의자에서 일어나 수진의 병상 쪽으로 걸어갔다. 얼굴 가까이 다가가지 못한 채 침대 발치쯤에서 서서 목을 길게 빼고 그녀의 얼굴 쪽을 건너다보았다. (……) 저토록 무력하고 가당찮은 모습으로 누워 있는 사람에게 이토록 지리멸렬한 열패감을 느끼다니…… 그 사실이 더 지독했다.

d. "지금 뭐 하시는 겁니까" (……) 서영은 정신을 차렸다. (……) 서영은 남자를 외면한 채 황급히 경호의 병상으로 돌아왔다.

e. 서영은 고개를 들고 경호의 얼굴을 다시 바라보았다. '당신, 저 여자 많이 사랑했어' 속으로 그렇게 물었을 뿐인데도 다시 가슴으로 칼날

---

현을 썼다.
39) 김형경은 심리치료경험과 정신분석학적 지식이 풍부하다.

이 지나갔다. (……) 서영이 오른손을 왼쪽 가슴에 얹고 천천히 쓰다듬을 때 누군가 옆으로 다가오는 기척이 들렸다. 그 사람이었다. (……) 그는 경호의 침대 발치쯤에 멈춰 서서 굳은 듯 한동안 움직임이 없었다.

> f. 서영은 점차 거칠어지는 그의 숨소리를 들을 수 있었다. 그도 똑같은 기분일까. 터무니없는 자기 비하감, 열패감, 심지어 죄의식까지. 그의 거친 숨소리를 들으면서 서영은 자신의 감정도 그의 숨결을 따라 거칠어지는 것을 느꼈다. 이러지 말아요, 제발 …… 이유 없이 갈구하는 마음이 되기도 했다.[40)]

다소 길게 인용한 이 부분은, 영화에서 서영이 산소 호흡기를 끼고 누워있는 수진을 몰래 보다가 인수에게 들켜 경호의 침대로 돌아가 앉아 있는데, 인수가 경호 침대 앞으로가 서영의 옆에 앉아 경호를 보고 오는 약 1분 20초 정도의 신이다. 김형경은 "지금 뭐 하시는 겁니까"라는 인수의 말을 빼고는 전부 이미지로 이루어진 이 신을 4페이지 정도로 서술하고 있는데, 주로 서영의 내면심리를 중심으로 묘사한다. 이러한 서술방법은 영화 <외출>을 소설 『외출』로 번역하는 가장 대표적인 경우이다.

b는 서영이 경호와 수진에게 느끼는 감정이다. 서영이 동영상을 본 후 느끼는 감정의 연장선이다. 자기 비하감이나 열패감 그리고 질투의 감정이다. c와 d 그리고 e는 영화의 확장된 묘사이다. 서영은 자기에게 비하감과 열패감을 안긴 수진이 누군지 궁금하여 몰래 그녀를 훔쳐보는 것이다. 그리고 f는 서영이 인수의 지금 감정을 추측하는 것이다. 인수도 서영처럼 자기 비하감과 열패감 심지어 죄의식까지 자신과 비슷한 감정을 느끼지 않을까, 하는 생각이다. 이러한 김형경의 서술은 영화를 본 후 소설을 읽은 독자[41)]라면 누구나 동의할 수 있는 심리적 묘사이다. 김형경과 같이

---

40) 김형경, 『외출』, 문학과 지성사, 2005, 43~45쪽. 앞으로 쪽수만 표시.

41) 물론 소설을 먼저 보고 영화를 본 관객도 있고, 영화를 보지 않고 소설을 읽은 독자도 있고, 영화만 본 관객도 있을 것이다. 하지만 본고에서는 영화를 먼저 보고 소설

섬세한 내면 심리를 유추하지는 못 하더라도 그와 비슷한 느낌을 가질 수 있는 추상적 담론이다. 인수가 수진의 휴대전화 비밀번호를 알아낸 다음, 수진과 경호의 밀애가 담긴 문자메시지를 본 후 느끼는 감정 묘사도 위의 추상적 담론과 비슷하다. 영화에서 대사 없이 짧게 묘사된 이 시퀀스에서 인수가 화장실 세면대에서 세수를 하다 코피를 흘리는 자신을 거울을 통해 보는 장면은 인수의 현 심정을 단적으로 보여주는 묘사이다. 이러한 한 컷을 김형경은 1페이지 정도 묘사한다.

> 거울 안에 낯선 사내가 서 있었다. (……) 사내는 인수를 노려보고 있었다. (……) 다른 사내와 여행을 떠나는 아침까지도 자신에게 그토록 다정했다는 사실을 인수는 견딜 수 없었다. "나 없는 동안 바람피지 마" 그 말이 떠오를 때마다 몸속의 피가 방향을 바꾸어 역류하는 것 같았다. (……) 인수는 세차게 고개를 저은 후 세면대의 찬물을 틀어 얼굴을 씻었다. (……) 인수는 모든 것을 씻어내고 싶었다. (……) 세수를 끝내고 거울을 보자 얼굴이 온통 핏빛이었다. (……) 코피를 보면서 인수는 비로소 두려웠다.
>
> —『외출』37~38쪽

이러한 서술방법은 소설 『외출』을 이끌고 나가는 커다란 축이어서 소설 전체에 걸쳐 보인다. 대표적인 장면이 서영이 창을 통해 인수가 수연에게 죽을 먹여주는 장면을 보고 난 후 느끼는 인수에 대한 감정과 인수가 경호의 병실 창으로 서영이 경호의 가슴에 기댄 채 누워 있는 모습을 본 후 느끼는 감정, 서영과 인수가 죽은 트럭 운전사의 집으로 문상을 가면서 뵈지는 황량한 겨울 들판에 대한 묘사와 문상을 마치고 돌아오는 길에 느끼는 인수와 서영의 감정과 서영의 울음에 대한 묘사, 수진이 깨어나고 인수와 서영의 관계가 어그러질 때 인수가 서영의 방으로 찾아와 "밥

---

을 읽은 독자들에 한하여 연구를 진행할 것이다. 그것이 영화의 소설되기에 대한 연구에 적당한 대상이라고 보았다.

먹으러 가자"고 하고 서영이 거절하자 인수가 "기다릴게요."라고 말한 신에 대한 시간을 통한 묘사, 그리고 첫 번째 호텔 정사 신에 대한 묘사이다.

> 호텔 방에 들어갔을 때 서영은 그 방에 네 사람이 있다고 느꼈다. 인수가 서영의 재킷을 벗길 때 그 모습을 지켜보는 경호가 있었고, 서영이 인수의 목에 두 팔을 두를 때는 그 목을 쓰다듬는 수진의 손길이 있었다. 인수가 낀 반지의 감촉이 등에서 느껴질 때는 경호의 손에 끼워진 반지가 떠올랐고, 인수가 어깨 쪽으로 머리를 묻을 때는 디지털 카메라에서 봤던 동영상이 보였다. 서영은 의식 명료한 상태로 세 번째 시선, 네 번째 시선을 감지하곤 했다. 테이블 위에, 유리창 근처에 그 시선들이 떠다니곤 했다. 그들도 이렇게 사랑을 나누었을까? 그 생각에 놀라 서영은 인수의 가슴 더 깊이 얼굴을 묻었다. 그러자 다른 생각이 따라왔다. 그는 아내와도 이렇게 사랑을 나누었겠구나……. (……) 사랑에서는 모두들 패자가 되는 구나……. 서영은 그 패배감을 받아들이고, 그것을 인정하기로 했다. 그러자 비로소 마음이 편해지면서 그 방에 있던 다른 두 사람을 떠나보낼 수 있었다.
>
> ─『외출』137쪽

서영이 인수와 첫 관계를 가지면서 갖는 복잡한 심리적 묘사이다. '만족을 가로 막는 자연적 장벽이 충분치 않았던 어떤 곳에서건 인류는 사랑을 즐기기 위해서 인습적 장벽을 세웠다'[42]는, 혹은 '금기는 범해지기 위해 거기에 있다'[43]는 명제는 서영이 불륜관계가 갖는 금기에 대한 불편한 심정과 그 금기를 위반하기 위한 정당성을 스스로에게 부여하려 하는 이 서술에 또한 정당성을 부여한다.[44] 이러한 내밀한 심리묘사는 영화를 본 독자로

---

42) Sigmund Freud, Sexuality and the Psychology of Love, NewYork: Macmillan, 1963, p.59.
레타나 살레클, 이성민 옮기, 『사랑과 증오의 도착들』, 도서출반b, 2003, 17쪽. 재인용.
43) 죠르주 바따이유, 조한경 옮김, 앞의 책, 1997. 69쪽.
44) 금기에 대한 언급이 불편한 이유는 금기 대상이 다양해서라기보다는 그것의 비 논

하여금 화자와 같은 추상적 담론을 형성하게 하는 서술적 밀도가 있다.

하지만 이러한 이미지의 메움에 대한 독자의 추상적 담론은 영화를 본 독자라 하더라도 모두 같지는 않을 것이다. 독자의 경험과 인지능력에 따라 떠올리는 이미지도 다를 것이며, 느끼는 감정 또한 다를 것이기 때문이다. 따라서 화자가 독자로 하여금 화자와 같은 추상적 담론을 형성하도록 세밀한 심리묘사를 해도, 그것에 동의하지 않는 추상적 담론은 분명히 있을 것이다.

> 서영은 외출 준비를 하다가 거울에 비친 몸을 보며 잠시 동작을 멈추었다. "당신 몸은 몸 이상이에요." 그 말이 인수의 어감과 어조 그대로 귓전에서 울렸다. 서영은 새삼스럽게 자신의 몸을 유심히 바라보았다. 어깨에서 팔로 흐르는 선, 배꼽을 중심으로 둥그스름한 배, 공기를 엎어놓은 듯한 반원형 가슴……
> 서영은 환한 빛 아래서 자신의 몸을 그토록 세밀히 보는 일이 처음이었다. 또한 처음으로 자신의 눈으로 자신의 몸을 보고 있었다. 그 동안은 늘 타인의 시선이 되어 자신을 몸을 보았다. 몇 개의 숫자로 규격화된 아름다움의 기준에 부합하고 싶어서 식사량을 조절하고 체형을 잘 살릴 수 있는 옷을 골랐다. 그러나 인수의 말 한마디에 모든 것이 변했다.
> ―『외출』146쪽

앞에서 살펴 본, 영화 <외출>에서 서영이 여관에서 샤워하고 나온 후 수건으로 머리를 털다가 문득 거울을 보면서 자신을 물끄러미 바라보는 장면에 대한 묘사이다. 화자는 서영이 '처음 자신의 눈으로 자신의 몸을 보고 있다'고 했지만, 결국 인수의 시선으로 자신을 보고 있는 것이다. 환한 빛 아래서 자신의 몸을 세밀히 보는 이유는 인수의 "당신 몸은 몸 이상

---

리성 때문이다. 금기에 대해서 말하다 보면 같은 대상에 대한 반대 명제가 불가능하다. 위반을 불허하는 금기란 없다. 어떤 때는 위반이 허용되며, 어떤 때는 위반이 처방전으로 제기되기조차 한다.
죠르주 바따이유, 조한경 옮김, 앞의 책, 1997, 69쪽.

이에요."라는 말 한마디 때문이다. '사랑에 빠질 때 우리는 사랑의 대상인 사람을 이상적 자아ideal-I[45])의 자리에 놓는다. 우리는 우리 자신의 자아를 위해 우리가 도달하려고 애썼던 그 완벽성 때문에 이 대상을 사랑한다. (……) 동시에 주체는 대상을 자아 이상ego-ideal[46)의 자리에 놓는다. 즉, 그곳으로부터 주체는 그 자신을 호감이 가는 모습으로 보고 싶어 한다. 우리가 사랑할 때, 자아 이상의 자리에 놓인 사랑의 대상은 우리로 하여 금 우리 자신을 새로운 방식으로 지각할 수 있게 해준다.'[47) 따라서 화자 가 서영이 자신의 눈으로 자신의 몸을 보고 있다고 묘사하지만, 서영은 인수의 가상의 시점에서 자신이 어떻게 보일지 상상하는 것이 서영의 감 정묘사에 어울리는 서술일 것이다. 그리고 인수의 시선에 대한 인식은 서 영 자신이 자신을 새로운 방식으로 지각할 수 있게 해 준다.

　사물 하나하나가 새롭고 소중해 보이듯이 자신에 대해서도 꼭 그러 　했다. 무엇보다도 몸을 새롭게 선물받은 것 같았고, 그 몸에 대한 사랑

---

45) 생후 6개월에서 18개월 사이에 어린아이는 거울단계mirror stage에서 자신의 몸을 가눌 수는 없지만 거울에 비친 자신의 이미지를 총체적이고도 완전한 것으로 가정 한다. 이 형태는 정신분석 용어로 이상적 자아라 불리우는데 타자에 의해 보여짐을 모르는 객관화되기 이전의 나에 해당된다.
　권택영 엮음, 앞의 책, 2000, 15쪽.
46) 자아 이상은 주체가 상징계와 관련을 맺은 가운데 일어나는 동일시 대상이다. 즉 상상적 관계에 상징적 관계가 작용하는 통로가 자아 이상이다. 가상적 주체는 실제 이미지를 보기 위해 거울의 허구를 통해 나의 대체물이 되는 존재이다. 즉, '나'라는 주체는 실제 이미지를 보려면 가상적 주체의 시점을 취해야 하고, 이 두 시점('나'라 는 주체의 시점과 가상적 주체의 시점)은 동일하다. 바로 이 가상적 주체가 자아 이 상이다. 가상적 주체는 근본적으로 우리 자신의 형태이며 또한 이미지다. 그것은 우리 자신에 다름 아닌 타자, 즉 자아 이상의 이미지인 것이다. 그러므로 자아 이상 은 주체가 취하는 이 가상적 시점이며, 이 가상적 시점에서 이루어지는 동일시가 상징적 동일시이다.
　Slavoj Žžek, For They Knew Not What They Do : Enjoymentas a Policical Factor, London & NewYork: verso, 1991.
　주은우, 『시각과 현대성』, 한나래, 2003, 70~71쪽. 재인용.
47) 레타나 살레클, 이성민 옮기, 앞의 책, 2003, 23쪽.

을 갖게 되었다. 근거 모를 자신감이나 희열이 끝없이 솟아올랐다. 서
영은 자기를 사랑한다는 말의 긍정적 의미가 이런 것이구나 싶었다.
　　　　　　　　　　　　　　　　　　　　　　　　　－『외출』184쪽

　이러한 추상적 담론은 영화를 본 관객이 소설의 화자와 다른 추상적 담
론을 유추함으로 인해서 나타나는데, 영화를 소설되기 하는 과정에서 어
쩔 수 없이 나타나는 독자와의 불일치이다. 이러한 불일치로 인해 영화를
본 독자들은 영화보다 소설이 '더 잘 된 작품이다, 아니다 또는 더 재미있
다, 아니다'라고 말할 수 있는 것이다.

## 2. 추상적 소재－사랑과 회화적 이미지

　소설『외출』은 100분짜리 영화를 장편소설로 번역하기 위해서 그런
것인지, 아니면 문자언어만의 매체 특징을 강조하기 위해서 그런 것인지,
그것도 아니면 소설의 서사 밀도를 높이기 위해서 그런 것인지 영화 <외
출>에 나타나지 않은 새로운 소재를 통해 서사를 확장한다. 그 중 가장
중요한 것이 '사랑'이다. 영화에서 사랑이라는 단어는 한 번도 등장하지
않는다. 인수와 서영이 사랑해서 잤는지, 아니면 복수심 때문에 잤는지
그것은 중요하지 않다.[48] 그들도 수진과 경호처럼 잤다는 자체가 중요한
것이다. 하지만 김형경은 소설에서 인수와 서영의 사랑의 감정을 무척 중
요하게 생각한다. 특히, 두 사람의 사랑이 시작될 때의 감정을 중요하게
묘사한다.[49]

---

48) 허진호 : 복수심 같은 거라고 해야 하나? 난 두 사람이 사랑해서 잤다는 생각을 안
　　했어요. (……) 횟집에서 둘이 술 마시다가 인수가 복수할 거야 그러잖아요. 둘에게
　　그런 마음이 분명히 있었을 것 같아요. (……)
　　김은형 「'외출' 영화와 소설이 만났을 때, 감독 허진호－작가 김형경 : 김형경 "영상
　　언어 심장 꽂는 듯", 허진호 "내밀한 심리묘사 촘촘"」, 「한겨레신문」, 2005. 9.12.
　　허진호와 김형경의 대담을 실은 기사이다.
49) 김형경 : 영화에서는 많이 생략된 두 사람의 감정－사랑이 시작될 때의－을 소설에

가까이서 보니 그의 눈매는 속눈썹이 짙고 선명한 게, 선이 고왔다. 눈매뿐 아니라 콧날도, 입술 선도 단정해 보였다. 그가 잘생긴 얼굴이라는 것을 처음 알아보았다. (……) 서영은 그의 얼굴에 오래도록 시선을 고정시키고 있었다. (……) 잠든 얼굴에 그토록 다양한 표정이 어리는 줄 처음 알았다. 그는 아이처럼 보였다가, 노인처럼 보였다가, 분노한 청년처럼 보였다가 했다. 누군가가 잠든 모습을 보게 되면 그를 사랑할 수밖에 없지 않을까…….

―『외출』63~64쪽

　　소설에서 서영의 인수에 대한 사랑의 감정은 두 사람이 자기 훨씬 전부터 묘사되기 시작한다. 사고로 죽은 트럭 운전사의 문상을 가기 전부터 서영은 인수의 외모에 호감을 가지기 시작한 것이다. 이러한 사랑의 감정은 자기 전까지 소설 속에서 꽤 긴 시간 동안 묘사된다. 김형경은 두 사람이 관계를 갖는 것이 중요한 것이 아니라 사랑의 감정이 더 중요하다고 생각한 것 같다. 사랑의 감정 때문에 두 사람이 자연스럽게 관계를 맺는다고 생각한 것이다. 인수의 서영에 대한 사랑의 감정은 서영보다 조금 늦게 나타난다. 두 사람이 문상을 갔다 오던 중 서영이 울고 난 후, 강원도로 오는 차 안에서 자고 있는 서영을 보고 인수는 '찡그리긴 했지만 그녀의 낯빛은 아이처럼 맑았다'고 느낀다.

　　이처럼 인수가 서영에게 호감을 느끼게 하는 매개체가 있는데 그것은 "냉장고에 물 있습니다." 라는 메모이다. 인수가 광일과 술을 마신 후 서영의 여관방에서 자고 있을 때, 서영이 인수의 머리맡에 남긴 메모이다. 이 메모는 인수가 서영에게 마음을 열게 되는 소재이자, 인수와 서영이 서로의 마음을 알게 하는 중요한 소재이다. 이러한 소재는 서영이 인수에게 먼저 호감을 느꼈기 때문에 쓸 수 있는 소재이다. 영화에서는 서영이

---

서는 자세히 쓴 것처럼 이번 작업은 일종의 빈칸 채우기 같은 즐거움이 있었죠. (……)
김은형, 위의 글, 2005.

인수에게 죽이지 말라며 준 화분이 서영이 인수에게 호감을 표현하는 유일한 소재이지만, 소설에서는 '스테인리스 컵'이라는 소재를 하나 더 사용한다.

> '냉장고에 물 있습니다.'라는 메모가 그랬던 것처럼 컵은 컵 이상의 의미였다. 작고 사소한 배려가 사람의 마음을 뿌리부터 움직일 수도 있음을 이해했다.
>
> —『외출』105쪽

이러한 소재의 사용은 서영이 인수에게 보내는 사랑의 신호이자, 인수가 서영의 사랑을 받아들일 수 있는 소재가 된다. 그럼으로써 두 사람은 사랑의 감정으로 관계를 가질 수 있게 되는 개연성을 마련한 것이다.

소설에서 서사를 확장하기 위한 또 다른 소재가 있는데, 그것은 공원에 있는 수령 많은 나무와 선사시대의 암각화, 석회암 동굴 그리고 색깔에 대한 묘사이다. 이것은 회화적 이미지에 대한 추상적 표현으로 영상언어로는 이미지 표현만이 가능하지만, 문자언어는 그러한 이미지에 대한 추상적 표현이 가능하다. 따라서 이러한 소재는 문자언어만의 강점을 살리는 소재이다. 공원의 수령 많은 나무와 암각화 그리고 석회암 동굴은 인수와 서영의 대화를 이어주는 소재이자, 그들의 내면심리를 대변해 주는 소재가 되기도 한다.

> 그들도 이렇게 사랑했겠구나…… 다시 한 번 되뇌일 때 서영은 비로소 알 것 같았다. 마음이 그 지점에 도달하기 위해 그들을 따라 했을지도 모른다는 것을. 350년 된 회화나무나 5천 년 된 암각화는 이미 알고 있었을 것이다. 세상에는 이미 새로운 일이 없으며, 어떤 일도 일어날 수 있으며, 해서는 안 되는 일도 별반 없다는 것을.
>
> —『외출』143쪽

서영은 의자에 앉아 반복해서 시계를 바라보았다. 마음으로는 3천 년쯤 지난 것 같았지만 실은 5분도 지나지 않았다. 그는 얼마나 기다리다 돌아설까? 10분? 30분? 혹은 한 시간? 그렇게 생각할 때 서영은 다시 냉소적 마음이 읽혔다. (……) 서영은 크게 숨을 들이쉬고 9백년 된 누각과 3천년 된 암각화를 떠올린 후 트렌치코트를 집어 들었다. (……) 채 10분도 되지 않은 시간이었지만 그는 천 년쯤 그 자리에 서 있었던 사람처럼 보였다.

―『외출』173쪽

이러한 소재는 서사에서 중요한 자리를 차지하지는 않지만 소설 곳곳에 배치되어 인수와 서영의 흔들리는 내면심리를 잡아 주거나 대변해 주는 역할을 한다. 그리고 또한 짧다면 짧은 인간과의 대비를 통해 사랑의 유한성과 덧없음을 간접적으로 나타내주기도 한다.

색깔이라는 소재는 조명기사라는 인수의 직업 때문에 자연스럽게 쓸 수 있는 소재이다. 색깔이라는 구상적 소재를 추상적 표현으로 바꾸어 인물의 내면심리를 나타낼 수 있는 것은 문자언어이기 때문에 가능한 것이다.[50]

무엇보다 수진은 인수의 생에 노란색을 덧칠해주었다. 수진이 있으면 어떤 상황, 어떤 감정에도 노란색이 가미된 듯 화사한 생기가 넘쳤다. 묘한 재주를 가진 여자였다.

―『외출』11쪽

진갈색 카디건조차 불길한 징조처럼 보였다. 갈색은 사람을 병들게 보이게 하고, 몸과 마음의 기운을 빼앗기는 느낌을 주는 색인데…….

―『외출』14쪽

인수는 오감을 모두 연 채 풍성한 빛으로 이루어진 들판을 유영했다. 부드러운 애무의 노란빛, 절정으로 오르는 오르막의 붉은 빛, 정점에서

---

50) 영상언어가 추상적 표현을 하려면 대화나 내레이션 또는 자막으로만 가능하다.

만나는 보랏빛이 있었다. 급하게 내리막으로 떨어질 때의 감색, 휴식
같은 초록색이 이어졌다. 마지막으로 흰빛 침대 위에서 비로소 현실감
을 되찾았다.

−『외출』139쪽

이러한 색깔을 통한 상징적 표현은 인물의 성격을 풍성하게 묘사할 수
있으며, 인물들의 구체적 행동을 추상적으로 표현함으로써 독자들로 하
여금 구상적 상상력을 이끌어 낼 수 있는 힘이 있다. 따라서 소설에서 새
로운 소재의 사용은 문자언어만의 매체 특징을 강조하기 위한 것이기도
하지만, 소설의 서사밀도를 높이는 역할도 하게 된다.


## V. 결론

지금까지 영화 <외출>의 소설『외출』되기를 이미지의 배열을 통한
여백과 인물과 서사의 확장을 통해 살펴보았다.

영화와 소설 동시창작이라는 새로운 유비관계에 대한 시도는 이청준
과 임권택의 '축제'에서 처음 이루어졌고, 김형경과 허진호의 '외출'에서
두 번째로 시도 되었는데, '외출'은 허진호의 시나리오를 바탕으로 김형경
이 허진호 감독의 촬영된 필름을 중간 중간 참조하면서 소설을 완성했으
며, 영화를 소설로 번역하는 방법에 가깝다.

허진호와 김형경이라는 이름은 일본이라는 공통된 목표를 향해 조합되
어진 느낌을 지울 수 없다. 영화 <외출>과 소설『외출』은 기획에 의해
만들어지긴 했지만, 그들은 영화작가와 소설가만의 자존감을 통해 각자
장르에서만 가질 수 있는 미학적 · 예술적 가치를 구현했다. 영화를 소설
되기 하는 소설『외출』의 집필은 새로운 문학을 위기에서 구할 새로운 돌파

구 찾기이기도 하지만, 김형경 자신의 새로운 돌파구 찾기도 될 것이다.

허진호 감독은 영화의 본질적 측면, 즉 시각적 표현과 이미지 표현을 중심으로 영화를 이끌어나가는 작가이다. 영화 <외출>은 극단적인 클로즈업과 몽타주를 통한 구성 그리고 창과 거울 이미지를 통해 영화의 미장센을 구성하고 있으며, 대화의 절제와 이미지의 연쇄를 통해 영화적 서사를 이끌어 간다.

영화 <외출>은 도입부부터 이미지의 배열을 통해 서사를 이끌어 가는데, 이러한 도입부의 몽타주는 관객에게 불친절한 설명이다. 따라서 영화 <외출>의 관객은 불친절한 설명 때문에 이미지의 배열에 따라 직접 의미 생성을 해야 하며, 그러므로 인해서 관객이 직접적으로 서사를 구축해 나가야 한다. 하지만 이미지의 배열인 몽타주가 서사의 구축에만 쓰이는 것은 아니다. 오히려 몽타주의 가장 큰 활용은 서사의 구축보다 이미지의 수사학을 통한 회화적 영상미학의 추구이다. 그렇게 함으로써 관객에게 추상적 담론을 전달하는 데 있다. 이미지의 병치는 관객이 이미지즘의 시를 읽을 때처럼 관념적 분위기와 상징적 반향을 만들어 낸다. 따라서 이미지의 배열만으로도 관객은 감독의 추상적 담론을 전달 받을 수 있게 된다.

또한 영화 <외출>은 창과 거울을 통해 영화적 미장센을 구성하고 있다. 서영은 자신이 인수의 시선으로 자신을 바라보고 있다는 것을 문득 깨닫는다. 즉, 타자의 시선으로 자신을 응시하는 것을 인식하고는 문득 놀라는 것이다. 하지만 서영은 인수와 자신이 사회적 금기인 불륜관계라는 사실 때문에 심리적 좌절을 겪는다. 서영과 인수는 서로 욕망의 대상으로 보지만 그들의 공간엔 각자의 배우자가 있고, 격리된 그 공간에 서로 들어갈 수 없지만 투명한 창을 통해 바라볼 수는 있다. 서로에 대해 욕망하지만 그들은 같은 공간에 있을 수 없고 서로 단절된 공간에서 바라볼 수 만 있는 의미의 한계, 즉 볼 수는 있지만 가질 수 없는 불륜관계인 것이다.

소설『외출』은 영화 <외출>을 두 가지 방법으로 번역하는데, 첫 번째가 영화에서 표현된 이미지의 배열에서 이미지 사이의 공백을 메우는 방법이며, 두 번째가 새로운 소재를 통해 서사를 확장하는 방법이다. 소설 『외출』은 그 관객의 몫을 가로채듯 충실히 영화의 이미지 사이의 공백을 메우면서 소설을 이끌어나간다. 즉, 영화가 관객에게 전달하고자 하는 이미지의 배열을 통한 추상적 담론을 소설이 대신 해 주는 것이다. 하지만 이러한 구상성의 추상적 표현은 소설이 영화에서 표현하기 힘든 인물의 내면심리를 밀도 있게 표현할 수 있기에 가능한 일이다. 이러한 인물의 세밀한 내면 심리묘사는 소설을 끌고 가는 주된 동인이며, 영화를 본 독자로 하여금 화자와 같은 추상적 담론을 형성하게 하는 서술적 밀도이다. 하지만 화자가 독자로 하여금 화자와 같은 추상적 담론을 형성하려 세밀한 심리묘사를 해도, 독자가 그것에 동의하지 않는 추상적 담론은 분명히 있을 것이다. 이러한 것은 영화를 소설되기 하는 과정에서 어쩔 수 없이 나타나는 독자와의 불일치이다. 이러한 불일치로 인해 영화를 본 독자들은 영화보다 소설이 '더 잘 된 작품이다, 아니다 또는 더 재미있다, 아니다'라고 말할 수 있는 것이다.

소설 『외출』은 영화 <외출>에 나타나지 않은 새로운 소재를 통해 서사를 확대한다. 그 중 가장 중요한 것이 '사랑'이다. 김형경은 소설에서 인수와 서영의 사랑의 감정을 무척 중요하게 생각한다. 특히, 두 사람의 사랑이 시작될 때의 감정을 중요하게 묘사한다. 그리고 인수가 서영에게 호감을 느끼게 하는 매개체가 있는데 그것은 '냉장고에 물 있습니다.' 라는 메모이다. 이 메모는 인수가 서영에게 마음을 열게 되는 소재이자, 인수와 서영이 서로의 마음을 알게 하는 중요한 소재이다.

소설에서 서사를 확장하기 위한 또 다른 소재가 있는데, 그것은 공원에 있는 수령 많은 나무와 선사시대의 암각화, 석회암 동굴 그리고 색깔에 대한 묘사이다. 이러한 시간을 뛰어넘는 소재는 서사에서 중요한 자리를 차지하지는 않지만 소설 곳곳에 배치되어 인수와 서영의 흔들리는 내면

심리를 잡아주거나 대변해 주는 역할을 한다. 또한 색깔을 통한 상징적 표현은 인물의 성격을 풍성하게 묘사할 수 있으며, 인물들의 구체적 행동을 추상적으로 표현함으로써 독자들로 하여금 구상적 상상력을 이끌어 낼 수 있는 힘이 있다. 따라서 소설에서 새로운 소재의 사용은 문자언어만의 매체 특징을 강조하기 위한 것이기도 하지만, 소설의 서사 밀도를 높이는 역할도 하게 된다.

# ■참고문헌

## 1. 기본자료

김형경,『외출』, 문학과 지성사, 2005.
허진호, <외출>, 블루스톰, 2005.

## 2. 단행본 및 논문

권택영 엮음,『자끄 라깡 욕망 이론』, 문예출판사, 2000.
김소연,「왜상, 그리고/혹은 실재의 영화적 표상」,『라깡과 현대정신분석』
　　　 12집, 한국라깡과 현대정신분석학회, 2010.
김영진,「현대 한국 영화의 작가적 경향에 대하여 : 장르의 변용성을 중심
　　　 으로」, 중앙대 첨단영상대학원 박사논문, 2006.
김은형,「'외출' 영화와 소설이 만났을 때, 감독 허진호－작가 김형경: 김
　　　 형경 "영상언어 심장 꽂는 듯", 허진호 "내밀한 심리묘사촘촘"」,
　　　「한겨레신문」, 2005, 9월 12일.
김창윤,「예술로서의 문자언어와 영상언어－'축제'를 중심으로」,『어문
　　　 논집』43집, 중앙어문학회, 2010.
박유희,『디지털 시대의 서사와 매체 : 문화 콘텐츠의 통합적 분석을 위한
　　　 서사론적 모색』, 동인, 2005.
안원현·정은경,「자끄 라깡의 '응시'에 관한 연구－실재(le reel)를 중심
　　　 으로」,『예술연구』10집, 신라대학교 예술연구소, 2004.
이채원,「소설과 영화의 매체 전이 양상에 대한 수사학적 연구」, 서강대
　　　 학교 대학원 박사논문, 2007.
이형식·정연재·김명희,『문학텍스트에서 영화텍스트로』, 동인, 2004.

임신영, 「영화에서 소설로의 매체 전환 연구―『외출』의 경우」, 『겨레어 문학』 43집, 겨레어문학회, 2009.

조용호, 「세계일보」, 2005. 8. 27.

주은우, 『시각과 현대성』, 한나래, 2003.

주은우, 「라깡과 영화 이미지―'이론'의 변호와 '봉합' 내겸의 재론을 중심 으로」, 『영상예술연구』 6집, 영상예술학회, 2005.

최재봉, 「한겨레신문」, 2005. 8. 26.

황혜진, 「영화의 소설화에 과정에 대한 고찰―영화 및 각색소설 <꽃피는 봄이 오면>을 사례로―」, 『산청어문』 36집, 서울대학교 국어교 육과, 2008.

레타나 살레클, 이성민 옮기, 『사랑과 증오의 도착들』, 도서출반b, 2003.

로버트 리처드슨, 이형식 옮김, 『영화와 문학』, 동문선, 2000.

루돌프 아른하임, 김방옥 옮김, 『예술로서의 영화』, 기린원, 1990.

슬라보예 지젝, 이수련 옮김, 『이데올로기라는 숭고한 대상』, 인간사랑, 2003.

앙드레 바쟁, 박상규 옮김, 『영화란 무엇인가』, 시각과 언어사, 1998.

앨런 스피겔, 박유희 · 김종수 옮김, 『소설과 카메라의 눈―영화와 현대 소설에 나타난 영상의식』, 르네상스, 2005.

자크―알랭 밀레 편, 맹정현 · 이수련 옮김, 『라깡의 세미나 11―정신분 석의 네 가지 근본 개념』, 새물결, 2008.

죠르주 바따이유, 조한경 옮김, 『에로티즘』, 민음사, 1997.

Sergei Eisenstein, Film Form, Cleveland and New York, World(Meridian), 1957.

Sigmund Freud, Sexuality and the Psychology of Love, New York: Macmillan, 1963.

# 이청준 소설의 영화되기

| | |
|---|---|
| **초판 1쇄 인쇄일** | \| 2015년 6월 3일 |
| **초판 1쇄 발행일** | \| 2015년 6월 4일 |

| | |
|---|---|
| 지은이 | \| 김창윤 |
| 펴낸이 | \| 정구형 |
| 편집장 | \| 김효은 |
| 편집/디자인 | \| 박재원 우정민 김진솔 |
| 마케팅 | \| 정찬용 정진이 |
| 영업관리 | \| 한선희 이선건 |
| 책임편집 | \| 김진솔 |
| 인쇄처 | \| 월드문화사 |
| **펴낸곳** | \| 국학자료원 새미(주) |

등록일 2005 03 15 제25100-2005-000008호
서울특별시 강동구 성안로 13 (성내동, 현영빌딩 2층)
Tel 442-4623 Fax 6499-3082
www.kookhak.co.kr
kookhak2001@hanmail.net

| | |
|---|---|
| ISBN | \| 979-11-86478-15-8 *93800 |
| 가격 | \| 18,000원 |